小学館文庫

絞め殺しの樹

河崎秋子

小学館

目次

絞め殺しの樹

第一部

第一章　捻じ花

一

根室の風は乾いている。湿り気を含まない冷たい空気のせいで、ミサエの鼻の奥がきゅうと痛んだ。産まれた土地のはずなのに、記憶も体も、全くなじみがない。

何もかもが乾いている。足下の土は固く、道端に落ちている馬糞は形を保ったままで乾いていた。

この土地はからからだ。何もかも。

昭和十年。産まれた土地である根室に戻った十歳のその日、ミサエが真っ先に思ったことだ。日の暮れ方は新潟と同じだ。冬の気配を滲ませる肌寒さもどこか似ている。

でも、土も空気も何もかもが乾いていた。紐（ひも）を通された鮭（さけ）が寒風を浴びてぶらぶらと揺れている。これなら魚もすぐかちかちに干しあがることだろう。

「風が、乾いてからから。すごく」

思わず口に出していた。ミサエの手を引いていた叔父の孝義（たかよし）はああ、と呟（つぶや）くと、いつものように顎髭（あごひげ）に手をやって頷（うなず）く。

「新潟と比べて、こっちは太平洋側だからな。関東の空っ風と同じで、秋冬は乾いた風が吹くんだろうさ」

「だから竹もないんですか?」

ミサエの言葉に孝義はぐるりと周囲を見回した。集落の庭や畑の奥に生えているのは松か葉を落とした木ばかりで、新潟では当たり前にあるはずの竹は一本も生えていない。

「乾いてる以上に、寒さがぜんぜん違うんだ。新潟と比べて、こっちはもっともっと寒い。だから竹林も、そうだな、柿の木も見えないし、無花果（いちじく）もアケビもないだろうな」

「そうですか」

大人しく頷きはしたものの、ミサエの心は驚きに満ちていた。竹の子が生える竹林も果実のなる木もないだなんて、じゃあ根室の人はこんなに乾いた風の中、何を楽しみに生きているのだろう。

産まれてから四歳まではここ根室で祖母に育てられたはずだが、ミサエの中に故郷の記憶はほとんど残っていなかった。祖母方の親戚本家である橋宮（はしみや）家に引き取られ、新潟で育ってきた六年間のほうが色が濃い。考えてみれば、十年の人生の中で新潟で暮らしている期間のほうが長いのだ。

記憶のない土地に帰ってきて、ここでずっと生きていくということは、瑞々（みずみず）しい無花果や、寒い夜に囲炉裏（いろり）で炙（あぶ）った干し柿を、もう食べられないということだろうか。周りの大人から根室に行く話を急いで進められ、その期限やいつか新潟に帰るという約束がなかったことを思い返し、ミサエの胸にぼんやりとした不安がよぎった。

叔父の孝義はミサエの重い足取りに気づかず、手元の地図を見ては周囲の様子を確認し、小さな手を引っ張るようにしながら足早に歩いている。時折、新潟から船と汽車での移動はこたえた、しかもなんで汽車が遅れやがるんだ、尻が痛い腰が痛いとぶつぶつ呟いていた。

孝義は橋宮家における後継ぎだ。正しい年齢をミサエは知らないが、まだ二十代のはずだった。便宜上叔父と教えられてはいるものの、実際はもう少し血の薄い親戚らしい。成人した頃に馬から落ちて腰を痛め、以来、重い百姓仕事はせずにずっと家にいるのだと聞いている。腰を悪くしたという割には、歩き方もその速さも普通の人と変わりないようにミサエには思えたが、余計なことは口にしなかった。農閑期である今、出稼ぎに行かない孝義しかミサエを北海道まで送り届けてくれる人はいないのだ。ミサエは躓(つまず)きそうになりながら、孝義から遅れないように足を速めた。泥がかちかちに乾いた地面は草履ごしにも固かった。

やがて、孝義は手にした地図をひと睨(にら)みして、ひとつ息を吐(つ)いた。

「お前は根室の生まれだってのに、やっぱり離れたのが四歳の頃なら何も覚えちゃいねえか。吉岡(よしおか)の家への道もわからんだろ」

「わからない、です」

「こっちに慣れたら新潟のこともすぐ忘れるだろ。ま、構やしねえよな。貰(もら)われ子がまた貰われてくだけなんだし、チビは慣れるのが早いから」

軽く笑った叔父の言葉に何と返事をするべきか、ミサエが言葉を捏(こ)ねている間に、孝義は雑な鼻歌を響かせた。

根室で産まれたミサエは両親の顔を知らない。母はミサエを産んで三日後に死んだ。父親について、生前の母は誰にも教えないままだったという。祖母が根室の港近くで小さな雑貨屋を営みながら母の代わりにミサエを育ててくれたが、ミサエが四歳の時に乳が腫れあがって死んだ。おそらく癌(がん)だったのだろうということは、引き取られた新潟の家で後に教えられた。

　橋宮家は新潟の新発田でかつては庄屋をしていたという大きな農家で、四世帯三十人以上の大所帯だった。根室から引き取られ、同年代の他の子ども達と一緒に育てられたミサエは、大人たちから言われるままによく働いた。

　下に赤ん坊が産まれれば子守りを任され、鎌や鍬を振るえるようになれば小さな子を背負いながら田んぼ作業を手伝った。他の子ども達も同様に家を支えながら育っていたため、子どもであっても働くのは地域では当たり前のことだった。

　親戚の子たちと兄弟のように連れだって学校に行き、帰ってからは家の全員で働く。体はしんどかったが、みんな頑張っていると思えばミサエは特に辛くもなかった。

　ただ、他の子ども達が親に甘えている時だけ、そっと便所に立って場を離れることにしていた。便所の窓から見える柿の木の、その葉や実の数を数えて過ごしては、ないはずの親の記憶を数字で埋めた。

　ミサエは、細い背中で自分を背負い、真っ白い髪の毛をした祖母の背中だけはうっすらと覚えている。しかしその祖母が亡くなってしまってから、自分を撫でてくれる手はない。抱きしめてくれる腕もない。大人たちは皆忙しすぎるのだ。その代わりに、ミサエは子守りで任された子たちを撫でさすり、抱きしめることによって、温もりを覚えていった。温もりが欲しければ、与えられるのを待つのではなく、自ら手を伸ばせばいい。それも、自分より弱い者へと。ミサエは自覚しないままに、他者への慈しみと自分の寂しさを埋める方法を混同させて育っていった。

転機となったのは、数えで九歳となる正月時のことだった。

根室にある、死んだ祖母がかつて世話になったという吉岡家から、ミサエ宛てに手紙が来たのだ。昭和七年に此方(こちら)で尋常ならざる冷害があり、作物被害甚大、食うにも困る惨状であったが、現在は回復傾向にあり、当家でも乳牛を増やし、増産に努めている。

ついては、北方のこの地において家族のように縁の深いテルの孫ミサエを当家で引き取り、家での仕事などを手伝ってもらいつつ、彼女の故郷であるここ根室で養育し度(た)く、云々(うんぬん)と。ミサエも後に書面を見せてもらったが、武士の家系だとするその墨書は堂々としたものだった。

橋宮の家の家長であるジジ様の話によると、かつて吉岡家は新潟の武家で、ミサエの祖母テルが吉岡家に下働きとして勤めていた。吉岡の家が屯田兵で根室に渡った際、若き頃のテルも一緒についていくことになったという話だった。

その後の吉岡家とテルの様子について、橋宮家では吉岡家からの数年に一度の便りでだけ把握していたそうだ。この度の書面と同じように武家らしい文で、根室では屯田兵がお国の為、北方防衛と食料生産に立派に務めを果たしていること、下働きとして伴った者達も家族のように皆一丸となって誇りを胸に働いていること、などが伝えられていた。テルは字が書けなかったために、橋宮家としては吉岡家が書いて寄越(よこ)してきた手紙の内容をただ信じるより他なかった。

そして現在、『縁者の娘を引き取って育てたい』という申し出を断る理由は、橋宮の家にはない。さきの北海道の冷害については新聞などにより彼らも知るところであり、同じ農民としてその困窮にはいたく同情していた。その難局からの再起をはかるにあたり、自分達が育てたミサエが助力となるのならば、断る理由があるだろうか。手紙には故テルとは親戚以上の絆(きずな)であったと重々強調してあったことも、ひとつの決定打となった。

正月明けの夜、ジジ様を中心に大人たちが囲炉裏を囲んで真面目くさった顔をしていた。その場にひとり呼び出されたミサエは、緊張して彼らの言葉を待った。

「ミサエ、お前、根室に帰るか？」

ジジ様にそう切り出され、身を固くしていたミサエは思わず首を傾(かし)げた。

「何か、わたし、悪いことしましたか」

ミサエとしては、確かに自分は北海道の根室というところで産まれたらしいが、帰る場所のあてなどない。それを知っているはずの大人たちにそう言われるということは、自分は何か粗相をしでかしただろうか。家を出て行けということか。その様にしか受け取れなかった。顔を強張らせるミサエに、大人たちはゆっくりと手紙の説明をした。

「お前とうちとは親戚だし、わしらもお前を家の一員と思ってはいるがな。根室の吉岡家はお前の婆さんと親戚以上のつきあいで、力を合わせて開拓をしてきたという。その家がこの度、お前のことを頼みにしたいというのだ。この申し出、お前はどう思うね」

強制するような言葉はないが、言外に、受け入れた方がいいという雰囲気が漏れ出ていることをミサエは感じ取った。

北海道はとても寒いところだと聞いている。今いる場所からわざわざ離れたくないし、知らない場所で、知らない大人に囲まれて生きることには不安しかない。行きたくない理由は幾つも幾つも頭に浮かんだ。

しかし、結局ミサエは「わかりました。わたし、根室に行きます」と頭を下げた。せめて不安に引き結んだ唇を見せないように、深く長く。大人の意向に逆らうという選択肢を持たずに育った自分が、意思よりも人が望む答えを優先していることに、九歳のミサエは気づけていなかった。

「おう、ここか。ようやく到着だ」

到着した吉岡の家は、ミサエが想像していたよりも大きな作りをしていた。近隣から切り出されたらしき木で作られた壁も、丸太で構えられた門柱も、まだ真新しいようだ。ミサエは手袋を脱いで門柱に触れた。自分の両腕でようやく抱えられるほどに太い。ミサエにとって見慣れた杉の木ではないようだ。粗く皮を剝かれ、まだ毛羽を残したような表面は、外気よりもわずかに温かいような気がした。

「随分新しいな。最近建てたものかね」

「屋根が、葺かれてない」

「ああ、屋根な」

顔を上げて目を丸くしたミサエの視線を追い、孝義が同意する。他の家は古い板葺きだが、吉岡家の屋根では緑色の真新しいトタンが夕日を反射していた。

「新潟と違って、この辺じゃ米とれねえからな。多分、新しい家の屋根は藁葺きじゃなくて、あの金属の板が代わりになってるんだよ」

「米がとれない……」

ミサエは屋根を見つめたままで呟いた。新潟から汽車で北へ向かい、海峡を渡ったあたりで、見慣れた田んぼが畑に変わったのには気づいていた。空気の冷たさも、生えている植物も違う。とれる作物や産業が違うことはかねてから聞いてはいたが、柿はもちろん、新潟で自分たちの基礎となっていた水稲がないという事実は、改めてミサエにとって驚きだった。

米がとれないのなら、買うのだろうか。それとも米の代わりに違うものを食べるのだろうか。ミサエは幾分くたびれた周囲の住宅と、その合間にある侘しい畑を見渡して首をひねった。

藁の代わりに家屋を覆っているトタン屋根がきらきらと光って見えた。見たことのない素材の目新しさと、橋宮の家の母屋にかかった煤けた色の藁葺き屋根を思い比べて、ずいぶん進んだ地域に来たのかな、とミサエは思った。米がとれなくてもこんなに綺麗な屋根の家を建てているということは、代わりに自分の知らないすごい作物を作って、稲作よりも実入りのいい仕事をしているのかもしれない。ミサエの心は僅かに明るくなった。

「ええと。夕方なら誰かいるだろ。御免下さい、新発田の、橋宮ですー」

孝義が玄関の引き戸を開き、奥へと向けてどこか間延びした声をかけた。すぐに、「はーい」と割れた女の声が返ってきて、姿が見えるよりも先にどたどたと足音が近づいてくる。

「はいはいはい、どうも、橋宮さんね。遠い所、どうも」

出迎えたのは、継ぎだらけの割烹着に姉さん被りをした女性だった。恰幅はよく、雰囲気から三十かそこらに見えるが、顔のあちこちにある深い染みのせいで、もっと年嵩にも見えた。女性は手拭いで雑に手を拭きながら、客人を一瞥したのみで背を向け先を歩き始めた。

「上がって下さいな。さ、奥へどうぞ。まあまあほんと、新潟からはるばるねえ」

女性は再び足音を立てつつ、背を向けたままで話し始めた。孝義とミサエは慌てて玄関に上がった。ミサエは放り投げられた叔父の靴と自分の草履とを並べて整える。綿入れを脱ぎながら急いで女性と叔父のあとを追った。

割烹着の女性は細い廊下をどすどす進んでいった。結構な体重に加え、踵から足を下ろすのが癖らしい。ミサエが今よりも幼い頃、新潟でこういう歩き方をしていると、大人たちに「育ちが悪いと思われるぞ」とよくたしなめられたものだった。

家の中は新しい木材と、魚の煮物らしき匂いが籠もって淀んでいた。廊下は外壁沿いについている筈なのに、窓は小さく、薄暗い。大きな障子戸と雨戸と縁側のある新潟の家とは大違いだった。

「それにしても、遅かったね。昼には着くということだったのに」

背中ごしに投げかけられる言葉から棘がのぞいた。孝義は帽子を取り、思わず身を縮める。

「兎だかキツネだかとぶつかりそうになって、汽車がトロトロ走って遅れたようで。

すみません」

「なら仕方がないけどねえ。せっかく昼に飯、用意して待っとったのに」

「すみません」

汽車が遅れたのなら、叔父が悪いわけではない。そんなふうに重ねて謝る理由はないでしょうに。なぜこの女の人は、こういうもの言いをするのだろう。前を歩く大人二人を眺めながら、ミサエはそんなふうに考える。しかし思っただけで口には出さない。新潟の家では状況によっては言葉にしたかもしれなかったが、初めて着いた場所の緊張と、新築なのに薄暗い屋内がミサエの言葉を竦ませた。

廊下の突き当たりにある襖の前で、女性は止まった。

「新潟のお客、お見えです」

「はいよ」

中から張りのある、男性か女性か判別のつきかねるほど低い声がして、ミサエは姿勢を正した。隣の叔父も同じく身を固くしたのが分かる。割烹着の女性は立ったまま襖を開け放った。

その瞬間、開いた襖の向こうから、白い塊が床を滑るように近づいてきた。薄暗い部屋で光ったように見えたそれは、白い猫だった。細身の体に長い尻尾、首には赤い紐が巻かれている。猫は金色の目を一瞬だけ客人の方へ向けると廊下に出て、するりとミサエらの足下を通りすぎた。あ、とミサエが声に出す間にも、足音ひとつなく玄関の方へと歩き去ってしまう。女性も叔父も、猫の存在などまるで気にかけず、ミサエだけが振り返って猫が薄暗闇に小さくなっていく姿を見ていた。

「新発田の後継ぎさんと、例の子です」

「待ってたよ。中に入んなさい」

促されて入った部屋にいたのは、一人の老女だった。真っ白な髪を後ろで固くまとめ、地味な色合いだが生地の良さそうな着物を身につけている。

老女は塗り物の膳を布巾で一心に磨いていた。返事をする間にも顔を上げることはなかったが、漆器に注がれた視線は鋭い。新潟のジジ様たちとはまた違う厳しさをミサエは感じた。

「こちらが、うちの大婆様（おおばば）です。うちの当主の祖母にあたります。私は当主の妻でタカ乃（の）です」

割烹着の女性はそれだけ言うと、また足音を立てて廊下を引き返して行ってしまった。

残された孝義とミサエは一瞬あっけにとられて女性の背を見送るが、すぐに一心に膳を磨く大婆様へと向き直った。

「いや、どうも遅れまして。すみません」

愛想笑いをしながら孝義が先に部屋へと足を踏み入れた。まだ新しいのか、青々とした畳が特有の香りを放っている。畳の縁（へり）を踏まぬよう気を付けながら、ミサエは叔父の隣に座った。

床の間の横に黒い人影を感じて、ミサエは一瞬身をすくめた。屋内の暗さに目が慣れると、それは人ではなく衣桁（いこう）に吊（つ）られた黒い服なのだということが分かった。金ボタンのついた黒い上着に、横に赤い線が入った黒いズボン。生地は古いもののようだが、よく手入れされているのか綻（ほころ）びはない。

さらに部屋の奥には、大きな仏壇があった。家の新しさに比べてかなり古そうなそれは、磨き込まれているのか黒く光って存在感を示していた。

「汽車が遅れてしまって。お約束に間に合わず、申し訳ありませんでした」

「あんたが、テルさんの孫かい」

孝義の謝罪を遮って、大婆様が口を開いた。作業をしていた膳を脇に置き、真っすぐにミサエの方を見る。真っ黒い目だ、とミサエは思った。普通、この目が黒いうちは、などと言われてはいるが、幼い頃から人の目を見て話すよう躾（しつ）けられたミサエは、大抵の人の目は実は茶色か焦げ茶色だと知っている。しかし、大婆様の黒目は鳥の目のように真っ黒だった。

ミサエは大婆様の視線の鋭さに言葉を詰まらせたが、すぐに心を奮わせ、「はい」

と返事した。一瞬、橋宮の家に寄越された手紙の強い筆遣いを思い出す。あの手紙はこの大婆様が書いたのだろうか、という考えが頭をよぎった。

「テルは、わたしの祖母です。わたしが四歳の時に亡くなってしまって、よく覚えてませんが」

「癌だったらしいね。乳の癌だったとか」

「はい」

この短いやりとりを、目を逸らさないまま交わしただけで、ミサエは密かに震えあがった。鳥ではない、この目は蛇だ。そして自分はまるで睨まれた蛙だ。理屈無しで、なんだか怖い。緊張した思考の端でそう思っていると、大婆様はふう、と大きく息を吐いた。

「あんたの婆さん、若い頃にうちで働いてたんだ。わしより少し年上だった」

それだけ言うと、もう話は終わりだとばかりに大婆様はミサエから目を逸らした。

死んだ祖母がかつてこの家で働いていたことはミサエも聞いている。なにより、その縁でこうして自分はここへやって来た。しかし改めて目の前の大婆様からそう語られると、よく覚えていない祖母がこの人のすぐ近くで生きていたのだと、不思議な感じがした。

「新潟は、ここのところ、どうかね」

「景気も米も、一進一退しながらですが、食いっぱぐれは無いですね」

「そうかい」

当たり障りのない、奇妙に距離をとったやりとりを孝義と大婆様は続けていた。

「ああ、これ、持たされました。お納めください」

孝義は携えていた風呂敷包みから新聞紙の塊を取り出した。大婆様が受け取ると、紙がほころんで中から鮮やかな橙色が零れる。干し柿だった。

「懐かしいものを」

「根室は物流がいいと聞いてたんで、わざわざ持って行かんでもと言ったのですが、本家の爺様婆様がいいから持って行けと」

「そうか」

大婆様は頷くと、部屋の奥にある大きな仏壇に干し柿を置いた。

「あっちの人間が干したやつは、ここで売ってるのとは違う。久しぶりだ」

手を合わせたその体は小さく、孝義にもミサエにも表情は見えないままだった。

孝義は首をぐるりと回した。ごきりと重い音がして、「では以後、この子をよろしくお願いしますね」と言って立ち上がった。見送りのためにミサエも慌てて腰を上げる。

ミサエが失礼します、と膝をついて襖を閉めようとした時、大婆様はあ、と思い出したように声を上げた。

「そういやあんた、名前はなんというね」

「ミサエです、これから、よろしくお願いします」

廊下に額がつきそうな程に深々と頭を下げると、大婆様はそうか、とだけ言って再び漆器磨きを始めた。話は終わりだという意思を見てとって、ミサエはもう一礼し襖を閉めた。

大婆様の部屋を辞して、孝義は早足で廊下を歩いた。ミサエも慌てて後ろをついて歩く。すぐに居間らしき座敷まで来た。大婆様の部屋にあった仏壇とは対照的に、真新しい白木の神棚が設けられている。下は畳ではなく板の間だった。開け放たれた襖の向こうで、先ほどタカ乃と名乗った割烹着の女性と、夫らしき体格の良い男性、そしてミサエと同年代らしき男女一人ずつの子どもが大きめのちゃぶ台を囲んで茶を飲んでいる。全員、どこか訝し気に孝義とミサエを見ていた。大婆様とは違う、普通の、茶色の目だ、とミサエはすぐに気づいた。

「や、どうも、ご主人。これからこの子に色々と手伝わせてやってください」

叔父は座りもしないまま、頭を下げた。主人と言われた男性は「はあ」と気の抜けた顔で頷き、手にしていた新聞に目を落として面倒臭そうに口を開く。

「大婆様にご挨拶は済ませましたのか」

「ええ、滞りなく」

「それじゃ、おい、お前、あれを」

主人がタカ乃に指示を出すと、割烹着の隠しから黄ばんだ封筒が取り出された。孝義の顔が愛想の良さを装って歪む。しかし、封筒を両手で受け取った瞬間に、僅かにその眉間に皺が寄るのをミサエは見た。

「……まあ、なんというかね。色々申し上げるのも無粋でしょうし」

叔父が低い声で呟きながら、親指と人差し指で封筒をなぞっている。受け取った封筒の薄さを確かめているようだった。

「いいでしょう。じゃ、ミサエの身に関して今後一切、よろしくお願いしますね。何か不都合がございましても、こちらは関与しませんから」

不都合、関与しません、という発音に含まれる毒の強さに息を呑み、ミサエは横目で叔父を盗み見た。笑っているのに、眉間に深く皺が寄っている。

「そちらさんも凶作で大変だったとは聞いております。が、事前のお話とお約束を食い違わせてくるとは、まあ、今後のご縁に関しては考えさせてもらうということで」

開き直ったような孝義の言葉に、吉岡家の夫婦は「ええ、別に。それで結構ですとも」と表情のないまま頷いた。

「では私はこれで失礼しますよ。根室の街中に宿をとってますから」

叔父は上着の懐に封筒を突っ込むと、乱雑に帽子を被った。結局、居間で座りもしなかったし、茶を出されることもないままだった。

「どうも、お疲れさまでございました」

吉岡家の家族はそう言って軽く頭を下げたまま座っていた。では、と小さく呟いたきりの叔父の後をミサエは追う。

「叔父さん、あの、ここまで連れてきてくれて、ありがとうございました」

「うん。まあ、お前もこれから達者でやれよ」

自分だけ上がり框で靴を履いている叔父は、背中を向けたままでミサエの方を見なかった。

「あの。根室に宿とか、とってないですよね。もう日も暮れてるし、泊めてもらったらどうでしょう」

「結構大きい街だって聞いてるから、飛び込みでどっかには泊まれるだろ。大丈夫だ」

孝義は振り返り、居間の方を確認して、声を少し落とした。

「ここに泊まって、寝てる間に鉈で頭割られて取り返されたら敵わんからな」

軽い調子で笑い、孝義は先ほどの封筒を入れたらしき懐をぽんぽんと叩いた。冗談として共に笑おうとしてかなわず、顔が強張るミサエを後目に、叔父は「そうだ」と小さく声を上げた。懐から封筒を取り出し、中から紙幣を三枚抜き出して、ミサエの懐へと捻じり込む。

「まあ、頑張んな」

「はい、ありがとうございます」

新潟の家にいた時、祭りや正月の小遣いでも貰ったことのない金額をいきなり渡されて、ミサエは頭を下げることしかできなかった。その金がどういう性格を持って吉岡家から叔父に渡されたものか、もやもやとした気持ちは渡された額への戸惑いに塗り替えられ消えてしまった。

孝義は靴を履くと、ミサエを振り返ることなく、「ここまででいいぞ。それじゃあな」と手を振って軽い足取りで玄関を出て行った。

閉められた引き戸の向こうで、足音が小さくなっていく。親戚と別れ、今自分は血の繋がらない他人の家に一人でいるのだ、と身が震えた。札を挟まれた懐がやけに重い。それでも、ミサエは居間へと引き返し、襖の一歩手前、冷えた廊下で膝をついて頭を下げた。

「あの、橋宮ミサエです。これから、どうぞよろしくお願いします」

頭を上げると、先ほどよりも輪をかけて怪訝な目がこちらを見ていた。橋宮の家で教えられた通り、きちんと丁寧な挨拶を心掛けたつもりだが、何か粗相があったろうか。その場でミサエが身を固くしていると、タカ乃がどすどすと近づいて来た。

「なんだあんたは。挨拶もちゃんとできないのかい」

ちっ、と舌を打つ音が主人の方から聞こえた。これ以上ちゃんとした挨拶というのはどうすれば良いのだろう。そう考えていると、タカ乃の手がミサエの首を摑(つか)んだ。

「何やってんのさ。挨拶ってのは、こうすんだよ」

苛立(いらだ)った声が降り注いだのと、額に痛みを感じたのはほぼ同時だった。床に頭を押し付けられ、額がぶつかったのだと気づいてから、ようやく痛みがじわじわと広がってくる。

「こう言うんだ。『これから身を粉にして働きます。どうぞよろしいようにお使いください』ってね」

「こ……これから身を粉にして働き……ます。どうぞ、よろしいように、お使い、ください……」

指示された通りに言葉をなぞったというのに、首を押さえつける手の力は弛(ゆる)まない。二人の子ども達が笑う声と、主人が「最初からそうしときゃいいのに」というどこか楽しそうな声がミサエの耳へと届いた。額に広がる痛みと床の冷たさに、自分の体の底から力が抜けていくのを感じた。

床に額をこすり付けさせられた夕方から、すぐにミサエには仕事が課されることとなった。

タカ乃に家のあちこちへと連れて行かれ、覚書に書きつける暇もなく、掃除道具の場所や決まり事を言いつけられた。耳慣れた言葉とは少し違う早口、しかも半ば怒鳴りつけられるような説明を受けながら、ミサエはこの時、貰った手紙の内容と、実際の扱いに違いがあることにようやく気づき始めた。

「見たものは一度で覚えな。あたしだってここの家に嫁に来たその日から、大婆様にそうやって仕込まれて今までなんとかやってきたんだ」

タカ乃は吐き捨てるように、そして時にぶつぶつと愚痴るようにして、ミサエにあらゆる役割を言いつけていった。食事の支度、家の掃除、客の応対。

そして、家の外では住宅から少し離れた所にある畜舎での仕事を課された。吉岡家では二頭の馬と十二頭の乳牛を所有しており、牛の乳を手で搾って出荷するのが一番重要な仕事となる。畜舎での仕事の主はタカ乃ではなく主人の光太郎（こうたろう）だった。こちらはタカ乃とは正反対に口数が少なく、それ故に仕事の説明も乏しいままでミサエに作業を強いてくる。分からないことがあって聞いても、「見て覚えろや」と面倒臭そうに言うだけだ。そのせいで、ミサエが仕事の段取りを把握できなかったり、間違いを繰り返したりすると、「なんだこらあ！　ちゃんと見てねえからだ！　ちゃんとやれや！」と、一転して怒鳴り散らすのだった。

ミサエに定められた一日では、朝は誰よりも早く起きて畜舎の掃除に始まり、牛馬の餌やり、乳搾り、集乳缶での牛乳運びをする。日中は家の仕事を言いつけられ、夕方にもう一度乳搾りをして、夜は食事の後片付けや明日の朝食の下ごしらえなど、一家の中で一番遅くまで家の仕事を担わされた。

給金はない。休みももちろんない。それが当たり前のものとして大人たちはミサエを扱っていたし、ミサエからも条件に関してなど、とても言いだせない雰囲気だった。

新潟にいた時も、田んぼの仕事や家事の手伝い、飼われている牛の世話などはしていた。その時も特に小遣いを貰っていた訳ではないし、学校があっても手伝いを免除されることなどなかった。けれど親戚の他の子ども達も皆同様に働いており、大人たちはできる範囲での仕事を把握した上で、子ども達に手伝いをさせていた。

しかし根室の吉岡家では、働かされるといってもその激しさがまるで違う。拘束される時間も、労働量も、大人のそれと同じだけかそれ以上に課せられた。

余りにも当然のように労働を課せられるため、ミサエもこれが普通なのだ、奉公に出た経験のある大人たちはみな辛かったと言っていた、自分も頑張らねばいけないのだ、と思うようになった。やがて言いつけられた仕事をこなすことに精一杯になり、疑問など浮かぶ余裕はなくなっていった。

その一方で、吉岡家の子ども達、ミサエよりひとつ上の一郎と、二つ下の保子は、ミサエが来たことによって家や畜舎の手伝いから解放されたらしかった。大人同様の強度で強いられていた手伝いを免除され、代わりに学校と家で勉強に精を出すよう、両親や大婆様からきつく言いつけられていた。

集落には大きな小中学校があったが、ミサエは通うことを許されなかった。

「学校？　新潟で読み書きと算盤覚えたんならもう十分だろう。うちの子たちが学校行くのは将来うちやこの地域の役に立つためだ。お前はただ働いてればいいんだ」

「ミサエ、なにやってんだ。さっさと一日の仕事全部終わらせちまえ。お前は本だ勉強だなんて何の役にも立ちゃしないだろう」

ミサエは光太郎とタカ乃からそう言われ、毎日つまらなそうに学校へと足を運ぶ二人の背中を羨ましく見送った。ミサエとて特別に勉強が好きな訳ではない。けれど、学校に行けばその間にきつい仕事をしなくても良いし、新潟にいた時のように同年代の子どもと話をしたり休み時間には遊んだりもできる。根室に来る前は当然のことだと思っていた日常が、今はもうひどく遠いことのように思えた。

ミサエの憧れとは反対に、兄妹はどうやら勉強が嫌いらしく、日中も家にいるミサエを嫉みはじめた。

「ここよりあったかいどっかから来た誰かさんは楽でいいよな。俺らと違って学校行かなくてよくて、勉強しねえでよくって」

「ねー。働いてれば勉強しなくていいんなら、親なし子の方が生きるの楽なんじゃない？　あーあ、うらやましいなあ」

　手伝いを免れる代わりに、家に帰ってからもちゃぶ台に噛り付いての勉強を強制されている一郎と保子は、大きな声でミサエに聞こえるようにそう言い合った。

「あの、一郎さん、保子さん、わたしはべつに」

「うるっせえな。俺らの話に口挟んでこねえで、黙って働いてろや」

「使われの身で養われの身なんだから。文句言わないで手ぇ動かせってお母ちゃんも言ってたじゃない」

　ミサエが何か言おうものなら、二人ともタカ乃譲りのきついつり眼をさらに吊り上げて責めてくる。ミサエは大人たちのみならず歳の近い子ども達にも頭を下げ、黙々と働くことしか許されなかった。

　何においても叱責や罵倒が飛んでくる吉岡家で、かろうじて、大婆様から何か言われる時は小言程度で済んでいた。ただし、大婆様はミサエの挙動ひとつひとつをいつもじっと見つめてくる。ミサエはあの黒い目で凝視されると、言葉に出されない分、自分に対してより厳しい評価が行われているような気がして、却(かえ)って緊張を極めてしまうのだった。

　ミサエが自由に使える部屋はなかったため、眠る時は廊下の隅に布団を敷いて寝るよう言われ、それに従っていた。借りている煎餅(せんべい)布団は黴(かび)臭く、一郎と保子の小便の染みが大きく残っていた。体を丸めて眠っていても、壁から染みこむ外気の寒さが背中から身体(からだ)を冷やしていく。おまけに、冷たい床に直接敷布団を敷くものだから、朝になると温度差のために布団はじっとりと湿ってしまうのだった。布団が干せる日はまだいいが、湿ったままで眠りにつかねばならない夜は氷に包まれたような心持ちになる。

　日めくりが薄くなるにつれ、冬はますます厳しさを増していた。新潟にいた時は親戚の子ども達や世話をしている赤ん坊とくっついて暖をとっていたものだが、今のミサエは独りだ。寂しさと寒さと心細さは、すぐに限界を迎えた。

「あの、廊下では寒くて、眠れないことがあるのですが。せめて、湯たんぽとか、ありませんか」

　ミサエが来てから二週間目の夜、居間で配膳を終えてから、勇気を奮ってそう訴えた。夕餉(ゆうげ)で居間に集まっていた者がいっせいに顔を顰(しか)め、ミサエは内心しまったと後悔する。

ごほん、と大婆様が大きく咳払(せきばら)いをした。その音で、怒鳴りつけようとした気配のタカ乃の動きが止まる。大婆様は、食事を再開しながら静かに話し始めた。

「新しくしたばかりのこの家で、寒いなんてことがあるもんかい。前の、屯田兵として着任した際に私らが建てた家は、もっとずっと小さくて寒かった。冬は、起きたら顔に体に雪が積もっていたなんてざらだったんだよ」

ミサエが覚悟したような怒号ではない。しかし、一家の家長として絶対の服従を強いる声だった。

「それを、こんなに新しい家で寒いだなんて。内地育ちは随分と軟(やわ)いことだ。湯たんぽなんぞ使ったら更に体が寒さに弱くなる」

「はい、すみませんでした……」

小さく縮こまり、ミサエは頭を下げた。

「そうだ、せっかく新しい家だってのに、寒いなんてやわだぞ、おめえ」

大婆様の言葉に乗り、一郎が嘲笑する。

「そうだ、やわだわ」と保子まで乗って来たところで、大婆様が「おやめ」と強く声を上げた。

「一郎、あんた人のこと言う前に、十一にもなってボロボロと食べ零すのでないよ。

保子も、茶碗は男持ちじゃなくて女持ちするように言われたの忘れたのかい」びしりと言われて、調子に乗っていた子ども達は身を竦ませる。大婆様は箸を置き、ひとつ息を吸った。

「いいかい。うちはそこいらへんの普通の農家とは違う。屯田兵の家なんだ。制度がなくなって、決まりの上では軍人ではなく普通の農家になったといっても、由緒正しい士族、真っ当な家なんだ。もしもの場合には集落もお国も守り通すつもりで、いついかなる時も、誰に対しても、万事、恥ずかしくないようにお過ごし」

大婆様の淀みのない言い方に、子ども達だけではなく、大人二人も箸を置いて「はい」と返事をした。ミサエも背筋を伸ばして倣う。大婆様は言い終えると何事もなかったかのように、再び麦飯を口に運び始めた。

ミサエも台所に下がり、裏返したトロ箱を机に急いで食事を流し込む。板の床の冷たさが脛からじわじわ体に侵食してくるようだ。耐える以外に選択肢はない。自分にそう言い聞かせて、鰈のアラを齧って飲み下した。

そうして、ミサエが根室に到着し、吉岡家で働くようになってひと月が経過した。

年の瀬が近付き、一層寒さが増したある朝、ミサエの体に異変が起きた。

どうにも体が重く、頭が熱くてぼうっとするのに背筋がぞくぞくとする。この家に入ってから、ずっと朝から晩まで気を張って仕事をしてきた。最近ようやく、段取りがつかめてきたと思った矢先のこの熱である。緊張が弛んでしまったのかな、とミサエはのろのろと起き出した。

家人が起き出してくる前に、重い体でなんとか竈に火を入れて朝食の下準備をする。やがて遅れて起き出してきたタカ乃に、意を決して不調を訴えた。

「はあ？　体の調子が悪い？　ちゃんと起きて支度してるじゃないのさ」

「はい、なんだか、体全体が熱いのに、すごく寒気がして。頑張って動いてはいるんですけど」

「頑張って動いて働けてるんなら問題ないんじゃないのかい？　あたしだって、ここの家に嫁に来て、体動かせるうちは死ぬ気で働いてきたんだから」

タカ乃が憤慨して声を上げると、奥から寝間着姿の大婆様が姿を見せた。

「朝から大きな声を出すものでないよ。まる聞こえだ。ミサエ、あんた、新潟から変な病気持ってきたか、こっち来る途中で流行り病でも拾ってきたんじゃないだろうね」

「そういう訳では、ないと思います。こちらに来てから一か月は、なんともなかったので」

「ふん。そうかい」

大婆様はふうと溜息をつくと、タカ乃に向き直った。

「顔が赤いから、熱でもあるんだろう。今日一日だけ寝させなさい」

「でも、大婆様」

「死なれてご近所に知られたら何の得もない。仮にも武士の家系のうちが、加減を間違えて使用人を使い潰したなんて言われたら、それこそ恥だ」

大婆様が例の真っ黒い目でタカ乃を見据えると、それきり、弱く「はい」と返事してミサエが持っていた箒を奪い取った。

「まったく、使えねえ餓鬼だこと。ほら、大婆様の仰ったことだ、さっさと寝ちまってさっさと治しな」

忌々しそうな許しの声に、ミサエは弱々しく頭を下げた。

ミサエはぼうっとした頭で新潟から持って来た衣類をありったけ着込み、太陽が出ている中、廊下の端に敷いた布団に入った。すぐに薄い眠りが訪れ、その合間に、どすどすばたばたと吉岡の家族が苛立ったように歩きまわる足音が聞こえてくる。その音はまた夢の向こうに消えていった。食事や薬が出される気配はないが、構わない。とにかく眠りたかった。

外に面した廊下のガラス窓では、氷が複雑な模様を描いている。寒さが厳しくなった最近では、昼間でもその分厚い模様が完全に溶けきることはない。ミサエは熱にうかされながら、寒さをただ耐えるしかなかった。煎餅布団と薄い毛布にくるまり、限界まで体を丸めていた。

気が付くと、夜中になっていた。家の中は暗く、家人も寝静まっているようだ。ミサエは起き上がると、足音を立てないように気を付けながら便所に行き、台所で一杯の水を飲んだ。熱はだいぶ下がったように思えたが、まだ背筋に悪寒がある。少し布団を離れただけで、体がすっかり冷えてしまった。

もう少し眠って完全に体を治さなければ、と、ミサエは布団へと戻った。早く眠りについてしまえば寒さを感じずに済むというのに、今度は寒さゆえに眠れない。一秒でも早く眠りが訪れることを願って眼をつぶっていると、ミサエの耳に小さな鈴の音が届いた。

ちりん、ちりりちり。

控えめな音の主はすぐに分かった。大婆様が飼っている白い猫だ。白妙（しろたえ）と名付けられたこの猫を、大婆様は大層大事にしているようだった。ミサエも猫は好きなので撫でたり抱こうとしたりしたのだが、白妙は大婆様にだけ懐いているのか、するりと逃げてなかなか触ることはできない。夜寝る時も大婆様の布団で眠るその白猫が、今夜は尻尾を立てながら廊下を歩いていた。

身を起こしたミサエは、白妙の姿をじっと見た。窓からぼんやりと入りこむ月明かりに照らされ、うっすら光っているようにも見える。夢ではない。

どうしてこんな時間に、こんなに寒い夜にここにいるのだろう。いつもは夜に大婆様の部屋に入ると、朝まで出てこないのに。ミサエは不思議に思ったが、暗闇の中でちりちりと音を立てる鈴で主人たちが起きてはかなわない。

「おいで」

ごく小さな声で、ミサエは猫に声をかけた。白妙は金色の目をこちらに向ける。僅かな月明かりの中、大きく開かれた瞳孔の中心は大婆様の目のように真っ黒だった。

白妙は鳴きもしないまま、枕元へと近づいてきた。ミサエが試みに掛け布団を少しだけ持ちあげると、ちりんと鈴の音を立てて布団の中へと潜りこんでくる。驚いたミサエをよそに、ミサエの腹のあたりで白妙はくるりと体を丸める。首を伸ばし、「いつまで布団を上げているのだ」と言いたげにミサエを見た。

慌てて掛け布団を下ろすと、猫はそれで良いのだと言いたげに丸まったまま眠り始めた。ミサエの腹の脇から、じわじわと温もりが伝わってくる。そっとその柔らかい背中を撫でてみる。久々に感じる温かさだった。布団の中に、白妙がグルグルと喉を鳴らす音が響く。堪（こら）えていた涙が出そうになって、ミサエはきつく瞼（まぶた）を閉じる。そのまま、いつしか深い眠りについていた。

翌朝、眼を覚ますと布団の中に猫はいなかった。熱は下がり、体調はもとに戻ったようだ。白妙が本当にいたのか、勝手に温かい夢を見たのではないかとミサエは猫について思い返していたが、布団に白い毛が付着しているのを見て、ようやく現実のものだったと確信が持てた。しかし、白妙がミサエの布団に潜りこんだのはその夜限りで、さらに寒い冬の夜にも、もうあの鈴の音が響くことはなかった。


「御免下さいましよ」

大晦日を翌週に控えた午後、ミサエが居間の床を磨いていると、玄関から声がした。どこか間延びした男の声だ。ミサエは「はい只今」と声を上げながら慌てて手を拭いた。

「訪い人を待たせるんじゃない」と、客の存在を知った大婆様の声が襖の向こうから飛んでくる。はい、と簡潔に返事して、ミサエは裸足を滑らせるようにして玄関へと急いだ。どたどたと足音を立てればそれはそれで叱られるのだ。

「すみません。お待たせしました、いらっしゃいませ」

玄関のガラスから入る逆光を背に、客は既にハンチング帽をとり、荷物を上がり框へと置いて腰を下ろしていた。背の高い男と、大きな箱のような荷物だ。

「あれ。ここんちの嬢ちゃんじゃないな。なんだ、半年来ないでいるうちに子ども増えたんか」

客は綿の入った藍染の羽織に、長い襟巻というい で立ちだった。羽織の背に、『薬』と白抜きで入っている。人懐こさと図々しさが同居したように細められた色素の薄い目だ。その目が「冗談冗談」と言ってからから笑いながら、じっとこちらを見ていた。

「いえ、その、わたしは」

「ああ、小山田の。ご無沙汰でした。ミサエ、ここはもういい。あんたは掃除の続きをしな」

いつの間に後ろにいたのか、タカ乃が木の箱を持ってミサエの後ろで仁王立ちしていた。ミサエは客に会釈をして、すぐに居間の掃除へと戻る。聞き耳を立てるつもりはなかったが、地声が大きい二人の会話はこちらまで筒抜けだった。

客は富山から定期的に置き薬を交換しに来る、小山田という薬屋だった。富山の薬屋はミサエも新潟の家で幾度か見たことがある。

とはいえ、新潟にいた時、子どもは熱を出したり腹痛を起こしたりした程度では薬を飲ませてはもらえなかった。この吉岡の家では自分にとって薬は更に縁遠いものになるだろう。ミサエが黙々と床を拭いていると、どの薬を追加するか、交換しておくかという話の合間に、吉岡家の近況の話が混ざるようになった。

「そういやあの子、親戚かい？」

「いや、親戚じゃないけど、縁のある子が親無しになってねえ。ほら、根室の街中で雑貨屋やってた婆さんがいたろう。うちは昔あの婆さんを雇ってたことがあってね。そこの子だったのさ。婆さんが癌で死んで、新潟の親戚に預けられてたんだけど、もうほら、十歳ならそれなりに使えるから」

「ああ、あの婆さん亡くなったのかい。随分歳くってから産んだもんだな」

「何馬鹿言ってんのさ。あそこに一人娘がいたろう。その一人娘の子どもさ」

「へえ……」

タカ乃の愚痴めいた口調の間を行き来していた軽妙な相槌が、ふいに途切れた。かさかさと、粉薬の入った袋を入れ換える音がひとしきり響いた後、「そりゃあ、大変だな」と小山田の声が響く。あの薬屋の、軽さをわざと装ったふうの口調が誰かに似ている。ああ、新潟の孝義叔父と雰囲気が少しだけ似ているのだ。挨拶だけで感じた親しみを、ミサエは単純な理由に落とし込んで納得した。

「その、一人娘ってのは、今何してんだい」

「赤ん坊産んですぐに死んじまったらしいよ。なんたら根性のないことだ。あたしなんか、下の子が出ないで三日四日苦しい思いしたけど、産まれたらすぐ畑に出て働いたってのにさ」

「まあこの辺じゃそれがふつうだよなあ。そうか、うん、産んですぐにねえ……」

小山田ののんびりした返答を聞きながら、ミサエは汚れた雑巾とバケツを手にすると、勝手口から井戸の方へと回った。

井戸の表面に張った薄氷を棒で突き破って、ミサエは雑巾を洗った。指が凍えて、呼吸が止まりそうになる。それでもやらない訳にはいかない。気を奮い立たせて急いで雑巾をこすっていると、背後から妙に間延びした声が聞こえた。

「ああ、さっきの嬢ちゃんな」

小山田だった。置き薬の交換が終わったのか、すっかり身支度を整えて帽子を被り、箱状の大きな荷物を背負っている。仕事が終わり、家族だけでなく使われの身の自分にも挨拶をしてくれるつもりなのかとミサエは頭を下げた。

「別にそんな、かしこまらなくても」

「これからお帰りですか」

「うん。根室まで来たら、以前なら大婆様が泊まってくよう言ってくれたもんだがね。今はあのおかみさんが仕切ってるようじゃね。今からなら汽車に間に合うから」

「そうですか」

雑談を続けても、自分は薬を買うような立場ではない。この会話の真意を量りかねていると、小山田はミサエと同じ目線まで腰をかがめた。

「嬢ちゃん、名前は？」

「ミサエと申します」

以前、大婆様に言いつけられていたように、ちゃんと『申します』という言い方ができたとミサエは密かに胸を張った。

「そうか。ミサエか。おっちゃん、これ、あげような」

小山田はごそごそと袂に手を入れると、何かを取り出した。紙風船とか、飴玉とか、そういった類のものだろう。新潟にいた時も、馴染みの薬屋が子ども達の喜びそうなものを渡しては、その家と親密さを保つところを幾度か見ていた。ミサエは綺麗な水の入ったバケツで手を洗うと、手拭いで荒く拭いてから手を伸ばした。しかし、受け取った品物の感触の堅さに驚き、慌てて手の中を見る。コルク蓋つきの小さな瓶に入った、軟膏らしきものだった。

「最近出たものでな。手の皮とか、足の皮のな。ほら、嬢ちゃんのこの指の、こんな風にひび割れた部分にな、毎日少しずつ擦りこむんだ。火傷にもいい」

「だめです、そんなお金、わたし、ないですから」

「構わないよ。あげるから」

「なおさら、だめです。貰えません」

ただの使用人が、こんなものを貰う理由がない。ただの親切なのだとしても自分の身の丈には大きすぎる。ミサエは大きく首を振って、手の中の瓶を突き返そうとした。しかし、小山田は綿入れ羽織の両袖に腕を入れたままで、一向に受け取ってくれる気配がない。

「じゃあ、使って効いたかどうか確かめて、今度俺が来た時に結果を教えてくれないか。半年ぐらいしたら、また来るから」

「でも…」

「最近出たものだと言ったろう。効果覿面(てきめん)かどうか調べるのに、嬢ちゃん、協力してくれ。それならいいだろう？」

「はい……」

半ば押し切られるようにして頷いたところを、すかさず小山田は手を伸ばしてミサエにがっちりと瓶を摑ませた。大きく長い指をしたその手こそ、膏薬(こうやく)を使った方がいいのではと思うほどに荒れていた。

その日の夜、ミサエは全ての仕事を終えて、ぬるい終い(しま)湯で急ぎ体と髪を洗った。湿った髪が窓から入りこむ冷気で冷えていく中、廊下の隅に置かれた小さな風呂敷包みを解いた。それはミサエが新潟から持って来た荷物全てで、親戚の年嵩の子たちから貰った数枚のお下がり、ちびた鉛筆とわら半紙の束、これもお下がりの歯の欠けた櫛が入っている。その一番下に、昼間に薬売りから貰った軟膏の瓶が仕舞ってあった。

ミサエは吉岡の家人がみんなそれぞれの部屋にいることを目で確認すると、そっと瓶の蓋を開けた。粉薬の臭いとは違う、はっか草のような匂いがする。廊下の隅でランプの薄暗い光を反射して、青緑色の瓶が綺麗だった。

しばらくその瓶を眺めては匂いを嗅いでいると、どたばたと足音が聞こえてきた。一郎と保子が、薬売りからタカ乃が貰った紙風船を奪い合いながら、ふざけて走り回っているようだ。ミサエが慌てて瓶を風呂敷に戻そうとした時、一郎が咎めるような声を上げる。

「あ、ミサエ、お前何持ってんだ？　渡せよ、ほら！」

抗う術もなく、ガラスの瓶は一郎に取りあげられてしまった。保子が横から瓶を覗き込んで大きな声を上げる。

「保子、これ前に薬売りの箱にあったの見たよ。瓶が欲しいから買って欲しいって言ったけど、買ってもらえなかったやつだ！」

騒ぎ立てる兄妹の声に、両親も寝室から怪訝な顔をして廊下へと出てくる。ミサエがこれ以上隠す手立てはなかった。

「ミサエお前、この薬、買ったのかい？　うちの掛けで？」

「いえ違います、今日、帰りがけの薬屋さんがくれたんです。いいですって言ったんだけど、渡されて、返そうとしても、受け取ってくれなくて」

「なんであの薬屋、お前にそんなもんをくれたんだよ」

「その、わたし、新潟からきたから、富山とは近いので、地元同士と思ってくれたんじゃないでしょうか」

苦しい言い訳だった。県が違うし、そもそも商売で色々な場所を流れている薬売りが特定の出身者に優しくする意味がない。馬鹿を言うなと叱責されるのを予想してミサエは身を固くした。

「富山と新潟って近いのかい。まあ、そういうこともあるのかねえ」

「根室と釧路の出みたいなもんかね。まあ、根室の者と釧路の者が内地で会ったら同郷と思うわなあ」

大人たちが変に納得したような声を出した。ミサエとて咄嗟の言い訳を口にしたのだが、大人たちの納得の仕方に、意外と事実に近い所を言い当ててしまったのかもしれないとさえ思う。

「でも、売り物のこんないい薬、ミサエに使わせておくことないだろ」

「それもそうだね、ミサエ、これはうちが貰ったってことにする。それで文句ないね」

言い訳を許さないという口調で、タカ乃が瓶を手にする。はい、とミサエが頷く間に、瓶を開けて中身を指に取り出した。

「保子、あんた先週手袋無くしてから、学校の行き帰りに手ぇ真っ赤にしていたろ。塗ってやるから、両手出しな」

「俺も牛舎仕事で指と爪の境がぼろぼろでよ」

「学校用の毛糸の靴下、薄くなっちまったから、俺も踵がさがさなんだ。次、俺な」

「中身無くなったら、瓶、保子にちょうだいね！　絶対だよ！」

一つの小さな瓶を囲んで、吉岡家の親子四人が互いの手や足に軟膏を塗り合っている。誰も廊下でひとり佇む(たたず)ミサエの方を見ない。まだ乾ききらない髪が凍りついてしまう前に、ミサエはこっそりと冷たい布団に潜り込んだ。指先がひどく冷たい。その日の夜も、やはり猫は来なかった。

二

ミサエが根室の吉岡家に住み込みを始めた晩秋から、二月が過ぎた。新潟での冬の記憶は圧倒的な雪の白に塗りつぶされている。一階の屋根まで届かんばかりに降り積もる雪に山裾も竹林も覆われ、窓も雪に閉ざされて屋内は薄暗いものだった。

新潟の橋宮の家では、男達はみな関東関西へと出稼ぎに行き、残った女や年寄り子どもは囲炉裏のある部屋に集まり、繕い物や藁細工などをして過ごした。外では大ぶりの花のような雪が降り積もる中、家の中で賑わいが途切れることはなかった。

日本の中では根室も新潟同様に寒い地域とされるのに、ミサエにとって北の地での冬は全く異なるものだった。雪が極端に少なく、しかも風が強い。乾いて粒の小さい雪は海から吹きつける風に飛ばされ、黒い土が見えている場所も所々にある。建てられたばかりだという吉岡家の住居の隙間からも容赦なく風が入りこみ、廊下で寝ているミサエには特にそれが感じられた。新潟にいる時は冬の厄介者とさえ思っていたあの雪が、家を覆って温めていたのだとこの時初めて知った。

「寒ぃなあ」

夜中に吹きつける風は大抵、朝方にはぴたりと止む。そして空は真っ青に晴れ渡るのだが、そんな日は特に気温が下がった。家で誰よりも早く起きて諸々の支度をしなければならないミサエは、毎朝水汲みで外に出ることが辛くてならない。凍りついた玄関の引き戸をようやく開けると、顔に、指に、さらに冷えた空気が襲いかかる。手拭いを被っているのに耳が腫れ、頰の感覚はなくなり、手の甲と指の関節が勝手にひび割れて血が滲んだ。毛糸の靴下と薄いゴム長靴ごしに、足の指もすぐに感覚を失い始める。古着の上着も中の綿が痩せてきたせいか、肉からも骨からもどんどん体温が奪われていた。

「寒い寒い」

家人の耳に入ったならば、「寒いのはお前だけじゃない」「裸一貫で開拓に入った頃はもっと寒かった」と咎めを受けるため、ミサエは声に出さず唇だけで呟く癖がついた。無音の言葉であっても、吐き続けなければ唇が凍りついてしまいそうだった。呼吸もゆっくりと行う癖がついた。急に冷たい空気を吸うと肺と喉が凍りつきそうになるからだ。新潟の冬と比べ、根室の寒さは常に自分の命を奪おうとするようで、ミサエはいつも怖かった。

「……寒い、寒い。でも」

手を止める訳にはいかない。課せられたことをこなさねばならない。その一心で、ミサエは血の滲む手を揉みながら、玄関の外へと踏み出した。

ふと、小さな鈴の音と共に、まだ暗い家の奥から白い影がこちらに向かってくるのが見えた。ミサエが玄関の戸を閉めずに待っていると、隙間から白猫が飛び出してくる。

「白妙。おしっこ、するの？」

猫はミサエの呼びかけに答えることなく、玄関脇に積もった雪を少し掘った。ミサエは早く畜舎に仕事に出なければと思いながらも、白妙がゆっくりと用を足し、そこに雪を被せ終えるまでその場で待った。白妙がこちらを見上げるのを合図に玄関の戸を細く開くと、それでいいのだ、と言わんばかりにニャアと鳴いた。ミサエがその満足げな背中をするりと撫でると、尻尾をぴんと立てたままで屋内へと帰っていく。最近はようやく、ミサエに触られるのをよしとしてくれているようだ。

　白妙はまた大婆様の布団で眠るのだろう。白妙が享受(きょうじゅ)するであろうその温かさを少し羨ましく思いながら、ミサエは猫の小便を雪ごと蹴り飛ばして痕跡を消した。指先に残る温かな毛の感触が名残惜しい。振り払うように、大股で終わりのない仕事が待っている畜舎へと歩きだした。

　冬の気温の移り変わりは鈍く、歯を食いしばるようにしてミサエは最初のひと冬を耐えた。寒さよりも、暦よりも、最初に季節の移り変わりを感じさせてくれたのは太陽の動きだ。日の出少し前に起きるよう体が慣れていたミサエは、明け方の時間が段々と早くなっていくのに気づいた。

　陽(ひ)の出ている間はやるべき仕事があるため、日照時間が長くなることは労働の時間が増えているということだが、それでも冬が終わることをミサエは何よりもありがたく思った。

　そうして、黒い土の間からふきのとうの頭が見えた頃、真冬に生まれたミサエは自分が一つ歳を得て十一歳になっていることにようやく気づいたのだった。祝われることも、気に掛けられることもない誕生日などすっかり忘れていた。

地面に固くこびりついていた根雪が小さくなり、太ったネコヤナギを押しのけて緑の芽が出始めた頃、ミサエは外で作業をする上着を一枚脱いだ。もう、体を動かしていると汗をかくほどだ。

暦のうえでは、新潟は桜が満開になっている頃だろう。ミサエはそう思ったが、口に出すことはなかった。新潟でのことを迂闊に口に出せば、タカ乃や主人の光太郎、そして子どもの一郎と保子から、「内地はいいよねえ、暖かくて」「こっちは春っちゅうてもまだ水が凍る」などと舌打ちと共に言われる。ここが寒いのはミサエのせいでもないというのに、そんな時には結局「すみません」と頭を下げて謝るまで責めは止まらないのだ。いつしか、ミサエは最低限の用事についてしか口を開かないようになっていた。沈黙は、少しでも無難に生きのびるための手段だった。

吉岡の家での働きづめの生活の中、ひとつの変化があった。白妙が子猫を産んだのだ。もともとがふっくらとした毛に加え、大婆様以外の人間にはあまりすり寄らない猫だったから、誰も子を宿していたことに気が付かなかった。ある朝、大婆様が突然「白妙が布団で子を産み始めた」と言いだし、ちょっとした騒ぎとなった。

出産の様子が見たいと駄々をこねた一郎と保子は大婆様と両親に一喝され、渋々学校へと出かけていった。

「ミサエ。あんた、食事が終わったら桶にぬるま湯と手拭いを入れて持ってくるんだ」

「はい」

大婆様に言い付けられて、ミサエはすぐに返事をした。朝食が終わったら本来は畜舎の掃除がある。光太郎とタカ乃を見ると、渋々といった体で頷かれた。大婆様の、あの真っ黒い目で射られて命じられる用事は、ミサエのみならず吉岡家では何よりも優先された。

言われた通りに桶の用意をして大婆様の部屋へと向かうと、大婆様は敷かれたままの布団から少し離れた所に座っていた。その目が見つめる先、敷布団の角で、白妙がひとつの小さな塊をしきりに舐めている。チイ、チイという小さな声が聞こえた。覗き込もうとするミサエを、大婆様は手で制した。

「あまり近づくんじゃない。母猫が怯える」

「はい」

ミサエも橋宮の家で猫の出産を見たことが幾度かあった。米どころではネズミ対策のため猫は重宝される。ミサエは子猫が生きていると分かると、大婆様の隣で黙って白妙を見つめた。ほどなくして、白妙の全身がうねり、苦しそうな息をつくと、尻尾の下からぬるりとした塊がひり出される。すぐに、母猫は体を起こして塊の表面を覆う半透明の膜を舐めとった。濡れた二匹目もやはりチイチイと小さく鳴き始め、白妙はせわしなく二匹の子猫を舐め続けた。

母となった白妙は、グルグルと喉を鳴らしながら産まれたばかりの我が子に愛情を注いでいる。お産は二匹で終わったようだ。両方、白妙と同じ真っ白な子猫で、濡れた毛のせいで全身がうっすらと桃色に見える。小さな手足をもぞもぞと動かして、懸命に母猫の腹へと頭を埋めはじめた。だが、せっかく乳首を探り当てたところで、子猫の頭を舐める白妙の舌で体が離されてしまう。

「白妙、お産は初めてですか」

「そうだ」

声を抑えたミサエの問いに、大婆様もやはり小さな声で答えた。さっきから、大婆様はじっと白妙を見守るのみで、余計な手を出したりはしない。ミサエも見守るだけだ。

新潟の家にいる時、猫のお産を知った親戚の幼子が、ミサエの制止もきかず、産まれたばかりの子猫を無理に取りあげたことがある。かわいいかわいいと抱き上げられ、すぐに母猫のもとへと戻されたのだが、母猫はそれ以後、人間に触れられ臭いのついた子を拒んだ。他の子猫と違い母乳を飲むことのできなかったその子猫は、翌朝、湿った体のままで死んでいた。その亡骸を、図らずも犯人となってしまった子とミサエは土に埋めた。

泣きじゃくる子をなだめ、何事もなかったかのように他の子を育てる母猫を見ながら、自分の記憶にない母について想いを巡らせたことを覚えている。想像の中で母は慈母にも鬼子母神にも姿を変えた。

心を過去に飛ばしながら猫を見守るうち、二匹の猫は乳にありついて小さな前脚で懸命に白妙の腹を押している。白妙は目を細め、喉を鳴らして静かに横たわっていた。その静かな景色に、いつもは白妙の首に巻かれている赤い紐と鈴が取り払われていることにミサエは気づいた。出産の障りにならないようにという大婆様の気遣いだろう。

「大婆様。牛乳少し、貰ってきましょうか」

思いつきを口にすると、大婆様は「ああ、頼む」と頷いた。吉岡家で搾った牛乳は貴重な収入源であったが、一郎と保子、そして白妙は口にすることを許されていた。下働きのミサエは搾り手であっても飲むことは許されていなかった。もっとも、もともと新潟で牛乳を口にする習慣がなかったため、飲みたいと思うことも特になかったが、白妙がいつも美味そうに舐めている様子を見て、猫にとっては美味いものなのだろうとは思っていた。

ミサエは畜舎に急ぎ走り、朝に搾った牛乳が入っている集乳缶を傾け、白妙がいつも使っている小皿へと少しばかり移した。

「なにやってんだ、ミサエ」

かけられた太い声に、体が竦む。見つからないように急いで来たはずが、畜舎の掃除をしている光太郎に見とがめられてしまった。

「あの、すみません。大婆様の、白妙に、牛乳を少しだけ」

大婆様が大事にしている猫のためなのだから、後ろめたいことはないはずなのに、真っすぐに主人を見ることができない。皿を手にしたままのミサエに、光太郎は鼻を鳴らした。

「あの婆さんは、いっつもそれだ。牛乳なんて、俺がガキの頃から満足に飲ませてもらえねえもんを、ひ孫や猫には飲ませやがる。まったく……」

ぶつぶつ言いながら光太郎は箒を動かした。独りごとめいた愚痴を聞くべきかミサエは少し迷い、頭を下げてその場を去ることにした。牛乳が遅れたら遅れたで大婆様に叱られる。

「大体がして、屯田兵だからって何もかもが明治の世の中のまんまで行くわけがねえってんだよ。もう昭和なんだよ、昭和……」

光太郎はミサエが去るのも特に気にしていないようだった。終わらない文句を背中越しに聞きながら、ミサエは皿の牛乳が零れないよう気を付けて家へと戻った。

「持って参りました」

ミサエが部屋に戻ると、「ご苦労」と小さく返事があった。大婆様の視線は変わらず白妙親子に向けられている。子猫はひとしきり乳を飲み終えたのか、満足して眠ったようだ。小さな白い毛の塊の、柔らかそうな腹が小さく上下している。白妙は愛用の皿をミサエが手にしているのを見ると、金色の目を大きく開いてニャアと鳴いた。

「消耗しているんだ。はやくおやり」

促されて、てっきり大婆様が与えるものだと思っていたミサエは少し戸惑った。催促するようにもう一度ニャアと鳴いた白妙に皿を差し出すと、横たわっていた体勢から上体だけをよろよろと起こした。皿を床に置いたままでは飲みづらそうだったので、ミサエは白妙の口元へと皿を近づける。桃色の鼻が皿の中身を一度嗅いで、それから一心に舌を伸ばし始めた。

ぴちゃぴちゃと、白妙は夢中で牛乳を飲んでいるようだった。その腹の周りでは産まれたばかりの子猫二匹が何の憂いもなく眠っている。白妙が牛乳を飲むごとに、子猫の腹が穏やかに上下するごとに、ミサエの胸に温かいものが広がっていった。皿を持ったままで大婆様のほうを振り返ると、その真っ黒な瞳は猫ではなくミサエの方を見ていた。そこからは何の意図も感じ取ることはできなかったが、いつも感じている射すくめられるような恐れは感じなかった。

一度冬が終わってしまえば、季節が移り変わっていくのは早かった。桜は咲いて惜しむ間もなく散り、野の花も各農家の庭に植えられた野菜も、なけなしの暖かさを吸収するようにぐんぐんと伸びてあたりは緑色に占拠された。日々の仕事の合間に顔を上げるごとに、まるでだるまさんが転んだをしているように植物が育っていく。四季の変化は新潟と変わりがないのに、景色の移り変わりは根室の方が明らかに早い。ミサエには何もかもが生き急ぎ、死に急いでいるようにさえ見えた。

白妙の子猫はどんどん成長した。猫など見慣れていたはずのミサエだが、無邪気に遊ぶ子猫達を見ているといつでも、白妙に牛乳を与えた時の心の温(ぬく)みが蘇(よみがえ)る。子猫達も白妙と一緒で大婆様の部屋にいることが多かったが、時折ミサエに甘える子猫の存在は、吉岡家の中で小さな拠(よ)り所となっていた。

やがて、吉岡家の人々が近隣の住民と挨拶をする時に「いやあ、暑くなったねえ」「ほんとに、今年の夏は暑いわ」と会話が交わされるようになって、今がここでの夏なのだとミサエは知った。緑の色は濃いけれど、本州の暑さに慣れ親しんだミサエに根室の真夏とされる温度は随分と涼しいように思われた。

朝夜は濃い海霧がしっとりと地を覆い、一度空が晴れれば爽やかな風が全身を撫でていく。ようやく、根室の気候に愛着を感じられるようになっていた。冬の骨を凍らせるようなあの寒さは辛いが、その後にこれだけ快適な夏が待っているのならば、少しは耐え甲斐があるというものだ。たとえ、身体に優しいこの夏が非常に短いものだったのだとしても。

その夏に、一組の珍しい客が来た。同じ屯田兵村で働く林という夫婦が、最近一人娘が嫁に出たうえ、夫婦ともに腰の具合が悪いので、どうにか手を貸してくれないだろうかと言って来たのだ。

「どうかお頼みします。少しで構わねえんで、うちの仕事、手伝ってくんねえべか」

吉岡家を訪れた林夫妻は、そう言って揃って頭を下げた。

「このままだと、せっかく入れた牛に冬の分の草、用意できなくなっちまうんです」

光太郎とタカ乃よりもひと回り年嵩の林夫婦だが、茶の間の端で控えているミサエが驚くほどに吉岡家に対してへり下る態度だった。同じ屯田兵の村で必死に営農している仲間なのにどうして、という疑問は会話を聞いているうちに解けた。

「とは言ってもねえ。もともとあんたさんとこは屯田兵でも何でもなくて、農業から抜けた人のところにやむなく後から入った訳でしょう。同じ集落で働いてるっていっても、意味合いが違う」

勿体ぶったように、光太郎が茶を啜る。林夫妻に茶は用意されていない。ミサエは二人が訪れた時すぐに台所に立とうとしたが、「今日は何も出さなくていい」とタカ乃にきつい声で言われていたのだった。奥の部屋にいる大婆様を呼ぶほどの客でもないとも付け加えられた。

「仰るとおり、我々は屯田兵ではねえ。親父も兄貴も、根室に流れ着いて漁師やってるが、弟の俺は農業やれって言われてここの村に後から入らせてもらっただけにすぎねえ」

「ねえ。親父さんもお兄さんも、親戚みんな、漁師なんでしょう？　親戚いっぱいいるんでしょう？　なら、そっちから人手回してもらえばいいんでないの」

タカ乃が明るさに嘲笑を混ぜた声で提案した。答えが分かっているのに、わざと言わせるんだ、とミサエは直感した。

「この時期は、花咲蟹の缶詰作りで国後に人みんな取られちまって。親戚一同、残ってる子どもや年寄りも昆布干しに駆り出されて、牛飼いの手伝いする身内はいません。花咲の漁師のとこ嫁にやった娘も同じで、帰ってこられないで」

辛そうに搾り出す林の奥さんに、光太郎はさも同情したようにふうんと息を吐いた。

「そりゃあ、あんたんとこが手が足りないのは分かる。よく働いてた娘さん嫁に出して人手が足りないというのも、腰が痛い気持ちもよく分かる。うちだって、俺の親父が日露で兵隊に出た時は大変だったし、死んで帰ってこないと分かった時はさらにしんどかった。あんたら後から来た者には分からんかもしれんが、爺さんの代で屯田兵でここ来て、なんもないとこ畑にして、誰も彼も大変だったんだ。俺らだって、体で痛くないとこなんて無いものなあ」

光太郎が隣のタカ乃に同意を求める。

「そうですよ、腰も足も、使い通しでねえ」と頷くタカ乃の向こうで、勉強をする振りをした一郎と保子が底意地の悪い笑みを林夫妻に向けていた。

「いや、お宅様もどこも、みんな大変だっていうのは分かってるんです。ただ、こちらさんは人も使っておられることだし」

床に手をついた林の旦那が、ちらりとミサエの方を見る。急に自分が話題にのぼり、ミサエは姿勢を正した。ふう、とタカ乃がわざとらしく息を吐く。

「人を使っているっていってもね。見ての通りまだ十やそこらの子だし、大人と比べたら半人前よりまだ悪い」

「たいした力にもならないものを、親がないというので昔の縁で引き取ってやってるんですよねえ」

ねえ、とタカ乃に向けられた視線にミサエは頷いた。自分の中で、少なからず言い分はある。子どもではあるけれど、大人と同じだけの仕事をなんとかこなしているし、そもそも引き取りたいという手紙を新潟の橋宮家へ寄越したのは吉岡家のほうだ。そうは思っていても、ミサエはただ下を向いたまま大人たちの言葉を肯定するしかなかった。

「どうかなんとか。大人の手まで貸してくれとは言いません。後生ですから、この子だけでも少し、貸してもらう訳にいかねえでしょうか」

「お願いします。対価については、必ずいつかお返しいたしますから」

手をついて頭を下げた夫婦の姿に、ミサエはこの家に来た日、床に頭を押し付けられたことを思い出した。あの時はもちろん床の板目が見えるばかりで、この家の家族が自分をどんな顔で見ているかは分からなかった。

しかし今、ようやくその答えを知った。夫婦も、成り行きを見守っていた子ども達も、とても満ち足りた、幸せそうな顔をしている。いっそ潔いほどに意地悪さが抜け、心底嬉しそうな四人分の笑顔を目にして、ミサエの脇腹に怖気が走った。実際に、額に冷たい汗が浮かんでくるのを感じた。

「そんなことをしてもらっても。どうか頭、上げてくださいよ」

「これじゃ、まるでうちが意地悪でもしてるみたいだ」

声をかけられ、顔を上げた林夫妻の顔がひどく疲れているように見えたのは、ランプで薄暗い室内のせいだけではない。対照的に、どこかすっきりとしたような吉岡夫妻は顔を見合わせ、芝居がかった仕草で頷きあった。

「ようございます。そこまでされちゃ、屯田兵の我々としては、手を貸さない訳にもいかんでしょう。夏の忙しい間、ミサエをお貸ししましょう」

「うちもこの子がいなくなると手が少なくなって、牛舎もお勝手やらも大変なんだけどねえ、仕方ないでしょうねえ」

先ほどとは正反対のことを言う二人に、疑問を挟むこともなく「ありがとうございます」と林夫妻は再び深く頭を下げた。吉岡の家族の愉悦に満ちた表情を見て、ミサエはようやく、最初から人手を貸してやるつもりではあったこと、散々渋ることで売る恩の値を吊り上げたのだということに気がついた。

夫婦が懇願に来た翌週から、ミサエは林家へと手伝いに行くことになった。当初は一時的に住み込みを、という林家の提案だったが、吉岡の家が応じなかった。畜舎の作業以外の家の仕事を普段通りに手伝わせるためだった。

致し方なく、ミサエはこれまでよりもさらに早く起き出し、台所の支度を済ませてから徒歩で十五分ほど離れた林家に向かう。晴れている朝なら清々（すがすが）しいものだが、夜明け前の村はたいてい濃い霧に覆われ、向こうの家に着く前に服も髪もじっとりと湿った。おまけに道は砂利も敷かれていないため、粘る泥が張りついてゴム長はいつも重かった。

　林家の敷地は吉岡家の半分ほどで、牛の数も三頭だけだが、放牧場の他に大豆や芋を作っており、そちらも相当に労力を必要とされた。予定されていた牛用の草刈りに加え、例年よりも遅れているという畑作業もミサエは手伝った。田んぼと違い、固い土を鍬でほぐして肥料をすき込む作業に、ミサエの手にはすぐに血豆ができた。

　とはいえ、林家への出面はミサエにとってそう悪くはない日々となった。夫妻は二人とも人がよく、ミサエの助力を心からありがたがってくれる。

　根室の生活の厳しさが、等しく人の心を荒くさせる訳ではないのではないか。吉岡家の面々の面影と林夫妻とを重ねて、ミサエは違いを感じ始めた。

　林家のもとを訪れるようになって数日後の昼のことだ。林家の旦那から畑に深い畝を切るやりかたを教わっていると、住宅から包みを抱えた奥さんがやって来た。

「そろそろ昼だべし、ちょっと手ぇ休めましょうや」

「おう、そうだな。ミサエちゃん、井戸で手ぇ洗ってこよう」

「はい」

　言われて身を整えてくると、畑の縁には淹れたての茶と握り飯が用意されていた。

「頂きます」

林夫妻が握り飯を頬張ってから、ミサエは手を合わせて自分もそのうちの一つに手を伸ばした。大きく、全面に海苔（のり）が巻かれた握り飯だった。そういえば吉岡家のお握りは麦飯の塩にぎりで海苔は使わなかったな、と思いながら一口を齧り、思わず目を見開いた。

「麦飯じゃあないんですね」

「え？」

言葉の意味が分からないといった風に、二人は目を円（まる）くした。ミサエは口の中の真っ白であろう飯粒を急いで嚙（か）んで飲み下すと、改めて口を開いた。

「いえ、この辺では、みんな麦飯しか食べないのかと思ってました」

手の中にある黒い海苔で覆われた握り飯の、その齧り口は真っ白だ。久々に見る白米だった。海苔も、ミサエが知る海苔とは違って、段違いに美味（おい）しい。真ん中には、その海苔を甘辛く炊いた佃煮（つくだに）も入っているようだった。

「ああ、ミサエちゃんは新潟の農家から来たんだっけ」

「この辺でも普通に白い米は食べるさ。うちも普段は麦混ぜた飯だけど、作業で力出さねばいかん時は、白米にして頑張るのさ」

食べて元気出さんとねえ、と言って旦那は大きな口で握り飯を頬張った。

「海苔も、すごく美味しいです。この中に入ってるのも」

「ああ、これねえ。うちの人の実家、根室の漁師なんだわ。冬にね、岸壁につく岩のりをこそぎとって、洗って乾かして、こうやって海苔にすんの。家や親戚に配るぐらいしか作んないんだけど、そうかい、美味しかったかい」

奥さんがにこにこと説明してくれるのを、ミサエは感心しながら聞いた。

「いいんですか？」

思わず、率直な疑問を言葉に出していた。

「わたし、これ、食べてもいいんですか？」

今度こそ本当に意味を量りかねたのか、夫妻は握り飯を持ったまま怪訝な顔をした。ミサエからすると、使われの身でこんなに美味しい握り飯を食べさせてもらうのは気がひける故の質問だったが、夫妻は当惑した様子で口を開いた。

「もちろんだともさ。せっかく手伝ってもらうんだから、遠慮せずに食いなさいや！」

「ただの握り飯だってのに、美味しいなんて、嬉しいねえ。ほら、午後も手伝ってもらわないといけないんだから、ミサエちゃん、もっと食べなさい」

「はい！」

まだ食べかけを一つ持ったままだというのに、強引に新しい握り飯を追加で持たされて、ミサエは笑った。こんなに笑うのは久しぶりで、頬が引き攣りうまく動かなかった。

林家で働き、帰ってからは夜遅くまで吉岡の家の細々とした用事を片付ける日が続いた。最初はその慌ただしさに手一杯だったが、働いて体力がついてきたこと、林家で十分な量の昼餉を与えられることもあり、夏の盛りを過ぎる頃にはミサエはこの環境にも完全に慣れていた。

ある夕暮れ、林家での仕事を終え、ミサエはいつものように「明日もよろしくお願いします」と頭を下げた。

いつもなら「お疲れさん、明日も頼むね」と送り出してくれる夫妻だが、今日はともにどこか渋い顔をしていた。何か粗相をしただろうか。考えるミサエを前に、奥さんが意を決したように口を開いた。

「あのさ、ミサエちゃんさ。あんた、服、小さいんでないのかい」

思いもよらないことを言われ、ミサエは自分の格好を見た。持っている服は全て、新潟から持って来たものだ。もとは親戚の姉さん達の古着であり、破れやほつれは繕いながら泥と汗で汚してきた。できるだけこまめに洗濯して大事に着てきたが、小さくなってきたのはどうしようもない。もとの色がわからなくなった長袖シャツは袖の先が肘近くになり、ズボンの裾はたくし上げてもいないのにゴム長靴よりも上にきていた。

「他に、持っていないので、仕方ないです」

ミサエはそう言うと、急に自分の格好が恥ずかしくなって身を縮めた。街に買いに出る機会はないし、そもそも給金もないのだ。新たな服を調達する術がない。これから体が成長し、手持ちの服がいよいよ全部着られなくなったらどうしよう。そう思いを巡らせていると、奥さんがミサエの肩に手を乗せた。

「吉岡さんの家で、代わりを貰えるわけじゃないんでしょう。わかってる」

ポンポンと優しく肩を叩く掌と優しい声音に、ミサエは驚いた。使われの身でしかない吉岡の家で、服を貰える可能性などそもそも考えたこともなかったのだ。戸惑うミサエに奥さんはにっこりと笑って続ける。

「嫁に行ったうちの娘が昔着てたのがあるから、お古で悪いんだけど、あげるわ」

「おう、それがいいな。翔子ももう着ることないだろうし、丁度いいから、着られそうなやつ全部あげちまえ」

「今度、押し入れの奥から探し出しておくわ。ミサエちゃん、だから、なんも遠慮しないでね」

それがいいそれがいい、と盛り上がる林夫妻の言葉に、じわじわとミサエの心が温かくなる。服を貰えたなら助かるという気持ちと、人から久々に優しくされたという思いで、瞼の裏が熱くなってきた。溢れて零れ落ちないうちに、深く頭を下げて「ありがとうございます」と繰り返した。

その帰り道、ミサエの足取りは軽かった。継ぎはぎだらけの上着を脱いで振り回し、汗の残る腕や顔にたかろうとする蚊を追い払いながら、夕暮れの道を歩いた。家というには余りにも辛い環境が待ち構えている帰路のはずなのに、今日ばかりは自然と鼻歌さえ歌って歩いた。

それから三日経った後、ミサエはいつものように林家での手伝いを終えて、吉岡の家へと帰った。薄暗くなった道の向こうで、玄関の明かりが光っている。玄関に誰かが立っている影が引き戸のすりガラスごしに見えて、思わず一度、足が止まった。

「只今帰りました」

ゆっくりと戸を開けると、予想通り、上がり框でタカ乃が腕組みをして立っていた。裸電球が頭の後ろ側にあるため、影になって表情は見えない。

「ミサエ。ちょっとこっち来な」

「はい」

お帰りという挨拶も、お疲れさまという労いもない生活には慣れていた。しかし今のように、こうして低い声で呼ばれることにはいつまでも慣れない。今度は何を叱責されるのか。服の畳み方が気に障っただろうか。それとも気を付けて掃除したはずが埃でも落ちていただろうか。

ミサエが身に覚えのない自分の行動をひとつひとつ思い返しながら勝手口で急いで手を洗っていると、「早くしな！」とさらに急きたてられた。

「何か、用事でしょうか」

茶の間に入る前の廊下で正座して中の様子を窺うと、吉岡夫妻が腕組みをして座り、奥では一郎と保子が子猫二匹と遊んでいた。大婆様はいつもの通り奥の部屋にいるようだ。

「用事？　ああ、いくつもあるね」

タカ乃はふんと鼻を鳴らすと、傍らに置いてあった藍染の風呂敷包みをミサエの方に放り投げてきた。手ごたえは軽い。床に置き直して結び目を解いてみると、中にはきちんと畳まれた衣服が六枚重ねられていた。

「今日、林の奥さんが日中に持って来たもんだ」

「林さんが……」

ミサエは一番上の一枚を手にとってみた。白地で、襟に小さな花模様がついたブラウスだ。布自体がそれなりに古いものであったし、あちこちに継ぎはぎがあるようだが、継ぎでさえ地の布と合う端切れを丁寧に縫い付けてあるのが見て取れた。林の奥さんか、嫁に行ったという娘自身の手によるものだろう。柔和な雰囲気の夫妻を思い出し、ミサエの頬が僅かに弛んだ。揃った針目に指を添わせて仕事の丁寧さを思った矢先、そのブラウスは目の前から消えた。

あ、とミサエが思わず声に出した時には、ブラウスと重ねてあった他の衣類もすでにタカ乃に奪われていた。思わずミサエが手を伸ばすと、タカ乃は眉を吊り上げて服を後ろへ放り投げた。

「冗談じゃないよ！　あんた、林の家で何を言ったんだ！」

唾を飛ばし、床が震えるほどの怒号を飛ばすタカ乃の隣で、光太郎は妻の言い分はいかにも尤も、といった風に頷いている。ミサエは慌てて床に額をつけた。

「うちの身になって考えてみな！　うちの使われ子が、近所の子が長く着てた襤褸を貰って後生大事に着てるなんていったら、この吉岡の家が何て思われるか！」

「はい、申し訳ありませんでした」

ミサエは謝罪の言葉を口にしながらも、事態を把握しきれず思考が頭の中をぐるぐると回った。自分はただ、言われるままに林さんの所で働いていただけだ。そうして親切をありがたく受け入れた。吉岡の家にあだとなるようなことを意図していた訳ではない。だというのに、この家の人の怒りようはどうしたことか。

黙って頭を下げ続けるミサエに、タカ乃は続けた。

「あの女、恩知らずのろくでなし。この服渡しながらあたしに何言ったと思う。もう少しあの子を大事に扱ってやってはどうでしょう、だとさ！」

　ミサエは思わず顔を上げた。その顔面に、先ほどの風呂敷が投げつけられる。両手をぶんぶんと振り回して怒り狂うタカ乃を茫然(ぼうぜん)と見ていたが、怒れる当の本人はもはやミサエが頭を上げていても関係なしに、自分の憎しみを吐き出すことに没頭していた。

「なんでそんな事を屯田兵でもない新参の家のモンに言われなきゃなんないのさ！　あたしだってこの家に嫁に来た頃はこの子と同じ扱いか、まだ酷(ひど)かったよ！　同じような目にあって、なんであたしが苦労続きで、こいつが人に労(いた)わられるの！」

　怒りに我を忘れ、もはや暴れ回る勢いで周囲にある茶碗まで投げつけようとしたタカ乃の腕を、さすがに光太郎が止めに入る。怒声に驚いた猫達はとっくにどこかへ逃げたのか、一郎と保子は二人で部屋の隅で小さく縮こまっていた。

「全く、薬屋といい、坊主といい、ただでさえ腹が立ってたっていうのに、今日はなんちゅう日だ！」

　怒りで顔を真っ赤にし、涙さえ浮かべているタカ乃に再びミサエは頭を下げた。薬屋だの坊主だのという言葉にはまったく覚えがないが、頭を下げておくしかない。この勢いだと、蹴られるか、殴られるか、するかもしれない。この家にきて明確な暴力を受けたことはなかったが、ミサエは衝撃に備えて体を固くした。

　その時、前触れなく隣の襖が開く音が聞こえ、タカ乃が一瞬息を呑む気配がした。

「薬屋とか、坊主とか、どういうことだね」

ミサエが顔を上げると、そこには大婆様が立っていた。黒い目が険しく細められ、タカ乃の方を睨んでいる。

「今日、誰か来たのかい」

「あの、いつもの薬屋がですね。ほら、富山から来る小山田の。あの人が、大婆様が根室に鍼打ってもらいに行ってた時、お寺さんの住職と一緒に来たんだ」

言いよどむ気配のタカ乃の代わりに、光太郎が弁明した。大婆様は立ったままで、家人をゆっくりとねめつけている。

「それで、何て」

「その、ここで使われてる子、学校へやっちゃどうだいって。ミサエ本人もいないことだし、薬屋だけだったらすぐに突っぱねたんだが、住職もいるとなりゃ家に上げない訳にもいかずに」

「あたしはね、嫌だって言ったんですよ。働くためにうちに居る子を、なんでわざわざ仕事さぼらせて学校へやんなきゃいけないんだって」

大婆様の前でもまだ怒りがおさまらないのか、タカ乃がそっぽを向いて言う。

「大体、昔から念仏あげてもらってる坊さんだからって、人からとやかく言われることじゃないですよ。薬屋だって他所の人間なのだし。だのに、さらに林の家まで、ただの使われ子を大事にしろだなんて。うちの勝手じゃないですか」

文句の色が濃くなってきた言葉を、大婆様は「保子」と声を上げて遮った。

急に名前を呼ばれて、今まで大人たちの険悪な様子を見守っていた保子が飛びあがる。「はい」と返事をして、その場で正座した。

「あんた、もう着なくなった服がいくつかあるだろう。それを、ミサエにやんな」

「え……」

保子の顔に明らかな不満の色が混ざる。タカ乃の口が何か言いたげに開かれ、また閉じられた。

「ミサエ」

「はい」

大婆様から今度は自分の名が呼ばれ、ミサエは固い声で返事をする。

「あんた、ちょっとした繕い物くらいはできるんだろう。保子のお古、自分で直すんだ」

「はい」

保子から向けられる視線に険を感じながら、ミサエは返事をした。

「一郎もだ。着られれば別に男も女もないだろ。いらない服があったら、ミサエにやるんだ」

「……はい」

不満を隠さない声での返事をミサエは聞いた。このことで今後、子ども達やタカ乃からさらに当たりが強くなることを考えると正直気が重い。しかし、断る選択肢は最初から自分には与えられていないのだ。林家の奥さんから服をあげるという話をされた時のような喜びは、ひとかけらも感じなかった。

「林の家の手伝いが終わったら、直した服を着て、学校に行くように。今日貰った服は返すんだ」

「わかりました」

学校に行ける。思いがけない言葉にミサエは驚き、喜びはまだそこに追い付いていなかった。それより今は、林家からの厚意を結局は断らねばならないことに気が咎められてならない。しかし、他所からのお下がりを着て人前に出るとなれば、タカ乃はそれこそ怒り狂うのだろう。ミサエは心の中で林の奥さんに詫びた。

「でも、大婆様。ミサエは読み書き算盤は新潟で身につけてあるって聞いてます。働き手としてうちに来たのに、これ以上勉強して一体何の役に立つっていうのか」

なおも食い下がるタカ乃に、大婆様はゆっくりと首を振った。

「今の世の中、使ってる子を学校にもやれないと思われたら、うちの甲斐性を疑われる。お寺さんにまで事情が知られてるなら、尚更のことだ」

「しかし、ミサエが学校に行ったら仕事が」

「この夏、林の家に働きに行かせている間はなんとか回っていたんだろう。お前の爺さんがあんた位の頃は、開拓でもっときつい働きをしたうえ、軍事訓練もやってたもんだよ。女たちはみな、亭主を訓練に送り出してから朝から晩まで、文句ひとつ言わずに畑で働いたもんだ」

ぴしゃりと言い放たれて、夫妻は黙った。それぞれ、こめかみに青筋が浮いていることが気にかかるが、ミサエが何か言葉をかけられたはずもない。

「ただし、ミサエ」

「はい」

大婆様が、一層の鋭さを増して名を呼んだ。ミサエは背筋を正して身構える。

「お前がここにいられる理由をお忘れでないよ。学校行きながらでも、ちゃんと働くんだ」

「はい」

ミサエは深く長く頭を下げた。後頭部に、吉岡家の五人分の視線が注がれているのを感じる。それぞれの思惑にどう添うべきか、それとも抗（あらが）うべきなのか。選ぶべき道をひとつとして明らかにされないまま、ミサエは視線の重さに目を閉じた。

廊下の遠くから猫の声と、鈴がふたつ、みっつと重なり合う音が響いた気がした。

三

ミサエを学校へ通わせるべし。

大婆様が言い渡してからもしばらくの間、ミサエは仕事のみで通学をすることはできなかった。夏の間という約束の林家への出面が終わった後、今度は吉岡家で秋にやるべき仕事が山積みとなっていたのだ。冬にむけての家畜の餌の用意、家屋と畜舎の修繕、薪(まき)の準備、芋の掘り出し、貯蔵、保存食の準備と、きりがない。

ミサエと主人の光太郎は勿論(もちろん)、普段は家のことを中心に切り盛りしているタカ乃も、外仕事に駆り出されて黙々と働いている。日曜日には、普段何もしない一郎と保子まで手伝いを課される始末だ。吉岡家だけではなく、近隣の農家皆が同じ様子だ。農家の子のうち、学校を休まざるを得ない子どももいた。当然、ミサエを学校へやる余裕などなく、約束は暗黙のうちに延ばされ続けていた。

これればかりは仕方ない、とミサエも諦めて言いつけられる仕事を片づけることに専念した。気候は違うが、新潟で暮らしていた頃も冬支度は忙しいものだった。橋宮家はかつて庄屋も務めた大きな農家だったため、有する田んぼの枚数も多い。秋でもっとも重要な稲刈り作業は天候との勝負でもあり繁忙を極めた。親戚筋と近隣の農家で力を合わせ、一枚一枚、収穫していくのだ。今のミサエにはその忙しさでさえ懐かしい。

そうして皆で腰を曲げて収穫した米は、同じように見える稲穂であっても、田それぞれによって微妙に味が異なる。地域で一番美味い米ができるのは、橋宮の家の山沿いにある田んぼだった。その一枚は特に丁寧に稲刈りをし、作業に携わった者皆で握り飯にして食うのが恒例だった。どこも等しく苦労して代掻きをし肥料を入れ草取りをした田んぼだというのに、どうしてここのはこんなに美味しいのだろうとミサエは毎年不思議に思いながら、艶やかな新米に舌鼓を打ったものだった。

「ミサエ、そこの茅、早く刈っちまえ。牛の乳搾る時間になっちまうぞ。ぼさっとすんな」

「はい」

遠くから、なかば怒鳴られるように光太郎に声をかけられ、ミサエははっと顔を上げた。今自分が刈っているのは、金色の粒が揺れる稲ではない。薄い茶色の、ただの茅だ。食べられることもないまま、あとでただ焼かれるだけのものだ。家の裏に広がる茅原を切り、冬のための薪置き場を作っていることを思い出して、ミサエはふうと息を吐いた。

鎌を握り締めた右の掌では豆がまた破れて血が滲んでいる。左手は、乾いた茅の葉で切れた細かな切り傷だらけだ。新潟にいた頃も刈り入れ時にしょっちゅう手に豆を作っていたものだが、作業の後に出される新米の握り飯を思えばそう辛くもなかった。米を作れない根室でそれを望めないのは仕方がない。釜で炊きあがった新米の甘みを知る舌の根元がきゅうと引き締まって勝手に唾液が出てくる。ミサエは戒めるように左手で頬を叩いた。米の代わりに、きのう自分が掘り出した新芋の茹でたものが夕飯で食べられるかもしれないと思うことが、せめてもの慰めだった。

刈り取った茅をひとまとめにして、ミサエは立ち上がった。痛む肩と腰を伸ばして周囲を見る。新潟の、風になびく黄金色の波の代わりに、茅原の褪せた茶色が地面に広がっている。

茅原の中心近くで、奇妙に茎が揺れている部分が二つあった。白妙の子だ。二匹の子猫はすくすく成長し続けている。雄雌各一匹、大婆様によって白坊と繭と名付けられた。動くものがあれば草でも飛びかかっていくやんちゃ盛りだ。白妙はいつものように大婆様と部屋でゆっくりくつろいでいるはずだが、外に出された子猫たちは茅原で元気に追いかけっこに興じているのだろう。姿は見えないが、二匹が楽しんでいるらしき場所でガサガサと茅が動くのを見て、ミサエはふふっと笑った。

茅原が切れたその向こうで、雑木林が風に揺れていた。茶に褪せた葉が傾いた夕日を反射して、ミサエが知らない色合いの金色をしている。稲も柿もない秋を、ミサエはようやく自分の故郷として受け入れ始めていた。

ナラやカラマツの枯れ葉が全て地面に落ち、しつこく枝に残るカシワの葉ばかりがカサカサと鳴る秋の終わり、ようやくミサエは学校へと通えるようになった。

大婆様が普段から着ている襤褸では体面が悪いと言い、保子が着なくなった服と上着、一郎の汚れた靴と穴のあいた肩かけ鞄（かばん）が与えられた。加えて、二人がもう使わない短い鉛筆と書き損じを束ねた紙もあった。

ミサエはそれらを受け取り、きれいに並べ、丁寧に額を床につけて二人に礼を言った。頭を上げた時、そこには嘲笑と居心地の悪さが入り混じった子どもらしくない顔が二つ並んでいた。

「学校行くっていっても調子にのるんじゃねえぞ」

「あんたとは絶対、一緒には行かないし、学校で口もきかないから。もちろん、話しかけてきたらただじゃおかない」

ミサエは憎まれ口にも頭を下げて応じた。舌打ちの音と兄妹のどすどすという足音が聞こえなくなるまでそうしていた。やり過ごす方法が染みついた自分に細く溜息を吐いたが、今後こういう忍耐はますます必要になるであろうことは明らかだ。自分に家族がいない、行き場がないとはこういうことだ。

二つ下の保子の服は着ると手首と脛が出たし、一郎の靴と鞄からは嫌なにおいがしたが、それでもミサエは学校に行けることに嬉しさを感じていた。校舎は集落の中心部にあり、子どもの足では歩いて三十分以上かかる。朝、ミサエは畜舎で牛や馬の世話をしてから、急いで住宅へと戻って着替えをし、鞄をつかんで家を出る。手伝いをしない一郎と保子は悠々と朝食を食べてから登校し、とうに着いている頃だ。

ミサエはもう他の子ども達の姿も見えなくなった道を、空腹を意識しないようにして走っていく。地元の木材で作られた校舎は吉岡家の住宅と同じく、開拓の代から二代目として建て替えられたばかりでまだ真新しい。ミサエは始業の時間少し前に教室へと滑りこむのが常となった。

授業開始ぎりぎりに登校することを、ミサエは実は苦にしなかった。他の子たちと顔を合わせる時間が少なくて済むからだ。根室に来てから通学していなかったミサエは先生の判断で下の学年に割り当てられ、同じ家の者だからと、余計な気まで遣われて保子と同じ学級となってしまった。勉強の面では学んでいないところを習える点はありがたかったが、休み時間が苦痛だった。

「おう、新入りのねーちゃん、ずいぶんくっせえぞ」

「いやだあ、牛か馬の臭いでねえか。あーあ、くせえくせえ。鼻もげる」

同級生となった年下の子どもたちは、朝の登校ぎりぎりまで働いているミサエの体が臭いと騒ぎ立てる。実際は手伝いをしてから登校をする境遇の子は他にもいるのだが、年上であるのに下の学年で学ぶミサエが珍しいのと、何も反論をしないことが子ども達の興味を悪い方向にひいた。

「ねえ、新入りのおねえちゃんが着てる服、保子ちゃんが前に着てたやつだよね？」

「確かに着てたやつだけど、婆ちゃんが恵んでやれっていうんだもん。使われの子に」

「使われ？　あのねーちゃん、保子の家の使われ者なのか？」

「そうだよ、住み込みの使われっ子。家族じゃないもん」

同じ教室にいてもミサエに話しかけず、視界にも入れようとしない保子の声には夕カ乃そっくりの険(けん)があった。子ども達は敏感にその棘を見抜き、自分達も同じ毒を新入りに向けた。

「新入りねーちゃん、父ちゃんも母ちゃんもいないの？」

「俺らより二つも上なのに、なんでこの学級にいるの？」

特有の、嘲笑混じりの声が、授業の合間や休み時間ごとにミサエへと向けられた。悪意の中心には常に、表面上はわれ関せずを決め込んだように見える保子がいた。この集落の中で、屯田兵として真っ先に開拓に入った吉岡家の存在がどんなものであるのか、そのひ孫達の世代でもどんな立場にあるのか。夏に林家の夫妻がいっそ卑屈なほどに頭を下げていた様子と、それに対して当然のように横柄な態度をとっていた吉岡家の面々を思い出して、ミサエは密かに納得をした。

子どもは時に、親の価値観を残酷なまでに倣っては自分たちの社会へと持ち込む。一見秩序あるように見える地域も学校も、一皮むけば理不尽が根を張り巡らせている。ミサエは子どもでは変えようのない現実に常にさらされていた。逃げ場はない。耐えるしかないこともよく分かっていた。

通い始めた最初からそんな有様であったから、ミサエは学校へは授業のためだけに行くのだと割り切ることにした。朝は時に時間を調整して授業開始ぎりぎりに登校するよう心掛け、授業の合間はひたすら教科書を読んで年下の同級生のからかいを耳に入れないように努める。その日の授業と掃除が終われば、友達と談笑する保子を後目に走って家へと帰った。

実際、ミサエには早く帰ってやるべき仕事が山とある。畜舎の掃除、牛の搾乳、馬の手入れ、柵の修繕、それから家事。学校からのんびりと帰り、復習と称して教科書を広げたまま遊んでいる保子と一郎を横目に、ミサエは光太郎やタカ乃に叱責されながら勤めを終える。

ミサエはそうして、夜に皆が寝静まってから、寝床となっている廊下の隅で密かにランプを灯(とも)して勉強するのだ。誰かの目にとまれば「お前に勉強は必要ない」「学校へはあくまで体面のためにやっているだけなのに」と叱責されてしまう。

　夜中に勉強している時、家の中で誰かが便所に立てば、慌てて火を消して寝た振りをする。満月の夜はランプを灯さなくても窓からの月光で教科書が読めるので助かった。ランプ油の減りが少なくて済むためだ。鉛筆で紙に書きつければ僅かであっても音が響くし、与えられた短い鉛筆を節約したかったので、文字は書かないままで記憶するようにした。算数もなるべく頭の中だけで正解に辿(たど)りつけるよう暗算する癖がついていった。

　ミサエはすぐに現在の学年の内容を吸収し終えた。幸い、学校の教師たちはその意欲的な学習態度を見て、快く上の学年の教科書を貸してくれた。保子と一郎たちに露見すれば何を言われるか分からないため、教師から借り受ける時に細心の注意を払う必要はあったが、その教科書のお蔭(かげ)でミサエは自主学習の教材に困ることはなかった。

　時には、ミサエの境遇と格好に同情を覚えたのか、本を与えようとしてくれる教師もいた。吉岡家に帰ってから露見すると面倒なことになるため、ミサエは礼を言いつつ借りるだけにした。

「これ、児童が学校で粗相した時のためのものだけど、買い替えの頃合いだから」

　時折だがそう言って、未使用の下着や肌着を差し出してくれる女性の教師もいた。

他の児童に知られないように、こっそりとだ。

ミサエは「内緒ね」という言葉に、ありがたく頭を下げることしかできなかった。もしかすると、備品なのではなく自分のためにわざわざ用意してくれたのかもしれない、と察してはいたが、聞かないまま感謝と共にそれらを使った。着古した自分の服から自作した下着ではなく、貰った真新しい下着は心より体が先にほっとした。

学校に通いながらの勉強はミサエにとって徐々に楽しいものとなっていった。教科書を読み込み、知らなかった世の中の事象や理を知ることが、ひたすらに嬉しかった。特に、地理や理科、国語に面白味を感じた。自分が今いる環境と一見縁のない学科こそ心愉しく感じられたのだ。

吉岡の家で誰も認めてくれない勉強をすることが、自分の密かな反抗であるのだと気づいてからは、罪悪感を持ちつつも楽しみの気持ちはより強くなっていった。

そうして、ミサエの学校での成績は順調に上がっていった。教師が褒めるたびに「いい気になって」と保子が妬んで両親に告げ口し、「勉強なんかしてる体力あったらもっと仕事をしろ」と叱られる羽目になったが、学習の度合いから一つ上の学年へと編入され、保子と同じ学級ではなくなってから、それも少し和らいだ。

それでもなお、校内では「吉岡の家の使われ子」として他の児童から見下され、しばしば保子や一郎の同級生らから嫌がらせを受け続けたが、ミサエは耐えた。辛抱を重ねて働き、勉強を続けた。

ミサエは将来に何かの希望がある訳ではなかった。このまま自分はずっと吉岡の家で働かされ、新潟に戻ることも、嫁に行くこともないまま、擦り切れて死ぬのかもしれない。そう思っていたが、楽しいと思える勉強だけは、どれだけ疲れていたとしても睡眠時間を削って続けた。その先に光がなくとも、何かをしていること自体が楽しい、そう思えることが救いだった。

ミサエは大婆様に用事を言いつけられ、根室の市街地に一人で出かけるようになった。駅前の商店に品物を取りに行ったり、月命日で来た住職の忘れ物を届けたりといった小さな用事だ。半年に一度か二度という頻度ではあったが、吉岡家の視界に入ることなく出かけられる機会でもあった。

汽車に乗る区間は集落の中心にある駅から、根室駅まで。長い道のりではない。しかも、次の仕事に差し支えないよう用事を終えたらすぐに帰らなければならない。それでも、一人で汽車に揺られて出かける時間は心愉しいものだった。時には、孝義叔父からもらった金を使い、駅前の商店でこっそり鉛筆やノートを買うこともあった。

大婆様から与えられるのは汽車賃だけだ。余りが出たとして飴玉一個分ぐらいの金額にすぎない。それでも、寺への用事の時は住職に軒先で茶と菓子を勧められることも、ミサエは密かに楽しみにしていた。

住職は、ミサエが来た時は必ず席を共にした。とはいえ、ミサエとしては薬屋の小山田と一緒になってミサエを学校に通わせるよう意見してくれた件について礼を述べたあとは、特に何か語るべき話題はない。住職のほうも、説教をたれることも、変に気を遣うようなことも言わず、季節や天気の話をしながら茶を啜るのみだ。

ただ、住職は一度だけ、「あんたは偉いね」と何度も頷きながら呟いた。

教師や近所の人からは時折「よく頑張っている」「働きもんだ」と言われることはあったが、「偉い」などと言われたのは初めてで、ミサエは居心地の悪さを感じる。思わず、「そんなことはないです」と否定の言葉を出していた。

「いや偉いさ。辛抱できる者が一番偉い」

「そうでしょうか」

「そうさ。辛抱できる者が最も得難く尊い」

そう言う住職はミサエの方を見ず、庭木にとまる雀(すずめ)に目をやっていた。

ミサエは近所の主婦たちが「あそこのお寺さん、どこの葬式に行っても同じ法話を繰り返すようになった」と住職のことを噂(うわさ)しているのを知っている。出される落雁(らくがん)がいかにも古く、湿気ていることもある。この時などはうっすらと黴臭くさえ感じた。

住職はミサエを見ず、庭を眺め続けていた。言う相手を違えていたのではないか。

確かめることができないまま、ミサエは浮いた誉め言葉と口内の落雁を茶で飲み下し、礼を言って寺を出た。

ミサエは向かい風に一歩一歩足を進め、ほんの束の間に休息を得ながら、黙々と働き、学び続けた。時々、顔を上げれば、育った新潟とは異なるけれども、目に心に染み入る根室の風景がある。吉岡家の人間とミサエとを区別せずに甘えた声ですり寄ってくる子猫たちがいる。ミサエの狭く閉じた世界の中で、日々の営みは狭いなりに息づき、確かに小さな芽が育っていった。

そして静かに年月は過ぎる。働き、学び、黙々と日々を過ごすうちにミサエは十四歳になっていた。

十分とはいえないが、飢えはしない程度の食事と毎日の労働で、細身の割に体力はある方だ。根室にきた頃と比べて熱を出すこともほとんどない。学校で吉岡家の使われの身として見下されるのは相変わらずだが、学科も体育も成績はいい。それを妬む一郎や保子、そして自分の子よりも秀でた使用人を厭うタカ乃の嫌がらせは日々増すばかりだが、ミサエも早目早目に頭を下げてやり過ごすことを覚えた。

「使われの身のくせに、大婆様の見栄から学校行かせてもらって、いい子ちゃんぶって、何が楽しいのさ。あんたは黙って働いてりゃいいのに」

「はい、保子さんの言う通りです。すみません」

憎まれ口を率直に肯定し、深く深く頭を下げれば、怒っていたはずの相手は歪んだ笑みで満足するか、馬鹿らしいと言って離れていってくれる。それでいい。人に何かを言われても心に余計な傷を負わないようにしているのが一番楽なのだと、生活の中から学びとっていた。

　高等小学校を卒業するまであと一年弱という頃になった。生徒たちはそれぞれ卒業後の進路について心づもりを重ねていく。実家で農家として働く予定の者のほか、それなりの成績の者の多くは根室の実業学校などへと進学する。二年前に卒業した吉岡家の一郎はというと、家族の期待を受けながら成績が振るわず、進学することは叶(かな)わなかった。

　これまで畜舎での手伝いをほとんど免除されるかわりに勉強を強いられてきた一郎は、ミサエの目から見ても後継ぎとしては心許(こころもと)なかった。牛馬の管理も、乳搾りも、慣れたミサエの方がよっぽど上手くこなしてしまう。

　光太郎とタカ乃もさすがにまずいと思ったのか、一郎の卒業式が終わった後、毎夜ぼそぼそと暗い声で家族会議が開かれた。

「もっと上の学校やって、それから経験積ませて継がせるつもりだったのに、この馬鹿たれが」

「だってよう、俺悪くないさ。勉強、ちゃんとやったもの。努力したもの。それを認めない学校が悪いんだ。俺の成績をうまく伸ばさない教師が悪いんだべよ」

台所で片づけをするミサエの背後、ミサエ以外が揃った茶の間で、父子の声はどんどん荒ぶっていく。

「とにかく、あんだけ勉強させたのに根室の学校さえ行けなかったんだ。もう諦めてこのまま継がせるしかないでしょう」

「全く、屯田兵の家の後継ぎとして、実業学校ぐらい出てもらわなきゃ家の面子が立たないっていうのに」

「でも大婆様、仕方がないですよ。上の学校出ても、結局は俺の後継いで農家になるのなら」

「よその農家とうちを同じに考えるのではないよ。吉岡の家は他とは違う。この場所に一番最初に鍬を入れた者として、これからも立派に周りを率いなきゃ……」

ミサエは台所の片づけを終えたが、話し合い中の茶の間の掃除には入れそうにない。茶のお代わりだけを用意してちゃぶ台に置きに行ったところ、台所まで響いていた声の通りに四人が険しい顔をしていた。部屋の隅では、保子がまるで他人事のように勉強道具を広げていた。

ミサエが台所に戻る際に横目で見ると、保子はどうやら勉強をしているのではなく、教科書の上に持ち物を広げてうっとり鑑賞しているようだった。きれいに巻かれたリボンや祭りで父に買ってもらったという珊瑚（さんご）の簪（かんざし）、拾った美しい石など。それらがいつも入れられているのは、いつぞやミサエが薬売りの小山田に貰った軟膏の瓶だ。吉岡家の親に奪われて以来、ミサエは一度も触ったことがない。

一郎の進路が決まりきらない日が続く中、夕方の仕事の合間に、ミサエは裏庭で猫二匹を撫でていた。白妙は大婆様にしか懐いていないが、白坊と繭は人懐っこく、この家で唯一、ミサエの心を和ませてくれる。新潟にいた時も猫達をこんなに構った覚えはない。柔らかく温かいその体を抱いている時だけ、普段我慢している悲しみが溶けだしてきそうで、鼻の奥がつんと痛んだ。

「お前たちはかわいいね」

にゃあ、と返事をするように繭がミサエの鼻先を嗅ぐ。体が大きい雌猫で、首に桃色の組紐と鈴が結ばれている。雄猫の白坊には青い組紐が使われている。

「何してるんだ、ミサエ」

後ろからかけられた声に、ミサエは文字通り震えあがった。振り返らなくても分かる。老齢でも張りをいや増したような声は、大婆様のものだった。

ミサエが慌てて立ち上がると、大婆様はミサエと足下の猫達を見比べる。

仕事をさぼって怒られる、と思った瞬間、大婆様の眉間の皺が僅かばかり弛んだ。

「ミサエ。覚えておけ。猫は大切にせねばならん。犬を大事にしすぎる家と、猫を粗末に扱う家は滅びる。特にうちの猫は、屯田兵で根室に入る時にお殿様から賜ったもんだ。大事に、大事にすんだ」

そう言って、大婆様はしゃがんで猫達に手を伸ばした。

差し出されたその手は骨と皮ばかりで、実際の年齢以上に歳を食っているようにミサエには見えた。色は蠟のように白い。その手に、白坊は目を細めて自分から額を擦りつけた。

慣れた手つきで、大婆様の手が白坊の頭を撫でていく。グルグルグル、と喉を鳴らす音が聞こえた。

ミサエもゆっくりと繭の首筋を撫でた。

「あまり強くない程度に、首の皮を引っ張ってやればいい」

「痛くはないんですか」

「猫の母親は子猫連れてく時に首を咥えるだろう。そのために、痛くないようになってるんだ」

言われた通りに、ミサエは繭の首の皮を軽く引っ張ってやった。喉を鳴らす音が大きくなる。

猫達の首に巻かれた組紐は、市販のものではなく、もしかしたら大婆様が手ずから作ったものではないだろうか。ふとそんなことを思って、猫を撫で続ける大婆様の顔を盗み見た。その顔は眉間の皺が消えて優しいようにも見えたし、そのせいで却って老け込んで見えるようでもあった。

薬屋の小山田は、相変わらず半年に一度の頻度で吉岡家を訪れる。ミサエを学校にやるべきだと口出しをした一件について、タカ乃は来訪の度にしつこく嫌味を重ね続けた。「あの時は本当に差し出がましい真似(まね)をしまして」と頭を下げる小山田はしかし、同時にけろりと笑いながら事態を軽いもののように変えてしまった。

結局、タカ乃は小山田の様子に出鼻をくじかれたように気勢をそがれ、多少荒々しく家から送り出すだけで済んでしまうのが常だった。物陰でその様子を見ていたミサエは、自分もあのように飄々(ひょうひょう)と世を渡っていけたらどんなに楽だろう、と思わずにいられなかった。

ミサエは小山田とは深い会話を交わす機会を得られずにいた。タカ乃が見とがめればお互い何を言われるか分からないからとはいえ、せめて学校へ行かせるよう言ってくれた礼に、顔を合わせれば頭だけは深く下げるようにした。小山田はそれを見て、いつも「そんな卑屈になんなさんな。元気でいなよ」と笑うのだ。細められた茶色の目はいつも優しかった。

小山田と共にミサエを学校に行かせるよう言ってくれた住職は、大爺様、つまり大婆様の亡くなった亭主の月命日に必ず吉岡家を訪れた。さすがにタカ乃も住職に嫌味を言うことはなく、住職は仏間で粛々と経を上げては帰っていく。こちらもミサエを見て特に余計な言葉をかけてくることもなかったので、寺で茶を共にした時以上に交わす言葉も少なかったが、ミサエはいつも住職に深く頭を下げるようにしていた。

吉岡家では夜の家族会議が繰り返され、内容が行きつ戻りつしながらも、唯一の男子の進路が固められていった。

「とにかく、上の学校で勉強させてからうち継がせる予定だったが、これでは仕方がない」

「かといってあなた、すぐに手伝わせても、一郎は牛馬の扱いも草の刈り方も、なにひとつものになってませんよ」

「そんな者をうちで一から叩き込み直して、不得手なのを近所に見られたんじゃ堪ったものではないよ。どこか、原野にある農家にでも修業に出すんだね」

「大婆様はそう言いますがね。原野っていうと、……別海とか、標津ですか」

「待てよ、原野なんて、俺そんな……」

江戸時代から海の要所として拓かれた根室よりも北にある別海村や標津村、特にその内陸側は、開拓された時代が遅い。故に、根室の人間はそちらの地方を未開拓の地域という意味を込めて『原野』と呼ぶことがある。一郎が復唱した原野という言葉にも、奥地へ追い遣(や)られる絶望が入り混じっていた。

最終的に、一郎は知り合いの伝手(つて)を辿り、別海の駅逓(えきてい)近くにある馬農家へと住み込みで働きに出ることになった。実質的に、一からの修業である。

時代は昭和十四年、戦争の色は濃く軍馬の需要はますます高い。今後の時局がどう動こうと、牛よりもまずは馬産の経験を積んでいた方が良いのは間違いなかろう、という大婆様の意見が最終的に通った形になる。一郎本人は明らかに不満がある様子だったが、口に出すことは憚(はばか)られる空気があった。

主に台所でそれらの話し合いを聞いていたミサエは、自分の将来についてもぼんやりと考え始めるようになった。おそらく、自分はこのままこの家で働かされることになるだろう。吉岡家を出るという選択肢は考えられなかった。吉岡家の面々は、使われだ、食わせてやっている厄介者だ、とは言いながらも、なんだかんだでこの家において無給の労働力であるミサエに対して「出て行け」と言ったことは一度もなかった。

それが幸せなのだとも思わないが、このまま働けば最低限、生きていくことは許されそうだ。学校を出てしまっては好きな勉強をすることは難しくなるかもしれないが、どうにかして、本を手に入れて何かを学び続けたい。自分が息のできる範囲の中で、何とか一番いい形で生きていければそれでいい。その程度に考えていた。

ミサエの考えに暗雲がかかり始めたのは、卒業を半年後に控えた秋の頃だ。一郎が別海へと行った後の日々は粛々と過ぎ、同級生らが次々と進路を決めていく頃になった。ある者は予定通りに農家を継ぎ、ある者は嫁に行き、ある者は志して軍人への道を歩む。ミサエは上の学校へと進む同級生が眩しくも見えたが、そんなことを誰かに言いだせるはずもなく、卒業後に増やされるであろう仕事について考えるだけだった。

ある夜、暗がりの廊下に敷かれた布団の中で、ミサエはいつものように息を潜めていた。誰もが寝静まってくれていたなら、月明かりで密かに本を読もうと思っていた。幸い、今日は満月だ。せっかく読みやすい夜を逃したくはない。

今読んでいるのは、『風と共に去りぬ』という本だ。女性教師が数年前にとても流行ったのだと貸してくれたものだ。高い身分に生まれ、強く生きる美しい主人公が素敵なのだと教師は熱っぽく語っていたが、ミサエはその主人公の高慢さにどうしても共感を抱けず、序盤から先になかなか読み進められない。

それでも借りた以上はきちんと読み終えてから返さねばならない。日中の疲れからくる眠気を堪えるミサエの耳に、主人夫妻の部屋からぼそぼそと話し声が聞こえてきた。

「ねえ……件、やっぱり……しないと」

「でもよ、……だし、大婆様が……」

深刻な話なのか、潜められた声から不穏な気配が漏れてくる。早く話を終えて、眠ってはくれないだろうか。そう思って会話が止まるのを待っているミサエの耳に、ふと大きくなった声が飛び込んできた。

「……ミサエはもう……だし、義理も……」

タカ乃の声で自分の名を呼ばれて、ミサエは思わず布団から身を起こした。そのまま、物音を立てないように少しだけ茶の間の襖を開ける。茶の間の向こうにある部屋で、夫婦の会話は続いていた。

「とは言っても、流石にそれは……様が許しゃしないだろう」

「それは、何とでも……でしょうよ。あの子が教師に色目を……とか……」

教師に色目？　思わぬ言葉にミサエは暗闇の中で目を瞠った。そんな覚えは全くない。一体何の話をしているのか。見当がつかないままに、襖の奥で会話は続いていく。

二人とも感情が昂ってきたのか、声は徐々に大きくなり、はっきり聞こえてくる。

「いずれ一郎が嫁でもとった時、妙な誤解のもとになっちゃいけないんです。今のうちに……」

「……とは言ってもなあ。根室の女郎屋だってあんな棒きれみたいなの、いい値つけやしないだろ。そもそも売れるんだか」

「そんなの、店もピンキリなんだから、安くても売れればとりあえずは」

一郎の嫁とりと妙な誤解、根室の女郎屋。

今まで脳裏に浮かんだこともない言葉が当然のように交わされている。導きだされそうな結論を否定したくて、さらに耳を澄ませた。

「まあ、邪魔なら仕事で使い潰しちまってもいいんだけど、幾ばくかでも銭になりゃあ、それはそれだな」

「ええ。周囲に色目使っているようだと言えば、大婆様だって家から叩き出してくれますよ」

そうだな、そうですね、と、合意が交わされた気配にミサエの体の力が抜けていく。床に崩れ落ちて音を立ててしまわないうちに、注意深く襖を閉めた。

冴え冴えとした月光が廊下を照らしているが、本を読むことなどはもう考えられなかった。布団に潜り込んでからも、先ほどの夫婦の会話が耳から離れない。ミサエは自分の体をぎゅっと丸めて抱きしめた。寒くはないはずなのに体の芯が冷え切っている。

そのままの姿勢で、ゆっくりと指を折って自分の年齢を数えてみた。十四。まだ自分は十四歳だ。胸も尻も薄く、手足は棒のようだ。今年の頭にようやく初潮がきただけで、まだ十四歳にしかなっていないというのに、あの夫婦は何を言っているのだろう。

信じられない思いでいる一方、ミサエは頭のどこかで納得をしていた。新潟にいた時、老人たちが「不作の時は娘たちが売られて」「嫁に出した訳でもないのに娘が減った家がある」などという話をしていることがあった。幼いミサエは「売られた先で色々な仕事をさせられるのだろう」位に考えていたが、今思えば、あれは所謂身売りのことではなかったか。

そして、ここ根室でも、栄えた区域から一本裏通りに入れば、それらしき店が並んでいることをミサエも知っていた。

それに、農家の娘たちが学校を卒業した後、あるいは卒業前にでも、「いいとこに嫁に出た」という表現で急に姿を消すことがあったではないか。噂話に加われないミサエは「嫁に出たという割に祝いや嫁入り道具の話題がないのはなぜだろう」と思っていた。あれは、こういうことだったのだ。

考えが像を結び、しかもどうやら自分の将来に直結させられそうだと気づいて、ミサエは震えた。歯の根が合わなくてガチガチと音が立つ。誰に気づかれてもいけないと、自分の手首を噛んで堪えようとしたが、歯が薄皮を噛み破って薄く血が滲んでも、震えは止まってくれなかった。

次の日から、光太郎とタカ乃はミサエへの態度をあからさまに変え始めた。

「ミサエ、今朝はもう上がれ。汗かいてんだから濡れ手拭いで体ぐらい拭いてから学校に行け」

「あんた体大きくなったんだから、学校行く前にちゃんと食べないとやってけないだろう。少しぐらい腹に入れてからお行き」

威圧的な声音こそ変わらないが、今までとはほぼ正反対のことを言われ、ミサエはますます確信を深めることになった。昔、学校で読んだ西洋の童話を思い出す。攫(さら)った子にひたすらご馳走(ちそう)を用意して太らせ、終いには食べてしまうという鬼婆の話だ。

あるいは、この夫婦は昨夜言っていたように、ミサエが肉をつけ本当に男に色目でも使い始めた方が売り飛ばしやすいとでも思っているのかもしれない。おぞましい考えに身が竦む。

ミサエは普段なら手櫛で髪を少し整えてから学校へ向かうところを、絡まったまま乱雑にひっつめて家を出るようにした。朝食にとすすめられるまま胃に詰め込んだふかし芋は、勝手に腹からせり上がって、道端に全て吐き出してしまった。

それから半月の間、ミサエは女郎屋に売られることを回避する為だけに、あらゆることに神経を張り詰めて生活した。自分の服を洗濯する回数を減らし、髪も乱したまま。顔も汚れて目ヤニをつけたままだ。

学校では最近ますますミサエは臭くて汚いと言われたが、色目を使っていると言われるよりは遠ざけられている方が余程いい。有効な方法かどうかは分からなかったが、十四歳のミサエが考えられる限り、できることをするしかなかった。

その日もミサエは薄汚れた格好のまま、学校から家への道を走っていた。季節はもう秋の終わりで、木の葉は大方落ちてしまった。これから雪が降り、またあの骨を凍らせるような冬が過ぎて、ようやく春が来る頃には、自分は想像すら恐ろしいところに追い遣られてしまうかもしれない。

そう考えると、春などもう来なくてもいい。厳しい冬に、ずっとこの家でこき使われ続けても構わない。むしろ、凍てつく中で自分が使い潰されて人生が終わってしまった方が楽なのではないだろうか。そんな昏い思いさえ頭の中を占め始めていた。

道と吉岡の家を隔てる塀の角を曲がれば玄関、というところで、「おう」と軽い声がした。

「おうおうおう、久しぶりだな、ミサエちゃん」

藍染の羽織に長い襟巻、大きな木箱を背負った薬屋の小山田が、ハンチング帽の下で親しみやすい笑顔を向けていた。

「こんにちは、いらっしゃいませ。ご無沙汰しております」

ミサエは深々と頭を下げた。実際、小山田が置き薬を交換しに来るのは半年に一度であるうえ、ミサエが学校に行っていたり畜舎で作業をしていたりすると顔を合わせることがない。頭を上げながらざっと思い返すと、まともに挨拶を交わすことでさえ一年ぶりだった。

「いま学校からの帰りかい？　随分頑張ってるってなあ。街中でも、屯田兵の吉岡さんとこにいる下働きの子はやたら出来がいいらしいって話してる人がいたよ」

「そんな、とんでもないです」

ミサエは慌てて首を振り否定した。自分が街の人の話題に上がっているとは初耳だ。嬉しいという思いよりも、そんな話が保子や吉岡夫妻の耳に入ったら大変なことになる、という考えしか湧かなかった。

「あの、小山田さんが学校に行けるようにして下さったお蔭ですので。本当にありがとうございます」

「礼を言われることじゃないさね。……このぐらいのことではね。ところで、今日は大婆様、いるかい？」

「ええ、今日は鍼の日でもお寺参りの日でもないので、いらっしゃいます」

小山田はいつもならば玄関先でタカ乃と話をして帰っていくだけなのに、大婆様のことを訊ねるとは、どういうことだろう。ミサエは不思議に思いながらも、先に立って玄関の戸を開いた。

「ただ今戻りました。薬屋さんがお見えです」

奥に声をかけると、タカ乃の「分かった、今行くから待たせておきな」という声が聞こえた。勝手口のあたりで漬物か何かの作業をしているらしい。当然、小山田はいつものように玄関の上がり框に座って待つのかと思ったミサエは、振り返って一瞬目を疑った。

「はいはい、それじゃ失礼しますね」

小山田は薬箱を背負ったまま、靴を脱いで躊躇なく廊下を進み始めた。

「あの、小山田さん？」

「大婆様のお部屋、こちらだっけ」

「あ、はい」

小山田は音もなく、しかし淀みのない足取りで廊下を進んでいく。さも当然のことのような行動に、ミサエも何も言うことができない。だが、やはりこれはおかしい、信用商売を第一としている薬屋さんが、許可もなく家に上がりこむようなことをするはずがないのに。そう思いながらも、ミサエは止める術もないまま小山田の後ろをついていくことしかできなかった。

程なく、特に案内もされていないというのに小山田は大婆様の部屋の前で止まった。そのまま、「御免下さいよ、入っても宜しいですかね」と大きな声で問うた。その声にミサエはびくりと身を震わせる。口調はいつものように軽やかだというのに、地面から響くように声が重い。ただならぬ小山田の様子を襖向こうの大婆様も察したのか、一瞬の沈黙の後、「どうぞ、入んな」と返事がした。

「失礼しますよ」

ぱん、と大きな音を立てて小山田は襖を開いた。音に驚いたのか、白坊と繭が慌てて部屋から廊下へと駆け出していった。

「剣呑だこと」

ミサエが恐る恐る部屋の中を覗き込むと、いつもの通りに文卓に向かって本を読んでいたらしき大婆様が、小山田を真正面に見返している。大婆様の傍の床で丸くなっていた白妙が、空気の緊張に動じもせず、呑気に欠伸をした。

「ご無沙汰しておりますね、大婆様」

「小山田の小僧さんかい。まあ、でかくなって」

「もっと早くにご挨拶したかったのですが、お宅さんの躾のお宜しいお嫁様にいつもすぐさま追い払われてましたもんで」

最大限の嘲りを含んだように鼻で笑って、小山田はその場にどっかりと胡坐をかいた。普段と変わらず構えている大婆様との間で、緊張の糸が張りつめている。ミサエも思わず廊下で正座をし、二人の会話を見守っていた。

「そりゃあ孫の嫁が失礼したようだね。親父さんは元気かい」

「もう十年も前に肺を患って死にました。相当苦しがってね」

「いくら人付き合いの手段でもあるからって、煙草はやめとけとあれだけ言ったんだがね。もしかしたら、うちに不義理をした罰かもしれんよ」

「あるいはね。そうかもしれませんね」

故人のことを話して一瞬流れた沈黙の後、小山田は背負っていた薬箱を横に置き、胡坐から正座に座り直した。

「大婆様。この小山田武臣、折り入ってお願いがございます」

額を畳に打ち付ける鈍い音がした。思わずミサエは息を呑む。近所の農家や、大婆様に頭が上がらない吉岡家の面々だけならともかく、他人の、しかも壮年の男性がこんな風に土下座をするところを初めて目にした。小山田は頭を下げたまま、固い声で続ける。

「こちらで働いているミサエお嬢さんを、札幌で薬問屋をしているうちの親戚で預からせてはもらえんでしょうか」

ミサエは耳を疑った。大婆様を見ると、眉間に皺を寄せたままで小山田の後頭部を凝視している。

「この子は随分優秀と聞いています。時局が戦争に傾いていても、薬屋ってのは需要が減ることがない商売でございまして。札幌の店で人手が足りていないんですよ。頭がよく回る働き手なら喉から手が出るほど欲しいという話で。如何でしょうか」

札幌の、小山田の親戚の薬問屋で、自分が？　突然の申し出の内容と意図がまったく飲み込めず、ミサエは口を開くことさえできない。

「どういうことだ。ミサエはうちの下働き。あんた、父親がしでかした不義理を自分もやろうっていうのかい」

父親の不義理、という言葉の真意が分からず、ミサエは大婆様を見続けるが、やはり二人が何を言っているのか分かりはしない。大婆様の表情は一秒ごとに険しいものへと変わっていった。

「学校のことで口を出すだけならともかく、冗談じゃない。問題なく働いている下働きを、うちに何の利があって他所にやらないといけないんだ。この子はな、学校出てもうちでずっと働いてもらわねばならないんだよ」

「そうですか」

それだけ言って、小山田は下げていた頭をゆっくりと上げた。斜め後ろから見守っていたミサエにその表情は見えなかったが、怒りで顔を歪めた大婆様が、しばし目を見開いていた。

「もしかしたらと思ったら、やっぱり大婆様はご存知（ぞんじ）なかったわけですね」

くっくっと、さも可笑（おか）しいと言わんばかりの声が響いた。小山田は笑っているのだ。そう気づいて、ミサエは大婆様の動揺を感じ取った。白妙がその白い身を伸ばして、優雅に部屋の外へと出て行くのが視界の端に映った。

「……お待ち。あんた一体、何の話をしている」

怪訝そうな顔で、大婆様は姿勢を正した。小山田はひとつ頷くと、ゆっくり嚙んで含めるような口調で話し始めた。新しい薬の説明をするような声だった。

「昨日まで、根室のあちこちで商売させてもらってましてね。気になる話を耳にしたんですよ。こちらのお宅についてね」

「うちの？　何だ、お言い」

「ここの家で働いている下働きの女の子、学校を出たら朝陽楼（あさひろう）が買いとる方向で話が進んでいるとのことで」

ミサエはびくりと身を固くした。やはり、自分の推測は正しかったのだ。朝陽楼とかいう場所の名は聞いたことはないが、何のための場所かは想像がつく。

「楼主の婆（ばば）あ……いや、女主人が嘆いていましたよ。学校でも勉強ができるってんでないと」

評判な子をわざわざ売りたいと金額を吊り上げられても、金子はこれ以上は上げられ

小山田がその静かな語り口を止めた瞬間に、大婆様が大きく息を吸いこむ音が聞こえた。その細い体が、ひとまわり膨らんだようにさえ見えた。

「光太郎！　タカ乃！」

びりびりと障子が震える。老体のどこにそんな力があったのだろうかと思われるほどの大きな声で、大婆様は孫とその嫁を呼んだ。ミサエも今まで大婆様が怒るところは幾度も見てきたが、ここまで大きく、怒りに満ちた声を聞いたのは初めてのことだった。

すぐに、どたどたとした二人分の足音とともに、吉岡夫妻が姿をあらわした。

「呼びましたか。俺はまだ仕事が……」

「なんですか、薬屋がこっちに来たからお怒りですか。ミサエの奴がちゃんと応対しないから……」

「この、大馬鹿者共が！」

さらに怒りに満ちた声で、大婆様は怒鳴りつけた。怒りを向けられたのは自分ではないはずなのに、ミサエの背中がびくりと震える。

「下働きの娘を女郎屋に売り飛ばすだって⁉　この吉岡の家の者が、よくもまあそん

な恥知らずな真似ができたもんだ！」

「いえ違うんですよ、俺らはただ……」

「そうです、だって、大婆様、あの子は、ほら！　普通の娘とは、違うんですよ！」

タカ乃が思い出したように、ミサエを強く睨んだ。

「前に、林のとこの夫婦が服を恵みに来たことがあったでしょう。あれは、ミサエが一緒に働く旦那の方に甘えたに違いないんですよ。それだけじゃない、この子、少し成長してからは色気づいて、あちこちの男に色目使っているようなんです」

ねえ⁉　とタカ乃は光太郎に同意を求めた。慌てて、光太郎も妻に同意し頷く。

「そうですよ、一郎の前で、そんなに暑くもないのにわざと薄着になったりして」

違う。そんなことはない。ミサエはそう言いたかった。確かに一郎が傍にいる時に上着を一枚脱いだことぐらいはあったが、それは多大な仕事をこなしているうちに暑くなって脱いだのだ。弁明をしたかったが夫婦は次から次へと有ること無いことをまくし立てて口の挟みようがない。

ミサエがぱくぱくと金魚のように口を動かしているうちに、「あんたらは黙りな！」と、再び怒声が響いた。

大婆様はするすると足音もなくミサエの前へと移動した。

「ミサエ」

びくりと体が勝手に震えた。今、過剰に反応したら、それこそ吉岡夫婦の狙い通り、疑われている内容を肯定することになりかねないというのに、体が言うことを聞かない。今こそ弁解をして真実を語るべきだ。そう思っても、喉が渇いて張りついた。

「どうなんだ。ミサエ。お前はそんな恥知らずか」

大婆様はあの真っ黒な瞳孔で、ミサエを見下ろしている。深く刻まれた眉間の皺のせいで、その表情は般若のようにも見えた。

思わず目を逸らすように吉岡夫妻を見ると、まるでミサエが人に色目を使ったことが事実であるような顔でこちらを睨んでいる。そんな自身の姿こそが一番卑しく見えていることを、本人たちは知らないのだ。

違う。

そう言おうとして、唇がうまく動かない。固く縮こまった肺を広げるように、無理にひとつ、大きく息を吸いこんだ。声の出し方を思い出そうと、吸った息を止めたまま、ちがう、と唇を動かして練習をする。それから。

「違います！　そんなことをした覚え、わたしにはありません！」

ミサエは、大婆様の怒鳴り声に負けないほどに声を張り上げていた。広げ慣れていない喉がひりひりと痛む。いきなり空気を放出した肺が反動で縮まり、焼けるような痛みを発している。それでも、心にはじわじわと充足が広がっていく。

育った新潟からこの家に来て四年と少し。少しでも怒られないようにと息を潜め、心を押さえつけながら働いていた。今、自分でも知らず蓄積させてきた鬱屈を、大声と共に初めて外へと放出できたような気がする。正しい返答だったのかは分からない。それでも、ミサエはもう一度同じことを聞かれても、同じ答えを、同じ声量で返そうと思えた。

落ち着いて息を吸い、今度は抑えた息で、しかし確実に、声を出す。

「わたしは人に色目を使うことなんてありません。ただ、働いていただけです。毎日、このお家で働き続けて、勉強していただけです。わたしは、恥知らずでは、ありません」

すぐ傍で、吉岡夫妻が恨みを込めた目でミサエを睨んでいるのが見えた。小山田はどこか場違いなほど嬉しそうに微笑(ほほえ)んでいる。顔を上げると、大婆様と眼が合った。

あの黒い目が真っすぐミサエを見下ろし、固く唇を引き結んだまま、それでも確かに頷くのが見えた。何かが赦(ゆる)された。亀裂の隙間から光が差した。

全く思いもしなかった方向へと、これから何かが動いていく。確かな予感に、ミサエも強く、ひとつ、頷き返した。

第二章　蔓梅擬き

一

昭和二十四年、春。根室の吉岡家を出て札幌の薬問屋へ働きに出てから九年後。ミサエは開拓保健婦という職名と共に、根室に向かう汽車に乗っていた。

十五歳で根室を出た時とは異なり、お下がりではなく自分で選んで買った服を着、安物ではあるが紅も差している。もう昔のように周囲の機嫌を常に窺うこともなく、ぼんやりと窓の外を眺めて自分の世界に没頭していた。

沈んだ西日の名残が地平線から少し上の空を橙色と紫色に染め上げている。徐々に群青に染まっていく地平線に背を向けて、汽車は東にひた走っている。広がる海は空と同じ色に沈んでいった。夜が始まる。

生まれ故郷とはいえ、札幌に出てから、根室へと戻ってくるのは初めてのことだった。肉親が生きているわけでもなく、ましてや自分をこき使った吉岡の家に、これまで足を向ける理由はなかった。

トトン、トトンと線路の継ぎ目で規則的に訪れる体の揺れは、ミサエの頭の中で思考をゆっくりと攪拌（かくはん）していく。少しの疲れと共に眠気を感じた。根室に着くまではあと二時間ほどある。

目を閉じ、窓側の壁に頭を預けて腕を組んだ。トトン、トトンと頭が揺れて、背後に置いてきた札幌時代の記憶が断片的に浮かんでは消えていった。


ミサエは十五歳の春、使役される吉岡家を出た。小山田の手引きで札幌に移り、その親戚筋にあたるという本間（ほんま）家が営む薬問屋で働くこととなった。

本間家は札幌の街ができて以来の大きな薬問屋で、大通り近くに大きな建物を構え、ミサエ以外にも数人の若い男女がそこで住み込みとして働いていた。少ないながら給金と休日が与えられるもので、これまで子どもの頃から農作業に家事にと無給無休で使われていたミサエにとっては、大きな驚きだった。

本間家は創成川（そうせいがわ）の近くで一般向けの店舗も営んでいた。仙雲堂（せんうんどう）と看板を掲げ、札幌軟石の大きな蔵を備えた店は繁盛し、ミサエはそのうち店頭での仕事を任されるようになった。一緒に働く同僚も、主人である本間とその家族も、ミサエを見下したり意地悪をしたりすることはなかった。善良な人たちだ、とミサエは感じ、初めて人の下で働くことを楽しいと思えるようになった。

店は「病で困った人を救うことこそ人道であり仁道である」という信念のもとに、真摯な商売をして重宝されていた。戦時中の物不足は薬やその原料にまでも影響を及ぼしたが、同業者が次々と店を畳んでいく中、本間家は戦前から培った人脈と機転でうまく難局をすりぬけていたようだった。

ミサエはよく働いた。吉岡家にいた頃のような、頑張れば牛乳の質が上がったり、芋が沢山とれる、などの実感こそなかったが、頑張っていれば人から「ありがとう」と声をかけてもらえる。時には、「この店の薬のお蔭で子どもの具合が良くなった」と、商品を喜んでもらえさえする。

これまでにはない充足に、ミサエはますます勤めに励んだ。休日は多くはないが、働いて得た賃金を手に喫茶店や買い物に行く時間の楽しさは、根室の使い走りの時の比ではなかった。

「ミサエちゃんはすごく美味しそうに団子食べるよね」

「だって、すごく美味しいんだもの。いくらでも食べらさるわ」

同僚の友人と甘いものを食べながら笑いあう。そんな時、ミサエはようやく自分が普通の人間になれたのだという実感が持てた。

仕事が終わってからは、共同の女子部屋で夜遅くまで、店の事務所に並んでいる医療関係の本を片端から読んで過ごした。誰かに咎(とが)められる心配をせずに、知らなかった分野を学ぶことが許されている。ミサエにとって、札幌に出てきて最も嬉(うれ)しいのはこの時間だった。

仙雲堂で働いて一年もすると、店主の本間夫妻から声がかかった。

「うちで補助をしてあげるから、医療者になってみないか」という誘いだった。

時局は戦争一色で若い男たちは兵隊に取られ、札幌でも医師や看護婦が不足していたのだった。もちろん、ミサエの勉強熱心さを買ったうえでのことだった。

このありがたい申し出を断る理由はなかった。ミサエはこれまで通りに仙雲堂に住み込みながら、北海道帝国大学医学部附属(ふぞく)医院看護法講習科へと通った。勉強の間に店での仕事を手伝う忙しい日々ではあったが、根室で過ごした経験を思えば苦ではない。ミサエはそれこそ乾いた砂が水を吸収するように知識を得ていった。

子どもの頃から農作業で鍛えられていたためか、体力があったことも幸いして仕事と勉強を続け、たちまち良い成績を収めた。銃後の生活特有の不自由さと制限はあったものの、ミサエにとっては勉強ができれば多少生活が窮屈だろうが飯が貧相だろうが、いくらでも我慢はできた。

やがて、昭和二十一年。札幌は大きな空襲を免れたとはいえ、人々は心身共に消耗し、敗戦の痛手から立ち直ろうと各々もがいていた。

戦争が終結してからミサエが看護婦の資格を得たのは皮肉なことだった。ただ、戦争が終わっても看護婦の需要がなくなるわけではない。むしろ戦後になかなか復興しない世の中を、新米看護婦としてしっかりと支えていかねばとミサエは心に決めて、北海道帝国大学医学部附属医院に勤めた。さすがに忙しくて仙雲堂の手伝いまでは叶わず、勤め先近くの下宿に移りはしたが、本間家と小山田家への感謝は増すばかりだった。

ミサエの心には希望が宿っていた。このまま、身につけた知識と技術を活かして、人の役に立てる人間になりたい。そして折を見て、小山田さんと仙雲堂の旦那様にご恩返しがしたい。そのためにももっと知識と経験を身につけ、早く一人前にならねば。それが目下の目標であり、忙しいながらも日々はいつも輝いていた。根室で過ごした日々は思い出すことも少なくなっていた。

ミサエが看護婦になって二年。仕事にもすっかり慣れ、後輩への指導も任されるようになった頃、恩義ある本間夫妻から久々に家に遊びに来ないかと誘われた。もちろん断る理由はない。

非番の午後に訪れた本間家の客間には、主である本間の主人がいつもと変わらぬ好々爺然(こうこうや)とした微笑(ほほえ)みを浮かべている他、もう一人、小山田武臣がいた。ミサエを根室の吉岡家から連れ出してくれた恩人である。来訪を予(あらかじ)め知っていればもう少しきちんとした格好をしてきたものを、と戸惑うミサエの前で、小山田は片手を上げた。

「やあ久しぶりだ。なんだおい、ずいぶん大きくなって、別嬪(べっぴん)さんになったもんだなあ。看護婦になったって？　大したもんだよ」

「ご無沙汰しております、お元気そうでなによりです」

戦時中は南方の戦線にいたということで、以前よりも痩せて妙に目が鋭くなってはいたが、軽妙な口調でミサエの出世を喜ぶ様子は相変わらずだった。

ミサエは小山田にこれまでの礼を重々述べて頭を下げた。この人がいなかったら、自分はまだ根室で働きづめの毎日を送るどころか、淋病(りんびょう)と梅毒にまみれた女郎屋に売り飛ばされていたかもしれないのだ。

「本当に、小山田さんにはなんとお礼を申し上げたらいいのか」

感謝の言葉を重ねて、なかなか頭を上げられないミサエに、小山田は軽く笑った。

「よしてくれよ、俺はそんな大したことしてないし、実際頑張ったのはミサエちゃん自身だ」

「もうその辺で二人とも、一旦お礼とねぎらいの言い合いっこは終わらせようか。茶が冷めてしまうよ」

話が一向に進みそうもないのを見て、本間の主人が二人に椅子と茶を勧めてくれた。ミサエもありがたく席につく。

小山田は茶碗を両手で包むように持つと、一口、一口、大事に味わうように飲んでいた。行商で根室に来ていた頃、民家で出された茶を話の合間にごくごくと飲み干していた様子とは対照的だ。戦地がこの人の何を変えたのか、その一端を見た気がして、ミサエは茶を飲む小山田の姿から僅かに視線を逸らした。

「実はな。俺、富山の家を引き払って、カミさんと子ども連れて、根室の戦後開拓事業に乗ったんだよ。今、農家なんだ」

思わぬ時に故郷の名が出てきてミサエは目を丸くする。富山に小山田の妻子がいるという話は以前から知っていたが、薬の行商をやめ、家族を連れて根室に農家として移住とは初耳だった。

国が戦後の食糧難を打開するため、全国各地、特に北海道の未開拓地を大々的に拓くという話はミサエも知っていた。しかし、故郷である根室もその対象で、しかも小山田が入植したとはどういうことなのか。

「帰って来たはいいものの、どうにも、富山では食い詰めちまってね。大きな問屋がいくつもつぶれて、モノがないなか無理にかき集めた薬を持って行商に出ても、必要とされてるのは薬より食いモンだしな。で、縁のある根室で農業をやろうということになったんだ」

「知りませんでした、いつから根室においでだったんですか？」

「復員して富山に帰って、半年ぐらいで家族連れてすぐ根室に渡った。もう一年になる。行商時代の伝手があるからと甘く見てたところがあったんだが、なかなか難しいな、農業ってモンは」

「そうでしたか……」

ミサエが相槌に困って結局無難な言葉を返すと、小山田は幾分、恥ずかしそうに頭を掻いた。薬箱を背に全国各地を飛び回るのが天職のようだった男にとって、家族とともにひとつところに留まる生き方を選ぶというのは、どれだけ重い意味があっただろう。しかも、札幌よりもまだ寒い、東の果ての地だ。ミサエは密かに、根室の凍てつく吹雪を思い出して身を固くした。

「何かと厳しい土地柄ですので、小山田さんもご家族も、どうぞお体に気をつけてくださいね」

「そう、そこなんだよ」

ごく一般的なミサエの気遣いの言葉に、小山田は手を打った。

「ミサエ。小山田さんはね、実はお前さんに保健婦の資格をとって、根室まで来て欲しいというのだよ」

「え？」

本間の主人が放った言葉の意味が飲み込めない。ミサエは思わず小山田の顔を見た。

「まあ、そんなに構えんで欲しい。あのな、できれば、でいいんだ。知っての通り、根室はまだ医者も看護婦も数が少ない。地域の人間の健康を慮ってやれる者が足りないんだよ。根室の街が空襲に遭ったこともあって、薬屋も少なくなってるしな」

「ええ、それはまあ、そうでしょうけれども……」

戦中、医療従事者が大量に戦地にとられた影響が残り、全国どこでも医療にかかわる人手は足りていない。根室のような地方なら尚更のこと、人の生活に響くだろう。保健婦は特に、終戦直前から人口増と乳幼児の死亡率低下を目指して各地でさかんに必要とされるようになっている。実際、昨年昭和二十二年に開拓保健婦という国家資格が創設され、地方に派遣され始めているとミサエも聞いている。

しかしなぜ、自分がその保健婦になって根室にという話になるのか。あの冬の、冷たい夜を思い出して、手の先が勝手に震え始めた。

「これからあっちの地方は、戦後開拓で賑やかになる。ばんばん土地を拓いて、日本中の人間が飢えないぐらいの食いものを作らにゃならん。産業が大きくなれば人も増える。人が増えればけが人や病気の人間も増えるってもんだ。なあ、ミサエちゃん。地域の保健婦として、どうか俺らの家族や根室の人間を見守ってやっちゃあくれないだろうか」

生地とはいえ辛い思い出が横たわる根室に。しかも保健婦として。看護婦がさらに学校に通わなければ得られない資格だ。病院で働き始めているとはいえ、そもそもそんな資金は自分には……。口を開こうとしたミサエの前で、小山田が茶碗を卓に置き、居住まいを正した。

「実はな、恥ずかしい話なんだが。意気込んで入植したまでは良かったが、正直、俺のとこの営農はまだうまくいっていないんだ。それはまあ百姓やるのは初めてなんだから仕方ないにしても、生活面で色々と難儀している。特に、根室にきてからカミさんが身重になっちまってな」

小山田の声が小さくなる。語られる話の結末を思い、ミサエは黙ったまま続きを待った。本間の主人も込み入った話までは聞いていなかったのか、真剣に見守っている。

「腹の中の子がでかいのは分かってたんで、あらかじめ産婆に話をつけて、産まれるって時には必ず来てもらうことになってたんだが。結局、来なかったんだ」

「お産婆さんが来られないって、吹雪とか、道が悪くてとかですか？」

札幌と比べ、交通事情と道路事情が整っていない根室を思い出しながら、ミサエは口を挟んだ。お産はどういうわけか夜中や朝方が多い。ミサエが吉岡の家にいた時も、近隣の農家で吹雪の夜中に産婆が辿り着けなかったという話や、馬橇で駆けつけてようやく難産を助けたという話がいくつかあった。

「いいや。産婆は、よその家に呼ばれてそっちを優先したんだよ。昔なじみの開拓農家の方のお産へな」

「それは……」

下を向き、両拳を握りこんだ小山田に、ミサエは何も言えなかった。同じ農家であっても、目に見えない序列というものは確かにある。古参と新参、屯田兵由来とそうでないもの。地域の人の繋がりが家単位である以上、どうしても外せない枷が人を縛っていることを、ミサエは痛いほどに知っている。

「それで、赤ちゃんは」

控えめに捻り出した質問に、小山田は眉根を寄せたままへらりと笑った。

「俺が何とかしようと思ったけど、駄目だったよ。死んでもでかいままだから、なかなか出なくてなあ。剃刀で、ばらばらにしなきゃいけなかった」

まるで、財布をすられて困ったといった程度の、力ない笑いが却って痛ましく思えて、ミサエは目を逸らした。

「お前さんがやったのかい」

本間の主人が、ミサエが聞けずにいたことを言葉にした。

「自分でやるしかなかったんです。カミさんは自分の命が助かった後も、何日もずっと泣いてました。薬屋の名残で手持ちの薬が幾らかあったから、少しはカミさんの体が回復する助けになりましたけど、もう。もう、あんなのは……」

小山田は手を組んで下を向いた。表情は窺えない。震える声のままで、呪詛のような言葉が続けられる。

「しょうがないのは分かってるんです。向こうの赤ん坊が無事産まれて良かったとも思ってる。それに、助けられないものはどうしても出る。助けられる能力を持った人間にも限りがある。そんなことは薬屋やってた時も戦地にいた時も、分かっていた。でも、戦争が終わって、これからっていう今の世の中で、立場の違いのせいで人の生死が決められるのは、俺は、違うと思うんです」

「成程な」

本間の主人が頷いた。顎に手をやり、深く考えているふうで続ける。

「それで、ミサエを自分たちの地元に欲しいと」

「はい」

強く頷くと、小山田はミサエの方を見据えた。少し窪んだ眼窩と、その奥で翳りを増した茶色の目から視線を外せず、ミサエも体を固くした。

「別に俺の家を優先して診てくれってんじゃない。ただ、今の根室では一人でも多く医療行為ができる人間が欲しいんだよ。嫌ならな、もちろん断ってくれていい。ミサエちゃんにとっちゃ、あの厄介な家の近くに戻るっていうのは、なかなか大変なこったろう。でももう、あんたはやられるままの子どもじゃない。それに、あんたみたいに頑張った子が俺ら開拓に入った人間の健康を診てくれるんなら、本当に助かるんだ。俺なら薬屋時代の伝手で根室の保健所にも採用の下地を作れる」

頼む、と言ったきり頭を下げた小山田に、ミサエは頭を上げて下さいと懇願する。

「武臣。それで、他の人間ではなくこの子に頼むっていうのは、どういう心根だ？」

低い声がミサエと小山田の間に割って入った。本間の主人がここまで厳しい声を出したところを、ミサエは初めて目の当たりにした。

「勝算があるからだろう？　切り札と言った方が早いか？」

「それは」

言いよどみ、視線を外した小山田に、本間の主人はどんと卓を叩く。ミサエも一瞬、身を竦めた。

「お前はこの子を悲惨な境遇から連れ出して恩を売ったからな。だから頼みやすかった。違うか？　そこのところは明らかにしておかないと、ミサエに対して不実というものだろう」

「仰る通りです」

素直に小山田は頷くと、ミサエに深く頭を下げた。

「本間の小父さんの言う通りだ。済まない。給料が少なくて過酷でなり手が少ない保健婦を、俺はミサエちゃんなら断り辛いことを見通して頼んだところがある」

「いえ、そんな……」

見方によっては確かに算段があったのかもしれないが、ミサエが小山田に大きな恩を抱えているのは確かだ。それに小山田家の悲劇が事実であり、微力でも故郷の困難な現状を打開する助けになるのであれば、協力してもいいという気持ちにもなり始めていた。

なにより、根室で自分が産まれた際に母を亡くした身である。保健婦は本来助産をする立場ではないが、辺境で消えざるを得ない命を救えたり、健康的に生きていく手助けができるのなら、自分が生き残ったことにも意味ができるのかもしれない。

「あと、ミサエちゃんに言ってなかったことがもう一つあってな」

小山田は顎に手をやりながら続けた。

「もっと早く、本来なら根室を離れる時にでも言っておけばよかったんだが。俺の死んだ親父とミサエの婆ちゃんのことだ」

「わたしの、婆ちゃん?」

ミサエは怪訝に思った。自分を母親の代わりに育て、四歳の時に乳癌で病没したという祖母。記憶の中にその顔はない。若い頃、仕える吉岡家に従って根室に渡ったという話は聞いているが、それが小山田の父親とどういう関係があるのか。

「実は、あんたの婆ちゃんが吉岡さんの下働きしてしんどい思いをしてた頃、うちの親父がな、不憫に思って根室の小さい店の主人に嫁がせたらしいんだよ」

「そんな、ことが……」

ミサエは言葉を失った。あの吉岡家で、しかも屯田兵の時代から下働きをしていたというなら、祖母の労苦は自分の比ではなかったのかもしれない。そして、その環境から祖母を救い出したのが小山田の先代だったとは。

ふと、ミサエは自分が吉岡の家を出るきっかけとなった時の騒動を思い出す。確かあの時、大婆様は不義理だ何だと強い言葉を使って小山田に言いつのっていたが、あれは自分のこと以上に、祖母の件があったゆえかもしれない。自分はまさに、祖母と近い道を辿っていたのだ。

いつの間にか下唇を噛みしめていたミサエから顔を逸らすように、小山田は窓の外を眺めた。揺れる白いカーテンごしに通りの喧騒が聞こえてくる。

「俺があんたを根室から出したのは、もちろん本間の小父さんが人手を欲しがっていたこともあったが、なんというか、そういう、色々の縁が重なってのことだったんだ」

「そうですか……」

ミサエは小山田の言葉をうまく呑み込めないまま、膝の上に組んだ自分の手をじっと見つめた。もし祖母の人となりを覚えていたのなら、別の感情が沸き上がったのだろうか。なぜか思い出されたのは、うっすら残る祖母の背中の記憶ではなく、猫を抱く大婆様の姿だった。

「まあ、そういうご縁にこれからも縛られるかどうかはまた別としても」

淀み始めた空気を振り払うように、本間の主人が少し大きな声を出した。

「ミサエ。実際、どうするかね？　根室で保健婦の手が足りていないのは事実だ。やりがいはあるだろうが、大変な仕事でもある」

強制されるよりも、選択を委ねられる方が本人にとって厳しいこともある。ミサエは目を閉じ、考える時間が欲しい旨を伝えようか一瞬考えた。しかし、口を開いて出たのはそれとは違う言葉だった。

「やります。わたしで助けになるのであれば、やろうと思います」

強い声が響く中で、本間の主人と小山田は驚きに目を見開いていた。

「小山田さんへの恩ももちろんですが、それだけでなく、もう縁もないと思っていた故郷の役に立てるのなら、わたし、やります」

「いいのかい。本当に」

　自分で頼んでおきながら、信じられないという表情で小山田はミサエを見ている。

「ありがとう。本当に恩に着る。ありがとう……」

　小山田は卓に両手をつくと、頭を打ち付けんばかりに下げてミサエを慌てさせた。その様子を眺めながら、本間の主人がぽんと手を打つ。

「そういうことなら、ささやかではあるが、うちで学費の方は持たせてもらうよ。赴任後、生活に困るようなら少しばかり援助してもいい。この仙雲堂、それぐらいはさせてもらおう」

「分かりました。旦那様にはまたお世話になってしまうこととなりますが、いずれ、働いてかならずお返し致しますので」

「いいや、これは貸付ではないよ。私が好きで出させてもらうもんだ。だから心おきなく勉強して、根室の人のために尽くして欲しい」

　にこにこと微笑む本間の主人の顔に裏はないように見える。貸付ではないことがミサエにとって大きな楔となることに気づいているのかいないのか、分からないままに、ミサエは頭を下げて受け入れた。

　綺麗に磨かれた床を見ながら、ミサエは心のどこかに言い聞かせた。祖母からの縁がある。苦労して、それでも強く仕事をして勉強を続けたかつての日々がある。そして今、自分は技術と経験を持つ立場となった。耐えるだけだった昔とは違う。親なしと言われてきた自分にもし縁と言えるものがあるのならば、それに搦めとられてみるのも道といえるのではないか。その決断に現時点では少しの曇りもないことを、ミサエは心の奥まで確認した。

その後、ミサエは北海道庁立女子医学専門学校に附属する医院の保健婦養成所に入所し、半年の講習を受けた後、保健婦免許を取得した。小山田がどう役人に手引きをしたのか、修了後は開拓保健婦として根室に赴任することがするすると決まり、住まいを引き払ってこうして九年ぶりに故郷の地へと向かっている。

変わらぬ汽車の揺れの中、ミサエは瞼を開いた。窓の外を見ても、まだ真っ暗にはなっていない。海から遠ざかったのか、見えるのは深い森の木々ばかりだったが、空の色合いは少し群青を増しただけだ。

吉岡家とは現在、つきあいは全くない。そもそも、あちらの家から手紙が来ることなどなかったし、ミサエからの連絡は札幌に着いた一か月後、こちらの生活に慣れた旨とこれまでの礼をしたためて送った手紙一通と、毎年の簡素な年賀状だけだ。最初のうちは再び呼び戻されて使役されるのではないかと肝が冷えたが、その様子がないと分かると、縁が切れたものと安堵感しか湧かなかった。

その吉岡家の、大婆様が亡くなったという情報を得たのは、ミサエが看護婦として働き始めた時期だった。教えてくれたのは小山田から連絡を受けた本間の主人だ。ミサエは仙雲堂でその知らせを聞いた時、「まだ存命だったのか」という思いと、「もう会うことはないのか」という僅かな哀しみが交錯した。十歳で吉岡の家に入った頃、既に八十代だと聞いていたことを考えれば十分に長生きなさったのだと思う。亡くなった原因は聞いていないが、年齢を考えれば老衰だろうか。

ミサエが小山田に連れられて吉岡家を離れる時、光太郎とタカ乃夫妻からは給金の後払いも餞別（せんべつ）もなにひとつなかった。しかし、大婆様はミサエに一つ、餞別の品を持たせてくれた。

それは生前、部屋でいつも大事に磨いていた漆器の椀（わん）だった。吉岡家がかつての主君だった殿様から賜り、宝物として扱っていた黒漆の食器と膳、そのうちの一椀。

それらの漆器が使われるのは一年のうち元日の朝だけだったが、大婆様は日ごろからそれは大事に手入れをしていたものだ。使用人の身であるミサエは一度として使わせてもらうことはなかったし、それは別に当然のことであろうと思えた。吉岡家が人に忠義を誓い、屯田兵制度が解体した後もその念を残す大事な品。それは、この家の家族のみが使い、受け継ぐものと思っていた。

だからこそ、ミサエが札幌に旅立つ時、大婆様が密かに自分にこの椀をひとつ持たせてくれたことは、大きな驚きだった。

「他の誰にもお言いでないよ」

与える理由は一切告げずに、大婆様はミサエに忠告だけを残した。

家宝ともいえる品の一部を与えた、その意図が当時のミサエに分かるわけはない。今、大人になったミサエにさえ分からない。ただ、手渡された時に、「必ず大事にします」と頭を下げたミサエに、大婆様がゆっくりと頷いていたのが記憶に残った。

優しい人ではなかった。吉岡家の使用人であったミサエは、大婆様の一家の長老としての険しい顔しか知らない。しかし自分に対する態度を抜きにして思い返しても、大婆様は吉岡家の家族にも常に厳しくあった。

そういえば、ひ孫である一郎と保子の頭を撫でているところも見たことがない。使われの身である自分に仕事をさせ、二人に学業に専念するよう厳しく言いつけ、進学先や将来についても熱心に意見していたあたり、決して思い入れがなかった訳ではないのだろうが。

何かあれば、士族の血筋だ、屯田兵なのだ、と背筋を伸ばして家族やミサエにもその矜持を守るよう厳しく言いつけていた。その矜持が吉岡家にとって薬だったのか毒だったのか、使用人だったミサエは判じることができない。

一つ分かることは、大婆様の存在こそが、あの家の心柱だったのだ。その心柱が亡くなって、現在の吉岡の家はどうなっているのだろう。これからは保健婦として関わることもあるのかもしれない。そう考えると、頭の奥が鈍く痛んだ。

いいや、もう、自分はあの家で使われる身分ではない。大婆様亡き今、祖母の縁に遠慮をする理由もない。小山田の配慮と自分の頑張りとで、きちんとした職を得てあの街へと帰るのだ。

ミサエは歯を食いしばって沈みそうになる思考を引き上げた。そうしないと、過去の痛苦と薄暗い予感に心が支配されてしまいそうだった。

根室の街に到着したのは、もうすっかり暗くなってからだった。ミサエは駅から少し歩き、予約してあった旅館に泊まった。翌朝、長い移動で疲れた体を無理矢理に起こす。窓を開けて外を見た時、ミサエは思わず「ええっ」と声を上げた。

根室の市街は様変わりしていた。空襲で市街の七割が焼かれてしまったうえ、戦後は急速に新しい建物やらバラックやらが建てられていたのだ。吉岡の家にいた頃は家とその周辺に籠もりがちで、市街へ来たのは使いに出された時ぐらいのものだったが、記憶とすり合わせせられる部分がほとんどない。

「いやあ、あんた昔根室にいたのかい。戦争の間、こっちは酷かったんだよお。街中は火が回ってぼうぼうだっていうのに、まだそれでも飛行機から爆弾落っことしてくるってんだから」

「大変だったんですね」

朝食時、旅館の女将に軽く話を向けると、こちらが箸を持つ暇もなくなるほど熱心に戦時中の話を始められてしまった。

「大変ってもんじゃないよ。うちは運よく燃えずに済んだんだけどさあ。食べものがないからさあ。みんな近くの農家に助けを求めて行くのさ。家ないから家畜と一緒でもいいんで畜舎の隅で寝させてくれとか、牛乳一杯、馬鈴薯一個でもいいから譲ってくれって」

「近くの、農家に」

すぐに、ミサエの脳裏には吉岡家の面々が思い起こされる。根室の市街からは少し離れていて、あの辺りは空襲の被害はなかったと聞いている。

「近くの農家に行って、何とかなったんですか?」

「それがねえ」

女将は大仰な手振りで強調した。声がさらに大きくなっている。

「だいたいの所はね、親切に出来る限りのこと、してくれたのさ。お風呂貸してくれたり、布団まで貸してくれた人もいるってさ。でもね、中には、こっちの足下見てくるようなのもいたわけよ」

「足下、ですか」

鸚鵡返しに応えるだけで、女将はうんうんと大きく頷いて続きを話し始める。相当な屈辱だったのだろうとミサエは察した。

「こっちが困ってるのをいいことに、ってわけじゃないだろうけど、やれ、自分たちだって空襲の被害こそなかったけれど生活が大変なんだ、とか言って、とにかく食べ物売るのを渋ってみせるのよ。どうも、こっちがぺこぺこ頭下げるのが楽しいみたいでさ。吹っ掛けられる方がまだマシだと思うぐらい、あれは腹塩梅悪かったわあ」

「そうですか……」

ミサエは米粒を嚙みながら、古い記憶を引き出していた。林家が農作業の助力にミサエを頼んだ時に吉岡家が見せていた、あの優越と幸せに満ちた嬉しそうな顔が思い出される。女将の言う農家が吉岡家だとは限らないけれども、あの家ならば同様の振る舞いをしたのではないだろうか、という考えを消せなかった。

朝食を終えると、支度をして根室保健所へと挨拶に向かった。開拓保健婦の詰所はその一角を間借りしているのだった。五人いるという職員たちは全員出払っていたが、ミサエが事務室の隅で待っていると、夕方にはそれぞれ自転車で詰所へと帰ってきた。疲れ果てた様子の彼女らに長い挨拶は憚られ、簡潔に自分の身の上を説明すると、同僚たちは根室出身で保健婦になってわざわざこっちに戻ってきたというミサエを歓迎してくれた。

挨拶を済ませると、近隣にある女性用の官舎へと向かった。空襲でなんとか焼けずに済んだという古い二階建ての建物で、部屋も四畳半と狭いものだが、ミサエにとっては十分だった。

予め送っておいた柳行李(やなぎごうり)ひとつと、持参した鞄(かばん)を開いて荷物をひとつひとつ解いていく。そのうちほとんどが、札幌で働いて得た給金で購入したものだ。

これからは保健婦としての生活が始まる。ここに住まう人々の家を訪ねて健康の相談に乗ったり、子ども達に予防接種をしたりするのだ。さきほど先輩保健婦から聞いた話だと、生活改善のための料理を主婦に広めると地域に溶け込みやすいらしい。ミサエの想像の中で、これから向き合うべき仕事ひとつひとつがきらきらと輝いていた。

しかし、その前にひとつ、済ませねばならないことがある。

翌日は休養日で、朝から空は晴れていた。本来、明日の初出勤にむけて体を休めておきたいところだが、ミサエは意を決して支度をした。荷の中から、けっして高価ではないが、持っているなかで最もきちんとして見える小綺麗なスカートとブラウスを纏(まと)う。札幌から買ってきておいた日持ちのする菓子の詰め合わせを風呂敷に包んだ。

化粧はやめておいた。かつてまだ十代の自分に向けられたように、色気づいただのと見当違いの非難を浴びせられてはたまらない。磨いておいた靴を履き、埃(ほこり)をはらったコートを羽織り、鞄と風呂敷包みを手にしてミサエはひとつ大きな溜息をついた。それから意を決したように、わざとコツコツと踵を打ちながら歩く。行きたくはないが、行かねばならない。ミサエは、縮こまりそうな心を励ましながら、吉岡家へと挨拶に向かった。

集落の最寄りの駅から吉岡家までは歩くしかない。道は特別に思い出そうとしなくても足が覚えていた。集落の配置も一見そう変わらず、しかし、よく見ると集落の目印となっていた大木が切り倒されていたり、森の縁が拓かれて牧草地が増えていたりもした。他にも、かつて農家だった家に人の気配が見えず、廃屋になっていると思しき場所もあった。

林家と小山田家はどうなっているだろう、という思いもあったが、吉岡家に挨拶に行く前によそに立ち寄ったなどと後で知れたなら、何と言われるかわからない。他家への挨拶はまた後日にすると心に決めて、ミサエは吉岡家への道を進んだ。

かつて住み込んでいた吉岡の家は、そのままそこにあった。ミサエが住み込みを始めた頃はまだ新築だった建物は、随分と古びたように見えた。屋根の緑色のトタンが経年により色褪せているのは仕方ないとはいえ、ミサエが十五歳の時の印象からはかけ離れている。建物の正面に立つと、かつては落ち葉一枚残すなと厳しく掃除させられていた家の周りは、錆びたバケツやら割れた一升瓶やらが乱雑に放置されていた。玄関のガラス戸はいつ磨かれたものか、すすけていて向こう側が見通せない。誰かが引き戸を足で開けたものなのか、下の方には靴跡の泥がこびりついていた。

あれほど、掃除はきちんとするように自分に言いつけていたのに。ミサエは勝手に自分の口が引き結ばれるのを止められなかった。ぱっと外側から眺めただけで分かるほどに、どうしてこうもこの家はすすけてしまったのだろう。もしかして、家のことを仕切るタカ乃が体調を崩しているのか。健康を慮る立場として、ミサエの脳裏にはまずそれが浮かんだ。

ミサエが玄関に向けて一歩踏み出した時、ワンワンワンワン、と激しい吠え声がした。驚いて声のした方を見ると、庭の角、ちょうど敷地の入口からは死角になった場所に犬が繋がれている。茶色く大きな犬が、見慣れぬ来客を拒むようにして、ミサエに絶え間なく吠え立てていた。

犬の目は血走り、口の端からは絶えず涎が垂れ落ちている。よく見ると毛が不自然に抜けていた。疥癬かもしれない、と思ったが、近くで診ることを拒むように犬は全身で来客を拒否していた。

この家に犬がいるところなど、初めて見た。思い返すと、大婆様が存命で猫を大事に飼っているうちは、犬を飼うことなど考えられなかったのだ。ミサエが札幌にいる間の九年のうち、大婆様の喪失がこの家にとって一番大きな変化だったのかもしれなかった。

白妙はもう年齢的に生きていないとしても、白坊と繭はどうしたのだろう。ミサエは心に小さな棘を感じながら、犬の声を無視して玄関へと進む。手をかけた引き戸が固い。ぎしぎしと、いつ油を差したものか分からない音を立てて戸を開けると、ミサエは薄暗い廊下の奥へと向かって声を上げた。

「御免下さい。どなたかいらっしゃいますか」

一瞬の静寂の後、「はいよー……」と緩慢な声がした。ミサエにとっては忘れようのない声だ。それから、体を揺すって立ち上がる気配が伝わり、思わず玄関で風呂敷包みを持ち直す。

廊下の向こうからゆっくりと近づいてくる姿は、想像していた通りタカ乃だった。この家を離れた時よりも、随分と体重が増えたようだ。しかしそれ以外は顔色も良く、妙に仕立てのいいモンペを穿いていた。

タカ乃は廊下から見て逆光を背負っているであろう客の姿を見つけると、一度、驚いたように目を見開いた。ミサエは商売の手伝いで身についた愛想笑いを顔に張りつける。

「ご無沙汰しております」

「おや。おやおやおやおや、おや」

どすどすと、タカ乃は踵を床に打ち付けるような変わらぬ歩き方を速めて、ミサエへと近づいてくる。

「なんてことだろう。不義理者が来たよ」

べとりと耳に張りつくような声に、不釣り合いなほどの微笑み。嬉しそうに歪んだタカ乃の皺に、古い蜘蛛の巣の模様を連想して、ミサエの作り笑いがそのまま凍った。

……ああ、また、始まるのだ。始まってしまうのだ。

ミサエは頭の奥で半鐘にも似た音が響くのを聞いた。がんがんと鳴り響いて、手も足もどんどん冷えていく。

ぬかるみに足をとられて動きがとれなくなった鹿のように、ミサエはいっそ高い悲鳴を上げてしまいたかった。もちろん自分の立場でそんなことが許されるはずもなく、自由を奪う泥の冷たさが、ミサエの心を一秒ごとに冷やしていく。

「まあ、小山田のとこからあんたが来るってことは聞いてたよ。とりあえず、上がんなさい」

「はい。失礼します」

促されるままに上がった玄関で、すぐにミサエは異変に気づいた。自分がかつてどれだけ寒い夜にも煎餅布団一枚で寝させられた廊下の隅は、そこかしこに綿ぼこりが落ちていて掃かれた様子がない。窓も、すすけた上に桟は黒くカビがこびりついていた。

それなのに、なぜか家の中じゅうに仏壇の線香の匂いとも違う、妙に甘い香の匂いが充満している。ミサエは香に詳しいわけでもないが、札幌で裕福な馴染み客に薬を届けた時、似たような匂いを嗅いだことがある。古びた家の様子とは余りにも不釣り合いだった。

「失礼します」

間取り自体は変わっていないので、見慣れた茶の間へと足を踏み入れる。すると、広さはかつてと変わっていない筈なのに、中はずいぶんと狭く、ごちゃごちゃとした印象を受けた。

よく中を見ると、高価そうな壷や博多人形、不要な場所に螺鈿つきの間仕切りなど、高価そうな調度品があちこちに置かれている。それぞれはそれなりに美しいものばかりなのに、統一感がないせいで何もかも乱雑に見える。その調度品の間に尻を捻じ込むようにして、二人の男が座っていた。

「おう、ミサエ、久しぶりだな」

年配の方が手を上げ、ぐにゃりと歪んだ笑みを見せた。光太郎だ。ミサエの記憶よりも少なくとも十キロは太っている。

「何だお前、札幌住んだら、こじゃれた格好しやがって」

にやにやと、父親と同じ体型と表情に成長していたのは息子の一郎だ。二人とも、年齢以外は顔も体つきもそっくりだった。

ミサエは気づかれないように深く息を吸うと、床に座って手をついた。

「大変ご無沙汰をして失礼致しました。皆様お元気そうで何よりでございます」

使用人が主人に挨拶する、まるで時代遅れの言葉に、それでも三人は腹を揺らして満足そうに笑った。

「久しぶりにうちに来たら、随分と変わってるんで、驚いたろう」

「はい。随分と、豪勢になっていらして」

嫌味を籠めたつもりはないが、どう転んでも嫌味としかとれないはずの言葉をうけて、タカ乃は嬉しそうに傍らの壺を撫ぜた。

「あんたは札幌にいたから知らないだろうけれども、こっちも戦争の時は色々と大変でねえ。保子が網元のところに嫁に行ったから、そっから聞きつけてきたのか、街の人間がこういうものを持ってうちに押し掛けてきてさ。やれ、赤ん坊のために牛乳を分けてくれだの、芋を少し分けて欲しいだのと煩い煩い」

「俺らは別にこんなもん、いらねえんだけどなあ。まあ、しょうがないだろう。困っているんだし。そう思って、貴重な食いモンを分けて、代わりにこんなガラクタ引き取ってやったたっていうわけだ」

光太郎とタカ乃がひどく嬉しそうに語る傍で、一郎が古そうなキセルをくゆらせていた。太い指で気取った持ち方をし、得意げだ。長年手入れをされてきたであろう繊細な調度とは反対に、部屋の神棚は見るからに埃まみれで蜘蛛の巣が揺れていた。

旅館の女将の話は、本当にこの家のことであったのかもしれない。そう思いながら、ミサエは一通り、二人が「これは江戸時代の伊万里らしいんだが、俺はこんなけばけばしい壺、本当は嫌いなんだよ」「この香も、なんか銘木とかいうものだって持ち主は言うんだけど、臭いだけでねえ。まあ、湿気ったら勿体ないから焚いてるけど」など言いながら自慢語りするのに付き合った。

茶の間を埋める高価な品の説明を全て聞き終えると、ミサエは再び床に手をつき、頭を下げる。

「もしお許し頂けるなら、大婆様にお線香をあげたいのですが、よろしいでしょうか」

まずは訪れて最初に仏壇に手を合わせたかったところだが、彼らの自慢話を途中で終わらせては怒りを買うことになる。ようやく、一番挨拶せねばならない人に帰還を報告できるとミサエは心中胸を撫で下ろした。

「ないよ、そんなもの」

「えっ」

タカ乃の冷たい返事に、思わず驚きの声が漏れた。

「あの、奥のお部屋に、立派なお仏壇がありましたよね」

「今はもう、なくしたんだよ。そういうの。大婆様がいた部屋は、今は俺の部屋になってる」

キセルの灰を火鉢に落としながら、一郎が吐き捨てるように言った。

「あんな頑固婆(ばばあ)、死なれた後までも監視されたくねえからな。寺も葬儀を機に檀家やめたし、坊さんに毎月布施出さなくてもよくなって、楽なこと楽なこと」

その言葉に、ミサエは全力をもって自分を制し、口を引き結んだ。

確かに、厳しい老人だった。正しくもなかったし、血を分けた家族に対しても優しくはなかった。しかし、苦労してここ根室に根を下ろした最初の世代の人だ。十分に悼まれるべき人だ。その故人を悼むことをせず、仏壇までいとも簡単になくしてしまうとは、どういう了見か。

問い質(ただ)したくとも、自分はその立場ではない。ミサエは必死に自分を押し殺し、唇の端を噛んだ。

「……では、大婆様のお墓にご挨拶しに行ってもよろしいでしょうか」

「墓は動かしてねえし、別に、勝手に行けばええ」

「あんたも大婆様には世話になったものねえ。あの婆さんと私らが学校に通わせてやったからこそ、今こうしてそれなりに真っ当な仕事に就けたんだろうし」

わたしに学校に通うよう言ってくれたのは大婆様と、小山田さんと、ご住職だ。あなた方は反対しかしていなかった。それだけでなく、わたしを売り飛ばそうとまでしていたのに、何を今さら恩着せがましく。

ミサエは喉と口の境目までせり上がってきた言葉を押し戻すのに精いっぱいで、下を向いた。余計なことを言ってしまわないうちに、早々に頭を下げる。怒ったところで誰も得をしないし、おそらく意味さえない。同じ言葉を話していても、決して分かり合えない相手というのはいる。この家にいた頃は毎日のように感じていた、懐かしく、そして嫌な感覚だった。

「それでは、お忙しいでしょうから本日はこれで失礼いたします。また改めてご挨拶に参りますね」

「ああ、そうだね。あんたもこっちが懐かしいだろう。どうだい、牛や馬にまた触りたくなったら、触らせてやってもいいよ」

「そうだな。一度染みついた仕事ってのは体がきちんと覚えてるからな」

再びあの頃のようにミサエに仕事をさせようという魂胆を隠さずに、夫婦とその息子の三人は腹を揺らして笑った。くどい香の匂いをまとって、空気が震える。ミサエはようやく、ああ、もうここに大婆様はいないのだと心に刻んだ。心柱が抜けたあと、残っているのは緩い生活に安穏とつかる人間と掃除されない不要物と、適切な持ち主を失った豪華な品だけ。

ミサエは頭を下げたまま、下唇を嚙みしめて様々な思いを飲み込んだ。怒りに麻痺した頭のどこかで、家の中に猫の気配がないことを感じ取っていた。

ミサエは見送られることもないまま玄関を出ると、振り返らずに駅へと足を進めた。予定していたよりも一便早い汽車で根室市街へと戻る。

根室駅を出た足は市街の真ん中を通り過ぎて、小高い丘の近くにある仁春寺へと向かう。吉岡家の当時の菩提寺だ。手にした風呂敷包みに入った菓子を、くだらない持ち物自慢のために渡しそびれて良かったと心から思った。どうせカラスに食べられたとしても、供えられるべきは大婆様が眠る場所だ。あの人たちに食べられるために買った菓子ではない。

仁春寺へは大婆様の使いで幾度か来ていたため、場所は分かっている。住職にはミサエが学校に通えるよう口添えしてもらった恩もあり、保健婦になったという報告もしたい。さっきの吉岡家の話ぶりだと檀家はやめたようだが、墓の管理は寺に預けたままのようだ。掃除なりさせてもらって、線香代として住職に少し包んでおこうか。財布に今いくら入っているだろう。

あれこれと考えながら、ミサエはふらふらと力なく歩いていた。吉岡家に滞在していた時間はごく短いはずなのに、全身の力を吸い取られたような気がする。気持ちを保たないと呼吸をすることも忘れそうだった。

ミサエは今さらながらに、大婆様が死んでしまった後の吉岡家の現実を突きつけられて動揺していた。もし大婆様が生きていたら、あの家はどういう状態だったろう。自分はどのように報告しただろう。「大婆様のお蔭で手に職をつけて戻ってくることができました」と言えばいいのだろうか。それとも、「今後は郷土の為に尽くします」とでも言えば少しは喜んでくれたろうか。

いや、何を言っても多分、大婆様は「せいぜい頑張んな、頑張って、人の役に立つのが人間のせいぜいだ」ぐらいのことしか言わないような気がする。ミサエの中で、不機嫌そうな、しかしほんの僅かだけ、あの黒い目を細めた大婆様が像を結ぶ。あの声までもがありありと耳元で再生される気がして、背筋が緊張で自ず(おの)と伸びた。

記憶の中の人は止まったまま変わらない。しかし、現実は変わる。ミサエは辛い記憶ばかりの吉岡の家が、さらに淀んだ場所になってしまったようで、大きく息を吐きだした。まだ、吐いた空気にあの香が混ざっているような気がして、幾度も深呼吸を繰り返した。

ミサエはゆっくりと寺の方向へ歩きながら、鞄の奥深くに仕舞った包みに手を伸ばす。木綿の白い布を取ると、中からは黒漆の塗り椀が現れた。本来日光を浴びるはずもなく、屋内で使われる目的のその器は、春の陽光を反射してぎらりと光った。大婆様からもらった椀だ。本当は今日、ミサエはこの椀を吉岡家に礼と共に返すつもりで持参したのだ。しかし、現在のあの家の状況すべてがミサエにそれを押し止(とど)まらせた。

「お返しはできませんが、大事にします。必ず」

もう一度、椀を白布で巻き直して、ミサエは胸に抱きしめた。過去の根室と現在の自分を繋ぐ唯一の品は、別段温かくも脆(もろ)くもなかった。

二

「ミサエちゃん、この間教えてもらったマヨネーズ、美味しかったわあ」

「あれね、生野菜にかけるだけじゃなくて、蒸かし芋をざっとつぶして、マヨネーズと塩胡椒(しおこしょう)少しずつ入れて混ぜても美味しいですよ。そこに塩もみしたキュウリとか人参(にんじん)を入れたら野菜も食べられますし、腹もちもいいです」

「そうなの？　うちの子、蒸かし芋出すと飽きたってごねるから、今度やってみるわ」

昭和二十五年の夏。ミサエが開拓保健婦として根室に着任してから一年と少しが経っていた。

午後の柔らかい光が差し込む台所で、小山田武臣の妻、恒子が芋を片手に明るい顔で笑う。ミサエもつられて自然と笑みが零れた。以前、ミサエが作り方を教えたマヨネーズをいたく気に入ってくれたらしい。

保健婦の仕事には、家庭の栄養指導も含まれている。主婦たちは家事仕事に慣れているとはいえ、実際のところ、その栄養知識が常に正しいとは限らない。加えて、農家の多くは忙しさから限られた時間で用意した食事でまず腹を満たすことが優先され、自然、米か蒸かし芋に塩気の強いおかずが少しだけ、といった偏った食事になることも多い。

栄養指導では特に、いかに野菜を摂取しやすくしてビタミンのバランスを取るか、が重要だった。野菜を効率よく、美味しく食べるため、各家に指導して喜ばれたのがマヨネーズだ。作り置きしておいて、忙しい時に家庭菜園から取って来た生野菜にかけるだけで手軽に一品を増やせる。

農家の多くは庭先で鶏を飼っていたので卵はある。あとは台所に買い置きの油と塩と酢さえ切らしていなければ、簡単にマヨネーズを作ることができた。

「この間作ったマヨネーズね、私ちょっと塩入れるの少なかったみたいなのよ。茹でた菜っ葉にかけても、いつもより味が足りないって、うちの人が。それで何を思ったのか、マヨネーズの上から醤油かけはじめたのよ！」

「醤油ですか、マヨネーズと醤油は初めて聞きました」

新しいもの好きで、薬屋から農家へと潔く転身を図った小山田らしいな、と思いながらミサエは相槌をうつ。

「それがね、実際食べたら意外とこれが美味しかったの。試しに、甘塩のアキアジに醤油かける時にマヨネーズも一緒にかけたら、これも結構いけて。俊之なんて、ご飯二杯もおかわりしちゃってー」

恒子は明るい顔で身振り手振りを交えて先日の食卓を再現して語る。くるくると動くその表情に陰は見えない。だから、富山から根室に移って難産から子を失い、しかもその後、子に恵まれずにいる境遇にはミサエも気づかぬことにして、明るい話題に積極的に付き合う。

「わたしも今度、試してみようかな、マヨネーズと醤油。あ、でも、どっちも塩分あるものなので、食べすぎには注意してくださいね」

「うん、分かったわ」

にこにこと素直に頷く恒子に、ミサエは内心ほっと息をついた。ここまで素直に保健婦としての自分の意見を聞き入れてくれる人も珍しい。ミサエは開拓保健婦として国の資格を得ているとはいえ、年齢が若いこともあり、地域の住人の中には指導や忠告をなかなか素直に耳に入れてくれない人も多い。それを思うと、小山田家の素直さはミサエには本当にありがたかった。

「それじゃ、また来ますね。マヨネーズ使った新しい食べ方発見したら、次の訪問の時にでも教えてください」

「うん、そうね、こちらこそ、また色々教えてね」

ミサエは玄関先で靴を履きながら、恒子の見送りを受ける。その足の向こうでは、長男の俊之が母親の後ろで半分身を隠しながらも、ミサエのことをじっと見ていた。

「じゃあね、俊之君、またね」

ミサエが手を振ると、ぱっと母親の陰に姿を隠してしまう。人見知りか、それとも照れているのか。どちらにしても順調に情緒が育っている証拠だろうと安心して、引き戸に手をかける。じゃあまた、と足を踏み出そうとすると、恒子がミサエの背に声をかけてきた。

「ねえ。ミサエちゃんは料理できるし、健康に気を遣えるし、きっといいお母さんになるわね。誰かいい人いないの？」

またか、という自分の心の声を抑え込んで、ミサエは笑顔で振り返る。

「まだまだ半人前ですので、今は仕事第一で頑張らないと」

「そっか、ミサエちゃんこそ体に気をつけてね、またね」

「はい、ではまた」

　恒子の笑顔に見送られて、ミサエは小山田家を後にする。戸を閉めて数歩進んでから振り返ると、屋根の補強や壁の支え棒、窓に嵌められた新しい板ガラスなど、家は古いながらこまめに手入れをされている痕跡が見えた。玄関から道路へと至る通路の脇にも雑草など見えない。恒子の性格があらわれていた。

　小山田家が住んでいる家は、ミサエが保健婦になる前にこの地に入植した際、放棄されていた屯田兵の住居に手を入れて住み始めたものだ。家の中と外を見ても、掃除と整理整頓が行き届き、生活が荒んでいる様子はない。慣れない農作業は厳しいと小山田が最初に言っていた通り、生活が楽な様子はないものの、親子三人、慎ましくも楽しく生活しているように見える。

　健康面でも心配事は特にない。産婆の手配がうまくいかず、子を死産するに至った恒子の健康をミサエは特に注視していたが、子どもができない以外、特に障りはないようだ。息子も年齢の割に口数が少ないことを除けば、心配事など特になく育っている。

職業上、受け持ち地域の家庭への接し方に差をつけることは許されない。それでも、自分の恩ある小山田家がこの厳しい根室の地でゆっくりと根を張ってくれていることに、ミサエは安堵していた。

独身の自分に結婚はまだかと問うてくるのは、田舎の挨拶のようなものだ。他の家庭の言い方からみれば恒子の聞き方はまだましな方だし、小山田家の場合は特に、身内の延長のように自分を気遣ってくれているのだろう。ほっとした心の中にひとすじ浮かぶ蟠り(わだかま)りをほぐして、ミサエは顔を上げ、重い肩かけ鞄を支えて自転車に乗った。

次に訪問したのは、近所にある林家だった。

ミサエが吉岡家にいた時に住んでいた林家と同じ場所、同じ名字(みょうじ)だが、住んでいる家族は異なる。ミサエが聞いたところによると、根室で林といえばほぼみな親戚関係で、今農家として入植している家族はもともと漁師の網元として地元を牛耳っていたほど大きな家だったそうだ。

根室で網元をしていた他にも、戦前は国後島で大きな蟹缶(かにかん)工場を営み、大層裕福な暮らしをしていたと聞いている。しかし、戦争で蟹缶工場を放棄して本土に引き揚げて来ざるを得ず、しかも根室空襲で所有していた加工施設や船までも失ってしまい、戦後、農家として入植したのだそうだ。

ミサエのよく知る林夫妻は、本家に追いだされる形で住居と畑を置いてどこかへ転居してしまったという。根室に戻ったミサエは、あの夫妻に挨拶さえもうできないことに少なからぬ衝撃を受けた。

幼少の身で働かされたあの過酷な日々の中で、手作りの海苔とその佃煮で作ったおにぎりを食べさせてくれ、まだ綺麗なお下がりの服を与えてくれようとした優しい夫婦が、どうか何処かで元気でいてくれるよう、願わずにはいられなかった。

林家は小山田家と同じく、離農した屯田兵の旧住居に住んでいるが、外見からしてまったく異なった。屯田兵村の建物は同じ年代にほぼ同じ様式で建てられているはずなのに、他の家の建物よりも随分と傷み、すすけているように見える。割れた窓を塞いだ板の向こうから、赤ん坊の泣き声が聞こえていた。ミサエが子どもの頃に出面でお邪魔した時はよく手入れが行き届いていたはずだが、住む家族が変われば家の有様というのは変わりに変わるものだ。

「こんにちは、御免下さい。保健婦の橋宮です」

立て付けの悪い引き戸を開き、薄暗い室内へと声をかけると、「はーい」と幼い声が聞こえてきて、ぱたぱたと小学校高学年ほどの割烹着姿の女の子が出迎えてくれた。同時に、おんぶ紐で背負われた赤ん坊の声も大きくなる。

「こ、こんにちは、橋宮さん。いらっしゃいませ」

「こんにちは、ユリちゃん。あらあらあら、キクちゃんはご機嫌斜めね、どれ、お姉ちゃん抱っこしてあげようか」

ミサエは玄関口でしゃがみ込むと、ユリの背でぐずり続けるキクの額を手で拭った。熱はないが、随分と汗をかいている。

「すみません、おねがいします。わたし、洗濯物終わらせなきゃいけないんだけど、キク、畑の母ちゃんのとこまで乳飲ませに連れて行っても、おしめ替えても、どうしても泣き止まなくて」

そう言うユリの顔こそ今にも泣きそうだった。湿った手拭いを握り締めるその手は水仕事のせいか夏だというのにあかぎれだらけ。あちこち汚れてしまっている割烹着はお下がりなのかぶかぶかだ。ミサエは思わずかつての自分の姿を思い出す。

「ちょっとお昼寝したいのかもしれないね。わたしが寝かしつけておくから、ユリちゃんはゆっくり仕事片づけてくるといいよ」

「……はい！　ありがとうございます！」

風呂場に引き返していくユリを見送ってから、ミサエはひんひんとぐずり続けるキクを抱くと、部屋の中へと入った。換気されていない淀んだ空気がこもっている。涼しい根室の夏とはいえ、この気温では赤ん坊にとって不快なのも無理はない。

茶の間をざっと見ただけで、日用品、子どものおもちゃ、片づけられていない茶碗など、とにかく物が多くてごちゃごちゃしている。床がほとんど見えないなか、薄い布団が物を押しのけるようにして敷かれていた。

ミサエはキクを抱いたまま、茶の間の窓と台所の窓を開けた。床や棚にうっすら積もっていた埃を舞わせながら、ふわりとした風が室内を通り抜けていく。これで少しは過ごしやすくなるだろう。

キクを布団に横たえて、薄い肌着を脱がせた。想像した通り、脇の下や股に赤い湿疹がいくつか出ている。ミサエは持って来た鞄から天花粉の缶を出すと、ぱふぱふと柔らかい肌にはたいていった。

「暑かったねえ。汗かいちゃったねえ。もう大丈夫だからねえ」

手近にあった団扇(うちわ)で軽く扇(あお)いでやると、キクはウフフと笑った。

キクは間もなく生後一年になる。その割に、体の成長が遅く、つかまり立ちも言葉を話す兆候もまだ見られない。ミサエが注意深く観察を続けたところ、病気や先天性の疾患がある訳ではなく、ただ生育が少し遅れているだけのようだった。林家の家族は夫婦の他に祖父、それに子ども達が七人。子ども達のほとんどは年子か二、三歳しか離れていない。

漁師から農家に転身した林家は、体力と根性はあるがいかんせん経験が足りず、大変そうだというのが周囲の農家の評価だった。もっと他の先輩農家に知識なり助力なり素直に頼めばいくらでも助けてもらえそうなところを、網元だった誇りが邪魔をするのか、なかなか地元に馴染みきれずにいる。

それに加えて子だくさんのため生活は苦しく、キクの成長の遅れは母乳不足と離乳食の栄養不足が考えられた。ユリも背は標準だが体つきが細すぎる。ただ、林家における健康上の問題はこれだけではない。ミサエはキクに吹きかからない程度に溜息を吐いた。

風通しを良くした室内の涼しさと、団扇で送られる風のお蔭か、キクはすやすやと寝息を立て始めた。やはり湿疹のかゆみと姉の背で揺られ続けて暑いのとで不快だったようだ。

「すみません、妹、任せてしまって」

家事が一段落したのか、ユリが申し訳なさそうに姿を見せた。

「大丈夫だよ。キクちゃん、よく寝てる。何やってもぐずる時は、こうしてちょっと部屋の中を涼しくしてあげるといいかもしれないね」

「はい」

押しつけがましくならないように気をつけながら言葉にした指導を、ユリは神妙に聞いている。いいお姉ちゃんだな、とミサエは率直に思った。

「ユリちゃんもお手伝いの仕事終わったんなら、横で一緒に少し寝るといいよ。午後でいい風が吹いてきたしね」

「そうですね……」

ユリは少し考えてから、「いいえ」と言って、ちゃぶ台の端に積まれた教科書に手を伸ばした。

「わたし、キクが寝てるうちに勉強しようかと」

「そっか。ユリちゃん勉強好きなんだね」

「はい！」

一点の曇りもないユリの笑顔に笑顔で返しながら、ミサエの胸はちくりと痛んだ。林家の経済状況を考えると、いくらユリが勉強が好きで成績が良かったとしても、金のかかる学校へ行かせてやることは到底できないだろう。実際に、林家の長女ハナもユリと同じく利発で勉強好きだったそうだが、中学を卒業するとすぐ、近所の吉岡家へ、つまり一郎の嫁に出された。

勉強で自分の人生を拓けるかどうか。その成否を、明晰なユリはもう察してしまっているのかもしれない。それでも、上の子が残したらしき上級生の国語の教科書を開いて目を輝かせているユリを見ると、ミサエは「頑張ってね」としか言いようがなかった。そして同時に、学ぶ機会を得て手に職を得られた自分は非常に恵まれていたと思わずにはいられない。せめて人の役に立つことが、自分の幸運への恩返しだという気がした。

　さあ、あとは予定通り、奥さんに話をしに行かなければと腰を上げた時、ミサエはふと思い出して鞄をまさぐった。底の方で指が固い物に触れると、それを摘んで取り出す。

「ユリちゃん、これ」

　油紙に包まれたキャラメルを一個、ちゃぶ台に置かれた教科書の脇に置く。驚いてこちらを見上げるユリに、「ごめん、ひとつしかないから、弟さんと妹さんには内緒ね」と言い添えた。

　かつて、自分が吉岡家で生活に追われながら勉強をしていたあの頃、林家の夫妻や下着を与えてくれた教師など、自分の味方をしてくれた人々にいかに勇気があったか、ミサエは今になって思い知らされる。保健婦という、家庭の内部に足を踏み入れながら、各々の生活の責任を負いきることのできない職に就いてからは尚更だ。

「ありがとうございます」

　混じりけのないユリの笑顔に手を振りつつ、ミサエは彼女に与えたキャラメル一個分の軽さに後ろめたさを消せなかった。

　ミサエは林家の住宅を後にして、敷地に隣接する唐黍畑へと向かった。もう大人の腰ぐらいまで成長した唐黍の列の間に、ひときわ大きな体が見える。

「林さんの奥さん！　こんにちは、保健婦の橋宮です」

「ああ橋宮さん、こんにちは、暑いねえ」

「暑いですね、お疲れさまです」

つばの大きな麦藁帽(むぎわらぼう)をかぶった林家の奥方、ヨシが大きな腹を抱えて愛想よく笑った。背が高く、もともと肉付きがいいうえに、毎日の畑仕事で顔や腕がよく日焼けしていて貫禄(かんろく)を感じさせる。ミサエもにこやかに頭を下げながら、視界に入るヨシの腹の大きさを確認する。七か月、にしてはかなり大きい。

「調子はどうですか？」

「別に、なんてことないよ。赤ん坊産むのももう八人目ともなればねえ。慣れっこ慣れっこ」

あはは、と大きな声で豪快に笑うヨシの姿に、ミサエはかつての網元の女房の面影を見る。海の潮目に対しても、人生の荒波に対しても、こうして笑い飛ばせば乗り越えられると信じているのだろう。それは美徳のひとつと言って差し支えない。

ただ、その美徳を通用させてはいけない相手は、彼女自身の腹の中にいるのだ。

「前にもお伝えした通り、お腹(なか)の赤ちゃん、月齢の割に頭と体が大きいように見受けられます。そろそろ肉体労働はご家族に任せて控えめにし、一度、街の専門医に診てもらった方がいいんじゃないでしょうか。わたしもお手伝いさせて頂きますから、出産予定日より前に早めに入院して、分娩には万全の備えをしましょう？」

　なるべく、穏やかな声音で諭すよう細心の注意を払った。しかしミサエのそんな気遣いを、ヨシは鼻で笑った。

「あたし、前にもあんたに言ったよね？　うちで働き手のあたしがいなくなったら、他の誰が働いて稼いでくれるってんだよ。それに、子ども産むのは慣れてんだから、心配することないって」

　笑い声ではあるが、その目は鋭い。ミサエは怯むことなく、なお口を開いた。

「とはいっても、今までうまくいったからこそ、今度も気を付けられることは万全に気を付けておくべきです。言い辛いですけど、最初のお子さんを産んだ十六年前と今では、母体の年齢や体力も変わって来るわけですし」

「あたしが歳取ってババアになったから赤ん坊産むのが心配ってわけか」

「そういう意味ではなく、わたしは林さんのお身体を心配して」

　ミサエの懸命の説得を遮るように、ヨシは雑草取りの鎌をぶんと振った。刃が揺れたその先で、唐黍の茶色く変色してしまっていた葉がするりと地面へと落ちる。

「あのねえ。今までだって、腹に子が入ったら、腹がもういっぱいいっぱいにでかくなっても働いてた方が楽だったんだよ。姑にも、大姑にもそう言われてきたし、実際そうだった。腹の底がズキンズキンと痛み始めてようやく床について、産婆の言う通りにうんこするみたいに力んだら、うんこみたいに無事に赤ん坊が産まれてきたもんさ」

大きな体と腹をふんぞり返らせるようにして、大きな声でヨシは言った。威圧に負けてなるものかとミサエも構えて聞いている。

「いいかい、それが八回目なんだよ。産道だって、満足できねえって父ちゃんが毎晩、嫌味言うぐらいに緩いんだ。今さら赤ん坊がでかいからって、どうってことないよ」

「でも、今回産まれるお子さんにとって、前のお子さんのお産は関係ありません。今回のお産は今回のお子さんに合わせて、備えをしておいた方がいいと思います。何かあった時に、あの時準備をしてさえおけば、と後悔するようなことになってはいけません」

ミサエがヨシに対して言いたいことは他にも山ほどある。

家庭内の経済状況にそぐわない家族計画、お世辞にも手が回っているとは言えない育児、教育の機会を奪う傲岸さ、無謀とほぼ同義の無根拠な自信。

舌の根元までせり上がってきそうなそれらを飲み込み、あくまで冷静さを装って、ミサエはひたすら、「備えはしておくべきなんです」と繰り返した。

「あんた、子ども産んだこともないのに、分かるのかい」

「わたしは産んだことはありませんが、看護婦の頃も含めて、産むのに立ち会ったことは沢山あります。死産の例も幾度か」

見下したような眼差しに、腹の据わったような低い声。元網元の妻がどれだけの人間と渡り合ってきたのかは知らないが、嬰児の死体を見た回数ならば自分の方が多いだろう。そう思って、ミサエは負けじと胸と声を張った。

「保健婦としての職責からも、看護婦としての忠告としても言っておきますが、せめて一度、受診をして、医師にもし何か指導されたら、それを守るようにしてください。これは、同じ女性としてのお願いでもあります」

深々と頭を下げたミサエの頭上で、「はいはい。分かった、分かったよ」と呆れたような声がする。ああ、今回もだめだったな、と悟らざるを得なかった。最初に指導をしに来た時にも、話し合いが面倒臭くなったのか、こちらの話を受け入れた振りをしてその場を終わらせられてしまった。厄介な相手と思われるだけならまだ成功と言えたろう。しかし、対話を拒否されてしまっては、今後、接触の仕方も改めなければなるまい。

「話は分かったから、とりあえず、作業に戻らせてもらうよ。勤め人のあんたと違って、こっちは日曜も盆暮れ正月も毎日朝から晩まで仕事なんだ」

案の定、肉体労働は控えめにという忠告を無視して、ヨシは鎌を片手に畑の方へと踵(きびす)を返してしまった。こうなってはミサエも打つ手がない。

「失礼します。また来ますね」

そう言って停(と)めた自転車の方へと引き返した時のことだった。

「おう、保健婦先生、またうちの母ちゃんとこに小言か」

道の向こうから、鍬(くわ)を肩にかけた太った男性が近づいてきた。林家の主人、足助(たすけ)だった。少し離れた耕作地から移動してきたのだろう。白いランニングシャツは汗でぐっしょりと濡(ぬ)れ、日焼けした肩や首がてらてらと日光を反射していた。

「こんにちは。お忙しいところ、お邪魔してしまいました」

頭を下げると、いいっていいって、と足助は豪放に笑う。その声の大きさは、もともと海で生きてきた男の気質を思わせた。

「あと、先生はやめてくださいね。わたしはただの保健婦です」

「って言ってもよ、俺らの生活に首突っ込んで、あれがいいこれはだめだって口出すんだから、病院のお医者様先生と同じぐらいお偉いんだべや」

「いえ、そういうものではないんです」

からりと笑う足助の口調と表情に悪意があるようには見えない。こういう性分の人なんだ、と自分に言い聞かせて、ミサエは保健婦としてどうしても指摘しておかねばならないことを口にした。

「指導とか堅苦しいことではなく、助言と受け取って頂けるとありがたいんですが」

「なんだよ」

内容を察したのか、あからさまに不機嫌な顔つきになった足助に、なるべく簡潔に説明できるよう言葉を探す。

「ヨシさんのお腹の赤ちゃんなんですけど、やっぱり、月齢の割にお腹の中で大きくなっているように見えるんですよ。お仕事お忙しいのは重々承知しているんですが、できるなら、あまり体に負担をかけず、なるべく早くに、専門のお医者さんに診て頂いた方が……」

はああ、と、あからさまな声を出して、足助の溜息がミサエの説明を遮る。

「あのなあ。同じこと前にも言われて、同じこと言ったけど、家庭と夫婦の問題にあんた、口出しすぎなんでねえのか？」

「ですから、煩いかもしれませんが助言だと思ってくださいと言ってるんです。あと、失礼ですが、ご主人はお酒飲まれますよね？」

「ああ。漁師時代からな。つうか、二本足で歩き始めた頃から飲んでるぜ」

冗談を言ったつもりなのか、自分でへっへと笑う足助を努めて無視して、ミサエは続けた。

「若い頃から飲んでるなら尚更、お酒の量、減らすことをそろそろ心掛けてください。

率直に言いますが、林さんのお腹、最近急に出てきましたよね。一度、病院に行って肝臓の検査を受けた方がよろしいと思います」

矛先を急に自分に向けられて、足助は目を丸くした後、出てきたと指摘された自分の腹を笑いながら撫でた。

「そら大変だ。検査したら、俺も腹に子っこ入ってたりしてなぁ」

足助はひとしきり一人だけで笑うと、急に真顔になってミサエの方へと距離を詰めた。

「あんた、まだ若いオネエチャンだから分からんのかも知れんけどよお」

恰幅(かっぷく)のいい上体を屈(かが)め、睨(にら)むようにしてこちらの目を覗(のぞ)き込んでくる。体を固くして、その場から逃げずにいるだけでミサエは精一杯だった。

「酒ぐらいなあ、飲んでねえとやってらんねえんだよ。あのクソ戦争のせいで船も工場もパァになって、ちまちま畑耕さねえと生きていかれねえ身になって、これが飲まねえでどうやって気持ちの折り合いつけろっていうんだよ」

「で、でも、八人のお子さんのお父さんになるんでしたら、まずは元気でいて頂かないと」

全身から気丈さを総動員して口を開いたミサエの言葉は、自分の悲鳴でかき消された。

「おう、若いだけあってヨシのより締まってんな。どうだい、あんたが俺の折り合い、つけてくれるっていうのは」

泥のついた分厚い手がミサエの尻を無遠慮にまさぐっていた。慌てて身を離し、スカートについた泥と、目に見えない気持ち悪さを落とすように何度も手で払った。

その様子を見て足助は今日見せたうちで最も楽し気に笑い、「冗談だよ、ケツの青いネエチャン先生なんざ、手出したら面倒臭くなりそうで敵わん」と言いながら唐黍畑の奥へと歩いて行った。

「女が変に勉強して、手に職なんてつけたらだめだな。メンタガキに毛の生えたようなだけのくせして、男にまであんな偉そうになって。糞生意気な女だ。ますます縁遠くなんぞ」

聞かせるつもりで言ったのか。舌打ちの後、嘲笑を含んだ声が唐黍の向こうからこちらまで届いてくる。ミサエは声の主に顔を見られることがないのをいいことに、眉間に大きく皺を寄せ、再び自転車に乗った。

風がない日だった。そこかしこの雑木林から機会を逃すまいとばかりに蟬たちが短い命を歌っている。根室にしては珍しいほどの強い陽射しの下、畑では柵を直したり雑草を抜いたりしている人の姿がちらほら見えた。

汗が流れるその頰の色に異常はないか。体のどこかが痛んでいる様子はないか。ミサエは遠目からつい確認してしまう。何か心配な兆候があるとして、それを指摘して厭われる可能性があったとしても、だ。自分の身に馴染んだ職業倫理と、現実とのずれに流れる隙間風を思いながら、ミサエは視線を落とした。せめてその隙間風が、重くなった気分を吹き飛ばしていってくれればいいのに、と意味もないことを考えてしまう。

「あれ？」

思わず、目に飛び込んできたものに声が出た。自転車を停めて降りる。近くの納屋の軒先で、猫が四匹、思い思いの格好でくつろいでいる。三毛が一匹、赤茶白が一匹、そして残り二匹が、ミサエにとって馴染み深い真っ白な猫だった。

「白妙は……ありえないし。繭か白坊……そんなわけがないか」

近づいてみると、白猫は二匹ともつやつやとした毛並みだった。まだ若いらしく、かつて吉岡の家でミサエと接していた猫であるはずがない。それでも、その染みひとつない毛と細く優雅な骨格は白妙そっくりで、もしかしたらその後産まれた子孫なのかもしれない、とミサエは思った。

「おいで。怖がんなくていいから。怖がらなくても、大丈夫だから……」

ミサエは声をかけながら、その場にしゃがみ込んで猫に手を伸ばした。四匹とも人慣れしているのか、餌を差し出されたわけでもないのに先を争ってミサエの手に頭をすりつけてくる。

「大事にされてるんだねえ、お前たち」

白い猫がニャアと鳴いた。その高く美しい声は記憶の中の白妙によく似ていた。ミサエは手にした鞄の重さも忘れ、しばし猫達を撫で続けた。

「さて。ずっとこうしてられないよね。もう行かないと……」

自分を励ますように声を出すと、ミサエは名残惜しい気持ちのまま立ち上がった。猫達はもっと遊べと言わんばかりにミサエを見上げてきたが、振り切るようにしてまた自転車にまたがり、力を入れてペダルを漕いだ。


今日の訪問先の最後は、吉岡家だった。ミサエが奉公に入った時には屯田兵住宅から建て替えられたばかりだった家は、あの頃と同じで構えだけは立派だが、林家のように訪問するたびに全体が疲弊していっているように見える。それは、一郎が林家から嫁を迎えた現在でも同じらしい。

いつも煩い番犬を無視し、ミサエは玄関の引き戸に手をかけた。それから、前に大きく息を吸い、その倍以上の時間をかけて吐き出す。強いて背筋を伸ばし、ようやく戸を開いた。

「こんにちは、ミサエです。どなたかいらっしゃいますか」

「はい、ただいま」

台所の方から高い声が聞こえて、すぐに控えめな足音と共に若い女性が姿を見せた。林家の長女、ハナだった。この春に中学を卒業し、吉岡家の嫁となった。身長はミサエと同じぐらいだが、痩せ型のミサエよりもさらに細いことが服の上からでも分かる。まだ十六歳とあって肌は若く、顔にはそこかしこに痘痕（あばた）が浮いていた。

「こんにちは、ハナさん。旦那さんとご両親は？」

「三人とも、今日は根室の街に出かけてます」

幾分、ほっとしたような声だったのをミサエは聞き逃さなかった。おどおどと、何かに怯（おび）えているように目を逸らして話すハナの頬や顎は、よく見ると拭いきれなかった汗と泥に汚れている。夏の好天に農家が畑に出ずに街へと出かけ、嫁一人だけが畑仕事を負わされていたのだろう。かつての自分を思い出して、ミサエの頬が強張（こわば）った。

「上がっても？」

「はい、どうぞお上がりください」

通された茶の間は以前と同じで、戦中戦後に食料の代わりに引き受けた過度に豪華な調度品が、人間よりも偉そうにして空間に居座っていた。ハナが家に来て掃除しているからなのか、以前よりも少し片付き、埃はなかった。

「今、お茶淹（い）れますから」

「ああ、いいわ、勝手知ったるお台所だもの、わたしがやります。ハナさんこそ座ってて」

わざと明るい声を出して、ハナをちゃぶ台の脇に座らせる。「でも」とまた立ち上がろうとする肩を押して、再び座らせた。

「わたしが来た時ぐらいは、どうか素直に気を遣われてちょうだいよ。今は少しでも休まなきゃだめ。自分一人の体じゃないんだから」

最後のだめ押しがきいたのか、ハナは大人しくその場に座りなおした。息を吐いて肩が落ち、だらりと垂らされた両手が自然とその下腹を守るように添えられる。その所作を見届けて、ミサエは台所へと向かった。考えてみると、ミサエがこの家を出たのはハナと同じ歳の頃だった。

十年前までは、毎日立っていた台所だ。物の配置は変わっていないが、流しも火の周りも薄汚れて、ハナがいてなお掃除が行き届いていない雰囲気がある。食器棚の中は種類の違う皿が規則性を失ってただ積み上げられているだけだ。かつて、自分がいた頃は大婆様に事あるごとに指摘を受けていたため、皿はきちんと同じ種類、大きさ、用途を揃えて収納するのが常だったというのに。

思い返しているとあの頃の鬱々とした心持ちまで蘇ってきそうで、ミサエは記憶と同じ場所から茶碗を出した。茶碗には黒々と茶渋がついていたが、もう気にしないことにする。嫁に入ったハナはまだ若くて何もかも万全にとはいかないだろうし、大婆様がいない今、当時の物差しを当てても仕方がないことだった。

盆に二人分の茶碗を載せ、ちゃぶ台に移すと、ハナは気の毒になるほど深く頭を下げた。

「色々とすみません。お客さんにお茶を淹れてもらうなんて」

「いいから、気にしないで。お茶じゃなくてただの白湯だし。白湯用意してお礼言われるのもなんだかこそばゆいわ」

ようやくハナも笑い、両手で包み込むようにして白湯の入った茶碗を持っていた。その姿にかつての、お下がりと称して襤褸を与えられ、休みなく働かされた自分の姿が二重写しに見えて、ミサエは心の中で否定した。この子の不幸はわたしの過去とは別のもの。分けて考え、適度に距離を持って接していかないと、保健婦としての領分を誤ってしまう。

「ミサエさんは、すごいですね」

「なにが?」

ぽつりと、重い声で呟かれた言葉を、ミサエはあえて軽く流した。

「だって、自分で勉強して、ここを出て、立派な職業を得たんですもの。すごいです」

「勉強をさせてくれたここの家の人や、機会を与えてくれた人達のお蔭なのよ」

当時のことを何も知らないハナに、事実を教えておく必要はない。ミサエはそう判断して、意図的に吉岡家を持ちあげた。

「悪阻（つわり）は治まった？」

「ええ、もうだいたい……」

学校を出てすぐに吉岡家に嫁いできたハナは、ほぼ同時に子を宿した。それ自体は何も問題がない。だが、ミサエにはひとつ、引っかかっていることがあった。

「少し踏み込んだことを訊（き）くけれど、最後の月経はいつだった？」

「覚えていないです」

保健婦として逸脱していないはずの問いに対し、ハナは奇妙なほど即答した。同時に、その目が逸らされる。一つの確信が像を結んで、ミサエは言葉を慎重に選んだ。

「あのね。答えたくなかったら無視してね。あなたと一郎さんの結婚、三月の末だったよね。お二人は、前々から結婚すると決めていたの？」

「いえ、あの……」

答え辛そうにするハナに、圧力をかけないように気を付けながら、言葉を重ねる。

「吉岡さんのお家と、林さんのお家で、決めたことなの？」

「最終的には、ええ、そうですね。吉岡さんというか、一郎さんが……」

無意識なのか、ハナは自分の腹あたりの服を掴み、項垂れた。何かを思い出しているのか、その手が小刻みに震えている。

「うん、分かった。ごめんね、変なことを訊いて」

ミサエはハナの隣に座り直すと、震えるその手を両手で包んだ。彼女の妹と、そしてかつての自分と同じぼろぼろの手は、なかなか震えを止められないでいる。項垂れているために表情は分からないが、ハナの頬を伝った水滴がひとつふたつ、膝へと落ちた。

けっして口に出せない、子を宿した正確な時期。思い出すごとに震える体。少なくとも、この場所に彼女が存在することは、本人が心から望んだ結果ではないとミサエは確信した。

「ごめん。余計なことを思い出させたね。あなたはまだお母さんになるには若いけれど、それでも、わたしができるだけ味方でいるから」

「……はい」

その震え声に、改めて、ミサエはハナがまだ子どもなのだと実感した。恐らく、一郎から一方的に望まれるまま、下手をすれば暴力的に、性と生の刻印を刻まれて人生を決められた、ただの女の子だ。自分は保健婦として、同じ女として、かつてこの家にいた者として何をすべきなのだろう。憤りから震える手を宥めながら、ミサエは思いを巡らせていた。

「玄関先に自転車と、あと靴があったけど、誰か来てるのかい？」

突然、玄関の方から賑やかな声が重なって聞こえ、次いでどたどたと重い足音が三人分、茶の間へ向かって近づいてきた。

「おう、帰ったぞ」

一瞬、玄関の方を見たハナの顔が強張ったあと、素早く自分で涙を拭い、手の中の茶碗を持って台所へと去るのをミサエは見届けた。主人が不在の間、客と共に座って語り合っていたとなれば、只では済まされないのだろう。ミサエも、急いで茶碗と自分の体を下座へと移動させた。

「おう、ミサエ、来てたのか」

光太郎、タカ乃、そしてハナの夫となった一郎が茶の間に入ってくるのと同時に、ミサエはその場で深く頭を下げた。一郎に侮蔑の眼差しを向けてやりたいと心から思ったが、今は全力で抑えた。

「お邪魔しております。お留守中ではございますが、ハナさんに無理を言って上がって待たせて頂きました」

とっさにハナを庇う言葉が出たが、それを鵜呑みにしてハナを責めない三人ではないだろう。ミサエも嫌味の二つ三つは覚悟しておかねばなるまい。そう心を決めた目の前で、タカ乃は意外なほどに愛想よく笑っていた。

「いやあ、丁度良かったわ。これもご縁のなせる業なのかねえ」

「これは、今回の話、人間では計り知れないほど縁が強いってことかもしれねえな」

三人は、一張羅らしき背広と紋付の小袖を着ている。タカ乃に至っては、べっとりと白粉と頬紅で顔を固めている始末だ。どこかで結婚式でもあったのだろうかというミサエの疑問をよそに、光太郎とタカ乃夫妻は滅多に見ることのない上機嫌さで手にしていた風呂敷包みを解いた。

「はい、これ。ミサエちゃんに、ちょっとした贈り物」

猫なで声で、初めて耳にする「ちゃん」付きの呼び名を使って、タカ乃はミサエにそれを手渡してきた。

受け取ると同時に、タカ乃の太い指がミサエの二の腕をしっかりと摑んだ。状況が変われば、また、相手が違ったなら、それは親愛の所作としてミサエも受け入れられたのかもしれない。しかし、感じるのは先ほど林家の足助に尻を触られた時に感じたのと同種の怖気だった。

手渡されたのは厚手の紙で、上質のものが二つ折りになっている。ミサエの脳裏をとある予感が迸ったが、開いて確認することを自分に禁じた。

自分から開いてしまえば、きっと後戻りは許されなくなる。

「これは、何でしょうか？」

沸きそうになる怒りの感情を抑えつけて、なるべく平淡な声を意識して訊く。そんな内部の葛藤など微塵も気づかぬように、タカ乃は「鈍いねえこの子は」と品なくケタケタ笑った。

「釣書に決まっているだろうよ、お前の見合い相手の」

タカ乃の代わりに、一郎が横から口を挟む。

「ああ、心配しなくてもミサエの釣書はこっちで作って先様に渡しておいたからな」

「礼とか、そんなのはいいんだよ。あんたはうちの娘みたいなもんだもの。先方は根室のいいお家なんだから、ご縁ができてうちとしても嬉しいわあ」

三人の、箍が外れたような上機嫌の声が、耳から入って頭の中の細胞をひとつひとつ破壊していくようだった。自分の腕を掴む指の力が強まってきたのを感じる。呼吸を忘れたミサエが思い出したように息を吸うと、上げた視線の先にはハナが立っていた。その目は同情と憐れみに満ちてこちらに向けられていた。

三

どうして、自分はこんなところにいるんだろう。

社会人としては相応しいはずの小綺麗なワンピースを纏いながら、ミサエが考えていたのは目の前の人物のことではなく、自分の境遇の奇妙さについてだった。

初秋の陽射しが控えめに差し込む午後の洋食店は明るい雰囲気に満ちている。ミサエのテーブルでは中年男女の声がひときわ大きく響いていた。

「浩司さんはねえ、札幌の学校をとても優秀な成績で卒業したんだって」

「学校っていっても、お前が出た看護学校のようなところじゃなくて、北大本科だぞ、北大本科」

「ねえ。この辺で北大本科出てる人なんて滅多にいないもの。ミサエには本当、勿体ないお話で」

「本当だ。親なしのミサエにこんな立派な話がくるなんて、親代わりとして育ててやった我々としても鼻が高えってもんです」

ミサエの両隣から、いかなる異議も差し挟ませない勢いで、タカ乃と光太郎の媚びを含んだ声が聞こえてくる。

正面に座る青年、木田浩司は、ミサエの「親代わり」を自称する二人の言葉に、微笑みながら頷いていた。彼の両隣に座る両親も、タカ乃と光太郎の話をにこやかに聞いている。

見るからに、真っ当そうな振る舞いの、真っ当そうな家族だ。光太郎とタカ乃の過剰なもの言いに、内心思うところがない訳ではないだろう。しかし、二人の勢いにも口を挟まず、ただ静かに耳を傾けている三人の様子に、ミサエは密かに好感を抱いた。

木田家の父子は銀行に勤めていると聞いている。農家である吉岡家とどういう切っ掛けで知り合ったのかミサエは不思議に思っていたが、なんのことはない、根室の飲み屋で光太郎が居合わせた木田家の親戚から「いい歳をして独り者の身内がいる」と耳にし、強引にミサエとの見合いにこぎつけたという話だ。

「まあでも、うちの娘みたいなミサエも、昔からよく働いてくれてねえ」

「色々と足りないところの多い子ですけど、悪い子じゃないんですよ」

血も繋がらない、かつて散々に虐げたミサエのことを、貶めたいのか持ちあげたいのか。場を取り持とうというよりは、自分達の言いたいことだけをがなるような話しぶりに、ミサエは密かに溜息を吐いた。

ミサエが考えるに、光太郎とタカ乃に経営上の大きな野心や具体的な事業案があるとは思えない。吉岡家は屯田兵由来であることが自慢だが、それ故に、新しい技術や事業に懐疑的な傾向があることを大人になったミサエは知っている。例えば乳牛を増頭するために、とか、牧草地をもっと増やしたいから、といった具体的な目標のために銀行から金を借りたいという訳ではないと思われる。

二人の思惑としては、せいぜい、銀行と太い縁を持っておけば将来何かあった時に役に立つ、ぐらいのものだろう。いっそ滑稽なほど必死に言葉を繰る二人とは反対に、ミサエの心は一層冷たく固まっていった。結局、吉岡の家の人間は自分のことをまだ好きなように使える駒だとでも思っているのだ。根室の網元に嫁に行ったという保子も、こんな風に家を出されたのかもしれない。そう思うと、ミサエに対して底意地の悪かった保子に妙な同情心さえ湧いてくるのだった。

もともと、これまで自分が生きていくことに必死で、色恋に心を割く余裕がなかったミサエだ。いきなり見合いだ結婚だと言われても、別段嬉しく思うことなど一つもない。

ましてや、大人として、保健婦として、適切な距離を保って生きていくべき吉岡家の提案だ。幼少の頃から嫌というほど刻み付けられた苦労の記憶のせいで、良い予感がもたらされるはずもなかった。

「すみません、ちょっとお化粧を直して参りますね」

給仕が空になったコーヒーカップを下げる時を見計らって、ミサエは小さく会釈をして席を立った。

「は？　ミサエ、あんた話の最中に化粧直すなんて、どんな塗り方してたんだい」

「なんだ、顔が青っ白いと思ってたら、化粧なんてしてたのか。すっかり色気づいてんな」

浩司とその両親は小さく頷いて了承の意を示していたが、光太郎とタカ乃はミサエの言葉の意味を理解していないらしく、「本当に困った娘で」という嘲笑混じりの声がミサエの背中越しに聞こえてきた。

ミサエは化粧室を出たところで、ひとつ大きく、深呼吸をした。窓の外では、秋の穏やかな陽光が街を照らしている。色を変え始めた木々の葉と、抜けるような青空との対比が美しかった。夏の間はどんよりとした海霧に湿りがちだった根室も、秋ともなればすっきりと気持ちよく晴れる日が多い。こんな日に好きな本を片手に外を散歩したら、さぞかし気持ちがいいだろう。

またあの二人の独壇場に挟まれる羽目になるのかと思うと足がどうにも動かないが、いつまでも席に戻らない訳にもいかない。このぶんだと、見合いは相手方から断ってもらえることだろう。そう思うと、ミサエの心は少し軽くなった。

「あっ、どうも」

戸惑ったような声に顔を上げると、目の前にはテーブルについていたはずの浩司が立っていた。

「あら、すみません、今戻ります」

焦って席へと向かおうとするミサエを、浩司は両手でやんわりと制する。

「いいんですよ。橋宮さん、お疲れのご様子だし」

見透かされていた。思わず赤くなる頰を両手で押さえると、浩司ははっと軽やかに笑う。

「僕も、ちょっと疲れてきたから、中座しちゃいました。『僕もお化粧直ししてきます』って言ったら、お二人、目を丸くしていましたよ」

「まあ」

浩司がまるで喜劇役者のように肩を竦(すく)めるものだから、ミサエもつられて笑ってしまった。年齢は、五つほど上だという話だ。吉岡家に強引に進められた見合いだが、この人自身は結構良い人なのかもしれない。笑いながら、ミサエはそう思い始めていた。

「良かったら、少し離れた席で話をしませんか」

浩司は給仕に一言二言断りを入れると、光太郎らからは死角になる席へと流れるようにミサエを誘導した。二人きりで浩司の正面に座ったものだから、どこか落ち着かない。

さっきまでは両側から聞こえてくる声に押し潰されないように座っているのが精一杯だったが、改めて浩司を見ると、穏やかな微笑みといい、仕立ての良い背広といい、文句のつけようのない男性だった。

聞いた話では学生時代からずっと山登りが趣味というだけあって、体形や肌艶も健康そのものだ。自分の健康を自分できちんと管理できる人間というのは、実はとても稀な人なのだと、ミサエは職業経験上よく知っている。

「すみません、吉岡さんご夫妻が。緊張なさってるのか一方的に、色々と」

ミサエは頭を下げた。あの二人の様子なら、先方からみれば縁を結ぼうとはまず思わないだろうし、そもそもミサエ自身、自分が結婚する価値のある女だとは思っていない。だいいち、保健婦として人の家庭の内側に踏み込み、時に夫婦事情の相談さえ受ける自分は、家庭というものに過剰な憧れを抱く機会も削がれ続けていたように思う。

かわいくない女だ。

改めて、ミサエは女としての自分のありかたを思った。こういう時、男の人が喜ぶような気の利いた言葉など知らず、印象の良い微笑み方ひとつ知らない。仕事の担当先から時折投げかけられる「女のくせに」「生意気な」「口やかましい」といった言葉は、自分の反感とは別のところで正鵠（せいこく）を射ている気がしてきた。

視線を落とせば、自分が着ているのは根室への赴任が決まった時に、札幌の百貨店で買ったマーガレット柄のワンピース。灰色の記憶に塗られた故郷に帰るにあたって、今の自分は子どもの頃とは違うと、清水の舞台から飛び降りる気持ちで買った一着だ。試着した時以来、一度も袖を通したことのなかった一張羅は、自分にはまったく似合っていないように思えた。

「橋宮さんは、優しくて、強い方ですね」

「は」

出し抜けに言われた言葉に、力が抜けた。浩司は真っすぐにミサエを見ている。聞き間違いだろうか。何か、自分にはひどくそぐわないことを言われた気がする。聞こえなかったことにしようとしたミサエに、浩司はなおも続けた。

「吉岡さんご夫妻のもとで、色々あったということは、よそからも話を聞いています。きっと、僕なんかじゃ分からないぐらい、大変な思いをされてきたことと思います」

「いえ、そんな」

吉岡家で育ったことが、他人の目からどういう風に見えて、どんな形で口の端にのぼっているというのだろうか。気にはなったが、ミサエは浩司の言葉を否定することに精一杯だった。

「頑張って生きてきたからこそ、強く、優しくなれたんだと思います。僕は、そういう人を、尊敬します」

「そんな、ことは……」

ただ必死になって生きてきただけです、とか、褒められるほどの人間ではありません、とか、言いたいことは幾つかあった。しかし、真っすぐにこちらを見つめてくる浩司の瞳に、ミサエは釘付けになってしまっていた。

その視線に、言葉の雰囲気に、嘘はない。人の言動の背後を探らずにはいられない自分の性分を厭らしいと思う一方で、ミサエは純粋に、浩司の言葉が嬉しかった。

……そうなんです。今までとても大変でした。

……でも頑張って生きてきたんです。

……強くなければ、優しくならなければならないと、そう思って、生きてきたんです。

ミサエの中で、小さな子どもが泣いていた。吹雪の夜、寒い廊下で煎餅布団にくるまり、震えていたあの頃の自分だ。白い猫の温もりひとつで幸せを感じようとした、まだ弱かった頃の自分だ。

その姿が、温かい陽の光に包まれて、幸せな眠りに包まれていくような気がした。自分の辛さを分かってくれる人がいた。報われる日は来る。もう、辛い思いをしなくても、泣くのを我慢しなくてもいいのかもしれない。

「ミサエさん」

力強い声にミサエははっと我に返り、落ちていた視線を上げた。そのすぐ先に、自分の目を見つめる人がいた。

この人と一緒にいたら、もう自分は、頑張らなくてもいいのかもしれない。ずっと、一生涯、守ってもらえるのかもしれない。そんな予感が、陽だまりのように湧き上がった。

「僕は、そういうきちんとした女の人に支えてもらって生きていきたいと思っていました。よかったら、これからの人生、一緒になって、頑張りませんか」

「は、い……」

真摯な目に呑まれて、つい同意の形で返事をしてしまう。次の瞬間、破顔した浩司に対して、ミサエは「少し時間を下さい」とか「ゆっくりお付き合いした上で」とい

った、月並みな延命措置を切り出すことができなかった。

「良かった。親戚や、うちの両親も、山にうつつを抜かしてばかりで結婚しないだの何だのと、煩かったんですよ。これでようやく納得させられそうだ」

「は、はい。そうですか……」

親戚。両親。ミサエにはほとんど縁のない単語が結婚と絡めて浩司本人の口から語

られる。何か、彼の結婚観と、自分が描いた未来とでは部品が食い違っているような気がして、ミサエは小さな、しかし消せないしこりを感じざるを得なかった。

「ミサエさんは保健婦、でしたっけ。稼ぎがあるってことは、夫婦で余裕ができるということですしね。これからの世の中、いいことですよ。ぜひよろしくお願いしますね」

「はい、こちらこそ、よろしくお願い致します。あの……」

「では早速、これからのことなんですけど、俺の仕事の都合上、どうしても年末や年度末は忙しくなるから、式は年明けの早いうちで挙げることにしませんか。うちは親戚が多いから、色々と覚えてもらわなきゃいけないことも多いと思いますけど、頼みますね。あとそれから……」

浩司は胸ポケットから手帳を取り出すと、忙しなくページを繰って予定を確認し始めた。光太郎とタカ乃に対するのとはまた違った意味で、異を挟みようがない。まるで商品の納品日を決められているかのようだ。

選択肢がない。わたしの人生は、いつもこうだ。

ミサエは深い轍に沿って走るしかない車輪のような自分の生き方を思い返しながら、それでも、今回の巡りあわせは悪いものではないのだ。そのはずだ。自分の心に繰り返し繰り返し、そう言い聞かせた。

ミサエと浩司との結婚が決まったことは、すぐにあちこちへと伝達された。週末の見合いが済んで翌週の後半には、ミサエが農村部を廻って（まわ）いると「おう、結婚するんだって?」とあちこちから声をかけられて驚く羽目になった。田舎の人間の物見高さには慣れたつもりではいたが、自分の人生の節目までもが面白おかしい娯楽のように噂（うわさ）の種になっているのは居心地が悪い。

せめて、悪い噂でないだけましか、と開き直るしかなかった。相棒ともいえる自転車のペダルを漕ぎ出せば、冷やかし半分の声や噂など聞こえない。家と家を繋ぐ細い道は舗装されておらず、泥や砂利でガタガタするが、髪の間をすり抜けていく秋風が気持ちよかった。人の声が聞こえない場所で初めて、自分はもう一人で生きていくのではない、結婚するのだという喜びがミサエの中にふわふわと湧き上がってくるのだった。

「おう姉ちゃん！　保健婦の姉ちゃん！　おい！」

怒号にも似た声に、ミサエは一瞬、自分に向けられた呼びかけだと認識できなかった。背後からの声にたちまち現実に引き戻されて、急いで両ブレーキを引き絞る。ギギイ、と耳障りな音が響いた。

ミサエが足をついて振り返ると、林家の主人、足助が道産子馬（どさんこうま）の背にまたがってこちらに向かって走ってくる。尋常ではない。何かが起きている。それも、悪いことが。そう直感した。

「どうしました。ヨシさんに何かありましたか」

できるだけ落ち着いた返答を心掛けながら、頭の中は現在鞄の中にある道具や薬の種類、そしてヨシに起こりうる事態を考えていた。予定日は来月。しかしあのお腹の大きさでは、いつ何が起きてもおかしくない。

「何かもどうも、うちのおっ母(かか)あが、大変なんだよ！　すぐ来てくれ！」

「わかりました！」

詳細はあとだ。まずは産婦のもとへ。ミサエは自転車を反転させ、住宅の方に駆ける馬の後ろを全力で追いかけた。自転車の車輪がギシギシと軋(きし)む。馬の尻はすぐに見えなくなったが、ペダルを踏む足に力を込めて、ヨシのもとへ一刻も早く着くことだけを考えて漕いだ。もう、秋風を楽しんでいたことも、自分の結婚のことも、全て自転車のはるか後方へ吹き飛んでしまった。

ようやく林家に到着すると、玄関脇に汗だくの馬が繋がれていた。玄関に足を踏み入れると同時に、奥からは「うう、ううう……」という声が漏れ聞こえてくる。

居間では、ユリをはじめとした子ども達が、身を寄せ合って母親を案じているようだった。先に到着していた足助は、襖の前でおろおろと落ち着かない。

「失礼します」

ミサエは足助を押しのけるようにして、襖を開いた。そして体を滑り込ませて、すぐに閉める。子ども達に母親の苦悶している姿を見せたくはない。

「ヨシさん、大丈夫ですか。橋宮です」

ヨシは部屋の真ん中に敷かれた布団に横たわっていた。脂汗で髪も浴衣もべっとりと全身に張りつき、突き出た腹が天井を向いている。早産ということは明らかだった。

「足助さん。ヨシさんは、いつから産気づいたんですか」

襖越しに、きつい声を隠さずに足助へと尋ねると、気まずそうな一瞬の沈黙のあと、

「一昨日から」という答えが小さく返ってくる。

そんなに経つまでどうして。お腹の子が大きいのは分かっていたから、あれほど事前に専門医に診せるようにと言ったのに、この様子だと受診した気配はない。

「お産婆さんは、どうしたんですか。キクちゃんのお産の時もお願いしてたっていう」

全身から吹きだしそうな怒りを抑えて、ミサエは聞いた。

「あの、近所の富谷の婆さんな、最近見ないと思ったら、どうも体悪くして入院してたらしい。おっ母あは、他の産婆に診せるのは嫌だし、八人目だから一人で産めるっ

て。そう言うから、俺は信じて」

産婆に渡す金さえ惜しんでいたのか。言い訳じみた足助の言葉を最後まで聞く気にはならず、ミサエは鞄からまっさらな白衣を出して纏うと、「ユリちゃん！」と襖の向こうに声をかけた。

「悪いのだけど、綺麗に洗ったたらいか洗面器に、ぬるま湯を入れてきて頂戴」

「は、はい！」

すぐに用意された洗面器の湯を渡すユリの顔は、気の毒なほどに真っ青だった。絶対にお母さんは大丈夫、という言葉だけは言えなくて、「やれることはやるから、待ってて」とだけ、ミサエは伝えた。

襖の隙間から居間を見ると、人の数が増えている。林家の親戚が心配してかけつけて来たのか。そのうちの一人、最高齢と思われる老婆の片手に数珠が握られているのを目にして、ミサエの全身が総毛立った。

まだ、仏様ではない。仏様になど、させてたまるものか。

怒りにも似た感情が、ミサエの背を押していた。まずは自分ができることをしなければ。両手で自分の頬を強く叩き、無理矢理に気合を入れた。

消毒薬をぬるま湯に溶かし、両手を洗浄すると、ミサエはガーゼのタオルをヨシの尻の下と股の上に広げた。既に産道から漏れていたとみられる血が敷布団に染みて、黒々と変色している。まずは状態を診て、それから処置。必要ならば、この家の人間が何を言おうと、医者を連れて来なければ。頭の中で手順を辿りながら、手を動かした。

「ヨシさん、ちょっと、産道見ますからね。大丈夫ですからね」

「う、うん」

小さな了承を得てから、ミサエはヨシの膝を開いて産道の状態を見る。固い。陣痛があり、一昨日から寝込んで、経産婦だというのにこの状態ということは、子宮口がまだまだ狭い。赤ん坊が通るに十分なほど、開いてくれていないのだ。

おまけに、事前に予想がついていた通りならば、赤ん坊も大きすぎる。やはりもっと無理を言ってでも病院に入院させて産ませるべきだった。ミサエは実にならない後悔をしつつも、ヨシの状態を診始めた。

ヨシの呼吸は浅くて速い。目もうつろだ。お産でいきむよりも先に、母体の意識が途絶えかけている。

「ヨシさん、しっかり！　あなたの、お子さんの名前を、産まれた順に言ってください！」

「ええ、ええと、ハナ、康介（こうすけ）、ユリ、太（ふとし）、キク、ハナ……ああ、あと、とよ子……」

順番が違ううえ、名前が重複している。さらに、実子の名前だけでなく近隣の子どもの名前までが混ざっているようだ。その声さえも、どんどん細くなっていった。

　意識が混濁しているのだ。これはいけない、ミサエの脳裏で、何かの金具ががちりと嵌（は）まった音がした。

「どなたか！　お願いがあります！」

　ミサエは血の気が薄いヨシの頬を叩きながら、襖の向こうで様子を窺っているであろう人々に声をかけた。

「ここの家の近くに、家畜診療所があるでしょう！　そこに行って、未開封のカンフル剤をひと瓶、貰（もら）ってきてください！」

「家畜診療所って。おい、あんた、牛や馬の薬使ってどうしようってんだ」

　襖の間から、当惑した足助の顔が覗く。もとはといえばあんたが、と怒鳴りつけてやりたい気持ちを抑え込んで、ミサエは声を張った。

「わたしが携行してるのは基本的な道具と薬だけで、緊急の産婆代わりまでは想定されていないんです。早く！　責任はわたしが持ちます！」

「わ、わかった。馬飛ばしてくる！」

　ばたばたとした足音が遠ざかり、襖の向こうでは、キクの泣き声と、それをあやすユリの声が聞こえた。

「大丈夫。お母ちゃん、大丈夫だよ、きっと。ちゃんと、元気で、キクの弟か妹、産んでくれるよ……」

不安を消せないままでいる少女の声を聞きながら、ミサエはひときわ強くヨシの頬を叩いた。

「うんこみたいなもんだって、慣れっこだって、笑ってたのはヨシさんだったじゃないですか。うんこじゃない。うんこじゃないけど、あともう少し頑張れば、頭が出るんです。子ども達を悲しませたくなかったら、しっかりしてください！」

白い顔が力なく笑った気がして、ミサエはヨシの左手を握り締めた。

「まだ、終わってないですよ。気を失わないで。できるだけ握り返して。もう少しで、薬が来ますから。わたしの手ぐらい、握り潰してくれて構いませんから」

少しだけ、握り返してくる力を感じて、ミサエは空いた方の手を伸ばしてヨシの額を手拭いで拭いた。深部体温は高そうなのに、大量に出た汗のせいで肌の表面だけが妙に冷たい。家畜診療所に走っているという馬が少しでも早く戻ってくるよう願いながら、ヨシに声をかけ続けた。

「もう少し。もう少しですよ。頑張って。……あの！　隣の部屋の人で、今すぐ動ける人、他にもいますか！」

「へ、へえ」

ミサエの問いかけに、襖のすぐ向こうで老人の声がする。ヨシの義父だろうか。

「家畜診療所より、少し距離はあると思いますが、根室の三沢医院に行って先生を連れてきてください！　一刻も早くです」

「しかしなあ、汽車は時間が合わないし、動ける馬は足助が乗っていってしまったから……」

「じゃあ、足助さんが戻って薬を置いたら、すぐに根室に向かってもらってください」

「しかしなあ……」

馬のこと以外で何か懸念があるのか。襖越しに伝わってくる老人の戸惑いに苛立ちを覚え始めた時、小さな声が続いた。「医者ば呼んで来たら、後で金が……」

「今そんなことを言っている場合ではないでしょう！」

頭で考えるよりも先に、ミサエの肺が、喉が、怒りで吠えた。驚いたのか、ヨシがぎくりとミサエの手を強く握る。

「ごめんなさい、大丈夫です」と慌てて宥めた。

「そんな、そんなの、勿体ない……」

ヨシの荒い息の間から、声が漏れ出た。ミサエは震える手を握り返して、なるべく感情を抑えた声を心掛ける。

「ヨシさんの命と、赤ちゃんの命の方が、よっぽど勿体ないの。大事なの。分かって」

返事はないが、それ以上、抗う声も聞こえなかった。襖の向こうの老人も黙り込んだままでいる。

「あの、橋宮さん」

黙りこんだ老人の声の代わりに、少女の声が控えめに響いた。「橋宮さんの自転車、借りていいですか。私、根室までお医者さん呼びに行ってきます」

「ユリ、お前……」

異を唱えそうな老人の声を遮って、ミサエは「助かる！」と、わざと明るい声を出した。

「ありがとう、ユリちゃん、すぐ行ってきて！」

「はい！」

軽い足音が遠ざかり、その代わりに、湿った土を踏む蹄の音が響いてきた。

「来た！　来ましたよ、ヨシさん！」

「え……」

すぐに玄関の引き戸を叩きつけて開く音が聞こえ、どかどかと大きな足音が近づいてきた。

「貰って来たぞ！」

襖を開け放った足助の頰は紅潮し、息は荒く、今にも泣きだしそうだった。ヨシの目が夫の姿を捉えて、薄く潤んだ。

「ありがとうございます、すぐに処置します！」

ミサエは液体が入った瓶を受け取ると、ラベルを確認し、自分の鞄から注射器と針を取り出した。滅菌処理はしてあるが、消毒綿で入念に拭く。薬を持ってきた足助が、固唾（かたず）を呑んでその様子を見守っていた。

「足助さん、確認します。牛にこの薬を使っている時、このぐらいの量でしたね？」

ミサエは空の注射器を指し示した。注射器の容量いっぱいまで。ラベルの使用量目安を考えると、このぐらいだろう。

「ああ、そうだ、それぐらいの量を、一度にブスッと刺してた」

「分かりました」

牛の体重が約五百キロとすれば、体重比で換算して体格のいいヨシはその七分の一と少しぐらいの量になるだろう。急ぎながら、かつ慎重に、ミサエは注射器でカンフル剤を吸い上げた。

「打つ前に、ご主人にご説明しておきます。家畜用の薬を人間に注射するのは、本来、違法です。でも、使われている成分は人間用のものと同じです。今回は母子ともに危険な状態であることから、緊急措置としてヨシさんにカンフル剤を注射します。よろしいですね」

「は、はい」

荒らげた息も整わないまま、足助は正座して神妙に頷いた。本来は一筆残した方がいいのかもしれないが、今はとにかく時間が惜しい。ミサエはヨシの浮腫んだ腕を押さえて消毒し、血管に針を入れた。

「これで少し、もう少し、頑張ろう。今、お医者さんがこっちに来るからね。そうしたら、もうひと踏ん張りしてみようね……」

薬の効きよりも早く、処置をされた安心感があるのか、ヨシが力強く頷いた。目の光も強くなってきたような気がする。もう少しだ。ミサエは部屋の隅で正座したまま震えていた足助を追いだして、腕まくりをした。

結局、それから一時間後に産科医がオートバイを飛ばして来てくれた。ユリは少し後に、ミサエの自転車を漕いで帰宅した。よほど急いで来たのか、玄関に入るやいなや、全身汗だくで倒れ込んだとミサエは後から聞いた。

「これは……お母さんもしんどかったでしょう。もっと早く呼んで欲しかった」

診察すると同時に、まだ若いが大きな病院で経験を積んだという医師は大きな溜息を吐いた。

「緊急措置として、牛用のカンフル剤を注射しました」

「そうか、いい判断でした。でないと、この状態では、母体の方が先にこと切れていたかもしれない」

医師のねぎらいにミサエは心底ほっとし、そのまま一昼夜、指示されるままに分娩を手伝った。ヨシの状態はけっして安心できる状況ではなかったが、医師の落ち着いた態度と処置で、ヨシ自身も本来の強気と体力を維持できたようだった。

緊張で誰もが固唾を呑む中、苦悶と苦痛の声を上げ続けたヨシがひときわ大きく吠えた明け方、ようやく体の大きな男児が産み落とされた。

最初は体も青黒く、泣き声も上がらなかった。分娩が長引いたことが致命的だったか、とミサエが苦い思いをする目の前で、医師は赤ん坊の両足を片手で持った。

「なに、するんだ、あんた……」

絶え絶えの息の合間に、ヨシが医師の行動を咎める。彼は気にすることなく宙吊りにした赤ん坊の尻を、一度、二度、平手で叩く。ミサエとヨシが見守る中で、逆さに吊られた赤ん坊は顔を歪ませ、口から羊水をたらしながら「ひぇ」と小さく声を出した。

それからすぐに、赤ん坊は火がついたように泣き始めた。青黒かった体は血が通って赤く染まり、ふにゃあ、ふにゃあと泣く力強い声に、襖の向こうが沸きたつ気配をミサエは感じた。

医師は臍の緒の処置を終えると、すぐに「予定日が近い患者が入院しているから」とオートバイに乗って早朝の道を帰っていった。後の処置を任されたミサエは、赤ん坊を産湯につからせ、ヨシの経過を観察して、後産が出るまでを見届けた。

「ありがとうね、橋宮さん」

赤ん坊はすぐに初乳を力強く飲み、今は母の胸に抱かれながら産まれて初めての午睡をしている。苦労の果てに産んだ第八子を大事に抱きながら、ヨシは頭を下げてきた。

「無事に産まれて、お母さんも赤ちゃんも元気で、それが一番です」

「牛の薬ば注射されるって聞いた時にゃ、どうなることかと思ったけどなあ」

いつの間にか、ミサエの背後に足助が来て半畳を入れた。日中だというのに既に酒臭い。

林家に集まった親戚の面々は、赤ん坊が無事に産まれたと分かると、祝いと称してそのまま酒盛りになだれ込んだらしい。そういえば、林家の一族はもとは漁師だったと思い返して、ミサエは納得した。祝うことも、案じることも、恐らくは死を悼むことまで皆で集って分かち合う。そう思うと、お産に待機していた老婆が持っていた数珠の意味も、また違ったものとしてミサエには感じられた。

「まったく、いつもあんな調子さ。うちの宿六は」

「ほっとされたんでしょうね。わたしが呼ばれた時、ご主人、すごく憔悴されてましたもの」

「勝手なもんだ」

　小さな寝息を吐いて眠る赤ん坊の耳を指先でさすりながら、ヨシは底が抜けたような笑い声を出した。

「はは。勝手に孕ませて、勝手に産ませて。男ってのは自由なもんさね」

「ご主人には、もうしばらくの間は性交はやめておくように強く言ってください。今回の早産と難産は、前回の出産から妊娠するまでの期間が短すぎたことも原因の一つとして考えられます」

「まあ、そうだろうね。そんなところだろうとは思ってたよ」

「お家の状況からいっても、これ以上のお子さんを望まれないのでしたら、避妊の手段はご相談に乗りますから」

「そうだね。あたしも、もう、しんどい」

　ヨシはふっと溜息を吐くと、赤ん坊と共に布団に横になった。ミサエの背後にある襖の向こうからは、皆の喜ぶ声が聞こえる。ひときわ高く、『だから俺言ったべ、キクの次は男だって。男、女、男、女って。俺ぁ、代わりばんこに作るの得意なんだ』

という声の後、場がどっと盛り上がった。

「キクを産んでから時間が経ってなくてまだ痛むし、悪露が出るって言ってんのに、あの野郎ときたら、自分のシモの都合しか考えてなかった」

ミサエの方は見ず、赤ん坊に語りかけるように、ヨシは続けた。居間の様子とは対照的に、消え入りそうな声だった。

「男なんて、旦那なんてのは大概、嫁なんて放っておいても身の回りのことやって子育てして、しかもタダでいつでも突っ込める都合のいい穴ぐらいにしか思ってないのさ」

「ヨシさん」

肯定する言葉も、否定する言葉もミサエは知らない。『子どもを産んだことがないくせに偉そうに』と、人に揶揄される以上に、自分の無知が悲しかった。ミサエは何も言わないまま、予備のガーゼを鞄から出してヨシの額から瞼にかけて広げた。

「ありがと。……ああ、赤ん坊ってのは、どうしてこう、何人産んでもかわいいもんなんだろ」

小さな声に続いて、ヨシは手でガーゼを瞼に押し付けた。その震えも、産みの苦悶の声からはかけ離れた小さな呟きも、居間の騒ぎにすぐかき消される。ヨシの手の震えと小さな嗚咽を、ミサエの他に知るものはいなかった。

林家の長く苦い出産立ち会いからしばらく月日が経って、ミサエの心の裡も落ち着きを取り戻し、穏やかな交際を経て浩司との仲を深めていった。

暦ではとうに冬に入ったというのに、根室の冬は案外とぐずぐず遅く訪れる。冬至を過ぎてようやく、枯れた草木を薙ぎ倒すかのように、二晩にわたって地吹雪が続いていた。

年明けに予定されている結婚式は大丈夫だろうか。今日みたいに、吹雪で予定されていた客が出席を取りやめるという事態にはならないだろうか。ただでさえ自分の親戚や知り合い筋の客は少ないというのに、その少ない席さえぽっかり空いた情景を思い浮かべて、ミサエは薄ら寒くなった。新潟には一応手紙を書いたが、返事は来ていない。縁はもう切れたものとして、寂しく受け入れざるを得なかった。

「結婚式の式次第と関係者の席次表、ここに置いておきますから目を通しておいてくださいね」

「ああ。俺、親戚のあれこれとかよく分からんから、やってもらって助かったわ」

式の打ち合わせと、浩司の荷物を纏める作業のため、ミサエは浩司が住む独身者向けの下宿を訪れていた。結婚後は二人で小さな一戸建ての賃貸住宅に移ることになっている。

物をあまり持っていないミサエに引っ越しは特に苦でもなんでもないが、浩司の部屋はとにかく本やら着ないような服やらで物が多いため、早めのうちから荷づくりの手伝いに来たという塩梅だった。

「浩司さん、この古い雑誌は、回収に出してもいいやつですか」

「いや、それは大事なものだから捨てたら駄目だ。俺が学生の頃のだから情報は古いけど、とっておくことに意味があるんだよ」

「分かりました。こっちの、片方しかない靴下はどうします？　もう片方、見当たらないので捨ててしまってもいいんじゃないかと思うんですが」

「それも勝手に捨てられたら困る。荷づくりしてる時に、どこかから片方出てくるかもしれないじゃないか」

一事が万事、この調子で、まったく片づけが進まない。

ミサエは初めてこの部屋を訪れた時も、物の多さと床が見えない散らかりように内心密かに呆れたものだが、独身の男性の部屋などこんなものか、と思い直した。しかしいざ荷物をまとめる段になると、頑(かたく)なに所有物を処分したがらない浩司の様子に困り果てていた。

「ミサエさんは何も分かってないのに俺のものすぐ捨てようとするよね。性格？」

浩司は、ミサエがゴミ袋に入れようとした戦艦模型の空箱を取り返しながら笑った。

鼻先でふふんと息を吐くその笑い方に嘲笑の意図を感じながら、ミサエは見なかったふりをして曖昧に微笑んだ。

「ごめんなさい。つい癖で。子どもの頃から人様のお家に居候することが多かったものですから、早め早めに掃除するのが染みついてて」

「まあ、そういう育ちなら仕方ないけどさあ」

そういう、の部分に妙な抑揚をつけて浩司は言う。

「結婚したら、お互いの生活とかさ、ちゃんとすり合わせていくようにしないと。今までは一人だったから自分勝手できたのかもしれないけど、これから先、俺のこと第一で考えてもらわなきゃ困るよ。主人なんだから」

「はい」

浩司の片手が伸びて、ミサエの腰のあたりを軽く揉んだ。ミサエは違う場所を片づけるふりをして浩司からやんわり距離を取る。さりげない接触さえ少し気持ち悪く感じられたのは、浩司が口にした「主人」という言葉のせいだとミサエは自分に言い聞かせた。

この人の言った言葉に深い意味はない。結婚した男の、一般的な呼称だ。わたしはこの人に隷属する訳ではない。彼のもの言い全般も、初めて会った時からは少し変わったように感じられるが、それはきっと、わたしに心を許してくれたからだ。ミサエはそう自分を納得させながら、その後も浩司に叱られ叱られ、何とか今日予定していた通りに荷物の整頓を終えた。

　折り畳みの机の両側にようやく向かい合って座れるだけの場所に胡坐をかきながら、浩司は大げさに息を吐いた。ミサエは流しで発掘した急須と茶碗を丁寧に洗い、古い茶葉を見つけて淹れた。

　一緒になったら、こうして二人、ご飯を食べたり茶を飲んだりして過ごすのだろうか。生きることと学ぶことに必死で、結婚することなど考えたこともなかったミサエだが、いざ実際に一般的な女の幸せと言われるものを自分の選択肢に入れてしまうと、それはそれでくすぐったいような、悪いものではない気もしていた。

「そうだ、頂き物なんですけど」

　ミサエは自分の鞄を引き寄せると、中から紙包みを取り出して机の上で広げた。大きな餡餅（あんもち）が二つ。林家から貰った品だった。

「秋にお産のお手伝いしたお家がくれたんです。赤ちゃん、無事に百日迎えられたからって」

　本来であれば、祝いの餅は子どもが生まれて数日内にその家でついたものを身内や産婆に配るものだ。だがヨシが難産でしばらく床についていたこともあり、餅は百日で用意することに決めていたという。

ミサエとしては嬉しいお裾分けである。林家の大人たちの性格を考えると、もしかしたら難産の末に産まれた子どもが長くは生きない可能性を考えて餅の用意を延ばしたのかもしれなかったが、確かめる術はない。ミサエはただ餅を受け取るだけだ。

餅はユリが官舎まで届けてくれたものだ。澱粉をまとって白く、うっすらと中の餡が透けて見える。いかにも美味しそうだった。

「今朝がたこしらえたらしいので、まだ柔らかいですよ」

「へえ、じゃあ、ありがたくご馳走になるよ」

浩司は迷いなく大きい方を手にとると、一口齧って、「うげっ」と顔を顰めた。

「どうしました、まさか傷んでました？」

慌ててミサエが身を乗り出すと、浩司は手に持った餅を卓に放り、口の中のものをちり紙に吐き出した。

「粒餡じゃないか」

浩司は忌々しそうにぺっ、ぺっと唾まで吐いている。ミサエは一瞬、浩司が何を言っているのか分からなかった。

「俺、漉し餡じゃないと食べないんだよね」

「え……それは、体が拒絶するということですか？」

「そうじゃないけど。豆の皮なんて、豚の餌だろ。人の食べるもんじゃない。粒餡をありがたがって食べるなんて、卑しいよ」

浩司は吐き捨てるようにそう言うと、粒餡の名残を濯(すす)ぐように茶をごくごくと飲み干す。ミサエは半ば信じられないような気持ちでそれを眺めていた。

粒餡でも漉し餡でも、餡子(あんこ)に変わりはあるまい。しかも、大事な食べ物ではないか。なにも吐き出すほどのことではない。根室の街が空襲を受けた時も木田の家は無事で、銀行員としての様々な伝手から食べ物にも困ることはなかったというが、だからといって食べ物を粗末にしていい理由にはならない。

それに、味の好みというものはあるにせよ、人からもらったお祝いの餅に対して、そこまで貶めるような言い方をしなくてもいいだろうに。

そう言おうとして、どう言葉を尽くせば波風なく伝えられるか考えているうちに、浩司はさっき纏めたはずの本の山に手を伸ばし、紐を解いて登山の雑誌を繰り始めた。ミサエは仕方なく、浩司の食べかけも含め、二つの餅を包みなおして鞄にしまった。家に帰ってから、一人で二つともきちんと食べよう。でなければ勿体ないし、林家の祝いに泥を塗ってしまうような気がした。

ミサエの顔が強張るのに気付かないまま、浩司は雑誌に目をやりつつ「そういえば」と切り出した。

「ミサエさんは、結婚しても勤めを辞めるつもりはないんだよね」

「ええ。わたしはこの地域で役に立つために保健婦になったので」

最初に結婚の話が出た時から、浩司はミサエが根室に戻ってきた事情を聞いているはずだ。だから、ミサエもただの意思確認のつもりで微笑んだ。仕事を続けながら妻として家庭を守っていくのは大変なことかもしれないが、仕事持ちという前提のもとに結婚を決めてくれた浩司ならば、お互い助けあってうまくやっていけるだろう。

ミサエの予感とは裏腹に、浩司は「ふうん」と気のなさそうな声を出した。

「まあ、ちゃんと稼いできたうえで、家のことも絶対おろそかにしないようにしてくれれば別にいいや」

「え」

浩司のもの言いにミサエは引っかかるものを感じた。自分でも心づもりをしていたことを、人の口から改めて言われただけなのに、なぜ強要に近い言い方をされると心がざわつくのか。

婚約者の当惑に気づかず、浩司のふんふんと機嫌のよさそうな鼻歌が響く。ミサエは空になった湯呑みに気づき、急須から茶を注ぐ。浩司はすぐに二杯目の茶を飲み始めるが、その間、ありがとうの一言もない。秋の見合いのあの日、ミサエが浩司に抱いた好青年の印象は少し形を変えていた。

ミサエの胸の一番奥底で、疑念に近い感情が芽吹き始め、ヨシの言葉が勝手に脳裏に蘇る。

『旦那なんてのは大概、嫁なんて放っておいても身の回りのことやって子育てして、しかもタダでいつでも突っ込める都合のいい穴ぐらいにしか思ってないのさ』

ミサエは抑えきれず、居住まいを正して、浩司の方を向いた。今、疑念を消しておかねば、もうわたしはこの人に何も聞けないような気がする。そんな予感がした。

「あの。浩司さんは、わたしが好きで、結婚するんですよね？」

「え？」

鼻歌が止まり、浩司の視線が誌面から緩慢にミサエの方へと向く。眉間には、いかにも面倒臭そうな皺が寄っていた。

「今さら、何？ 俺、見合いの時に言ったよな？ あんたは優しくて強いし、自分でもちゃんと稼げるのはいいねって。俺を支えて欲しいって。それは好きってことと大体同じだろ」

「え、ええ、そうですね」

確かにあの時浩司はそう言った。しかし、言葉の内容とは裏腹に、浩司が言葉を荒らげるたびにミサエの心には波が立つ。

「見合いするまでは、親が結婚しろって煩いし、面倒臭いと思ってたけど、それでもあんたならまあいいなと思ったから結婚する気になったんだ。大抵の男の好きだ惚れただってのはそういうもんだろ。俺、なんかおかしいこと言ってるか？」

「いえ。あの、ごめんなさい。余計なこと言いました。忘れてください」

重く、太く、威圧するような浩司の主張に、ミサエは身を強張らせて頭を下げるしかなかった。浩司は「あっそ」と短く告げると、また趣味の雑誌の世界へと戻って行ってしまった。

ミサエが目を通しておくように頼んでおいた結婚式の資料には、結局その日、手は伸びないままだった。

第三章　山葡萄

一

平屋建ての小さな家の玄関前で、少女が白い猫と遊んでいた。

初夏の、砂利の合間から雑草が伸び放題の敷地にしゃがみこみ、歳の割に小柄な体をさらに小さく丸めている。

白いブラウスの背中に垂れているお下げは少し曲がっていた。今年で十歳になる彼女が、ようやく自分で編んだものだ。彼女はその先をつまみ、猫の鼻先へと遠慮がちにちらちらと見せては、じゃれついてくるのを待つ。どちらかといえば、少女の遊びに猫が行儀よく付き合ってあげているようにも見える。

似ている。かつての自分に。

ミサエは少女の姿に過去の自分を見た。その顔つきだけではない。その表情、そのしぐさ、それら全てに自分の血が流れていることを感じ、ミサエは圧倒的な嬉しさと同時に、絶対に逃れられない遺伝という繋がりに改めて驚いた。

「道子。ただいま」

明るい声を意識して、娘に声をかける。途端に、少女はぱあっと笑って母を見上げた。

「お母さん！　おかえりなさい」

その表情に屈託はない。母親が帰ってきて嬉しいのだと、細められた目が存分に語っている。ミサエはそれを見なかったかのように、道子の肩に手を置いた。

「ほら。まだ日が落ちたらぐっと寒くなるんだから、遊んでないで中に入んないと」

「うん！」

ブラウスごしに感じる細い体。その背を軽く押すと、道子は軽い足取りで玄関へと入っていった。まだ遊びたかったという気配はない。きっと家の前で自分の帰りをずっと待っていたのだと思い至り、その健気さにミサエは重量を感じた。

「ほら。ノリも。中、入るよ。貰ったカレイ捌いて、アラ煮たげるから」

まだ若猫の名残を残した白猫の姿は、薄暗くなった中でもその美しい体の造形がよく分かる。頭のてっぺんに、親指で墨を押し付けたように灰色の斑紋があるのが、愛嬌を感じさせた。二年前、担当先の農家で増えてしまった子猫を無理矢理押し付けられて引き取ったのだが、その品のよさと人なつこさですっかり道子の遊び相手になってくれている。

にゃあ、と甘えた声で足に体をすりつけてきたノリをミサエは抱き上げる。温かい。ゴロゴロという振動を指先に感じ、この猫の先祖にあたるかもしれない白猫を抱いた幼い日を、ほんの少しだけ思い返した。白妙。美しい猫だった。

「お母さん、はーやーくー」

開け放たれた玄関の奥から、娘が急かす声が聞こえる。汚れた運動靴が放り出されているのを整えながら、ミサエは返事をした。

「はいはい。あんた、ちゃんと靴揃えなさいっていつも言ってるしょや」

「はーい」

呑気な返事に、ミサエは小さく溜息をつく。何度言っても道子は自分の癖を直さない。自分があの歳の頃には、もう吉岡の家で人の靴まできちんと揃えていたものなのに。

夫と娘。ミサエは結婚して子どもを産んだ今も、自分以外の靴を毎日揃え続けている。孫ができたらその子の靴も揃えるのだろうか。そうなると、自分は死ぬまであと何百回、何千回、人のために靴を揃えることになるのだろう。

靴を脱いだ自分の足下を、見えない何かがひやりと這い上るような気がした時、腕の中でノリがニャアと鳴いた。

「あんたは靴履かないから便利でいいねえ。ちゃんと自分で身づくろいできるしね」

桃色の、触り心地のいい肉球をぷにぷにと擦ると、ノリはゴロゴロと喉を鳴らした。


ミサエが木田浩司と結婚してから十一年が経っていた。

相変わらず保健婦として根室の担当区域を駆けまわる日々を送っているため、仕事と家事、道子を授かってからはそれに加えて育児と、目の回るような毎日だった。

今日も、仕事着から着替える間もなく割烹着をかぶり、鞄から生臭いビニール袋を取り出す。中で、まだ息があるカレイがびちりと跳ねた。新鮮なうちに処理をしなければ、味はどんどん落ちていく。厚意で分けられた魚を無駄にしてはならないことに、カレイの重さ以上の重圧を感じた。

とりあえず今日食べる分を先に煮つけにして、あとは食後に全て捌いてしまわなければならない。増えた家事の量を思うと、まだ手をつけてもいない作業に肩が重くなった。

「ほら、ご飯の支度するから、道子はお茶の間片づけてちょうだい」

「はーい」

間延びした返事は返ってきたが、道子はまた猫と遊んで腰を上げようとしない。ミサエには、共働きのため道子には何かにつけて寂しい思いをさせてしまっているという自覚がある。反面、母親が傍にいる時は甘えがちな道子に軽い苛立ちを覚えることも多い。自分があの歳の頃には、と、つい頭の中で比較してしまうのが癖になり、ミサエは振り払うように頭を振った。

「今日はお父さん、帰り遅いっていうから。二人だけで先に食べちゃいましょう」

「今日は、じゃなくて、今日も、でしょや」

「そういうこと言わないの。お仕事なんだから、しょうがないしょや」

道子を宥めながらも、その言い分は尤もだ、とも思う。人当たりがよく、気の合う同僚が多い浩司は、しょっちゅう飲みに行っては日付が変わる頃にふらついて帰ってくる。道子とは朝に少し顔を合わせるだけで、最近はろくな会話もしていないのではないだろうか。

取り急ぎ、雪平鍋に放り込んだカレイと調味料が煮立ってきた頃、台所といわず茶の間といわず、醤油と砂糖が煮詰まるいい匂いが漂い始めた。しかし、道子は鼻を鳴らして口をへの字に曲げる。

「ねーお母さん、またカレイ？　先週、三回も食べたのに」

「わざわざ数えてたの？　また、って言わないの。先週は清原さんから貰った小さいやつだったから、唐揚げだったでしょ。今日は林さんからたくさん貰ったんだから、傷まないうちに食べちゃわないと」

「えー」

　明らかに不満そうな声をミサエは黙殺した。

　言いたいことは分かる。保健婦という仕事柄、農家にも漁師の家にも足を運ぶため、農産物や魚介類を大量に貰うことが多い。完全なる善意であるうえ、断れば角が立つため、家族三人という消費に見合わない量の食べ物をしばしば抱えることになってしまう。

　ミサエは育ってきた環境から、怠慢で食べ物を腐らせることを容認できない。浩司などは「そこまでしゃかりきになる必要あるもんなのかね。腐ったら捨てりゃいいだけなのに」と呆れるが、じゃがいも一つ、魚一匹に至るまで、無駄を出さないことを信条にしている。

　ただ、頂き物で家計は確かに楽とはいえ、いくら献立に工夫を重ねても夫と娘から不満は出る。

　家の中では高圧的なところがある夫に対しては、帰宅に合わせて一人分だけ常備菜を引っ張り出してくるなどしてしのいでいるが、娘の不満にはつい「お腹いっぱい食べられるだけ幸せなんだから」などと説き伏せてしまうのが常だった。

道子にあらかじめ研がせてあった米を炊いて、魚を煮ている間に、菜っ葉を放り込んだ味噌汁（みそしる）を急いで作る。各家を回ってはなるべく多くの食品を摂（と）るようにと食事指導をしている自分であるのに、こと自宅のこととなると人様にお見せしたくない一汁一菜の食事ばかりだ。

忙しいから仕方がないじゃない。栄養よりもまず、お腹を空（す）かせた子に食べさしてやるのが先なんだから。

指導した先で母親達が口にする言い訳を、帰宅後は自分も口にして、ミサエはなんとか仕事と家庭を回していた。その度に、保健婦なのに、という罪悪感が心の底に降り積もっていく。

「もうすぐご飯炊けるから、ちゃぶ台の上片づけて、茶碗（ちゃわん）とお椀（わん）とお箸出して」

「はあい」

そうして、しぶしぶ腰を上げる道子に手伝わせて、ようやく夕餉（ゆうげ）にありつくのが日常だった。

忙しい中でも温かいものを、と整えた食卓で、母と子二人で箸をとる。

ミサエは夫の帰り時間を考え、一応一人分の量を残してはいる。しかし、酔いがしたたかに回った夫は食事を用意してあると伝えれば「もう食ってきた」と言い放つし、かといって何もないと「飲んだ後で小腹が空いたってのに何もないのか、気がきかねえなあ」と溜息を吐くのだ。

それならそれで、と割り切って、子どもと二人で食事をするのも慣れてしまっていた。

ふと見ると、道子の箸が進んでいない。やはり貰い物の魚料理に飽きてしまっただろうか。季節によっては複数の家から同じ魚を与えられるので、さすがに献立が偏りすぎてしまったのかもしれない。

「道子、どうしたの。お腹あんまり空いてない？」

「ううん、そういうわけじゃないけど」

とは言いつつ、道子の声は明らかに重い。ミサエは自分が仕事をしている分、できるだけ娘の様子には気を配るよう心掛けていた。道子を思ってのことであると同時に、もし道子が他所（よそ）で粗相でもした時、吉岡家や他の担当している家の奥さん方に「ミサエちゃん、自分にはお母さんいなかったのに、頑張ってお母さん業やってるからねえ」と含みのある声で囁（ささや）かれてしまう、という懸念もあった。

「何かあったんなら、言ってみなさい？　お母さん、ちゃんと聞くから」

箸を置いて向き合うと、道子は茶碗を持ったままぽつぽつと口を開き始めた。

「あのね。新しい靴、買って欲しいの」

「靴って、学校の内履き？」

「ううん、外で履くやつ」

ミサエはさっき玄関で揃えたズック靴を思い返した。多少履きこんだ様子はあるが、買い与えて三か月ほどしか経っていない。成長期で小さくなっただろうか、という疑問が浮かんだ。

「何、今履いてるあれ、もう小さくなったの？」

しかし道子は、違うの、と小さく言って首を振る。

「まだ爪先は指一本分、余ってるけど」

「じゃあまだ履けるじゃない。おかしなこと言うんでないの」

「だって」

道子は茶碗を置き、膝に手を揃えると顔を下げた。見えない表情の奥から、躊躇（ためら）ったように小さな声が漏れる。

「だって、汚れちゃったんだもん」

その主張の内容に、ミサエは思わず言葉を失った。この子は何を言っているのか。まだ十分に履ける靴を、汚れたからと言って買い替えろというのか。

思わず怒鳴りつけそうになる気持ちを抑えて、ミサエは極力穏やかな声を心掛けた。

「何言ってるの。汚れたら洗えばいいでしょう」

「洗い方、わかんないもの」

道子は顔を上げて涙目でミサエを見ていた。困り果てたように寄せられた眉と、拗(す)ねたようにへの字に曲げられた口に、ミサエは驚く。

この子は何を甘ったれているのだ。

自分は道子の歳の頃に、こんなに人に甘えた表情などしたことはないのに。わたしは、甘える母親もなしで一人で頑張ってきたというのに。

ミサエは思わず声を荒らげた。

「そんなもの、外でたらいにぬるま湯入れて、洗剤入れて、タワシでゴシゴシこすって洗えばいいでしょや！」

それでも、波立つ心のどこかで自制が働き、罵倒するような言葉は抑えてある。なおかつ、極力やりかたを説明しながら、娘を叱ろうと心掛けた。

「そうやって泥落として一晩乾かしておけば、十分きれいになるでしょう！　あのね、道子はもう高学年なんだから、そのぐらい自分でやれるようにならないと。大人になってから苦労するのは道子自身なんだから」

そうだ、あくまでこれは道子のために叱っているのだ。ミサエはそう自分に言い聞かせながら、再び箸をとった。苦労も何もせず、汚れた靴を親に洗ってもらい、甘ったれているだけではろくな大人にならない。

「お母さんなんてね、あんた位の歳の頃には住み込んでた吉岡さん家で大変な思いしてたんだよ。今みたいな洗濯機なんてないから、洗濯板使って自分の服だけじゃなくみんなの下着まで洗ってたのさ。わかる？　指ちぎれるかと思うくらい冷たい水で、冬でも」

口に出すと、次々と思い出が蘇ってくる。ミサエは冷めた煮魚を口に運びながら、記憶の数々が流れだして止まらなくなった。

「あの頃からみたら、今の時代なんてずっと楽なものよ。お母さん、道子にお父さんやお母さんの分の服まで洗わせたことある？　ないでしょ？　道子も、靴だけじゃなくて、自分でできることはそろそろ自分でやれるようになってくれないと」

「……髪」

道子は膝に両手を乗せ、項垂れたまま呟いた。不貞腐れたような声音にどうしても苛立ちが高まる。

「髪？」

「髪の毛。自分で結べるようになった」

ミサエは腹の奥から溜息を吐いた。表情の見えない道子の肩がびくりと震える。

「あのねえ。髪ぐらい、自分で結べて当然なの。小学校上がってもずっとお母さんに編んでもらってたんだから、道子が自分でできるようになったのなんて遅いぐらいよ。髪とかじゃなくて、お片づけとか、ご飯作るの手伝ったりとか、そういうことをもっとできるようになって頂戴って言ってるの」

まくしたてた言葉に返事はない。「はい、は？」と受諾を促すと、蚊の鳴くような声で「はい」と返事が聞こえた。

人への返事はもっとちゃんと、聞こえるように。そう言いたいのを我慢して、ミサエは箸をとった。

「もういいから、早く食べなさい。お片づけ、遅くなっちゃうでしょ」

「うん……」

のろのろと、ミサエに続いて箸をとる道子の食ははかどらない。ミサエは自分の食事が終わった後、仕事終わりの疲れた体で作った食事が、まずそうに娘の口へと運ばれていくのを見守るはめになった。

まったく、くだらないことで疲れさせないで欲しい。

そう呟きたかったのを直前で押しとどめられただけ、自制ができているものと思っていた。ミサエが訪問している家庭では、親が子に手をあげるのが日常茶飯事な家が少なくない。大抵は躾（しつけ）として子どもも納得しているように見えるが、それでも保健婦として、母として、腹の底では納得がいかない。

だからミサエも、自分は何があろうと道子に手は上げないと決めていた。そしてそれを守れていることが、良い母親としての条件を満たしているのだと思っていた。

浩司はその日、道子が床についた頃、同僚の車で送ってもらい帰宅した。ミサエが予想していた通りに遅い時間だった。

ただいま、という声もそこそこに、玄関を開けて鼻をひくつかせた彼は、家に漂う煮魚の匂いにうんざりした顔を隠そうともしなかった。

「おかえりなさい。ご飯は？」

「あー、食べてきたからいいや」

「はい」

酒が強い浩司はあまり顔に変化はないが、全身からつんと酒の臭いがする。今日は商売女の安い香水の臭いが混じっていないだけましだ。

娘が寝静まった頃を見計らったように帰って来るのも、このところ続かざるを得なかった魚料理に嫌気が差していることも、ミサエは見抜いている。しかしそれを咎め立てれば、不機嫌が爆発するに違いないのだ。

「お風呂、沸いてますから」

「ああ」

言葉数が少なくなったのはお互い様だ。もともと浩司の言葉は、結婚当初からミサエの至らないところを指摘する時にこそ生き生きとしていた。

その言い分を「お前の為を思って言ってやってる」とか「どうでも良い相手にわざわざ言ってやらない」と正当化し、反論を封じてくるのも変わらない。もちろん日々の生活で家事などを負担することは全くない。

浩司は道子に対して、特に遠ざけようとしている様子こそない。ただ、無関心でいる時間の割合が高いのだ。気が向いた時、特に浩司の機嫌がいい時には「勉強ははかどっているか」だの「分からんところがあればお父さんが教えてやろう、これでもお父さん、北大出てるんだぞ」としつこく構うくせに、普段は茶の間に道子がいることを忘れているかのように関わり合いたがらない。

休日にしても、登山仲間と泊りがけで山登りに出かけるか、一日中ごろごろして道子の声ひとつにすら「うるさい。お父さんは平日ずっと働いて疲れてるんだ」と不機嫌になってばかりだ。

そうかと思うと、ある朝唐突に「今日は汽車に乗って家族三人で釧路の百貨店まで買い物に行こう」と言いだして出かけることもある。ただ、そうやって外出することなど、半年に一度あるかないかの程度のことだったが。

ミサエは床をのべながら、前回家族三人で出かけたのはいつだったかと思いだそうとした。確か、まだ雪が降る前のことだ。

釧路まで連れ出したら連れ出したで、浩司は思いつきで「パーラーでアイスクリームを食べよう」とか「俺の背広を見よう」と家計費から金を使ってばかりなので、主婦としてはその遠出が頻繁でないことに少なからずほっとはしている。

妻として、ミサエが抱える不満は少なくはない。しかしその不満を浩司本人に零したところで、「なんでだよ、俺だって頑張って働いているし、休日だってのに家族で出かけたりしてやってるだろう」と目を剝いて主張されるだけだ。

かといって、近隣の奥様方に相談という体で愚痴をいえば、「そんなもんだよ。男なんて。あんたのところは飲むけどちゃんと稼いではいるんだろ？　それに釧路まで遊びに連れてってくれるなんて、大層いいでないの。うちのとこなんて、稼ぎが少ないうえに手だって出るんだから……」などと言われて「あんたんとこはまだいいじゃない」と締められてしまうのが常なのだ。

並んだ布団を眺めながら、ミサエは声に出さないように溜息を吐いた。

自分がそこそこ幸せなのは分かっている。子どもの頃を思えば、働いたぶんだけお給金は貰えるし、休日はあるし、夫と子どもにも恵まれた。幸せなはずなのだ。なのに、どうしてか、ひどく疲れている。

「どうした」

急に後ろから声をかけられて、ミサエはびくりと振り返った。浩司がタオルで頭を拭いている。浴衣の紐はゆるく結ばれただけだ。

「大丈夫、なんでもないから」

「そうか」

浩司は頷くと茶の間で新聞を広げ始めた。強がりや虚勢の言葉面をそのまま受け取る素直さは、彼にはあって自分にはないものだ。それはこの人の良い部分だと思っている。そう思い込んでおくべきだ。しかし、今のミサエの心に立った波は平らかになってはくれなかった。

「あのね、道子のことなんだけど」

「ああ、どうかした？」

襖の向こうで眠る道子が万が一にも耳にしないようミサエは声を落としたというのに、新聞に目を向けたままの夫の声は張り上げられる。

「歳の割に、なんだか幼いところが残る気がするの」

「たとえば？」

「今日、靴を買い替えて欲しいって言うから小さくなったのかと思ったんだけど、そうじゃなくて、汚れたから新しいのが欲しいんですって」

言葉に出して思い出すだけで、あの時道子に抱いた幻滅までも蘇ってしまう。自分は、吉岡家の一郎が履き潰した靴をお下がりに貰って、穴が開いても履き続けていたのだ。

「もう十歳になるんだから、そんなの、自分で洗えばいいだけの話なのに」

「ふうん」

相変わらず新聞に集中したままの浩司の声は、いかにも興味がなさそうだ。ミサエはまるで壁に話しているような虚しさを感じたが、それでも口にするだけで少しは楽になるかと思い、話を続けた。

「洗い方は教えたから、これからは一人でやってくれるといいけど。わたしも働いてるのをやめる訳にいかないし、よその農家の子たちなんて家のことも普通にお手伝いしてるんだから。道子にも少しちゃんとしてもらわないと」

「そういうことじゃないんじゃないか？」

「え？」

浩司の口から、想像していなかった言葉が放たれて、ミサエは思わず顔を上げる。相変わらず夫は新聞に目を落としたままだったが、さっきと同じ紙面のままで繰られていない。

「そうじゃなくて、お前が口だけじゃなくて、洗い方をきちんと手とり足とり教えてやればいい話なんじゃないのか？　誰だって、やったことない事を手本もなしにやるのは大変だろ。ましてやまだ子どもなんだから」

「……はい」

そんな時間、わたしの生活のどこにあるというの。ミサエは言いたい言葉を飲み込んで頷いた。自分は十歳でも大人と一緒に働かされていたし、優しく手本など示されたこともなかった。道子は少しは自分でどうにかする力をつけた方がいい。

それに、あんなに苦労知らずのままでは、将来不幸な人生を送ってしまうのではないか。少しは苦労というものを知るべきなのだ。そう言いたかったが、浩司の「それにさあ」という言葉に封じられた。

「何より、お前は母親なんだからさ。もうちょっと、子どものこと考えて、時間を割いてやれよ」

だから、今以上に、どうやって。あなただって遅くにしか帰ってきてくれないのに、どうすれば。口にすることができないまま、腹の奥に反論が澱のように溜まっていく。

せめて頷いて夫の発言を肯定しなければまた不機嫌になる、と思い顔を上げると、浩司が新聞を放り出してミサエの方へとにじり寄っていた。湯上がりだというのにやけに冷たい指先が首筋まで伸ばされる。

「あまり考えを煮詰めすぎるといいことないぞ。お前はただでさえ頬く考えすぎなんだよ。たまには思考停止することも必要だろ」

浩司の粘ついた声の合間に、道子の寝息が深いことを確認してしまう自分が心底嫌になる。そして浩司が気に入って使用している石鹸の変に甘ったるい匂いも、本当は嫌いだ。

「ちょっと間があいたけど、もう一人いれば、お前も丁度良く気がまぎれるんじゃないか。俺の実家だって、男孫の方が喜ぶんだし」

ミサエはその手を拒めない。本当は、ミサエだって二人目はずっと欲しかった。なのに十年近く授からなかったものを、今さら。夫を怒らせたくないという理由だけで体を開く自分の性が心の底から厭わしい。

義実家である木田家は根室の市街にあるが、ここ数年は年始を除いてすっかり疎遠になってしまった。新婚の頃は義両親はミサエを大事に思ってくれていたようだが、道子が産まれてしばらくすると、浩司の弟宅に男児が産まれ、今では関心が全てそちらに向いている。

ミサエは仕事柄、様々な家庭で家族が増える、または減ることによって、その関係性が変わり、ついには健康までもを揺るがしてしまう事例を見てきた。

もしも、わが家の長子が女ではなく男だったら。ミサエもそう考えないこともない。夫義実家は子育てに積極的に協力し、働きづめの自分も少しは楽になっただろうか。夫は仕事以外の時間を家で過ごすことを厭わず、ひょっとしたら息子を登山に連れて行くこともあっただろうか。

意味のない仮定が石鹸臭い腕の中でぐるぐると回る。強いて意識しなければ艶めいた息を吐けない程度に、ミサエの心身の中で女といえる部分は固く凝っていた。こんな身で今さら男の子など授かるはずもない。

それに、もし授かってしまったら、わたしは道子をどう扱ってしまうだろう。

ぞっとするような深さのぬかるみから足を抜くように頭を忙しく回す頃、浩司が間抜けな声を出しながら果てた。

「大体、俺だって我慢しているんだよ」

「すみません」

心から行為の名残は消え果てて、暗い部屋で怠い体だけを持て余しながら、浩司はいつも愚痴を言う。ミサエは妻の義務を果たしたのだからもう眠らせて欲しいと懇願したいぐらいなのだが、けっして欠かされないこの習慣にいつも従わざるを得ない。

俺がこうやって心情を吐露できるのは妻のお前にだけなんだから、お前には聞く義務がある、と言われ、万が一にでも眠り込んでしまえば、浩司はその後一週間以上は一言も口をきかなくなり、妻子のいる部屋でわざと物音を大きく響かせたり、無意味に壁を殴ったりする。

無言だが、その粗暴な振る舞いはミサエの記憶の奥にある吉岡家での日々を思い出させて、体じゅうの筋肉が勝手に竦むのだ。

「俺だってそりゃ、毎日きっちり早く帰れりゃいいとは思ってるよ。けどさ、部下から相談があるって言われたら断る訳にいかないし、上司から飲みに付き合えって誘われたら体調悪くたってハイハイって従わなきゃ、出世に響くだろう」

「ええ、その通りです。あなたはいつも頑張って下さってます」

ミサエは感情を込めて浩司の言葉を肯定する。もし違う意見など言えば、たちまちにして悪者扱いが待っている。銀行の営業職だけあって弁が立ち、表面上の理屈が通っているだけにミサエの手には負えない。今にして思えば、初めて会った見合いの席でも、ミサエが欲しい言葉をくれた。それは浩司の人格に因るものではなく、ただの技術であったのだと気づいたのは結婚何年目のことだったろうか。

「そうなんだよ。頑張ってるんだよ。家だって、もっと根室の市街地に建てたかったのに、お前の知り合いの、吉岡さんだっけ？　に、勧められて、勧め先から遠い、こんな中古住宅に入ってさ」

「いえ、吉岡さんじゃなくて小山田さんです。ご近所で空き家が格安で出てるからって、ぜひにと」

浩司の主張をやんわりと訂正しながら、ミサエは思い返していた。まだ道子が産まれる前、浩司は根室の中心部に丁度いい宅地があるのだと持ち家を建てる計画を練った。

しかし、同時期に農村部に離農後の比較的築年数が浅い住宅が売りに出され、そこの近所の小山田家から熱烈に居住を勧められたのだ。近くに住んでいれば、何かあった時に助け合うことができる、と。

ミサエは恩人である小山田武臣の勧めを結局断れず、浩司に懇願して、現在の家に住むことが決まった。思えば、浩司に対して土下座をしたのはあの時が最初だった。

「ああ、小山田さんだっけか。まあ、どっちでもいいや。行内での面子(メンツ)ってもんがあるのにさあ。俺は我慢したわけだよ。そんで、わざわざ遠い家から毎日勤めて、疲れててもたまに君らを連れ出してやってるだろう。日常のことぐらい、俺なしでもちゃんと回してもらわないと、割に合わない」

浩司の言っていることは正しい。ミサエも分かっているが、ぼうっとして回らない頭では、すぐに夫の発言に肯定の言葉を返せない。

「返事は⁉」

ばん、と布団から出された手が畳を叩(たた)く音が響き渡る。わたしは道子に返事を促す時、こんな乱暴な言い方はしないのに。道子が起きはしないだろうかと考えながら、ミサエは慌てて「はい、あなたの仰(おつしや)る通りです」と答えた。

「返事もしたがらないとか、なんだそれ。まったく、子どものしつけ云々(うんぬん)以前に、まずはお前の育ちだよ……」

浩司は不機嫌そうにぶつぶつと零しながら、ミサエに背を向けた。程なくして、意味のとれない呟きは響き渡るようないびきへと変わる。ようやく夫が眠ったのを確認して、ミサエは怠い体を動かして浩司に背を向け、寒い訳でもないのに体を縮めた。

……留まっていませんように。

どうか、授かりませんように。祈るように息を吸うと、さっき浩司が畳を叩いた時に埃でも舞ったのか、喉が刺激されて咳が出た。かみ殺すように幾度か咳をしていると、体の奥に流し込まれた精液が逆流して下着を汚す感触がする。

その湿った感触に覚える気持ち悪さと、体内から少しでも流れ去ってくれた安堵との中間地点で、ミサエは眠りに飲み込まれていった。

本格的な夏に入るのを前にして、根室は例年通りにすっぽりと海霧に覆われた。朝夕の霧と異なり、陽が高くなってもじっとりと海と地表とを覆い、髪も服もすっかり湿ってしまう。

ミサエは細かな水の粒子が顔に当たるのを感じながら、重い自転車を漕いでいた。同僚はそろそろオートバイに乗り換えはじめたが、現在の自転車がまだ動くことと、生来の貧乏性でまとまった出費を決断できずにいた。

それにミサエは、オートバイならばヘルメットで遮られてしまうであろう風を感じて自転車を漕ぐのが好きだ。余程忙しいことがあるなら別だが、自分のペースで、夫のことも、道子のことも、過去のことも思い出さないままに一人で風を感じられる。

今日の担当回りの予定は、まずは小山田家だ。事務所を経由せず自宅から直接向かうため、ミサエの家から五分ほどですぐ到着する。

違和感にはすぐに気づいた。いつもミサエが訪問する午前中にはないオート三輪が玄関先に停まっている。主人の武臣のものだ。彼は農業に根を下ろしても薬屋時代の行動力は変わらず、朝一番の仕事を一通り終えると、オート三輪に乗って同業者や機械の業者など、色々な所に出向くのが常らしい。

その武臣愛用のオート三輪が、今日はまだここにある。

風邪でもひいたのだろうか。あの頑強な武臣が。そう思いながら玄関の引き戸を開く。

「御免下さい。ミサエです」

声から心配を払拭するように努めて元気よく挨拶すると、奥から「はあい」と返事がした。いつもの恒子ではなく、武臣の声だ。

「ミサエちゃんか。上がってくれやあ」

「はい、お邪魔します」

武臣の声に張りがあることに少し安心し、ミサエは靴を揃えると中に入った。茶の間の襖を開くと、声の主はどんと胡坐をかいて座っていた。やはり待たれていたのかもしれなかった。

「ご無沙汰してます」

思わずミサエはその場で正座し手をついて頭を下げる。保健婦という仕事上、担当する家それぞれで態度を変えることは好ましくないが、何せ小山田家には恩が大きい。しかも、久しぶりに顔を合わせる武臣とあって、ミサエは神妙に挨拶した。

「久しぶりだけど、ミサエちゃん元気そうで何よりだ」

「ええ、ご主人もお変わりなく」

武臣は一見、健康そうに見える。さすがに年齢を重ねて頭髪は薄くなり、以前のような飄々とした若さは失われたが、人なつこそうな目と垣根を作らない喋り方はむしろ親しみが増していた。

「いやあ参った。この間、アメリカから中古の農機具を輸入するんで一口嚙まないかと声かけられて調べてみたら、内地の山師が仕掛けた詐欺でな。巻き込まれたら一大事だったわ」

などと豪放に笑っている。今日は改まった話でもあるのかと訊きたい気持ちを抑えて、ミサエも調子を合わせて笑った。一通り、お互いの近況報告を終わると、武臣は恒子が淹れてくれた茶を一口飲んで居住まいを正した。それから少し低い声で切り出す。

「あのな、うちの俊之のことなんだけど」

「はい」

小山田家の一人息子、俊之は中学生になっていた。ひょろりと背が高く、顔つきこそ武臣によく似ているが、子どもの頃からあまり人と目を合わせたがらない。成長すれば普通になるかとミサエは判断していた。

「一人っ子だからって甘やかしちまったのがいけないのか、どうも、人の話を聞かないっていうのか、人の気持ちが分からないっていうか」

「学校の成績は結構いいんですけどねえ。計算も国語力も記憶力も抜きん出てるって、先生も褒めてくれたほどで」

いつの間にかミサエの近くに座っていた恒子が、困ったように付け加えた。夫と同じに人当たりのいい目の下に、うっすらと隈ができている。思いつめている様子が窺えた。保健婦として、親戚でこそないが身内に近い存在として、協力しない理由はない。

「俺もあの位の歳の頃は、親兄弟に反発したし、一週間口きかないなんてこともあったよ。でもな、あいつは、なんか違うんだ」

「何か、あったんですか？」

ゆるく具体例を促すと、恒子が深く下を向いた。武臣は妻のそんな様子を横目で見ると、言葉を選んだようにゆっくり口を開き始める。

「あいつ、うちの畑の仕事とか、牛の世話とか、自分からはやらないけどやれって言えば文句なくやるし、ちょっと融通はきかないところがあるけどまあいいかと思ってたんだ。そんでさ、この間、近所の婆あ、いや、おばちゃん達がうちのことをこそこそ話しているのを偶然聞いちまったらしくて」

「ご近所、ですか」

ミサエはこの近隣の家と、そこに住む女性陣を思い浮かべる。普通の、働き者で、かつ噂話が大好きな農家のおかみさんばかりだ。

「で、まあ、……たまたま、うちの母ちゃんの悪口みたいなことをな、言ってたらしいんだ。それであいつ、いきなりおばちゃん達に摑みかかっちまって」

「えっ」

中学生とはいえ、体はもう大分大きい。善悪の判断も十分につく年齢のはずだ。そんな騒ぎが起きれば、下手をすれば病院、警察沙汰になりかねない。

「まあ、おばちゃん達も力が強いから、引きはがして怪我とかはなかったんだが。それで、話聞いた俺は後から当然叱りつけた訳なんだ」

それはそうだろう。当然の流れだ。何の悪口を言われたかは知らないが、子が道を外れるようなことをすれば叱るのは当たり前だと、ミサエも親としてよく分かる。

「でも、あいつ、なぜ自分が叱られてるかとか、分からないんだよ。自分は悪口を言う奴を粛清しようとしただけだ、褒められこそすれ、怒られる理由は微塵もない、って、やたら頑なで」

「粛清って、そんな……」

中学生に似つかわしくない極端な言葉だ。しかも近所の女性に対して。夫妻の顔はどこまでも暗かった。

「開き直ったのかと思ったよ。最初は。でも違う、心の底からそう思ってたんだ、あいつは。自分は絶対に正しいんだって。そして、傍で泣いてた恒子に怒り始めた。自分は正しいことをしたのに、お母さんが泣くのはおかしい、って」

その時のことを思い出したのか、恒子が袖で涙を拭っていた。ミサエは言葉を失う。まさか、懐の広い小山田夫妻が実子のことでここまで弱り果てるようになるとは、思ってもみないことだった。

「どうもあいつ、学校でもそんな調子らしくて。近所の年下の子たちとばかり遊んで、同級生には友達、いないみたいなんだよ」

「そうですか……」

このあたりの子どもたちは、親が農家同士ということもあり、学年差にさほど拘ることなく幼馴染として育つことが多い。とはいえ、同級生に友人がおらず、年下の子とばかり遊んでいるというのは、奇妙に思えた。

「年下の子に尤もらしいこと言いながら庇護してやれば、すぐ慕われるからな」

武臣が湯呑みに視線を落として呟いた。かつて薬の荷を背負い、話術を武器に世間を渡ってきた人が言うと説得力が違う。それゆえに息子を正すことができない無力感もひとしおだろう。外部の者が介入することに効果があるとすれば、まさにこういった時だ。ミサエは背筋を伸ばした。自分は足を踏み入れる立場にある。

「あの、もしよかったら、今度、俊之君に会わせてください。仕事外の時間に、何かのついでを装ってわたしがこちらに伺うとか、そういった形で。何もできないかもしれませんが、せめて糸口みたいなものが分かれば」

ミサエの提案に、武臣は「うん、頼むよ。ミサエちゃんだけが頼りだ」と言ったきり、下を向いた。恒子は足早に台所に立ち、その隅から、押し殺した嗚咽が細く響いていた。

珍しく見送られることもなく小山田家を出たミサエは、普段よりも重く感じる自転車を漕いだ。気持ちが沈む。訪問する家庭の中には、生まれつき知的障害がある子や、精神病に罹ってそれまでの性格が一変してしまう大人もいる。そういった相談を受け、必要に応じて病院や行政に繋ぐのも保健婦の務めだ。

　しかし、今回のはまた状況が違う。話を聞く限り、俊之は『普通の子』であるはずなのに、あの気丈な恒子がミサエに涙を見せるほど性格的な異変をきたしている。原因は分からないが、保健婦としても、小山田家に縁がある者としても、何とかしてあげたいと思った。

　ミサエは思考を巡らせながら、次の家に向かった。近隣にある林家だ。少しの間瞼を閉じて、俊之のことを頭から追い出す。違う家の敷居を跨ぐからには、気持ちを切り替えてその家のことを考えなくてはならない。息を吸って自戒を深めた。

「ああ、ミサエちゃん、いらっしゃい」

　住宅に着く前に、唐黍畑の一角から張りのある声で名を呼ばれた。雑草取りに精を出すヨシだった。

「こんにちは、ヨシさん。どうですか、体調は」

「元気元気。旦那も子どももみんな元気よ。あたしもね」

　職務上、一応は聞いたものの、ぱっと見て分かるほどにヨシは血色がよく、健康そのものといった様子だった。

　子だくさんの林家に難産で産まれた男児は留雄と名付けられ、その後、ヨシが子を授かることはなかった。経済的な問題はまだこれからも続くだろうが、今のところ母子ともに健康に過ごしている様子なのは良しとすべきだろう。

ヨシは少し太り気味のきらいはあるものの、健康を害するほどではなさそうだし、指摘しない方がいいだろうとミサエは判断して話を合わせる。

「ご主人はお元気ですか」

「うん、先週から昆布拾いで根室沖の無人島に渡ってる。まあ、使えなかったら叩き返されてくるだろうから、まだ帰ってこないってことは元気なんでないべかね」

「あはは、またそんな。でも、そうですか。お元気で仕事されてるんですね」

言葉とは裏腹に、ミサエは頭の中で推測を巡らせる。

夏の間、仲間内でずっと番屋に住んで昆布拾いをしているのであれば、毎夜酒盛りが行われていることだろう。ただでさえ酒量の多そうな出っ腹をしている足助の肝臓が心配だ。島から帰って来る頃に、また様子を確認しなければならない。また煩がられるのは目に見えているが、それも慣れっこだ。

「これから、お寺さんや吉岡さん家にも行くので、ユリちゃんやハナさんの様子も見てきますね」

ヨシが難産をした際、ミサエの自転車を漕いで根室の市街まで医者を呼びに行ってくれたユリは、寺の副住職のもとに望まれて嫁に入った。

その寺の先代は、生前、ミサエが学校へと通えるよう吉岡家に口添えしてくれたあの住職だ。

良いご縁だとミサエは思う。よく家の手伝いをし、勉強をしたがっていたユリのことだ。進学という形で勉強を続けることはできなかったが、あのお寺さんならばそれ以上に学び、人と共に生きる道もあるはずだとミサエは密かに思っている。

「うん、頼むよ。あの子ら、私に似ず大人しいから。寺で食いっぱぐれることのないユリはともかく、ハナはさ、その、あの家だから」

珍しく言いよどんだヨシに、ミサエは慎重に頷いた。

「ええ、仰りたいことは分かります。ですが、だからこそ、ハナさんの体の様子、きちんと確認して指導させてもらいますので」

「頼んだよ。娘ば嫁がせておいてあれだけど、あたしも、旦那も、先方の吉岡さん家がちょっと苦手でね」

わたしもそうです、ちょっとどころではなく。そう言いそうになって、ミサエは笑顔だけで静かにヨシの意を肯定した。もともと、同じ林家とはいえ現在とは違う家族が入植していた頃から、吉岡家は新参の林家に冷たかった。

ミサエが大人になってから訪問先の老人たちから聞いた話だと、かつては入植した屯田兵と漁師がうまくいかない例がしばしばあったらしい。屯田兵が慣れない地で作った農作物を漁師に売ろうとしたら買い叩かれたとか、いやそれは貧相な野菜だったから仕方がないとか、様々な話を聞いた。結局、誰かが決定的に悪いわけでないまま、ただ禍根だけが現在までうっすらと残ってしまったらしい。大婆様も含め、吉岡家がかつて林家に厳しく接していた過去に思いを馳せると、ミサエは突き返されたあの花柄のブラウスを思い出す。あの時の林夫妻がどこかで元気に暮らしていて欲しいと願わずにはいられなかった。

　現在の吉岡家と林家は近所かつ姻族とはいえ、あまり親しい行き来はないようだ。跡取りの一郎が林家の長女ハナを孕ませて嫁にした後、ハナは女児を産んだが、実家の援助もなかったと聞いている。おそらく、気の強い舅姑の手前、助けを求められなかったというのが実情ではないか。そうしてハナが産んで苦労しながら育てた子、敏子はハナの末弟である留雄と同学年となった。血縁上は叔父と姪になる。

　ハナは母体が若く体が小さい為、敏子を産んだ時は大変だったそうだ。ミサエは大事をとって産科医院で分娩するよう強く勧めておいて正解だったと思う。ミサエが見舞いに行くと、若いハナは産まれたての赤ん坊を抱いて幸せそうに笑っていた。

　ミサエはハナが幸せそうに笑う姿を初めて見たが、その後、何度様子を見に行っても彼女の同じような微笑みに出会ったことがない。最初に男児を産まなかったことで、ハナは義両親と夫、特にタカ乃からは随分な仕打ちを受けたようだ。

もともと、ミサエにしていたように若嫁を使用人のように扱っていたタカ乃だ。母子が退院して家に戻ると、孫にあたる敏子の面倒を見たり、ましてや可愛(かわい)がることもなく、まだ腰も真っすぐ立たないハナを「産んで食っちゃ寝続けてると体がなまって本当に牛嫁になっちまうよ」と仕事に急(せ)きたてたと聞いている。

様子を見に来てそれを知ったミサエが「無理はさせないであげて下さい」と頼むと、ぎろりと睨(にら)まれたうえで、「金かけて産院で産ませてやっただけありがたいと思って貰いたいもんだわ。あたしだって大婆様に厳しく言われながら一郎と保子を産んですぐしゃかりきに働いて、二人とも真っ当に育ててきたんだ。あんた、保健婦様になったからって知った口をきいてんじゃないよ」と湯呑みを投げつけられたのだ。

その場はミサエが平謝りして収まったが、帰りがけ、こけた頬がまだ戻らないハナが「すみません、大丈夫ですから、すみません」と何度も頭を下げる様子に、何も言わず鞄にあった飴玉(あめだま)と饅頭(まんじゅう)を渡してやるぐらいのことしかできなかった。

ハナの扱われ方は、現在でも何ら変わっていない。祖父母にも父親にも可愛がられない娘の敏子と共に、女中のような扱われ方をされ続け、しかもその後懐妊できずにいる。

林家としては、屯田兵として入植していた吉岡家に強い顔をできない立場上の弱みと、娘に二人目ができない申し訳なさを抱え続けているのだろう。あけっぴろげなヨシが吉岡家についてはぴたりと口を噤む様子に、ミサエの心も痛んだ。

「それじゃ、あまり無理しないでくださいね」

「はは。またそれか」

「え？　なんですか？」

帰りがけ、あくまで毒気のない笑顔で言うヨシに、ミサエは軽く問うてみた。

「いや、あんた、よく人に無理しないでって言うけどさ。そういう仕事なんだから仕方ないけどさ。人間、どうしても無理しなきゃなんない時ってあるでしょや」

「ええ、まあ」

ヨシの言う通り、仕事柄、そう口にしてばかりだという自覚はミサエにもある。

「あたしら農家やら漁師やらは特に、無理しなきゃ家が廻んないことばっかりさ。あと、お母ちゃん業もね。あんたにも、まだ一人しか産んでないっちゅうても、今なら分かるだろ？」

目を細めて笑うヨシに嫌味の気配はない。そのため、ミサエも困り顔を隠せないまま頷いた。

「本当に、そうですね。お母ちゃん業、無理してばっかりです。でもやっぱり、無理はし過ぎないでくださいね」

「はっはは。あいよおー。あんたもね！」

ヨシと軽く手を振り合って、ミサエは林家を離れた。疲れてはいるが、まだ心と体は動く。一層強く、自転車のペダルを踏み込んだ。

保健婦として働くことで、地域の人々から「ひとんちに踏み込んでくるな」だの「自分らの体は自分が一番よく分かっている」だのと反発されることは多いが、職業としての立場を取っ払ってお互いを見てみれば、その人々、その家庭での本当の姿が浮かび上がってくる。

誰もが頑張り過ぎ、苦労をし過ぎ、家族を想い過ぎ、そして無理をし過ぎている。そんな人達がせめて自分で自分を壊してしまわぬよう、保健婦として、この根室の地域に住む一員として、人に何ができるのか。それは、ミサエ自身の幸せとも地続きの問題のようにも思えた。

昼なおひんやりとした海霧の中、周囲を確認しなくても分かる吉岡家へと続く道を右折する。自転車のチェーンがギイギイと軋む音が水滴に反射して随分大きく聞こえた。

今度の休みに油を差して、必要ならば根室市街の自転車屋で部品を交換してもらわなければならない。本当は浩司が見てくれると助かるのだが、あいにく今週末は羅臼のどこだかで山開きがあるとかで、泊りで出かけてしまう予定だ。

ミサエが今週の予定を思い返しながら自転車を漕いでいると、霧の向こうで人の声が少しくぐもって聞こえてきた。声が霧の水滴に反射しているのだ。子どもの声。複数だ。きっと遊んでいるのだろう。

予想の通りに、霧の向こうから四、五人の子ども達の姿があらわれた。道子と同じか、少し上の学年だろう。

「あれっ」

その姿に見覚えがあった。これから向かう吉岡家の長女、敏子と、今話していた林家のキクと留雄、そして少し背が高く学生服を着ているのは、小山田家の一人息子、俊之だ。小山田夫妻からこの子について話を聞いたばかりだったミサエは、思わずぎくりと思考が固まる。

彼らは自転車を漕ぐミサエの姿など視界に入っていないかのように、皆きゃあきゃあと笑いながら自転車とすれ違って去っていく。霧の中に全員の姿が見えなくなった後も、彼らの甲高い声が聞こえてきていた。

「みんな元気そうで何よりね」

それぞれ、家庭の問題を抱えていたりもするが、子どもは子ども同士で元気でいるのが何よりだ。俊之も、年下の子たちと楽しく遊んでやっているぐらいだから、きちんと大人が向き合って話し合えば問題は徐々に解決するのかもしれない。そう思い、さらにミサエが自転車を漕いでいくと、霧の向こうから今度は鹿の声のような甲高い音がする。

　女の子の泣き声だった。

　ただの泣き声ではない。ひい、ひいという呼吸も絶え絶えな声に不安を感じ、ミサエは自転車の速度を上げる。声の主は、すぐに霧の間からあらわれた。

「……道子」

　霧に湿り、土というより泥に近くなった地面にぺたりと座りこんで泣いていたのは、道子だった。

　三つ編みはほつれ、朝に着せたはずの赤いカーディガンはどこへいったのか、白いブラウスとスカートは靴跡のような形の泥にまみれている。

　その傍らに、脱げて泥だらけになった運動靴が片方、無造作に転がっていた。

「道子、どうしたの！」

「お、お母さあん……」

　自分の名を呼ばれて、道子はびくりと肩を震わせてから顔を上げた。その左側の頬が、打たれたように腫れている。

　母親の姿を認めると、安堵よりも先に、怯えたようにその表情を凍らせた。

二

「何があったか、話してくれるよね？」

ミサエは最大限、優しい声を意識した。汚れた服を替え、頬を十分に冷やした道子にはもう、暴力の痕跡はみられない。着替えの際に確認したところ、体に明らかな痣(あざ)や怪我はなかった。

ただ、道子はずっと俯(うつむ)いたままで、顔を上げようとはしなかった。促しても、なかなか母親を見ようとしない。への字に結んだ口を僅(わず)かに開き、そしてまた結ぶことを二度繰り返したあたりで、ミサエの痺(しび)れも切れてきた。

「話してくれないと、お母さん、分からないよ」

苛立ちを抑え込めていない声でさらに促すと、道子は下を向き、しばしの沈黙の後に「あのね」と呟いた。

「……叩かれて、蹴られた」

服についていた道子の足よりも大きな靴の跡。笑いながら走り去っていった子ども達の集団。娘は彼らに暴力を受けた、そんなことはすでに想像がついていた。

ミサエが道子の口からきちんと聞きたいのは、何をされたのかではなく、なぜこういう目に遭ったのかだ。

「……道子」

われ知らず、低い声になってしまった呼び声に、道子は縮めていた体をびくりと震わせる。ミサエとしては、子ども特有の小さな諍いだろうと予想していた。道子の参観日には五回に一回ぐらいしか行くことができないが、たまに保健婦として仕事で学校に行くこともあり、校内の雰囲気は大体分かっているつもりだ。

この周辺の子ども達は素朴で結束力が強い分、輪から外れた子に対しては狭量で排他的になる傾向がある。また、誰かを排除することを共有することによってその結束を強めるのもままあることだ。

そして、家庭内において主に父親が、気に入らないことがあれば家族に手を上げることもよくある話だった。その性質は、親を見て育った子ども達、特に男児に強く受け継がれてしまうきらいがある。そうして、学校においても友達同士の仲たがいで青あざを作るとか、自分達と違う主張をする子を目の敵にして叩くことは、しばしば見られることだ。そしてその多くは『よくある子どもたちの喧嘩』と見なされた。

道子とてここで生まれ育った子どもの一人ではあるが、ひょんなことから他の子たちから仲間外れにされる可能性は十分にありうる。小山田家に勧められた家に住んだ結果、周りの子のほとんどが農家の子である中、銀行員の父と公務員の母を持つ道子は疎外の対象になってしまったのかもしれない。

あるいは。ミサエにとって一番考えたくない可能性は、母親である自分が保健婦であるから道子がいじめの対象になったかもしれない、ということだ。

保健婦の業務として、各学校に出向いての児童生徒らへのワクチン接種がある。子ども達の健康にとって不可欠なものではあるが、正直、子ども達には『注射のおばさん』というありがたくない言い方をされ、厭われている。

大人である自分は子ども達に嫌われるのは仕方がない、と笑い話で済む話だが、もし、『注射のおばさんの娘』として道子がいじめられたとしたら。ミサエにはそれが一番堪えがたい。

「道子」

原因を問おうと出した声は、普段よりも低い声になった。

「どうして、叩かれて、蹴られることになっちゃったの？」

『いじめ』という単語を使わないように気を配る。道子が口を開くまでの沈黙が長い。その間、頭の片隅でミサエは現在の時間を気にした。

まだ米を炊く準備をしていない。おかずさえ決めていない。夫は帰りが遅いとはいえ、最低限、ご飯と味噌汁とおかずを用意しておかなければ嫌味と叱責を受けかねない。娘がいじめられたからといって、道子の気持ちに寄り添うどころか食事の用意ができていない原因として娘さえ咎めだてかねない浩司の性格を、ミサエは嫌というほど理解していた。

「あのね、なんかね……」

おどおどと、なかなか話が進まない道子の言葉に耳を傾け、いじめの原因を求めながらも、ミサエは密かに奥歯を強く噛みしめた。部屋の壁にかけている時計の秒針が立てる音が、やたら大きく感じられた。

今日の朝から、教室の空気がいつもと違ったらしい。

道子がいつものように「おはよう」と挨拶しながら教室に入ると、早い時間から来ていた児童を中心に、八名ほどが輪になって話をしていた。

しかし、近づいて来たのが道子と分かると、一斉に口を噤んだという。

「おはよう」

歪(ゆが)んだ空気を感じながらも、とりあえず挨拶をした道子に、誰も返事をしない。全員、視線をあからさまに外した。

ミサエはその様子をありありと想像した。自分も、小学校の頃、歳の近い吉岡家の保子とその友達に無視などの意地悪をされ続けていた。教室の一角で生じた負の緊張は、他の子もすぐに感じとる。そして、最初に悪意を向けた者達に同調を始めるのだ。

同級生たちの真ん中で保子がどっしりと座り、その口元は意地悪く歪んでいた。その保子を中心にして、同じような意地悪い笑いが他の子にも伝染していくさまがありありと思い出され、道子の語る内容とすんなり溶け合っていった。

同級生の突然な態度の変化に道子は戸惑い、顔を伏せながら、教壇のまん前に位置する自分の席に座った。その間にも、こそこそ声と抑えた笑い声が聞こえる。意を決して顔をあげ、後ろを振り返ると、教室に入った時のように他の子ども達は明らかに口を噤んで視線を逸らしたという。

突然の異変に道子がどうしたらいいか固まっていると、明るい声と共に、男子二人が教室に入ってきた。

「今日、見たことない鳥がとまってた。なんか、スズメより大きくて、赤っぽいやつ」

「おはよう」

「鳥って、どこで?」と、いつもと変わらない声で教室内が賑わう。

「入り口の脇にある、一番大きな桜の木」

「本当か、見に行っか」

「なんて鳥だろ」

そのまま、きゃあきゃあと笑いさざめきながら全員が教室を出ていった。道子に誘いはかからない。道子も、いつものように「わたしも行く」の言葉を口に出すことができなかった。

結局、朝の会で担任教師が来るのとほぼ同時に皆は帰ってきた。登校してそのまま鳥を見に行った児童も、どういうわけか道子に挨拶をすることなく近くの席についた。

「みんな、楽しく遊ぶのはいいんだが、チャイムの五分前にはちゃんと席に戻ってるようにすること。来週は参観日なんだから、うかれてないでちゃんとしなさい」

はーい、という返事の時だけ、道子は他の皆と声を合わせることができた。

やがて、授業が始まった。いつものように、教室の後ろで一部の男子がこそこそと私語をしている。担任ももう慣れたものなので注意もしないが、道子にとっては今日はことさらその声が煩く聞こえた。気にしないようにすればするほど注意を向けてしまい、そのせいで今日は女子の声も混ざっていることに気がついてしまう。

「の、ほんとうに」

「ひどいことを」

「だって聞いたから」

「さいあく」

「ひどいやつ」

途切れ途切れに聞こえる単語は、全て悪口に聞こえた。道子はその悪意の全てが自分に向けられているような気がして、担任が黒板に書いている文字を書き写すことにだけ集中した。すると、頭に小さな何かが当たる感触がした。ほぼ同時に、私語をする集団から「やった」「うまい」「ざまみろ」という小さな笑い声が上がる。

当たった、というより固い何かをぶつけられたようだ。隣の椅子の脇に転がった白いものに、消しゴムを拾うふりをして道子は手を伸ばした。

白い塊はくしゃくしゃになったノートの切れはしだった。担任が長い説明の文を黒板に書いている間に、道子は塊を開いた。

まだ泥に湿ってくろぐろとした小石がひとつ、中に入っている。

包んでいたノートの紙には、泥に紛れて『クズ』と、削り損ねた鉛筆の太い文字で書かれていた。


一日の授業が終わり、皆が帰り支度をしている時、道子はとうとう意を決した。さっきの紙を手に、震える声で後方の席に座る子ども達へ声をかけた。

「これ、なに」

「えー知らねえよ。お前、なに言ってんの？」

にやけ顔を隠そうともしないまま、彼らはしらを切る。

「あんたたちが書いたんでしょ」

「知らねえよ。俺が書いたって証拠でもあーるーんーでーすーかー」

一人がおどけた言い方でしらを切ると、周りの子が「あるんですかー」「ちょっとやめなよー」とくすくす笑いながら同調する。

そのまま、彼らは「行こうぜ」と席を立った。道子は、「まだ話は終わってないよ」と彼らを追いかけた。

すばしっこい彼らのことだから、もう走って逃げてしまっただろうか。そう思いながら道子が廊下まで出ると、彼らは果たして、教室の外にいた。

彼らだけではない、一部の上級生の子たちも一緒だった。その中には、吉岡家の敏子、林家の留雄、そして敷地内の中学に通う小山田家の俊之、留雄の姉のキクが含まれていた。

その四人の名前を聞いて、ミサエの頭から血がざあっと引いていった。昔、自分を虐げたり、世話をしてくれたりと、あらゆる意味で自分と縁が深い三つの家の子どもたち。彼らが、自分の娘と何の因縁があるというのか。頭の中で疑念と当惑が混ざり合って煩い。せめて、言葉を選びながら話を続ける道子を妨げることがないよう、ミサエは全力で動揺を抑えこんだ。

「それで、どうしたの」

道子はまた下を向いてしまった。

「わかんない、ではないでしょう。小山田さんのとこの俊之君たちに、どうされたの」

「なんか、学校から離れたところまで引っ張られてって、よく分からないことをどやしつけられて、……時々叩かれたり、足で押さえつけられた」

「よく分からないことって、何を言われたの？」

「なんか、俊之君ばっかり喋ってたんだけど、難しい言葉が多くて分からなかった。ずるい、とか、正しい、とか、そういうのは分かったけど……」

「ずるい？　正しい？」

どういうことだ。注射のことは関係ないのだろうか。なぜ俊之が、正しいなどという言葉を使ってうちの娘を責めるのだ。さらに話を聞こうと思ったが、道子はその時のことを思い出したのか、しゃくり上げ始めてしまった。

ミサエは道子を抱き寄せた。落ち着かせるように、肩と頭の辺りをぽんぽんと叩きながら、娘に語りかける。どうやら『注射のおばさん』が関係していないことに、少しだけ安心する気持ちもあった。ならば道子が責めを受けるのは何かの誤解で、大きな問題はない、と思えた。


「わかんない……」

「道子に覚えがないのなら、何も怯えなくていいの。道子は何も悪くないし、ずるくない」

「ほん……とう？」

「そうよ。人から責められるようなこと、何もしていないでしょう。きっと何かの誤解よ。だから、負けちゃだめよ。泣いてないで、道子はもっと強くならないと」

「え？」

道子はミサエから体を離して、顔を見上げてきた。戸惑いと涙の粒に震える両目を見ながら、ミサエはなおも語りかける。

「今度、おかしなことで人に因縁をつけられたら、逃げなさい。走って逃げて、先生に言いつけなさい。そして、みんなできちんと話をすれば、きっと分かってもらえるから」

「でも……」

「だって、悪いことをしていない道子が責められるはずがないでしょ？　だから、強くなって、わたしは正しいってきちんと言えるようにならないと。お母さんも、そうやって頑張って生きて来たのよ」

ミサエは、心を込めて道子に語りかけた。そうだ。自分は吉岡家で酷い働かされ方をしていた時も、心の芯だけは折らずに、強く生きてきた。売り飛ばされそうになった時も、意を決して言うべきことを言った。だからこそ、今こうして働き口と家庭をきちんと手に入れている。何ら恥じることはない人生を送っている。そうして大事に育てている娘だって、人から責められる謂れなどないはずだ。

「俊之君、ほら、昔から妙に頭がいいっていうか、こっちが理解しているかどうかを考えないでものを言ってくる子みたいだから。きっと、何かの思い違いよ。だから、たとえ中学生相手でも、もし次に何かを言われたら、道子もはっきり『違う』って言いなさい」

「うん……」

なおも納得しきっていない様子の道子の頭を撫ぜ、そのまま少し力を入れて、自分の方を向かせる。

「ちゃんと言えばちゃんと分かってもらえる。大丈夫、あなたはお母さんの娘なんだから。きっと理不尽なことになんて負けない。強くなりなさい、ね？」

ミサエの言葉に、道子は「うん、わかった」と頷いた。よかった、これでとにかく、次に問題が起きた時には、解決のために娘と早めに話し合うことができる。そう安堵して、道子に回した手をほどいた。

「さあ、遅くなっちゃったけど、急いでご飯の準備しないと。もしお父さんが早く帰って来たら怒られちゃう」

ミサエは急いで割烹着をひっかけると、台所へと向かった。

茶の間の、大きい窓から差し込む夕陽の中では、母子（おやこ）の話など関係ないとばかりに白猫が丸くなって眠っている。「ノリ」と道子が名を呼ぶと、大儀そうにその身を起こした。頭のてっぺんにある灰色の斑紋を除いてほぼ真っ白な全身をぐにゃりと伸ばす。猫は小さな飼い主から呼ばれたことを確認すると、その膝に灰色の頭を擦りつけた。

道子は猫を抱き上げた。腕の中で慣れたふうで体の力を抜く猫を撫ぜて、道子はノリの柔らかい腹毛に顔を埋（うず）め、夕餉の支度ができてミサエが呼ぶまでそのままでいた。

その夜、ミサエは道子にいつもよりも早く寝支度を促した。

「まだ眠くない」

いつになくぐずる道子に、ミサエはゆっくりと諭した。

「眠れないと思うかもしれないけど、いやなことがあった時こそ、ちゃんと寝ないとだめ」

「布団入っても寝れそうにない」

「それは頭ばかり使って、体が疲れてないからよ。お母さんが道子ぐらいの歳の頃はね、毎日農作業してたから、布団に横になったらすぐに眠くなってしまって。本を読みたい時にはそりゃ困るぐらいだった。眠れないなら本でも読んでいたらどう?」

それがいい、とミサエは明るく提案したが、道子は首を横に振るばかりだった。

「本読んでも集中できなさそう」

ごねてばかりなのに、人が何か提案しても否定する。こういうところは、父親に似たのだろうか。疲れ果てているミサエは代わりに自分が寝たいぐらいだ、と思いながら、強いてにこやかに話を続けた。

「そうだ、道子も今度、何か習い事すればいいんだわ。体が鍛えられるような。剣道とか、空手とか、そうすれば体も丈夫になるし、体力もつく」

道子は相変わらず暗い表情で、もう返事もせずに寝間着のまま立ち尽くしている。

「ほら、いいからお布団入っちゃいなさい。横になって、目を瞑って(つぶ)いれば、そのうち眠れるから。はいおやすみ」

なかば強引に、道子の背を押して個室へと追いやる。「おやすみなさい」という声は小さくて、ミサエは心配になる一方、自分が子どもの頃に比べてどうしてこの子は覇気がないのか、と嘆きたくもなった。

それからミサエは茶の間で繕い物をした。針が滞りなく動く一方で、どうしても道子の話が思い出される。

道子には、ちゃんと両親がいて、働かされることがなくて、一人で使える部屋も温かい布団もあるのに。だから、子どもの時のわたしよりもよっぽど心をすり減らすことなく強く生きられるはずなのに、どうしてあんなに気弱なのだろう。五分に一度、はあ、と大きな溜息が勝手に出た。

十時も過ぎた頃、ようやく浩司の車が敷地に入って砂利を踏む音が聞こえた。今日の道子の一件はどうしても話しておかなくてはならない。おそらくは「道子にはおまえから元気出すように言っておいてくれればそれでいいよ、母親の役目なんだから」などと言って真摯に取り合わないだろうが、言わなかったら言わなかったで、後で露見した時に色々と言われてしまう。

玄関から聞こえる「帰ったぞー」の声に酒色の気配はない。よかった、とミサエが出迎えると、途端に浩司はあからさまに眉を吊り上げた。

「くせえっ！」

大袈裟に鼻をつまみ、極力ミサエから距離を取ろうとする。そういえば、今日の晩御飯は道子に力をつけさせようと、行者大蒜の入った炒め物にしたのだった。

「あ、ごめんなさい。今日、おかずに貰い物の行者大蒜使ったものだから。あなたも食べれば、臭いは気にならなく……」

「食う訳ないだろうが！　俺、明日、仕事だぞ！」

浩司はそのままどたどたと機嫌悪そうに寝室へと入っていってしまった。おそらくはすぐ着替えて不貞腐れたように寝てしまうだろう。この時期は訪問先のどの家でも行者大蒜を食べているから、ミサエもつい鈍感になってしまっていた。銀行員にはさすがにきつかろう。

ミサエは台所を片付けながら、大きく溜息を吐いた。他の家族は二人とも眠ってしまって、娘はもどかしい問題を抱えてしまっている。そして夫には娘の問題を相談できないままだ。

一人だったならば背負わずに済んだ荷物や悩みを、わたしは肩代わりしてばかりだ。自分が子どもの頃は持ち得なかった家族という形の実態はこんなものなのか。実体の枷を嵌められたわけでもないのに、室内の移動でさえ足が重く感じられた。

それから、ミサエは道子の様子を注意深く見守る日が続いた。

落ち込んだ様子はないか。服が極端に汚れていることはないか。物がなくなった等の申告はないか。

幸い、俊之らに責められた時のような被害にあった様子はなかった。気持ちが沈んでいるように見えることはあったが、道子はもともと大人しい気性のため、例えば悲しい本を読んだだけで食欲を落とすこともある。

そのため、ミサエは道子に「元気を出しなさい」「沈んだ顔をしているといいことがやってこないよ」「道子はお母さんの子だもの、正しいことをして頑張っていればいいことがあるわよ」としばしば語りかけるようにした。励ましのつもりだった。

それと並行して、小山田家や林家、そして内心あまり足を向けたくない吉岡家へも、仕事の合間にそれとなく話を聞きに行った。もちろん、道子を苛(いじ)めたのかと直接聞けたわけもないが、探ってみればどこの家も子ども達が道子のことを話していた様子はないらしい。

やはり、誤解や思い違いによる子ども同士の諍いだったのだ。夏の終わり頃には、ミサエはすっかりこの件は解決したものとして安心していた。

そして夏休みが明けた頃、道子の体調が少し悪そうなことに気が付いた。

今日も浩司の帰りが遅い中、母と子二人でちゃぶ台を囲んでいた時のことだ。ミサエは箸を置いてご馳走さまと言った後、視線を上げて気づいた。

「道子。どうしたの、あんまり食べてないじゃない」

仕事から帰宅後のミサエが急いで用意した、白米に味噌汁、漬物と塩がきつめの干魚に、道子はほとんど手を付けなかった。箸を動かしているように見えても、魚の身をほじってマッチ棒の先ほどの身を口に運ぶことを繰り返している。

「具合悪いの？」

「そういうわけじゃ……」

「じゃあどうしたの」

ミサエは空になった自分の食器を重ね、早口で問う。「別に、なんでもない。大丈夫」と言いよどむ道子の顔色は、少し青いように見えた。

「食欲ないなら、薬箱の薬飲んでいいから。飲んで、今日はもう寝ちゃいなさい。お母さん、片付けて、ちょっとここで書類仕事しないといけないから」

「うん……」

のそのそと、鈍重な動きで道子は自分の食器を下げた。残り物のおこぼれに与ろうと、ノリがニャアと鳴きながら尻尾を立ててついて行った。


その、道子の調子が悪そうに見えた日から約一か月後。

秋に入った根室らしい、霧の気配なく晴れ上がった朝だった。雲のない空は澄み透り、子ども達が学校へ向かう時間には気の早いコオロギが鳴き始める。冬の支度にはいい日だと、住民の誰もが思った朝だった。

ミサエは窓から空を見上げる暇もなく飯を炊き、昨日の残りの味噌汁を温めた。あとは漬物を切り、作り置きの昆布の煮物を食卓に並べる。いつもの朝食だった。

片付けが遅くなるのを嫌い、ミサエは一番に食卓につき味わわぬまま腹に納める。

ミサエに起こされた浩司は、寝間着のまま不機嫌に新聞を広げ、特段うまそうでもなく朝食を口に運ぶ。

「道子、おまえ、最近学校はどうだ」

浩司は箸を動かしながら娘に声をかけた。新聞から目は上げないままだ。

「うん、大丈夫だよ、元気でやってる」

「そうか」

簡潔なやりとりで、会話は終わる。週に一度ぐらいの頻度で交わされる会話だ。浩司はこれを以て『自分は娘とちゃんと向き合っている』父親を自認していることをミサエは知っている。以前口論になった時に、「俺はちゃんと道子のことを気にかけている、いつも声をかけて心配しているだろう！」と怒鳴ったことがあるからだ。

「ごちそうさま」

道子が箸を置き、食器を流しに運ぶ様子を、鞄の中の書類を確認していたミサエが見ることはなかった。続いて、「行ってきます」と響いてきた声に「行ってらっしゃい」とだけ答える。父親は記事に気を取られて、娘の声の調子まで気にしない。浩司が静かになった茶の間で新聞を畳む頃、ミサエは流しに置かれた道子の茶碗に飯がほとんど残されていることに気づいた。

あの子、また調子が悪いのだろうか。

ミサエは小さく眉を寄せた。半分は娘が心配だったが、いつまでも解決されることのない面倒事の存在に、腹の底から溜息が出る。学校に送り出した以上は自分にしてやれることはない。せめて、自分の仕事をきちんとこなし、早めに帰宅し、今晩は道子の好きなイカリングのフライでも作ろうか。そう考え、ミサエはそれきり娘を気にかけることはなく、重い自分の鞄を持って家を出た。

昼前になり、気温は秋らしくなくぐんぐんと上昇していた。ミサエが保健指導で各家を回ると、誰もがまず「いやあ、暑いねえ。本当に秋かね」と出迎えた。一軒の家の軒先に古い温度計が掛けてあり、赤い棒は気温二十度を指していた。こんなもの、札幌の暑さと比べたらなんてことない。ミサエは密かにそう思うが、口に出すことはないまま、各家で「いや季節外れの暑さですねえ。ご家族みんな、水いっぱい飲んでねえ」とにこやかに対応した。

枯草の合間で鳴いているであろうコオロギが煩い中、汗も大してかかないまま、ミサエは詰所へと自転車を向けた。虫の声に混ざって、今日はやけにカラスの鳴き声が大きい気がする。ちょうど農家は秋の牧草刈りの時期だ。好天を逃すまいと皆いっせいに作業に出ていく。保健婦が訪問しても家が空なこともしばしばだ。カラスが多いのは、きっと、草刈りで逃げ惑うネズミを狙って集まってきたからだろう。ミサエはそう思いながらペダルを踏む足に力を込めた。

詰所の戸を開く前にこめかみに流れた汗を拭う。溜まった疲れのため、あまり食欲はないが、弁当の握り飯を食べて体力を保っておかないと。ミサエは丸くなりそうな背中を努めて正し、「戻りました」と玄関の戸を開いた。

「ミサエさん。大変、電話あったの」

詰所の戸が開き、事務員の吉田が飛び出してきた。ミサエより一回り年上で、いつも落ち着いている彼女の眉根に皺が寄り、ただならない様子だ。

「電話？　わたしに？　どこからです？」

「小学校から。道子ちゃん、学校来てないって」

え、と小さく呻くのと同時に、商売道具の鞄が床へと落ちた。手から力が抜けている。

あの子、学校をさぼるだなんて。

ミサエの脳裏に、最初に浮かんだのは怒りだった。確かに、夏休み前、あの子は吉岡さん達をはじめ、わたしが世話になった家の子ども達と折り合いが悪いようなことを言っていた。だからといって、勝手に休むだなんてこと、許されるはずがない。ミサエは深呼吸してから、学校へと電話をかけた。

「木田です。あの、道子のことでお電話頂戴していたようで」

『ああ、道子さんのお母さんですか。今日、道子さん、学校来てないんですが。風邪ですか?』

受話器の向こうから、間延びした中年男性の声がした。仕事が忙しく授業参観にはほとんど行けていないが、家庭訪問の時に話をした無気力そうな担任の顔が思い浮かぶ。

「いえ、朝は普通でした。あの子、いつも通りに家を出ましたけれど……もしかしたら、その後急に具合でも悪くなって、家に引き返して寝込んでるのかもしれません」

『しれません、とは?』

「わたしも朝から勤めに出てしまうと、夕方まで帰れないので」

『そうですか。では、とりあえず病欠ということで。もし明日も登校できないようだったら連絡下さい。では』

言葉の間から面倒臭そうな雰囲気を漂わせて、電話は切れた。

家庭訪問の際、「お母さん、お仕事なさってるんでしたっけ。それじゃ道子さんも色々大変ですねえ。寂しい思いしないように、気を付けてあげてくださいね」とやんわり嫌味を言われたことが思い出される。

かつて道子が仲間外れのような目に遭っていても連絡が来なかったのは、担任が児童に深く関わるつもりがないことに加え、こちらの多忙を見透かしていたせいもあったのだろうか。そんな考えが頭をもたげ、自分が知らないところで娘に何かが起きていたとしても知る術がないのだ、と今さらに気づく。ツーツーという無機質な音を受話器から聞きながら、ミサエはしばしその場に立ち尽くしていた。

「ミサエさん。午後の訪問予定先にはこちらから変更の連絡入れておくから、一度家に帰ってみれば？」

吉田の心配そうな声を受けて、ミサエは受話器を置いた。小さな窓を開けただけの室内は空気が滞って暑いはずなのに、首元が妙に冷えている。

「そう、そうね。あの子、急に体調崩すことがあるから。きっと家で寝てるんだわ。悪いけどちょっと見てくる」

努めて明るい声を出せば、道子は学校をさぼったのではなく、自分の放った言葉通りに体調を崩しただけのような気がしてくる。一度そう思うと、ようやく道子の体への心配がむくむくと湧き上がってきた。

「訪問するはずだった先に連絡入れる時、道子ちゃん見なかったか聞いておこうか？」

「あ、ええ……ううん、たぶん家にいると思うから、聞かなくていいわ。ありがとう」

「そう？　じゃ、行けないって連絡だけしておくね」

吉田の目に好奇の色が混ざっているのを見なかったことにして、鞄を摑んで詰所を出た。鞄の中で潰れているであろう握り飯を食べたいとは微塵も思えない。もう自分の体力など気にしている場合ではなかった。

ミサエが自転車で家へと急ぐと、玄関脇のいつもの場所に道子の赤い自転車が置いてある。あの子は出かける時にはいつもこの自転車に乗って行く。

どこにも行っていない。やはり学校を休んで家で寝ていただけなのだ。ミサエは心の半分で怒り、残りの部分で心配しながら、玄関へ足を踏み入れるなり大声を上げた。

「道子。道子！　あなた、学校へ行かなかったの？　具合悪いの？」

返事はない。そして下を見て気づく。道子がいつも履いていた、汚れた運動靴がない。

「道子？」

家にはいない可能性を理解しながらも、ミサエは履いていた靴を放るように玄関から上がった。窓を閉め切ってある室内の空気が、汗ばんだミサエの体をむわりと包んだ。

「道子！　道子、いないの⁉　具合が悪いの⁉」

声を上げるが、茶の間は静かだ。道子の部屋になっている四畳半の襖も閉まったまま沈黙している。声を掛けないまま勢いよく襖を引くと、畳の上に道子の布団はなく、きちんと押し入れに仕舞ってあった。

ミサエの膝から力が抜け、部屋の入り口に座りこんだ。自分の息が浅く、荒くなっていることにようやく気づく。娘がいない。現実を突きつけられて、暑いはずなのに指先が冷えた。

まず、学校に連絡を入れることを考えた。もしかしたらあの子、朝、登校途中で具合が悪くなって一度自宅に戻り、それから回復して、わたしが連絡を受けて自宅に戻るまでの間に、遅刻という形で登校したのではないか。今は学校で何事もなかったかのように午後の授業を受けているのではないか。

しかし、学習机の脇に赤いランドセルが置いてあるのに気づき、細い希望のような考えはぷつりと切れた。どこかであの子は、家を出て、学校にも行かず、ぶらぶらしているのだ。そういえば、いつもは日中、家にいるはずのノリの姿も見えない。自転車には乗らず、猫を連れて出かけたのだろう。

そう考えると、浅い呼吸のうえ、さらに喉が締め付けられたような気がした。意識しないと酸素を吸えない。

……今までずっと、わたしは、真面目に子育てしてきたのに。いつも、わたしはいい母親であろうと頑張ってきたのに。なのに、忙しい中でも手塩にかけたはずの娘は勝手に学校を休み、家にもいない。きっと、見つからないように自転車を置いて出歩いている。

わたしは毎日、家庭の為に頑張って働いているというのに。他の子は、吉岡さん達の子もみんな、学校で真面目に勉強しているというのに。わたしがあの子と同じ歳の頃は、自由に勉強することも難しかったというのに。

「探さなきゃ……」

膝に力を入れて、立ち上がる。ふらつく体を柱で支えるようにして、呼吸を整えた。娘は学校をさぼって、どこかで時間を潰しているのだ。ミサエは強いてその想像をした。ランドセルを家に置いたまま、秋にしては強い陽射しを避けながら、どこかで時間を潰している。わたしが探して、はやく見つけて、連れて帰らなければ。

ミサエは台所で水を立てつづけに二杯飲んだ。無理矢理飲み込んだ喉が痛んで噎せかえったが、素早く身なりを整え、鞄を肩にかけて自転車に乗る。こんなの大したことではない。わたしは、子ども特有の気まぐれで学校をさぼった娘を探すだけだ。どこかで拗ねている娘を見つけて、優しく諭して、家に連れて帰って少しだけ叱り、そしていつものようにご飯を食べさせるのだ。

なるべく焦るそぶりを見せないように、ミサエはゆっくり自転車のペダルを踏んだ。顔はきょろきょろと動かさず、視線だけを住居の裏や大きな木の根元などに素早く走らせて小さなおさげ姿を探す。幸い、周辺の住民はミサエがいつもの巡回の途中だと思ったらしく、「ミサエちゃん、こんにちはあ」「よお保健婦さん、お疲れ」などといつも通りに声をかけてくれる。それに応じる笑顔が強張らないように、ミサエは細心の注意を払った。

時間をかけて自転車で走り回り、道子が徒歩で行きそうな範囲は全て確認し終えた。しかし、娘の姿は見つからない。

通りすがりの農家から「さっき道子ちゃんそこで見たよ、学校は早引けかい？」と声をかけられることを密かに期待してもいたが、その様子もない。陽が傾き始めた頃になって、ミサエは一度、詰所へ戻った。

「学校から？　ううん、あれから一度も連絡来てないよ」

吉田はあっさりと首を横に振った。

「そうですか……」

「ねえ、お家に帰って、道子ちゃん、いなかったの？」

好奇よりも心配の色合いを増して、吉田は声を落としてミサエに訊いた。所長や他の同僚に聞かれぬようにしてくれるのは有難いが、だからといって気軽に答えられることでもない。

「たぶん、あの子、気まぐれで学校休んで外で遊んでるんですよ。わたし、探さなきゃ……」

愛想笑いももう干からびて、ミサエは自分の目尻がぴくぴくと痙攣（けいれん）しているのを感じる。吉田の反応を見る前に身をひるがえし、再び自転車に乗った。

今度は自転車のペダルを強く踏み込む。もう終業時間なのか、学校帰りの子ども達が自転車で急ぐミサエの姿を驚いて見ていた。しかしもうなりふり構ってはいられない。

冷静にならなければ、と思う一方で、ミサエの脳裏には吉岡家のタカ乃や光太郎の冷たい顔が浮かんでくる。

『やっぱり親なし子が親になるとしつけが甘いんでないのかい』

『農家も勤め人も、出来る子も馬鹿もみんな必死こいて仕事なり勉強なりしてるってのに、あんたの娘はいいご身分だねえ』

チッ。荒い呼吸の端で、ミサエは想像を振りきるように舌打ちをした。本人たちを前にしてはけっして行えない動作だが、今、自転車で走るわたしの舌打ちを誰が咎めることができるだろう。

チイッ。今度はもう少し強く。姿を見せず、自分にこんな思いをさせている道子に対して。

わたしはこんなに頑張ってきたのに。必死になって勉強して、人の役に立って、家庭を守ろうと奮闘し続けているのに。そのお蔭で、道子はわたしが小さい時には考えられないほど幸せに暮らせているのに。そのはずなのに。

お母さんの気持ちも知らずに、どこであなたは、遊んでいるの。

早く。早く見つけださなければ。早く見つけて叱らなきゃ。ミサエは額の端を大粒の汗が流れるのを感じながら、じゃがいも畑の脇で帰り支度をしている老女のところで自転車を止めた。もう、訝しがられても噂になったとしても、それより確実に、少しでも早く道子が見つかってくれた方がいい。

「すみません、うちの娘、見なかったでしょうか。おさげで、ええと、今日は白いブラウスを着て、赤いスカートで。ランドセルは持たずに歩いてるはずなんですけど」

だらだらと汗を流して訊いてくるミサエの剣幕に、老女は明らかに驚いたようだった。しかし、「ううん、どうだったかねえ」と首をかしげる。

「うちに戻ったら、家族にも訊いてみるわ」

「すみません、お願いします」

焦るミサエの様子に対して、ゆっくりと家までの道を歩く老婆の姿がやけにもどかしく感じた。太陽は傾き、もうあと一時間もすれば日没を迎える。ミサエは「すみません、ご家族にも訊いておいてください！　後でまた来ます！」ともう一度声をかけて、再び自転車に乗った。

それからはミサエは積極的に道子らしき子を見ていないか人に尋ねた。小山田家の前を通りかかると、ちょうど、恒子が庭先で、野菜を茹でたあとの湯を雑草にかけているところだった。

「すみません恒子さん、うちの娘、道子を、どこかで見なかったでしょうか」

「え、道子ちゃん？　ああ、確か、うちの旦那がオート三輪で街から帰って来る時、道子ちゃんっぽい子を追い越したって話してたわ。午前授業か何かで、友達の家にでも行ってたんだろうねって話してたんだけど」

「どこでですか⁉」

「ほら、吉岡さんちの草地の向こう側に、雑木林があるでしょう。その傍の砂利道」

「ありがとうございます！」

ミサエは手早く礼を言うと、ペダルを漕いだ。背後から、「ねえ、うちも探すの手伝うよ！」と恒子の声が聞こえたが、振り返らなかった。今はそんな時間も惜しい。

言われた場所は、心当たりがあった。子どもの頃、吉岡家で作業をしている合間、牧草地の向こう側に広がる雑木林をよく眺めたものだった。時には、山菜を採ってこいと言われて一人籠を片手にふきのとうやコゴミ、タラノメを探した林だ。あの頃、冬眠明けの熊が出るのではないかとこわごわ歩いた深い林。押し潰されそうな生命の密度を湛えた林を思い出す。

なぜそんなところに。

街から帰って来た小山田の主人が道子を追い越したのであれば、街に向かっていた訳ではないだろう。そして、集落の中でも姿が見えないとなれば、雑木林の中に入っていったとしか思えなかった。

ミサエはいつの間にか全速力でペダルを漕いでいた。自転車のタイヤが砂利をかきわけ、大きめの石に乗り上げるごとにバランスを崩しそうになる。それを無理矢理に抑えながら、ミサエは雑木林へと向かった。視界の端で、吉岡家の入り口が通りすぎていく。道子を吉岡家へ連れて行ったのは何かの挨拶で一、二度だけだったから、あの子が一人であの家に行くことはないだろう。

赤い夕陽に照らされ、黄や赤に変わった葉がさらに明るく光を反射する。雑木林をかすめた微風は秋の木々の乾いた匂いを湛えて、散歩ならば上等の条件だ。

しかし、ミサエの心はさらに強く波立っていく。道子が、散歩気分でこの中に入っていったのならまだいい。

もしも、違う目的で入ったならば？

まさか。ありえない。自分でも即座に否定したくなる結論を首を振りながら押しのけて、ミサエは自転車を地面に横たえた。砂利道と雑木林との境で、笹藪が一筋、獣道のように誰かが通った痕跡をみせている。

ミサエは鞄を自転車の傍らに置いて、意を決して息を吸った。

「道子！　みーちーこー！　いたら返事をしなさーい！」

全力で振り絞った大声に、枝に紛れていた野鳥たちが飛び立つ。その、パサパサという羽音が止まってから、ミサエは耳を澄ませた。

返事はない。

ミサエはもう一度、今度はもっと大きな声で道子を呼んだ。しかしやはり、人の声も、人が身じろぎするような音も聞こえない。群れたカラスがギャアギャアと煩いだけだ。

陽が沈みかけ、空の縁が紫がかった橙色に染められ始めた。林の中では、梢が黒々とした影となってその橙色を切り取っている。木の影と同じ色をしたカラスが数羽、こちらの様子を窺うように上空を旋回している。ミサエは視線を地面に戻すと、雑木林の中に足を踏み入れた。

笹や下草がミサエの脛をひっかいた。足下では積もった落ち葉が湿っていて、少し力を入れて踏み込めば靴が汚れてしまいそうだ。笹藪を踏み分けた跡はミサエの前にはっきり残っている。

道子は、あの小さな体で、一人で、ここに入っていったのだろうか。ふとそんな思いが過ぎる。あるいは、人が歩いたらしきこの跡は他の誰か、そう、例えばキノコを採りに来た老人か誰かで、わたしはこの先でその人に追い付いて、「おさげの女の子を見ませんでしたか」「その子なら集落の中で見たよ」という会話をするのではないだろうか。

そして、疲れて家に帰ったら、しゅんとした顔で道子が待っているのだ。そしてわたしは、学校をさぼった小言を言いながら、娘の好物をこしらえてやる。あの子はきっと、反省しながらも、「おいしい」と言って笑うだろう。

そうであったならいいのに。

気づくと、風がやんでいた。無風でぴくりともしない木の葉は沈黙を保ち、日中はあれほど煩かったウマオイやコオロギの声も消えている。無音の、生ぬるい空気の中を、ミサエが草を踏む僅かな音と、カラスの声だけが林に響いていた。子どもの頃は熊に怯えながらも普通に歩くことができた林だったのに、大人になった今、木の群れをこんなにも大きく、心細く感じる。

泣き声でいい。母である自分を罵る声でもいい。ミサエはできるだけ耳を澄ませ、静寂の先に道子の存在を探した。

ヒィ、と悲鳴のような声が聞こえた気がしたのは、その時だった。

「道子⁉」

ミサエは弾かれたように声のした方に駆けだした。一度、張り出した木の根に躓き、べたりと無残に転ぶ。湿った落ち葉のせいで右半身がじっとりと濡れた。それでも、身を起こすと汚れを払うこともなく声の方へと足を踏み出す。

笹がまばらになった場所に、猫がいた。白い猫が、ミサエの方を向いて「ニィ」と鳴く。先ほどの声と同じだった。

「ノリ。あんただったの」

全身から力が溶け落ちてしまいそうだった。白い猫の頭には、小さく灰色の模様がある。間違いない。うちのノリだ。道子が大事にしているノリだ。ここにノリがいるということは、道子も近くにいるのかもしれない。ミサエには、その考えが一筋の光にも思えた。

「道子は、道子はどこなの」

問いかけに、ノリは「ニャア」と鳴いた。そして、ミサエを先導するように歩きだす。ついて行かない理由はなかった。

足下と、先を歩く白い体を見失わないよう気を付けながら、さらに先へと進んでいく。林に入った時よりも、周囲が暗くなってきたのが分かる。そろそろ引き返さないといけない頃だが、ノリが先導する限り、追わなければならない気がする。一体どこへ向かっているのかと顔を上げると、遠くに、赤と白の塊が見えた。

薄暗くなった林の中で、見慣れた赤いスカートと、くたびれた白いブラウスが中空に浮かんで見える。ミサエは薄闇に目をこらし、再びそれを見た。

道子はそこにいた。大人ふた抱えほどあるナラの古木の前に、道子の体が浮いていた。

ミサエは全身の血流が止まったように感じた。体は動きたくないと主張しているのに、真っ白になった衝動が無意識にその木に駆け寄る。太い枝から垂れさがったロープ状のものが、青白い首に繋がっていた。真っ赤に変色した葉があちこちにまとわりついている。山葡萄(やまぶどう)の蔓(つる)だ。

道子はその蔓に首を預け、頭はこれ以上ないほど深く項垂(うなだ)れているため、陰になって表情は分からない。

「道子」

ミサエの中で、どくどくと、速い鼓動が冷たい血液を押し流していく。指先から体の中心へと冷えが移っていく感覚を振り払いたくて、いつもの、朝の支度が遅れていることを責める口調で名を呼んだ。

「道子。なにしてるっていうの、こんなとこで」

どうして学校に行かなかったの。どうして日没までに帰ってこなかったの。お母さんにこんなに心配かけて。吉岡さんのお婆ちゃんにも知られたら何を言われるか分からないのに。

吐責ばかりがミサエの脳裏に浮かんだ。こんなに手の込んだ悪戯をして。そう、こんな悪ふざけをする子だったのか。今度の冬休みには、どこか旅行に連れて行って遊ばせてあげるつもりだったのに。その予定なしにするよ、と叱ってやろう。本当に旅行の予定を無くすわけじゃないけれど、それ位は言って叱らなければ。うちに帰って、温かいご飯を食べた後で、叱ってやらなければ。そう思いながら、ミサエは目の前にぶら下がっている道子の足に手を伸ばした。

「ねえ。帰るよ。早く」

なるべくいつも通りの声を出そうと思うのに、歯の根が合わない。指先が震える。足も震えたが、ゆっくりと道子へと近寄った。ミサエの顔あたりに汚れた運動靴がふたつ、だらりと垂れている。ゆっくり手を伸ばして、靴下の上、むき出しのふくらはぎに触れた。

そこに本来あるべき温もりはなかった。生温かい空気と同じ温度でしかない。そして、足も靴下もびちゃびちゃに濡れている。

ミサエは無意識に、道子の足に触れた自分の掌を嗅いだ。足を伝ってきた、小便の臭いがした。鼻に意識を集中すると、下着の内側に漏れているであろう大便の臭いもする。

真下から道子を見上げる。項垂れた顔の、口の端と、鼻と、白目をむいた両目から、液体が流れてその顔を汚していた。

ミサエは絶叫した。空気を入れすぎた風船が弾けたように、自分の存在全てが、内側から爆発した。

道子の名を呼ぼうとした。この世で一人、自分の血を分けて産まれてきてくれた子の名を呼んで、その魂を引き戻したかった。しかし、叫びが言葉を結べない。意味のない声の連なりばかりが、身の裡から弾けた。

今、ここで、喉も肺も張り裂ければいい。血を吐いて苦痛と共にこと切れて、この子の死ごとわたしも消えることができたらいい。それだけを希って、ミサエは吠えた。

三

林の中で冷たくなった道子の体を見つけてから、ミサエの記憶は混濁している。後から思い返しても、自分が何をしたのか、どういう順番で人と会い、どのように娘の状態を説明したのか、記憶を引き出せずにいる。ただ、空中にぶら下がっている道子の足に触れた時の冷たさと、山葡萄の赤い葉と、薄暗い林の中で光るように目立ったノリの白い毛が、悲しみと共に魂へと刻み付けられた。

ミサエと道子の不在はほどなく騒ぎとなり、暗くなってから二人を発見した近所の農家の男は後に語る。

「暗くなってから、集落みんなで慌ててあの親子を探しててさ。俺ぁうちの犬と一緒にいたんだけど、犬があんまり吠えるんでついてったらさ。暗い林ん中で、ぼうっと、女の子の白いブラウスと、それにすがりついてるお母さんの姿が見えたのさ。懐中電灯で照らしたら、あのお母さん、ものすごい顔で必死に死体を下ろそうとしてた。照らされてても、俺のことなんて気づかねえの。おっかなかったのなんのって。こりゃ大変なことになったたっつって、急いで引き返して駐在さんとみんなば呼んだのさ」

遺体と現場の状況を検分した警察によると、結局、単純な事実しか導き出されなかった。

道子の死は自殺。あの日、学校に行かず一人で林の中に入り、彼女は自らナラの木に登った。登る際に折れた枝も見つかっている。そして、木に絡みついている山葡萄の蔓を引っ張り、ロープ状になっている部分の隙間に頭を通して、木から飛び降りた。死亡推定時刻は午後一時頃。周囲には道子と、第一発見者のミサエ、後からかけつけた犬と農家の男の足跡しか残っていない。ミサエには周囲の人からの目撃情報もあり、他殺を疑われるようなことはなかった。

『まだ小学生の女の子が林の中で自殺した』

道子の小さな、しかし普通ではない形での死は瞬く間に集落のみならず、根室の市街までにも知られることとなった。新聞は人の好奇心を煽る見出しで、しかし中身のない記事を書いた。

ミサエの職場も、浩司の職場である街中の銀行も、利用者らのお悔みから真偽の問い合わせまで、様々に声をかけられることになった。それに逐一応対しなければいけないことは、夫婦ともに大きな負担だった。

通夜は遺体が検死から戻る前に準備された。父親の浩司は現実を未だうまく呑み込めずにいるというよりは、周囲にどういう態度をとればいいのか戸惑っていた。人との対話を得意とする銀行の営業職であっても、娘が自殺した際に口にするべき言葉は知らない。その様子に、周囲の人は却って父親に同情した。

憔悴しきったミサエさえ置き去りに、近隣の人々はするすると地元会館での通夜と告別式の準備を整えた。冠婚葬祭は大抵の場合、地域の人間の手によって営まれる。特に、弔い事とあれば尚更手慣れたものだった。

死んだ子の両親の気持ちが追い付かないままでも、外枠が整えられてしまえば人の前に立たねばならない。浩司とミサエは喪服に身を包み、手順通りに儀式を進め、感情を伴わない丁寧な言葉を連ねて人に頭を下げ続けた。

時期は折しも、秋の牧草刈り取りの真っただ中であった。

集落や道子が通っていた小学校の親たちは、皆、農作業をそこそこに切り上げ、樟脳と家畜と土の匂いを混ざらせて葬儀に参列している。対して、浩司の職場の銀行員やミサエの同僚の保健婦たちは皺一つない喪服に身を包んでいた。悲しみと疲労がないまぜになって、狭くはない室内を奇妙な気怠さが支配していた。

「この忙しい時期に葬式とか、言っちゃあなんだけど、洒落になってねえな」

「農家の子じゃないから仕方ないけど、よりによって、こんな時期に自殺しなくても」

経は仁春寺に嫁いだユリの夫である副住職が上げた。多少上ずったような読経の響きの間に、さわさわと参列者の呟きが浮かんでは消える。その中に吉岡家の人間の声も交じっているのを、ミサエは背中に感じていた。

「道子ちゃんのお母さん、引っ張って木から下ろそうとしてたんだって？　警察があとで現場見るんなら、動かしちゃいけないもんなんだべさ？　看護婦の資格もあるんだろうに、そんなこともわかんなかったのかねえ」

「動揺してたんだろうけど、それにしたって」

吉岡家だけではない。聞き覚えのある声が、ミサエの背中に針のように次々と刺さっていく。

「いやあ、痛ましいわ。まだ小学生なのにねえ。うちの一番下よりもまだ小さいのにねえ」

「学校のことじゃなくて、家で問題あったんじゃないのかい」

「よその人からみたらわかんないけど、色々あったのかもね」

「保健婦だからって人の家の中にまで口挟んでくるけど、自分の家族は賄いきれんかったんかねえ」

学校の行事で、明るく挨拶を交わした同級生の親。仕事で訪問した先で、健康を気遣った人々。時には自分が必死になってお産の介助をした人。

様々な声を、ミサエの耳は拾う。もしかすると、純粋な嘆きと同情の声ですら、自分たちを責める内容として勝手に変換してしまっているのかもしれない。被害者意識を手放そうと心掛けるが、そのせいで耳を澄ませてしまい、かえって内容をつぶさに聞きとってしまう。

「さっき先生に、理由を知らないか聞いてみたんだけどさ。なんか、道子ちゃん本人が、学級内で仲間外れになってるって訴えてきたことがあるんだって？」

「いじめってこと？」

「なにそれ。うちの子からは、そんなことがあるなんて全然聞いたことない」

「ほら、道子ちゃん、ちょっと繊細っていうか神経質なところあったから」

「子ども同士のことだべし。ちょっと何か意見が食い違ったとかで、必要以上に重く考えちゃったんでないの？」

「そうかもねえ、ありうるかもねえ」

「なんていうか、ねえ。気の毒ではあるんだけど、ちょっと当てつけがましいわ」

「言っちゃ悪いけどさあ、こっちだってある意味被害者だって。ましてや草の時期にさあ」

読経に紛れて届かないと思っているのか。それとも非常に際して自分の精神と耳が歪んでしまったのか。ミサエは悪意と同情が入り混じった声を一つひとつ聞き取り、そのたびに言葉の針を連想する。背中で数千数万のそれらを受け止めて、それで道子が生き返るというのなら、針山になるぐらい何ともないのに。

浩司は何を感じ取っているのか。感情の籠もらない目で遺影を見つめている夫を、ミサエは心の隅で羨ましくさえ思った。傷つく心は今まできちんとあの子を愛していたからなのだと、この期に及んで湧いた自信は己をさらに傷つけるだけだった。

「可哀相に。本当に可哀相にねえ」

ひと際大きく、周囲よりも一層同情に満ちた声で放たれたのは、タカ乃の言葉だった。

「死んだ道子ちゃんが可哀相だ。ほら、母親が親なしだから、まともに育ててもらえなくて」

怒りと悲しみに加えて、ミサエの心の一番弱っていた部分に、その声は深々と突き刺さった。努めて、下だけを向いた。決して振り返らないように、愉悦のかけらが浮かんだ表情を見なくて済むように、ミサエは全力で耐えて下を向き続けた。

足早に会館を去っていく人々を見送る。ミサエは頭を下げ終わっても、顔を地面に向けたままでいた。人々の顔を見られない。一度見れば、誰彼構わず責め立ててしまいそうだった。

そのままぐらりと地面が回る。かろうじて、隣にいた浩司が体を支えてくれた。

「おい、しっかりしろ、こんな時に。大丈夫なのか」

「はい、すみません。大丈夫です」

調子を問われれば、たとえ問題があっても大丈夫だと答えてしまう自分の悪癖に今頃気づいた。口で平気を装ったところで、ぐらぐら回る頭は治りそうもない。腹の奥から内臓がせり上がってきそうな気配さえある。

「ミサエさん、少し、奥で休んできたほうが」

「はい……」

夫の手伝いで来ていたのか、ユリがそっと背中を押してくれた。ミサエは口元を押さえたまま、手伝いの女性が忙しく立ち働く台所を抜け、裏口から会館の外へと出た。少し冷えた空気が喉に新しい風を送り込んでくれる。線香の匂いが自分の心身を苛んでいたことに、ようやく気づけた。

ミサエは深呼吸を三度繰り返し、その場にしゃがみこむ。帯で締められた腹がきつい。道子を発見したあの日から食欲は消え失せ、今日は朝に小さな握り飯一つをやっと押し込んだだけだ。それでも空腹の胃はさらに裏返って胃液を外に出したがった。

「ちゃんと食べないと」

道子が食欲を失った時の言い方で、自分の体に語り掛ける。聞き入れてくれそうにもなかった。あの子は、最後、何を食べたんだっけ。わたしが作った朝ごはんか、それとも林に行く前に何か台所でつまんだりしたのだろうか。

いまだに受け止めきれない現実を抱えて、それでも儀礼通りに動かねばならない身を詰りながら、ミサエは立ち上がった。いつまでも裏にいるわけにはいかない。それこそ、「娘の葬式も満足に出せない」などと心無い誰かに言われかねないではないか。

膝を伸ばして戻ろうとした時、正面玄関の方向から壁沿いに足音が近づいてきた。夫だろうか。角を曲がって足音がしたほうへ顔を向けると、そこにいたのは、浩司ではなくひょろりと小さな顔だった。

「えっ」

暗闇にぽっかりと顔が浮かんでいるように見えたのは、その人物が詰襟を着ていたからだ。よく見ると、細身で背が高いその少年は、小山田家の俊之だった。暗闇で影を纏(まと)っている時のほうが、どうしたことか父親の武臣によく似て見える。

「俊之君も来てくれてたの。ありがとう、道子のために」

定型文のように頭に浮かんだ言葉を、模範的な抑揚で口から垂れ流して頭を下げる。ミサエは心の中で湧き上がる名付けられない思いを、ひとまずはうまく隠した。

「この度は、ご愁傷様でした」

これも大人たちの言い方をそのまま写し取ったような話し方に、腹の底で疑念が渦を巻く。顔を上げると、案の定、俊之は平然とした顔をしていた。悼む気持ちや、ましてや後悔など、その整った顔からは髪の毛一本分ほども読み取れない。

「……ねえ俊之君、聞きたいことがあるの。あなた、道子に、何かした？」

思っていたよりも低い声になった。恫喝(どうかつ)と取られても言い逃れできない。それでも、ミサエは母として聞かねばならなかった。

心の隅で、俊之の成長模様を心配していた小山田夫妻の顔がちらついたが、それよりも積もり積もった悲しみが出口を求めて暴れ狂っていた。

「林さんのところとか、吉岡さんのところとか、色んな子どもたちと一緒に、あの子に何を言ったの？」

「色んな子たちと一緒だったから、言ったんです。道子ちゃんのお母さんがお産に立ち会って、みんな苦労したって。苦しんでいたって。君のお母さんはひどい人だって」

「え？」

ミサエは一瞬、何を言われたのかわからなかった。目の前にいる俊之は、言いよどむ様子は何もない。いっそミサエを咎めたてるように睨んでさえいる。

「何、言ってるの？　確かにおばさん、この近辺の奥さんがたのお産に立ち会ったことが何回かあるけど、それは、みんな難産だから立ち会ったのであって」

問題がなければ、皆、自宅や病院でお産を済ませるのだ。ミサエが立ち会わざるを得なかったのは、それがうまくいかない場合など、あくまで非常事態の時である。そしてほとんどの場合、妊婦は生死の境を彷徨うような困難を伴っているのだ。

「あのね、おばさんが立ち会うのは妊婦さんが大変な時だもの、それは当たり前のことなの」

「でも、赤ちゃんが死んでしまったり、林さんちの留雄の時には、動物の薬まで使ったりもしたんでしょう？　そう聞きましたよ、僕」

「それは……」

難産に立ち会った挙句、結果的に死産となってしまった事例は一度や二度ではない。医療従事者といっても全員を助けられるわけではないのだ。呼ばれてかけつけた時には既に腹の中で胎児が死んでいたこともあった。ミサエがどう処置しようと致し方ない。それに、林家で家畜のカンフル剤を使ったのはあくまで緊急措置である。

ミサエは俊之の言葉に冷水を浴びせられたような気分だった。誤解されている。いや、誤解というよりも、この子は、何も分かっていない。なのに、分かった気になっている。接した一片だけの現実と手前勝手な正義感を振りかざしている。

どう説明すれば中学生の男子にもわかりやすいだろう、と考えているうちに、俊之は糾弾を重ねる。その姿はどこか得意そうでもあった。

「だって、どこの家でもみんな、言ってます。産む時、大変だったって。辛かったって。それに、大人の人のうち、何人か、道子ちゃんのお母さんが強制的に病院に行かせていたなら助かったのにって言ってる人もいました」

「言葉のあやでしょう、それは」

ミサエが立ち会った出産が、苦労話として子どもに聞かせるほど辛かったのは当たり前だ。それを、ミサエが付き添ったから辛かった、と文脈を変えられても困る。それに、再三病院に行くよう勧めても頑固に拒むような人ほど、いざ手遅れになった際に『あの時、無理やりにでも病院に連れて行ってもらえれば』と後から見当違いの恨み言を言うのだ。

お産に限らず、他の疾患や伝染病でも保健婦はそういう苦情にさらされ続けている。その理不尽を、何も知らない中学生の男の子にどう説明すればいいか。ミサエは回らない頭で考えた。

「俊之君は、思い違いをしているわ。おばさんは……」

「でも道子ちゃんは何も反論しませんでしたよ」

ミサエの語り掛けを遮って、俊之はまくしたてた。

「道子が？　どうしてあなた」

「僕らは知る限りの事実を道子ちゃんに聞きましたけど、あの子は何も言いませんでした」

「子どもの道子がそんなこと知るわけが」

「でもおばさんの子じゃないですか」

俊之はこちらの発言をすぐに遮ってくる。しかも話の辻褄が合わないことを気にしない。これでは会話にならない。そもそも歪んだ持論や正義感を相手に押し付けることだけが彼の主目的で、意思の疎通やましてや説明なんて成立しそうにない。俊之は妙に甲高く、かつ早口で続けた。

「うちの父は昔から何かとあなたを気にかけてたみたいだけど、僕はそれが分からない。あなたは、この集落の、多くの人に辛い思いをさせた酷い人です。そして、道子ちゃんはそれを否定しなかったんです」

十歳やそこらの女の子に、体の大きい中学生が何を言わせようというのか。ミサエは俊之の偏向した姿勢に半ば呆れ、半ば遣る瀬無い思いをしながら、「あなたね」と声を出した。

「あなたが勘違いして腹の中で何を思おうが、みんながわたしのことをどう言おうが、勝手にすればいい。でも、それをあの子にぶつけることはないじゃない」

「子ども同士だからです」

「……え？」

さも当然、と答えた俊之の言葉に、今度こそミサエは耳を疑った。

「僕は、まだ子どもだからです。大人の言動に口を出すことは許されていない。だから、同じ子どもの、おばさんの子である道子ちゃんに言いました」

ミサエは大きな勘違いをしていた。俊之の話し方と、小山田夫妻がかつて相談してきた内容からして、てっきりこの子は自分を大人と同等、いやそれ以上のものと思い込んでいるのではないかと考えていた。しかし違う。自らを子どもと称して、形ばかりは大人の真似をして子どもだけを相手に歪んだ持論を振りかざす。

この子は、本当に子どもだ。

そして、とてつもなく歪んでいる。

「あのね、とにかく聞きなさい。あなたは間違ってる。世の中にはいろいろな事情があるの。俊之君が思っているよりも、人はそれぞれ色んなことを考えてて、あなただけが正しいわけではないの」

ぐらぐらとする意識を繋ぎ留めながら、ミサエは言葉を探した。なるべく、彼を納得させられるように。少しでも、この子を普通の子として矯正できるように。

しかしその一瞬の仏心が仇となった。俊之は掌をミサエの眼前に突き出し、強く首を振る。

「いいえ。僕、間違ったことを言ってはいないと思います。それで傷つくのなら、それは、僕の責任ではなく道子ちゃんの責任だったと思います」

言い終えると、俊之は「じゃ」とだけ言って、表玄関のほうへと走って行ってしまった。ミサエには引き止める声量も、追いすがる体力も残されていない。反論されたならば文字通りに言い逃げる。語り口や言葉は表面上は達者だが、対話の仕方はあれではまるで幼稚園児だ。

ミサエはもう、喪服の膝と尻が汚れるのも構わず、その場に座り込むことしかできなかった。

どうしようもない。

最初に浮かび上がった言葉はこれしかなかった。あの子は、俊之は、どうしようもなく頭が良くて、なおかつ、どうしようもない莫迦だ。あの歪んだ考え方は、どうしてやることもできない。

そして少なくとも、ミサエが矯正してやる理由など一つも見つからない。そして、誰かが正してやれるとも思えない。

道子はあんな子の戯言に誹られて、自ら命を絶ったというのか。

「ろくでもない……」

肺にひとつまみ分残った空気を吐き出すように、ミサエは呟いた。呆然と、俊之が消えた暗闇を見つめる。その奥から、集った人たちの喧騒や笑い声が聞こえた。

俊之に先導された子どもたちも、彼らの言動を真に受けてしまったあの子も、……そして、ここから立ち上がることもできない自分も。

ろくでもない。そして、もう、どうしようもないのだ。

初七日に家を訪れる者は少なかった。道子が死んだ日と同じような晴天で、周辺の農家は皆、草の刈り取り作業に忙しくしていた。ミサエと浩司と、浩司の両親。他には小山田夫妻がかけつけてくれたが、仁春寺の副住職が来る前に線香を上げ、忙しいことを詫びながらすぐに帰っていった。ミサエが俊之のことを口に出す暇もなかった。

もっとも、あの夜のことをどう言葉にしていいのか、どう考えても正解は出そうにない。

他には、読経が始まってから道子の担任がようやく姿を見せた。いつも着ている吊るしの背広に、申し訳程度の喪章をつけた担任は、読経の合間に会釈だけして家に上がった。そして、法話が始まる頃に再び会釈だけ残してそそくさと帰っていった。その間、一度も浩司ともミサエとも目を合わせなかった。道子の自死に教師として責任を感じているかどうかすら定かではない。問い詰めたところで出てくる言葉は遺族である我々をなんら癒しはしないだろう。ミサエはそう思い、何も声をかけなかった。

浩司の両親は終始、言葉少なだった。初孫を自死という形で失って、さすがに大きく打ちひしがれているのだろうとミサエは慮(おもんぱか)った。しかし、副住職が帰り、四十九日の法要について話し始める頃、ミサエは自分の推測が誤りだったと気づくことになる。

「ねえ、ミサエさん。四十九日のことなんだけど」

義母が眉を下げて妙に媚(こ)びた声を出した。嫌な予感がして視線を走らせると、義父のほうは道子の祭壇の前で胡坐をかき、機嫌悪そうに煙草(たばこ)をふかしている。線香と煙草の煙が混ざり合い、不快な臭いが部屋を満たしていた。

「四十九日ねえ。彰(あきら)の、ほら、百日祝いと重なっちゃうのよ。だから悪いけれど、私らはそちらに行かせてもらうね」

一瞬息が吸えなくなり、ミサエは黙った。彰とは浩司の弟の子だ。何のことはない。彼らは喪に服する意思がない。不名誉な死に方をした孫娘の弔事よりも、男孫の慶事のほうが大事なのだ。

ミサエの驚きと絶望に気づいている筈だというのに、ね？　と笑顔で念押しする義母は、目の奥で反論は無駄だと語っていた。わかりました、とミサエは頷くしかない。

義両親の中で、死んだ孫の記憶は生きている孫の可愛らしい記憶でみるみる塗り替えられていくのだろう。やがて道子の存在自体が忘れ去られていく。保健婦として訪れた家でも、死んでしまった赤ん坊のことを表立って長く悼む者は少ない。人に見せないところでどれだけ深く悼んでいるかは量りようがない一方で、死者を軽んじる姿勢というのはすぐに分かる。血縁、という言葉の根の浅さを思わずにはいられなかった。

「道子もねえ、本当に、かわいそう。まだ小さかったのに、自分でなんて。どれだけ怖かっただろうねえ。離れて住んでいるばあばには、分かってやることができなかったけれど、深く悩んでいたんだろうねえ」

去り際に、義母が皺ひとつないハンカチを瞼に押し当てて言った。ばあばには、というところでちらりとミサエの方を見てくる。母親が娘の悩みを酌めなかったことを責めて、自分の関心が死んだ孫から離れていく後ろめたさを相殺しようというのか。ミサエは目を伏せ、詫びるように腰を深く折ることしかできなかった。それで人の顔を少しでも見ずに済むのなら、ずっと頭を下げ続け、地べたを這いまわっていたかった。

ミサエは木田の義両親を見送って、ふうと溜息を吐く。そういえば、林で道子を見つけた時以来、ノリの姿を見ていなかった。

思い返すと、道子のもとへ導いてくれた恩人のようなものだ。なのに、現場に集った人々に驚いてどこかへ行ってしまったのだろうか。その後まったく家にも戻ってきていない。エサをねだる声も聞いていない。

あまりにも慌ただしく、飼い猫にまで気を配っている余裕がなかったせいで、視界にあっても気づいていなかった可能性もあった。だが少し場が落ち着いてよく見まわしてみても、道子の遊び相手であり、吉岡家の白妙の子孫であるだろうノリはすっかり姿をくらませてしまった。

道子の不在に伴って、自分の居場所も失ったと感じたのだろうか。そう思うと、ミサエはノリが羨ましかった。猫は故人を弔う必要がない。悲しみをしまい込んで儀礼をこなし、人と接する必要もない。ただ、愛した人がいないことだけを悲しみ、あとは望む場所へ足を向ければいいのだ。

せめて、今もどこかで元気にしていてほしいと思う反面、今、ミサエは無性にノリを抱きしめたかった。喪服に真っ白な毛がいくらついていても構わないから、あの子が抱きしめていた名残を、あの温かくて小さな体から嗅ぎ取りたかった。

家の中に戻ると、浩司はいつの間にか喪服から普段着に着替え、押し入れから登山用のザックを広げていた。

「ちょっと、何してるの？」

「何って」

ザックにタオルや薄手の上着を詰めながら、浩司は面倒臭そうに答えた。

「前から決まっていただろ。明日の日曜日は職場の山田（やまだ）さんたちと武佐岳（むさだけ）に登るって」

「そんなの、聞いてない」

震える声でミサエは答えた。娘が自殺して、初七日が終わったばかりだというのに、山登りという単語が夫の口から出るのが信じられなかった。

「先月から言ってたべや。職場の山田さんが車出してくれるから、天気良かったら職場の有志で山に行くってさあ。ほら、カレンダーに印もつけてある」

夫が指す先を目で追うと、確かに壁にかけたカレンダーの明日の欄には、マジックで無造作に『山』と書かれている。確かにこれは、道子が死ぬ前から決まっていたことではあったが。

「でも、あの子が死んだばっかりだっていうのに、山だなんて」

「あのさあ」

至極面倒臭そうに、浩司は溜息を吐いた。わざとらしく拳を畳につき、大儀そうにミサエに向き直る。ミサエも正座して対峙した。

「俺が山に行っても行かなくても、道子が生き返るわけじゃないだろ？　それとも何、喪に服して山に登らなきゃいいのか？」

「違うの、わたしが言ってるのはそういうことじゃないの。そうじゃなくって」

大きくなってきたミサエの声を遮るように、浩司ははあーっと大きな声を出した。

「言いたかないけど、俺だって稼いでるんだから。俺のほうが稼いでるんだから。娘が死んだからって、意気消沈して、仕事しないでいるわけにいかないだろ？　仕事するなら、息抜きだって当然必要だろ？　ただでさえ道子が死んで、少し気を紛らわせないと俺だってやってられないよ。それとも何か？　お前、俺に息抜きもしないでこの家で娘が死んだ辛さにただ耐えろって言うの？　何日？　何年？　十年ぐらい？」

「違うわ、何もそこまでは言わないけど……」

「言わないなら、なんだよ」

浩司は本気でミサエを睨んでいた。間違いなく、これまでで一番怒っている。しかしこれだけは引くわけにもいかず、ミサエはとうとう核心を口にした。

「……あなたが、あまり、悲しんでいないように見えて。それがわたしは」

「うるせえなあ！」

反抗したミサエを、浩司の一喝が遮った。

「黙れよ。本当、面倒くせえなあ。お前さ、お前だけが悲しいんだと思ってんのか？俺だってさ、ちゃんと悲しんでるよ。父親だべし。けどそれとこれとはまた別だっての。第一、法事終わったんだから俺がいたっていなくたって変わんねえだろ」

それだけ言うと、浩司は背を向けてまた荷物の用意を始めた。

「ねえ、まだ話は」

切り出すと、手がぶんと振るわれ、壁に大きな音を立てて道具が叩きつけられた。ぐにゃりと曲がった飯盒(はんごう)の上に、漆喰(しっくい)の粉がパラパラと落ちる。

ミサエの膝に載せた手がぶるぶる震え、空気をうまく吸えずに小さく喘(あえ)ぐ間、ちっ、と大きな舌打ちと、「これだけは言わないでおこうと思ってたけどさあ」と、浩司が低い声を出す。

「大体お前が母親として道子のことちゃんと見てたら、自殺しなかったんじゃないのか？」

思考よりも先に足が動いた。ミサエは便所に駆け込むと、膝をついて体の中身全てをぶちまけようとした。嗚咽、悲鳴、涙、吐物。そんなはずはない。そんなはずはないのだ。浩司や義両親、俊之、地域の人々の針のような悪意を思い返して、沸き上がった怒りが否定の言葉を繰り返す。

　みんな何も分かってないくせに、全部わたしのせいにしようとする。そんなはずはないのに。わたしのせいじゃないのに。何も知らない、助けてくれない、寄り添ってくれないくせに！

　ミサエはひたすら胃液を吐き出しながら、涙と鼻水を垂れ流し続けた。怒りと悲しみが脳裏を真っ白に塗りつぶしていた。体の内側と外側をひっくりかえして醜い姿で死んだなら、あの世で会った道子はわたしが母だと分からないかもしれない。その方が、むしろ良いのではないか。吐きながら、そんなことが頭をよぎった。

　翌日、まだ夜が明ける前に浩司は起き出し、ミサエに前夜用意させた握り飯を頬張って登山へと出かけていった。

　ミサエは布団で横になったまま、夫ががたがたと家を出る音を聞いていた。鼻歌でも聞こえてきそうな足取りだった。やがて浩司の同僚が車で到着した音が聞こえ、エンジン音は再び遠ざかっていく。ミサエは体を起こすと、寝間着にカーディガンを引っかけて玄関を出た。薄闇の中でためらいもなくテールランプが遠ざかっていく。

秋の早朝、空気は冷たかった。朝露がしっとりとミサエの肩も髪も濡らしてその温度を奪っていく。顔を上げると、群青色の空から星の光が衰えていくところだった。東の空のみ、橙色に染まった地平線に細長い雲がいくつかたなびいている。

『朝焼けがきれいな日は天気が悪くなる。逆に、そんなにきれいじゃない時は、日中晴れるもんだよ』

ふと、大婆様が生前言っていた言葉を思い出す。今日もまた、晴れそうだ。空が晴れたなら、農家は仕事に精を出し、夫は山へと向かう。道子が死んでも何も変わることはない。道子をいじめたという子たちもつつがなく飯を食い、遊び、学び、寝るのだろう。

ミサエはその場にうずくまった。カーディガンの袖が涙を吸っていく。死んでしまえ。頼むから、みんな、死んでしまえ。声がかれるまでそう叫びたいのに、隣近所に気づかれないようにと制する自分を一番に殺したかった。

その日の午後、パトカーが家の前に横づけされた。

「根室警察署の者です」

予告のない訪問者を、ミサエは緊張しながら玄関で迎える。一連の事件で捜査をしている警官だ。眉一つ動かさない強面（こわもて）に見覚えがある。

「今、お時間ありますか」

「はい」

「道子さんの件につきまして、少しお話が。上がらせて頂いてもよろしいでしょうか？」

「ええ、どうぞ」

言葉面だけは丁寧な警官の要望に、ミサエは内心戸惑いながら応じた。失礼します、と上がりこんだ警官は、自然な動きで茶の間の祭壇に手を合わせ、線香を立てる。彼らが仕事として扱ってきた多くの事件の中で、娘の死はそのうちの一つにしか過ぎないのだと思いながら、ミサエは手をついて頭を下げた。

「この度は娘の件で大変お手数をお掛けしております」

「いいえそんなことは。改めまして、大変ご愁傷様にございます」

形式ばった挨拶を終え、強張った表情でミサエは茶を出すため立ち上がった。死んだ娘の骨箱を前に天気の話などが相応しい筈もなく、茶が入るまでの静けさがやけに長く感じられる。警官はゆっくりと一口目の茶を啜り、ようやく口を開いた。

「今日はご主人は」

「今、用事で、出ておりまして」

「少しお待ちすれば、帰っていらっしゃいますか？」

「いいえ、夜遅くまで帰ってこないと聞いています」

そうですかと警官は頷き、朝に活けたばかりでみずみずしい仏花を見た。娘が自殺してからまだ十日足らずというのに、父親が長時間不在とは。詮索されたわけではないのに、言葉に出されない分、ミサエには痛い。

「それで、娘の件についてお話というのは」

焦れて、とうとうミサエは切り出した。検死と実況見分が終わり、自殺であるということが揺るぎない今、家に来てまで何を伝えようというのか。ただただ家族のことは放っておいてほしいという思いが、僅かな怒りを声音ににじませた。

「手続きなどは、全て終わったものと思っていましたが」

「ええ、仰る通りです。捜査と手続きは、全て終わりました。捜査の結果は先日申し上げた通りで、事件性はありません」

「ではなぜ」

わかり切ったことをわざわざ混ぜ返しに来たとでもいうのか。嫌味の一つも出そうになったミサエの勢いは、警官の「申し上げるべきか、迷いました」という言葉を耳にして止まった。

「これからお伝えすることは捜査結果に基づく事実です」

警官はそのまま、押し殺したような声で続けた。

「現場を調べた結果、道子さんの死因は植物の蔓による頸部圧迫。一人で雑木林に入って木に登り、木に絡んでいた蔓を首に絡ませ、枝から飛び降りた。周辺に残された足跡から、全てを自分のみで行った、自殺とみられます」

「はい」

それはすでに説明を受けたものだった。二度目に聞く内容の衝撃よりも、最初に聞いた時に受けた悲しみの記憶が再びミサエの疵を抉っていく。

「ここまでは以前にもお話ししたことです。先日、追加の現場検証で、さらにわかったことがありました」

警官は姿勢を正すと、以前にもまして固い声で続けた。まさか、自殺ではなかったのか。誰か道子を殺した犯人がいるのか。娘を誰かに殺されたかもしれないという疑念の重さよりも、あの子は自殺ではなかったのかもしれない、という可能性が明るさをもってミサエの心に広がった。人に殺されたほうがまだましという自分の認識の非情さに、今は敢えて蓋をした。

「道子さんは、一度目は失敗しているのです」

「……え?」

「道子さんが体を預けていた枝よりも、少し地面に近いほうに、真新しい、ちぎれた跡が残る蔓が見つかりました。道子さんは、最初その蔓を首に絡ませて飛び降りたが、蔓が切れて助かった。衣服の写真を確認し直したところ、臀部から背中、肩にかけて、泥と草や枯れ葉の汚れが見つかりました。ちぎれた蔓の方からも、道子さんの衣服の繊維片が検出されました」

僅かに早口で、警官は事務的に事実を述べていく。どこか遠い外国のニュースを聞いているような気持ちで、ミサエはそれを耳に流し込んでいた。言葉が脳裏で上滑りして流れていく。意味がとれず、反対側の耳から流れ去っていきそうなのに、重みだけがいつのまにか頭の中心で沈殿して、にぶく像を結んだ。

「それって」

開いた唇が震える。息がうまく吸えずに、一度吐き出してから吸い直した。警官は黙ってミサエが話し始めるのを待っていた。

「道子が、一度は失敗しても、そこで諦めたり自殺をやめずに、もういちど首を括ったということですか」

「その通りです」

間髪を容れない警官の答えの後を、長い沈黙が埋めた。

「どうしてですか」

ようやく口を開いたミサエの声は擦れた。もう一度、どうして、と呟いた後、整わない頭で言葉を繋ぐ。

「一度失敗して、きっと、怖かったのに。怖かったはずなのに。もう一度、実行したということですか」

警官はゆっくりと首肯した後、ミサエから目を逸らした。

「事実ですので。事実を明らかにして、ご遺族にお伝えするのが我々の仕事ですので」

この警官は、道子が自殺をしたことは疑っていないが、自殺の原因は母親のわたしだと思っているのではないか。職務に忠実であろう警官の、実直な報告でさえ、今のミサエには悪意によるものだと感じられた。

わたしが原因のはずはない。道子は、俊之らから見当違いのいじめを受けていた。自分は何もしてやれなかったが、子ども特有の歪んだ認識と正義感によるものとはいえ、道子を傷つけた人間が一番悪いはずではないのか。

自分の中で自責と他人を苛む感情がせめぎ合い、他に思考が廻らない。床の一点を見つめたまま沈黙したミサエを見て、警官は席を立つ。ミサエに見送られることもないまま、「それでは失礼します。この度は誠にご愁傷様でございました」とだけ言い残して、去っていった。

人の背中に塩をぶつけたいと思ったのは初めてだった。八つ当たりでも何でも構わない。新巻鮭（あらまきざけ）を作るあら塩を両手一杯に摑んで、道子亡きこの世が真っ白に染まるまで、力いっぱい投げつけてやりたかった。

悲しんでいても、月日は強制的に過ぎていく。ミサエは道子の四十九日が終わった最初の日曜日に、子ども部屋を片付ける決意をした。

『そうだ、道子はもういないんだから、四畳半、俺の部屋として使っていいよな』

昨夜、登山の準備をしながら浩司が言った。平坦な声だった。事務的で、さも、山道具が増えてきたから主のいない部屋を片付けて使うのが一番合理的だ、と言わんばかりだ。ミサエはただ、『そうね』とだけ肯定した。

浩司の言葉の裏に感じた、早く片付けて俺に明け渡せ、という意図に思うところがないではないが、波風を立てて得なことなど一つもない。死んだ道子のために怒ることを欺瞞だと思うぐらいに、ミサエは疲れ果てていた。

それに、道子の部屋をそのままにしておくと、それはそれで辛さが引き延ばされるだけのような気もした。夜、布団に横になるたびに襖の向こうに今も道子が眠っている気配を感じて、よく眠れないことが続いている。せめて道子のものを自分の手で片付けてしまえば、悲しいなりに心も少しは整頓されるだろうか。

冬に入る前の最後の遠征だと機嫌よく出かけていった浩司を見送り、ミサエは意を決して道子の部屋の襖を開ける。籠もった空気に黴の臭いが混ざっていた。

まずは学習机から手をつける。もともと、ミサエがいつも整理整頓を心掛けるように言っていた卓上はほとんど片付けられている。並んでいる辞書や文房具を除くと、何の変哲もない木の表面だけが残った。

浩司はここに山の地図を広げ、娘を記憶の中からも追い出して自分の楽しみを夢想するのだろうか。溜息を吐くことでしか反対の意を表せない自分に嫌気が差した。

次に、作り付けの洋服ダンスを開け、ハンガーにかけられた少ない服を一枚一枚、畳んで行李に収めていく。半分以上は、よその家からのお下がりだ。なまじミサエが地域に密着して仕事をしているせいで、『うちの娘の小さくなったの、どう?』などとしょっちゅう訪問先から押し付けられたものだ。中にはいかにも古び、継ぎさえ放棄して穴が開いているものもあり、ミサエは仕事の後にその穴を継ぎながら『これなら新しい服を買ってやったほうが楽だ』と幾度思ったことか。

その一方で、道子が『近所の子のお古は学校でからかわれる』と言えば、お母さんはそのお下がりさえもらえないこともあった、と言っては継ぎだらけの服を着せてきた。こんなことならば、もっと新しい服を買って着せてやればよかった。

片付けの最後、押し入れへと取り掛かる。しまってある布団は後日打ち直しに出して、客用に仕立て直すのがいいだろう。ひとまず干さなくては。そう思い、ミサエが布団を引っ張り出すと、押し入れの隅に手ぬぐいの包みがあるのが見えた。

なんだろう。布団を床に下ろし、手を伸ばして手ぬぐいを引っ張り出す。開いてみると、そこには道子の下着が五枚、畳んでしまわれていた。

いずれも、真っ白な布の中央に、赤黒く乾いた血の跡が残されている。

「……なんてこと」

思わず言葉が零れた。血の量、汚れ方、下着の枚数。大人の女であればそれが何であるのかすぐにわかる。

道子は、初潮を迎えていたのだ。

ミサエは慌てて自分の記憶の中をまさぐる。もちろん、本人から申告を受けた覚えはない。では体調が悪かった時は。お腹が痛そうだったり、食欲がなかったり、情緒が不安定だった時は？

幾度かそういうことはあった。しかし、学校でいじめを受けていたこともあり、変調はそのせいだとばかり思っていた。もちろんそれもあったのだろうが、学校での環境悪化と共に、初潮がどれだけ道子に影響を及ぼしていたのか、境界線は見えてきそうにない。

「なんて、こと……」

もう一度、ミサエは呟いた。主が死に、とうに焼かれて骨となったのに、下着についた血は乾いてもなお生々しくミサエの視界に映り込んだ。

ミサエは突っかけに足を通した。午後の日が背を焼く中、足に力が入らないままふらふらと、道子が命を絶った林の方向へと歩いていく。

途中、道路沿いの牧草地では数人の農家が長いフォークで草をトラックに積んでいた。汗を流して働く中、ミサエの姿を見つけてひそひそと囁き合う。ミサエもそれに気づいていたが、もう他人の目を気にする余裕はなかった。

林の中は明るい。木々の葉がすっかり落ちているからだと足を踏み入れてから気づいた。突っかけの下でカサカサと音を立てる落ち葉の感触に、あの日、道子の姿を探し歩いた時の不安が、ミサエの心を再び苛む。例の木が近づくほどに、体の中心が冷えていった。

目的の木には、警察が張った黄と黒のロープがまだ残されていた。実況見分の時と同じだ。しかしミサエの予想と異なり、木の根元に何か白い塊があるのがぼうっと見えた。貂（てん）だろうか、とミサエは思ったが、貂よりは大きい。近づいていくと、こちらの気配を察したのか、それが振り返った。

「ニャウーン」

地面にうずくまっていたのは、白い猫だった。一瞬、いなくなったノリが戻ってきてくれたのかと期待したが、丸い目でこちらを見上げるその額に、ノリにあるはずの灰色の毛は生えておらず、真っ白だった。

「……白妙？」

そんなはずはない。ミサエはわかっていながら、とうに死んだ愛しい猫の名を呼んだ。近づいても逃げない。

手を伸ばして猫に触れた。細身でしなやかな体つきと、内側から輝くような白い毛並みは、吉岡の家で大婆様に可愛がられていた白妙にそっくりだった。おそらく、この猫も白妙の子孫で、近隣の農家で飼われているのだろう。

しゃがんで抱き上げると、猫は力を抜いてミサエに上半身を預けてきた。その温もりと、ゴロゴロと喉を鳴らす振動がミサエの胸に伝わって、涙が流れた。怒りの叫びも呪詛も今は出ない。その代わりに、猫を抱きながら静かな涙ばかりが止めようもなく流れ続けた。

真っ白な猫。真っ白な下着を赤黒く汚した血。

ミサエの記憶から汚れた運動靴の姿が湧き上がる。どうやって洗ったらいいかわからないと戸惑っていたあの子。下着についた血がまだ鮮やかだった時、道子はどれだけの不安に襲われたことだろう。わたしが忙しそうにしているから、相談してくれなかったのだろうか。いいや、汚れた下着が何枚もしまい込まれていたというのに、わたしは洗濯をして干す間、出される汚れ物の少なさにどうして気づいてやれなかったのだろう。

「お母さんのせいなの？」

猫の温もりに顔を埋めながら、ミサエは呟いた。

「わたしが、悪かったの？」

あの子が疎外された理由。責められた理由。それは大人の領分からすれば道理に悖(もと)るものではあるけれど、道子たちが属する子どもたちの世界では絶対だった。そのせいで受けなくてもいい苦しみに締め付けられたあの子を、わたしは救ってやれなかったのだろうか？

そして、初潮の悩みさえわたしに打ち明けられないまま、あの子は山葡萄の蔓で一度首を括り、落ち、決意を覆さないままにもう一度首を括った。

「わたしが、死なせた」

強くなりたいと思った。優しくなりたいと思った。そう願って頑張って、望んだ大人になれたと思っていた。周囲に寄りかかられ、締め付けられていても、倒れないようにと抗(あらが)い続けていた。

けれど道子は死んだ。この世で一番守ってやるべきだった娘。大人の、女性の体になったことを母親であるわたしに相談もしないままに、自分で自分を殺した。一度失敗して、それでも諦めないほど、決然と死を選んで実行した。

守れなかった。それどころか、わたしはきっと、自分でも気づかないうちに、あの子を締め付け続けていた。

「うえ……ぐっ」

ミサエは猫を下ろし、膝をついて、せり上がってきたもの全てを吐き出した。ほとんど、胃液でしかない。体の感覚全てに膜がかかったように感じて心許(こころもと)ない。全ての機能が停止しているようだ。そういえば近頃月経もまったく来ない。もう来なくていい。あの子以外に子どももなんてもういらない。

湿った落ち葉の中、猫のように体を丸めて寝転がってみる。嗚咽する体力もないのに、涙がだらだらと流れてこめかみを伝い、枯れ葉にしみ込んでいった。このまま死にたい。できることなら道子のようにこの木々の中で静かに死んでいきたい。凍えるほどに冷たく死んでいきたいというのに、横たわった腹に寄り添う白猫の体が温かくて、ミサエは泣いた。

四

外気と接している顔と耳、そのすべての面に針を刺されているようだ。

ミサエは冬の朝の空気に思わず瞼を閉じた。目を開けていると、眼球の表面に針を刺されているような気がした。瞼を通して、朝焼けが感じられる。冬の遅い日の出が薄く積もった雪も空も橙色に染め上げて、何もかも平等に美しいように見させてしまう。無慈悲な朝日だ。

突然、ギャーッという声が遠くから聞こえた。方向は牧草畑の向こうにある林のあたり。人間の悲鳴のようにも聞こえるがそうではない。キタキツネが繁殖の時期に出す特有の声だ。ミサエは瞼を開けて声のしたほうに目をやった。道子が命を絶った林だった。

ミサエは襟巻をたくし上げ、口元と耳を覆いながら今日も足を踏み出す。感傷に浸る暇はない。今日も仕事が待っているのだ。昭和四十八年。道子の死から、十一年が経過していた。

吉岡の家は遠くから視界に入っただけでもその昏い雰囲気と荒んだ窮状を周囲に知らせるかのようだった。屋根は積もった塵芥から草が生え、それも枯れ果ててトタンにへばり付いている。庭は荒れ放題で、剪定されていない庭木の先にはカラスの巣らしき枝の塊が見えた。

ミサエが敷地の中に足を踏み入れると、玄関脇の古びた犬小屋から茶色い犬が飛び出してきた。鎖をぴんと張って姿勢を低くし、白目と歯茎をむき出しにして明らかに害意を見せているようだ。その犬も、全体に薄汚れて抜けきらなかった毛の塊があちこちに付着している。その足下には片付けられない犬の糞が無数に転がっていた。

そういえば、去年は違う犬だった。犬の飼育に明るくないミサエの目から見ても、ここで飼われている犬は回転が速い、つまり寿命が短いのだろう。大事に飼われている様子はない。

かろうじて、玄関までの道は犬の攻撃圏から外れている。犬の牙が万一にも届かないよう、ミサエは体を捻りながらようやく引き戸へとたどり着いた。

「御免下さい。保健婦の橋宮です」

ギシギシと立て付けの悪い引き戸をようやく開くと、暗い室内からはむっと饐えたような臭いが漂っている。農家特有の家畜の臭いというだけではない。動植物をあたりかまわず腐らせたような腐臭。生ごみの臭いだろうかとミサエは推察した。暗さに目が慣れよく見ると、廊下といわず三和土といわず、あちこちにチリ紙の切れ端や埃の塊が落ちている。

「御免下さい、橋宮です。どなたかいらっしゃいますか」

もう一度、奥まで届くように声をかける。すると、奥からとたとたと軽い足音が聞こえてきた。

はい、とか、こんにちは、とかといった挨拶ひとつなく、暗い廊下から姿を現したのは雄介だった。

「……雄介君」

ミサエはその名を呼ぶのに、普段と違った感情が混ざらないよう注意した。

吉岡雄介。十歳だ。年齢の割に栄養が不足しているのか小柄で、今は長袖長ズボンのため分からないが、その手足は棒切れのように細いことを、ミサエは学校の予防接種の時に見逃さなかった。

そして何より、この眼である。眉は常に軽く顰められて八の字になり、その下の目には、十歳児には本来ないはずの鋭さがある。

「あの、お父さんとお母さんは？」

「いません」

「おじいちゃんおばあちゃんは？」

「知りません」

取り付くしまがない。現在家に大人がいないのは事実のようだが、言いよどむことなくミサエを真っすぐに見て、そのうえで否定の言葉を繰り出す雄介には、客人に対する拒絶がありありと見て取れた。

ただの人見知りか。あるいは、学校での予防接種をわたしが担当したことを覚えているのだろうか。注射が嫌いな子どもたちにとって、保健婦は時に「痛いことを強制する敵」と認定されてしまう。

あるいは、保護者らが何らかの形でわたしのことを悪く言うのを耳に入れていたのか。その可能性の方が高かった。

「すぐ帰ってくるかな？」

「さぁ……分かんないです」

明らかに面倒くさそうに吐き捨てる。早く帰ってくれと言わんばかりだ。思わずミサエの脳裏に、ひとつの質問をぶつけたい誘惑が頭をもたげる。

『わたしが、あなたの本当のお母さんだという話は、おうちの人からもう聞いた？』

何度も何度も自分の脳裏で反芻（はんすう）した言葉が、今、喉を突き破らんばかりにせり上がってきて呼吸が苦しい。誘惑は甘い。この子にもしそう言ったならば、どんな顔をするのだろう。無表情の仮面を下ろしてくれるだろうか。それとも逆に、わたしに対する憎しみを募らせ爆発させるのだろうか。

ただひとつ、甘えてくれる訳がないことは確かだ。

ミサエはふっと微笑んで訊きたいという欲を消した。もしも両親祖父母のいないところでこの子に真実を知らせたならば、どんな誹りを受けるか分からない。そしてその責任を負うことも、今の自分にはもうできないのだ。

「そう……。それじゃ、また来ます」

形ばかりの笑顔を雄介に見せて、ミサエは小さく会釈すると、また立て付けの悪い引き戸を開いた。犬が吠える声の合間に、「どうも」と一言、ひどく投げやりな声を背中で聞く。

冷えきったその言葉と響きに、ぐらりと世界が回る。戸一枚隔てた距離以上に離れた母子の隔絶を思って、しかもそれが絶対に埋まることはないのだと今更思い知らされて、小さく震えがきた。

ミサエは吉岡家から次の訪問先に向かう道すがら、顔を上げることができなかった。涙は零れるか零れないかぎりぎりのところで目に留まり、視界をあやふやにぼやかしていく。昔のように砂利道ではなく、舗装されているからこそ、視界が覚束なくても無事に歩くことだけはできた。

道子が死んだあの季節。ミサエは浩司に離婚を申し出た。ミサエ自身予想していた通り、話はすぐには纏まらなかった。しかし、顔を合わせれば口論をする日々を重ねるうち、ミサエはひとつのことに気づいた。浩司は、ミサエと別れること自体よりも、ミサエから別れを切り出されたことが気に食わないらしかった。

いかなる時も妻より一段上からものを見る、彼らしい姿勢といえばその通り。浩司の卑小さにミサエは改めて決意を強くし、とうとう浩司から「お前みたいな嫁、こちらから願い下げだ」という言葉を引き出して離婚に至った。

思い返すと、情が冷めていたのはお互い様だったのだろう。その上、道子が死ぬ以前から、浩司には肉体関係だけではない女がいたらしかった。ミサエがそれを知ったのは離婚する直前のことだ。

相手は浩司の勤め先の銀行の事務員で、時折、泊りがけの山登りに同行していた女性だった。離婚が成立してすぐに籍を入れ、あまり時を経ずに盛大な式を挙げたことを伝え聞いたミサエは、案外、あちらの実家も知っていたことではないのかと思ったが、それを確かめる術も理由も、もうミサエの中には残ってはいなかった。家族と思っていた二人の人間をそれぞれ失い、心は冷えに冷え、春になっても日陰にしつこく残った雪の塊のように、固くうす汚れていた。

ミサエは浩司が出ていった後の古い家で、独り暮らすことになった。何もかも終わってしまったような寒さの中で、気がかりがひとつあった。

道子が死んで以降、生理が途切れた。

体調不良と生理不順。娘の自死に対するショックだと、保健婦の身で甘く見ていたのがいけなかった。ミサエが自分の妊娠に気がついたのは、同僚に可能性を指摘されてという体たらくだ。あるいは、自分でも薄々は気づいていても、絶対に認めたくなかったのかもしれない。

妊娠が確実となった時、ミサエはすぐに中絶を考えた。根室の産科でも、家族計画の失敗や若い女性の事情などにより、俗にソーハと呼ばれた施術を選ぶ女性は多くいた。ミサエにしても、別れた夫の子を自分一人で育てる気はなかった。

なによりも、もう絶対に母親になる気はなかった。道子を自死させるに至った人間が、また母親になることが許されるだなどとは到底思えない。だが、同僚の保健婦たちはミサエの決断を肯定してはくれなかった。

「とにかく産めばいい。木田さん、いやもう橋宮さんか。橋宮さんより大変な状況で産まなきゃいけない妊婦さん、沢山見てきたでしょ？」

「健康にも年齢にも不安要素がないんだから、中絶するなんて贅沢な話だよ」

「産んでしまえば、お子さん欲しがってる人に養子に出すとか、色々やりようはあるよ」

「なにより、妊産婦の生活指導して、お産の補助することもある保健婦が中絶なんてして、その口で妊婦さんに『頑張って産んで』って言えるの？」

口調も、内容も、厳しい咎め方だった。ミサエとしても、同僚たちの言い分は尤もだとは思えた。保健婦としても女としても、彼女たちは正しい。そしてわたしは間違っている。そうだ、わたしの選ぶことは今までことごとく間違ってきた。

なにより、ここで自分が中絶を選んだとしたら。狭い街だ。すぐに周囲に知られることになる。そして下手を打てば、保健婦全体が地域の人々から誹られ、信頼を失う材料となるのかもしれないのだ。

結局、これらの理由がミサエから選択肢を奪った。そして同時に、仕方がないのだ、と逃げ場ができたことに安心さえした。

まずは、産み、信頼できる先を探して里子に出す。そう決めた。幸い、保健婦としての伝手（つて）を使って探せば、何らかの事情で子を欲し、かつ人品人柄に問題のない家はなんとか見つかりそうだった。

ひとまず産むと決めて中絶可能期間も過ぎ、ミサエの腹が膨れ始めてきた、ある夜のことだ。二人の人物がミサエのもとを訪ねてきた。

林家のヨシと、その娘である吉岡ハナ。林家から若くして嫁ぎ、かつてのミサエのように苦境におかれ続ける吉岡家の嫁である。ハナはヨシからミサエの妊娠を聞きつけてきたのか、玄関の三和土に額を打ち付けるようにして土下座した。

「お願いです。その赤ちゃん、私にください」

驚いたのはミサエである。ハナに何度も頭を上げるように言っても、赤ん坊の行き先をそんなに簡単には決められないと諭しても、頭を上げない。ただひたすら「赤ちゃんをください」と、壊れた玩具のように繰り返し繰り返し乞うた。

「やめてちょうだい、そんなことをされても、わたしは」

「ミサエちゃん。この通りだ。この子は吉岡さんちに嫁に出てから、女の子一人しか産めなかったことで、随分辛い仕打ちを受けてんだ。養子に出すつもりなら、どうかハナの子にしてやっちゃもらえないかい」

ヨシまでもがミサエに下げたことのない頭を下げて懇願した。

ミサエは困り果てつつも、吉岡家とハナの事情を知る者として、彼女の悲痛な懇願が分からなくもなかった。ハナは嫁に来てすぐに女児をもうけたまではよかったが、若くしての分娩が体に障ったのか、その後は子宝に恵まれずにいたのだ。

あの気が強いタカ乃のことだ、ヨシの言う通り、この件でハナをきつく責め続けているであろうことは想像に難くない。そんな身の上であっては、ハナとしては人の子でも喉から手が出るほどに欲しいという気持ちはよく分かる。ミサエとしても、かつての自分のような立場で吉岡家に虐げられ続けるハナに何もしてやれないことに、これまで後ろめたさに似た気持ちを抱いていた。

そこで、ミサエはこの時、ひとつハナを試してみることにした。

「生まれるのが男でも女でも、大事に、大事にしてもらえる？」

男児を望んでいることを知りながら、あえて訊いた。質問というよりも、釘に近い。大事に、という言葉に力を込めた。

「もちろんです。男の子でも女の子でも、わが子として、いいえ、わが子以上に慈しんで育てます」

ハナはそう言い切った。潤んだ目に嘘はないのか、ミサエはじっとその瞳を見下ろす。

「男でも女でも関係ない。私、私は、赤ちゃんが欲しいんです。夫の、あの家の血が入らない、私がどれだけ大事にしてもいい子がほしい」

嘘は混ざっていない。その声音に炎のような熱を感じて、ミサエは怯んだ。吉岡の血が入らない子どもだからこそ。そう思うハナの辛酸は、ミサエが昔感じていた廊下の冷たさに通じている。ようやく、彼女の過剰な熱意が分かったような気がした。

ミサエは結局、折れた。

この子の存在を、よすがに生きる人がいるならば。ならばわたしは前向きに産む力が出る。

罪悪感をすり替えてしまうには十分な理由だった。吉岡家の、あの環境に預けるのかという懸念はもちろんあった。道子を責めていた俊之に与した敏子の下の子として預けることに躊躇もある。

しかし、保健婦の指導を頭から否定し、塩気の多い食事と酒を欠かさないあの夫婦は、率直に言って先が長くないかもしれないとミサエは密かに思っていた。医療に携わる者としてあるまじき思考ではあるが、もしかしたら、ハナとその子ちは、数年も経てばあの家で少しは生きやすくなるかもしれない。それに、道子を死なせてしまった自分が人様の家の養育環境をどうこう言える資格はまったくない。

なにより、ハナのためとなるのなら。産む理由にごろごろと錘を増やし、引きずられて堕ちていく感覚を伴いながら、ミサエは根室の産院で二人目の子を産み落とした。実際に生まれたのは男児だった。名づけだけは自分が行うとハナには伝えてある。

ミサエは誰にも相談せずに名前を決めた。

雄介。文字や意味に大きな拘りがあった訳ではない。ただ、木田家の者とも、吉岡家の者ともかぶらない響きを意識した。道子の時は浩司の父親が有無を言わさず決めたのだっけ、と思い出しながら、玉のような子の小さな頰を撫でる。一人目の子の頰にはもう触れることが叶わない。手放す予定の二人目の子の頰は柔らかすぎて、嘘のように温かだった。

もう自分と赤ん坊しかいない自宅で、静かに乳を飲ませていると、単色ではない感情がふつふつと湧きあがっては消えていく。

ミサエは一応、浩司の実家宛てに男児が生まれたこと、養子に出すことを考えている旨の事情を説明する書面を出した。離婚後の出産であっても、父親は浩司として戸籍の登録が為される。ほんの僅かに、養子に出すことを反対されたらどうすべきか、という迷いが生じていた。しかし実際には、即座に浩司の母親の筆跡で『もう他人ですのでそちらのよろしいように』という短い返事が来ただけだった。

相手方の無関心さに、手放す予定の子を無理に引き止める理由が一つ減ったのだと安堵する。愛おしさと、よその子になるのだ、というどこか冷静な気持ちがほぼ半分であることにミサエは驚いた。道子のことがなかったとしても、やはり自分は母親になれる人間ではなかったのではないか。雄介が吸う母乳に冷たい感情が流れてしまいそうで、ミサエは無理矢理に思考を止めた。

雄介の離乳が終わるか終わらないかの時期に、直前の連絡ひとつのみで、吉岡家の面々がミサエのもとへ迎えに来た。

初めてわが子として雄介を抱いたハナの笑顔は心底嬉しそうだったが、そのハナを取り囲むような、吉岡家三人の下卑た笑顔がミサエを現実へと引き戻した。

最初から、そのつもりだったのだ。

後継ぎとして男児を求め、自分たちで頼みに行くのではなくヨシとハナ本人を遣わしたのも、意図的なものだったのだろう。ミサエはこの時合点がいった。わたしの性根を知り尽くしている人たちのやりそうなことだ。そうミサエが気づいた時にはもう何もかもが遅い。

『今後、この子は吉岡家の子である』

『生みの親は一切この子に親として接してはならない』

『生みの親は一切この子に真実を話してはならない』

この三つの決まり事が吉岡家によって厳に戒められた。ほぼ一方的だった。ミサエには抗う術も言葉も、何も残っていなかった。

養子の正式な手続き書類に加え、念書まで予め作成された。拇印つきだ。なんの懐古趣味なのか、タカ乃から血で押すように言われ、ミサエは従った。今まで精神から散々流し続けた血の量を思えば、母子の縁を絶つ赤い雫の一滴は、もはや笑えるほど僅かなものだった。

こうして、法律上も、心のうえでも、雄介は吉岡家の息子となった。

「ついでだからこれらもうちで持っていくわ。あっても邪魔でしょや？　処分の手間がかからないようにもらっていってあげるからねえ」

そう言ってタカ乃は赤ん坊のおむつや道具まで一切合切、雄介と一緒に持って行ってしまった。ミサエ独りが残った部屋には、雄介の名残となる品物はほぼ何も残っていない。

空っぽの部屋で、かろうじて雄介の乳臭い体臭だけが僅かに漂っていた。子を想って乳でも張ればまだ可愛げがあったろうに、ミサエの胸はからからに干からびていた。何もかも終わった。母という土俵から転がり落ちて、泣く資格は自分にはない。ミサエはその夜、自分の右腕を噛みしめ眠った。皮膚が破れ肉が裂けて、朝起きると布団は血でまだら模様になっていた。

雄介を失った夜にミサエが腕につけた歯形は、何年経過してもうっすらと残ったままだ。その傷を長袖で隠し、産みの母を知らない雄介のよそよそしい眼差しを、ミサエは自分の罪として記憶に残す。

重い足取りで、次は小山田家へと向かった。冬でオートバイは使えないから、訪問先の家との距離がことさらに辛い。そろそろ自分も自動車の免許を取ったほうがいいだろうか、そう思いつつ、ミサエはぐずぐずと挑戦しあぐねている。独りの身になってから、好奇心や向上心といったものがめっきりなくなってきたように思う。できることなら新しいものを得ることなく、思考を停止して萎みながら死んでいきたいとさえ考えるようになっていた。

小山田家はかつての古い家をすっかり取り壊し、赤い屋根と白い壁が立派な洋風住宅に建て替えていた。玄関の戸にはライオンを模したドアノッカーまでついている。

「御免下さい、保健婦の橋宮です」

「はい」

太い男の声で返事が聞こえた。一人息子の俊之である。地元の学校を卒業した彼は、北大の農学部で畜産を学んで酪農経営を継いでいた。帰郷して早々に嫁をもらい、手際よく農協を説得して新しい牛舎施設や農業機械を購入し、今では近辺で知らないものはない大規模な酪農家となりつつある。

周辺の噂で、俊之は離農した跡地を買う際、近隣の農家や農業委員会と悶着を起こしたと聞いている。その際に弁だけが回り周囲を遠ざけたとも聞いている。かつて少年だった頃の独善的な語り口を思い出すだけで訪問を躊躇いたくもなるが、行かない訳にもいかない。

ミサエの恩人である武臣は六年前に大腸癌、その妻恒子は三年前に膵臓癌でこの世を去っていた。その際、いち保健婦であるミサエにできることは少なかった。二人とも、病気の兆候はミサエによって早々に見つけられてはいたが、病気の進行自体は止められるものではない。二人ともに切除の後に転移が見つかり、あとはあっという間だった。

そして現在、この家にはミサエにとって思うところのある俊之と、その妻だけが住んでいる。恩人夫婦に何もできなかったという無力感はミサエの中で長く沈殿し、今でも門をくぐる度に自分の経歴を糺される気持ちになるのだった。

「散らかっておりますが、どうぞ」

抑揚の少ない声で家の中に招き入れられ、ミサエは足を踏み入れた。俊之の言葉とは裏腹に、茶の間、台所とも一分の隙もないほど整っていて、塵ひとつ落ちていない。先ほど見てきた吉岡家とは正反対だった。

だがこの新しい家に入るたび、ミサエはどこか無機質で居心地の悪い印象を受ける。恒子が生きて家を切り盛りしていた頃も小山田家の中は整っていたが、そこには生活する人間の息吹が感じられた。ところが、息子の家の整頓ぶりは生活感というものをまるで感じさせない。ダイニングテーブルの上に置かれた朝刊さえ、隅を揃えて四つ折りにされていた。

長椅子をすすめられてミサエが腰を下ろすと、脇に置いてあったクッションが膝に当たって床に落ちた。ミサエが拾おうとするのに先んじて、俊之がさっと立ってクッションを元の場所へと戻す。この部屋にあるものを、この家を寸分たりとも乱すなという威圧を感じて、ひと呼吸するごとに肺が苦しくなっていくような気がした。

一緒に暮らしている俊之の妻は平気なのだろうか。彼女は俊之の大学の同級生らしいと噂で聞いている。いくら夫に生活を合わせるのも妻の務めとはいえ、この几帳面さに慣れるのは並大抵のことではないだろう。いつだったか、あそこの嫁は旦那と同じく口やかましくて女のくせに生意気だ、ケツのでかいのだけが取り柄だ、と吉岡家の一郎が侮蔑的に嘯いていたことを思い出した。

もっとも、息が詰まるのは整いすぎている家のせいだけではない。向かい合うと、俊之はすぐにテーブルに置いていた煙草を手繰り寄せた。青い包装の紙巻き煙草。ミサエは煙草を吸わないが、保健婦として、それがニコチンとタールの量が多い銘柄であることは知っている。

「それで、今回の定期訪問も前と同じお説教ですか」

内容を分かっていながら火を点けるあたり、質が悪い。ミサエは内心で苦く思いながら、背筋を伸ばした。

「そうです。前の訪問でも同じことを申し上げましたが、小山田さん、煙草の量を少し制限されたほうがいいと思います」

俊之は煙を吐いた。淀んだ目に怯むことなく、ミサエは前回の訪問と同じ文言を続ける。

「何も急に禁煙をすべきだと言っている訳ではありません。少しずつ減らして、体に影響の少ない量を嗜むようにしていれば、それだけで体への害は減ります」

「そうですか」

頷きながら、俊之はまた深く煙草を吸い上げる。先端が赤く光を保った後、一気に灰へと変わった。そういえば、近隣の農家を訪問した時、そこの主人が『あそこの後継ぎさんは優秀なのは分かるんだけど、どうも言ってることが分からなくて。青年部にも入らねえって言うし』とぼやいていたのをミサエは思い出した。

この小さな農村で、同業同年代の集団に入るのはほぼ義務のようなものだ。それをはねつけるということは、余程の自負か傲慢さがあるのだろう。あるいは集団となれ合いたくないか、だ。

「ご忠告、痛み入ります。今後気をつけるようにします。それではお気をつけてお帰り下さい」

煙草を咥えたまま、話は終わりとばかりに腰を上げた俊之にミサエは声を張る。

「待ってください。煙草を吸う本人だけでなく、一緒に住んでいるご家族の健康も害するかもしれないんですよ？　奥様、お腹大きいんでしょう？」

「今はお産のために旭川の実家に帰らせているから心配いりませんよ」

ミサエには初耳だった。ならば妊婦が煙草の煙を吸う心配はないとはいえ、これまで初産に関する心構えを指導してきた身としては、里帰りすることを聞かされていないというのは素直に飲み込めない。

「根室から離れていれば、万が一にも、橋宮さんのお手を煩わせなくて済みますからね」

立った高さからミサエを見下ろすその目は冷たい。ああ、この男は、わたしという存在を赦してはいないのだと突きつけられた思いだった。ただ、ミサエ個人はいくら誹られたとしても、保健婦として曲げられないものはある。ミサエは強いて背筋を伸ばした。

「奥さんのお産はともかくとしても、あなたの喫煙量は改善しなければなりません。ご両親を癌で亡くしておきながら、あなたは肺癌になりたいんですか？」

「その病の兆候をあなたがもっと早期に見つけていれば父は死ななくて済んだのではないですか？　父だけではなく、母も。あなたにもっと能力があったならば」

　ああ、この子は何も変わっていない。中学生の頃、前のめりで方向性の狂った正義感でうちの道子を追い詰めた、あの時のままだ。露ほどの罪悪感も未だ抱かず、両親が病死したことさえわたしに責任を負わせようとしている。俊之の手にある火の点いた煙草にクッションを投げつけてやりたい衝動を堪(こら)えながら、ミサエは立ち上がった。

「あなたが勘違いするたびに、わたしは何度だって言いましょう。わたしも、保健婦という職業も、いいえ、看護婦や医者だって、どんな人間であっても、けっして万能ではありません。何もかもを予防できる訳ではないし、全ての病を治すなんてできっこない。だからこそ、我々は、目の前に予防や治療としてできることがあるならば、全力を以てそれに取り組んでいます」

「それは分かっていますよ。ただ、父があなたに何を言っていたのかは知らないが、僕は保健婦というものが信用に足るのかよくわからない。加えて、あなたの能力は足りていないし、努力も不十分なのではないかと僕は言っているんです。昔から」

どれだけ言葉を尽くしても、分かり合えない人間がいる。どんなに誠意を尽くしても、足りていないと見下してくる。きっと俊之は、自分が煙草によって不調を抱えたり、妻子に影響が出たりした時にはやはりミサエを責めるのだろう。まだ幼い道子の逃げ道を消していった時のように、自分だけの正論を傍若無人に振り回しながら。

「……分かりました。わたしに至らない点があるのは事実です。精進も足りないのだと思います。わたしがお気に召さないのでしたら、他の保健婦が来るように担当を変えましょう」

「そうですね。そうして頂けるとありがたいです。家族の健康を守るには、きちんとされた人物でないと、信用がおけませんから」

薄ら笑いと共に口から吐き出される煙の臭いがミサエにはただただ不快だった。そのまま、息を止めて玄関まで早足で向かう。見送りのないまま、重い玄関ドアを開けて外へと出た。

冷たく、煙草の臭いがしない空気で肺を洗うように、幾度も幾度も深呼吸した。それでもまだ、肺の細胞ひとつひとつに、俊之の毒がなすりつけられているのを感じた。

小山田家に足を運んだあとはいつも、感情が不規則に波立って落ち着かない。なぜあの子はわたしを目の敵のようにしているのか。明確な恨みを買った覚えなどない。あるいは、恨みなどなくても敵を作って攻撃することによって、自分の能力を誇示したがっているとでもいうのか。だとしたら尚更、俊之とはもう関わり合いたくもない。ミサエは本当に、保健婦として担当を変えてもらうよう所長に相談してみるつもりだった。

ミサエの中で、道子が自死を選んだ理由の一つに、彼の見当違いな正義感があったのではないかと未だに疑念はある。しかし、それに怒りを向けては母親として至らなかったという自責に蓋をしてしまうような気がして、その弱さだけは自分に許せない。いずれにせよ、己が勝ちだと言い切って揺るがない相手に真実勝つことはできない。ただ、これ以上毒を与えられることのないよう、静かに距離を取るだけだ。分かりきっていたことながら、己の無力さを感じてミサエの足は重かった。

もう小山田家との縁は切れたようなものだ。この地域の力になってくれと頼んできた先代の主人がいない今となっては、どこか、違う場所に行くことを考えなくもなかった。

保健婦という、どこでも有効な資格はあるのだ。根室ではないどこか。北海道を出てもいい。誰も自分の過去を、来し方を知らない遠くの街で、一人の人間としてしがらみなく、ひっそりと生きていけたなら。そう思ったことは幾度かある。

例えば幼い日々を過ごした新潟。あるいは懸命に働き学んだ札幌の地。もう親戚や知人も長いこと年賀状のやりとりぐらいしかしていないが、保健婦ではない自分を知っている知人の傍に住まうという想像は、魅力的に思えた。

しかしそのたびに、ミサエは自分が有しているこの資格は誰のために得たものなのかという事実を改めて突きつけられるような気がするのだ。小山田家の先代はもういなくとも、保健婦というこの資格はこの地の人のために得たものなのだから。そう、心の中でもう一人の自分が断言する。そうして僅かな葛藤の末、自分はここで生きていくしかないのだと思い至るのが常だった。

そうだ。働かされ、ひとり子を失い、もうひとり子を取られ、それでも自分はここで生きていくしかない。結論はいつも固く根を張って動かない。そして救いも存在しない。それでもせめて、耐え続けたならばいつか痛みにも慣れるかもしれないということが、唯一の希望だった。それがいつになるのか、自分が生きているうちに慣れることなどあるのか。分からないままに、ミサエは、今日まで保健婦として歩き続けた。身も心もとうに限界を超えている。内側から聞こえるその声は敢えて無視した。

死ぬまでは、かろうじて生き続けるしかない。そのためだけに歩いた。

十一年という月日の中で、遺影の道子は小さなまま、白猫を抱いてはにかんだ笑顔をこちらに向け続けている。写真が随分古びたな、とミサエは思うが、もう新しく撮ることは叶わない。せいぜい、年に一度、道子の誕生日に額縁を新しいものに新調するだけだ。一昨年までは女児らしいピンク、昨年からは少し大人っぽい白色のものにした。生きていれば娘盛り、子どもっぽいものを避けた選択だったが、ミサエの空想に反して額縁の中の道子は小さな子どものままだ。眺めるたびに、生きていたらどう成長していたのだろうかという幻想を打ち壊され続ける。

対して、鏡の中のミサエは年月以上に歳をとっていた。手入れの行き届かない乾燥した肌は小皺が目立つ。それも、笑い皺ではなく、眉間や顎に刻まれているのは険しい顔を続けた果てにできた皺だ。

頭を見ると、額の生え際やこめかみの髪はすっかり白くなってしまった。楽しむために食事を摂ることもないから、体は貧相に痩せている。食べさせる家族がいたかつての生活は、忙しいながらも自分自身をより良く養っていたのだと今更気づく。しかし、勿論もう遅い。

もう、自分は枯れかけていると鏡の中の自分を見て思う。それは、生き物としての寿命なのか、水が足りなかったのか、養分が足りなかったのか、そもそも根付く場所を間違っていたのか。ミサエには判別のつけようがない。

道子がいた頃は子どもの親同士などでしばしば連絡を取る相手もいたが、現在では気楽に話ができる知り合いなどほとんどいない。小山田家の先代夫妻が亡くなってからは余計にそうだ。休日に会うべき人間も、会いたい人間もいないから、家で無難な本を読むか掃除をしているかしか暇の潰し方を知らない。可能であるならこっそりと吉岡家の近くに行き、雄介が外で遊んでいる姿でも一目見たいと思うが、周囲は民家も乏しい中、誰かに見とがめられれば言い訳ができない。我慢して、訪問で衣食住はかろうじて与えられていることを確認しては、心のよすがにするしかなかった。

酒で気を紛らわせる方法もあると聞いてから、港の裏通りにある飲み屋街に足を運んだこともあった。入ってみたのは、最近増えてきた酒も出す喫茶店だ。雰囲気のある店内で、ゆったりとしたジャズレコードが耳に心地いい。

しかし、中年の女が一人、過去を省みながら飲むには場違いに過ぎた。絡んでくる男どもを上手にあしらう術をミサエは知らない。

「おねいさん、どうしたの一人でさあ。何やってるヒトなの」

酔客に軽く問われた一言にさえ、「独り身で、勤め人でして」と律儀に返していたら、その場に居合わせた客全員、ミサエと同年代と思しき女将にまで鼻白まれてしまった。

「へえ、女ひとり、結婚もしねえで手前の稼ぎで酒飲むのな。格好からして堅気だろう？　スンバラシイですねえ」

「好きな仕事して、好きな酒飲んで、幸せに暮らす女が一人、ってか。嫁の妹がそんな感じだな。親戚の集まりでもやたら威張っててっけど、俺から言わせりゃ女として半人前、いや四分の一人前だろうよ」

「それだよなあ。働く男が喜ぶ、美味え肴作ってあったかいコーヒーや燗で迎えてくれる女将みてえな女の方が、よっぽど立派だよ」

「やだあもう、飲みすぎですよう」

盛り上がる常連と女将に背を向け、ミサエは勘定を置いて店を出た。それ以降は二度と一人でこのような飲食店を訪れることはなかった。この街で自分の居場所は仕事先と、狭い自室にしかない。そう明確に割り切るきっかけになっただけ良いのだ、と自分に言い聞かせた。

結局、一人の部屋で酒を飲むには虚しさの方が勝ってしまい、やがて酒に頼ることも考えなくなった。過去を振り返る以外に思考を向けられるような趣味を持っておけばよかったと思っても、自分はもう何かに興味を持つということが本質的にないのだ。あらゆる欲求が蒸発してしまったからからの大地の上で、昼は働き夜は渇き死ぬようにして眠る。それが毎日のことだ。

仕事帰りで床につくまでの短い間、卵かけご飯と梅干しと牛乳という、保健婦として他人にとても見せられない簡素な食事を摂りながら、ミサエはぼんやりと先週の休日を思い返していた。

その日は、ぼろぼろになってしまった鞄を買い替える必要があり、根室の百貨店に足を延ばした。そこで、かつての夫と現在の妻子の姿を見かけたのだ。

見るからに華やかな妻はミサエより五歳ほど下だろうか。若々しさをやけに強調した服と化粧だったことを思うと、案外ミサエと同じか、歳上なのかもしれない。その美しい母親の隣で、女の子がにこにこと笑っていた。道子よりも、雄介よりも小さな女児。浩司も子ども向けの包装が施されたプレゼントの箱を抱えて、楽しそうに歩調を合わせていた。

かつて自分が手にしていた生活。決して戻ることのないあの日。せめて、喪失を悲しいと、彼らに対して妬ましいと思えたのならば、可愛げというものがあるのだろう。浩司の新しい家族を目撃したミサエの心は、自分でも戸惑うほどに凪いでいた。勿論、あの人が幸せで嬉しいとか、そういった喜びは微塵もないが、負の感情のかけらさえ湧き上がらなかった自分に、ミサエは密かに失望していた。道子やハナに渡した赤ん坊と父親を同じくする子のことを、なんとも思うことができない。こんなにもわたしは人に興味がないのか。

傷つく心さえ残っていない自分の不実を、誰にともなく恥じた。残りの人生、人に相談する価値もない悲しみはどれだけ増えていくのだろう。担当する老人たちには

「長生きしなきゃだめよ」などと言う一方で、長く生きたくはない自分の本音に気づいた。自嘲も自責も誰も聞くものはいない。一人分の人生の軽さがありありと感じられた。

その晩、ミサエは夢を見た。自分が横になっているのは、慣れた布団の上ではなく硬い板の上だ。その板が波打っている。板が木として生き返ったかのようにうねうねと自律して動き、ミサエを中心として盛り上がっていく。年輪が伸び、縮み、水飴のようだ。うねりはだんだん大きくなり、ミサエの上へと木がのしかかってくる。

ああ、有刺鉄線だ、とミサエは思った。吉岡家に住み込んでいた子どもの頃、放牧地の間を仕切る有刺鉄線の修理をやらされたことがある。生木に沿うようにして渡された有刺鉄線は古く、錆びた棘で何度も指を刺して、泣きそうになりながら直したっけ。

屯田兵制度の初期に張られたその有刺鉄線は、しばしば、成長した木の幹に呑み込まれていた。傷つけられたのは木のほうなのに、異物を呑み込み、包み、何事もなかったかのように枝葉を広げていたのだ。樹皮と一体化してしまった有刺鉄線は錆び、ぼろぼろに朽ちていた。

夢の中で、ミサエの体はあの時の有刺鉄線のように木に呑み込まれていった。いずれ古びた鉄屑として腐れ落ち、跡形もなくなるのだろう。それが不思議なほどに安らかに思えた。

安らかに失われていくのはわたしだけ。夢には久々に姿を見た夫も、木に首を絞められて死んだ道子も、もう抱きしめる事の叶わない雄介も出てこなかった。自分のことだけだ。それがミサエの心をさらに痛めつけ、空（むな）しい心持ちは目が覚めてもずっと腹の底を抉り続けた。

休日は、食器を片付け、部屋を掃除し終えると、午後の早い時間だというのにもうやることがない。このままではいけないと、せめて外着に着替え、買い物に出かけた。バスで根室の中心部へと行き、食材や生活用品など、急ぎではないが買っておかねばならないものを一通り揃える。

ふと、帰りのバスの時間まで余裕があることに気づき、ミサエは市街の外れへと足を向けた。少し内陸側に、辺境の街にしては存外大きな寺が構えられている。かつて住職がミサエの進学に口添えをしてくれ、林家のユリが副住職の嫁に入った仁春寺だ。

そして、道子の小さな墓がある寺でもある。

もとは木田の家の菩提寺（ぼだいじ）に置かれ、墓に入る予定だった道子の遺骨は、離婚の際にミサエへと押し付けられた。浩司と義実家の言い分は右から左に流れ去ってよく思い出せない。ただ、骨になった娘が縁の切れた家ではなく、自分の手元に戻ってきたことに少しだけ安堵したのを覚えている。ミサエは、ユリのいる寺に小さな墓を建て、道子を納めたのだった。

せっかく思い立ったのだから、手を合わせに行こう。理由は他にはいらないはずだ。ミサエが山門をくぐると、石畳の掃き掃除をしていたユリの割烹着姿が見える。すぐにこちらの姿を認めて近づいてきた。

「ミサエさん！　お久しぶりです！」

「お久しぶり、ユリちゃん、元気だった？」

「はい、おかげさまで！」

そう笑うユリはすっかり大人の女性になっていた。数年前に前住職が亡くなり、夫が住職となったため、今では坊守さんとしてこの寺の細々したことを取り仕切る立場である。

ミサエは盆と彼岸と月命日には欠かさず道子の墓参りに来ていた。

訪問する時間帯はいつも、仕事と多忙を理由に寺への来訪者が多いであろう時間帯を選んでいた。ユリと顔を合わせる機会を減らすためだ。死なせた子の墓に参る顔を、坊守とはいえ年下の知人に見られたくはない。

彼女の健康も心配してはいたが、保健婦として担当区域外だったため、こうして直に会って顔色を確かめるのも久しぶりのことだった。なにより、彼女は吉岡家のハナの妹ということがミサエの中では勝手な蟠りとなっていた。雄介の産みの母親が、彼の戸籍上の叔母と親しい間柄であっては、吉岡家から面倒のもとと捉えられかねない。だから、今回の訪問はただ一時の墓参りと挨拶だ。あとは保健婦として、知り合いの健康を少し気にしたにすぎない。ミサエはあらかじめ心の中で壁を作った。

「こっちに来る用事があったから、月命日でもなんでもないけど、ちょっと来ようかなと思って」

「子どもたちの日曜学校、午前中だけで午後は何もないので、来てくれて嬉しいです」

穏やかに微笑むユリに頷いて、ミサエは「じゃ、ちょっと手を合わせてくるわ」と桶を手に建物の裏手にある墓地に向かった。

並ぶ墓石は大小さまざま、『橋宮家』と書かれた小さな墓石は手前側にあった。道子と、そして自分のためにミサエが建てた墓だ。根室で死んだという母と祖母は市内のどこかの寺で合同墓に眠っているとしか聞いていないから、この墓には現在道子一人だけが眠っている。自分が死んだ後に入って、道子は嫌がらないだろうか。墓のことを思うといつも懸念が胸を突く。

思い付きで来たので線香も供物も仏花さえ持たないことを後悔しながら、ミサエは水場で借りてきたウエスで墓石を丹念に拭った。それから、手を合わせて故人を弔う。

許して欲しい、とも、待っていてね、とも、願望めいた想いはなにひとつ込めることはできない。ただ、ごめんね、と心の中で繰り返した。

ミサエは立ち上がると、桶を手に一番奥の区画へ向かった。『吉岡家』と刻まれた墓は古くて大きいが、あまり手入れをされていない。一郎やタカ乃らは大婆様を見送ってから菩提寺を変えたというから、おそらくここに眠る先祖に手を合わせにくることはないのだろう。ミサエは吉岡家の墓も無心に掃除した。

そして、少しばかり迷ってから、大婆様のために手を合わせた。

寺の正面に戻ると、ユリは掃き掃除を終えたところだった。

「住職は法事で不在だし、暇してるの。良かったらどうぞ上がっていって」

ユリはミサエを奥へと促した。ミサエは少し迷いながらも、誘いに応じることにした。

通された部屋には縁側があり、ガラス越しの陽光がゆるゆると部屋を暖めていた。せっかく暖かい日だからと二人で縁側に並んで座る。出された茶も丁度良い温もりで、ミサエの体も少し緩む。

「最近はお仕事、忙しいんですか?」

「うん、最近は猩紅熱(しょうこうねつ)対策とか、エキノコックス対策とか色々あってね。他にも住民の健康管理に終わりはないから、何かとバタバタしているわ」

「ミサエさんのお仕事は本当に大変よね、お疲れさま」

「なんもなんも」

ふわりと笑ってユリは一口茶を含む。やんわりとした所作は寺を守る立場で養われたのかもしれない。ミサエには酌めない彼女なりの苦労を感じて、ミサエは静かに目を逸らした。

さて、ユリの顔を見て最低限の義理は果たした。柔らかで無難な世間話をいつ区切って席を立とうか。そう思い始めた頃、ふいにちりんと音が聞こえた。

「ニャウ」

鈴の音と同時に高い鳴き声が聞こえた。廊下の向こうから白い塊が駆け寄ってくる。真っ白な猫だった。

「あら、白い猫！」

白妙や、かつて自宅で飼っていたノリのように真っ白だが、ひとつ違うのは、でっぷりと太っていることだった。

「ああ、マロ。どこ行ってたの」

マロと呼ばれた猫は腹の皮を左右に揺らし、ぴんと尻尾を立てながら一目散にユリのもとへとやってきた。そして手を伸ばすミサエには目もくれず、ユリの膝の上で丸くなる。

「もう、毛がつくのに」

口ではそう言いつつも、ユリは愛しげにマロの背中を撫でる。ゴロゴロという大きな喉の音がミサエの耳にもはっきり聞こえてくるほどだった。

「よくなついているね」

「この辺りに住み着いた白猫に前住職が餌をあげてたら、居ついてしまって。その子孫なんですよ」

「へえ」

もしかしたら、体型は少し違うけれどこの猫も白妙の子孫なのかもしれない。猫たちは、強いか、生きるのにしたたかな個体ほど子孫を残してその形質を後世に残していく。そう考えてみると、周辺で白い猫が多く見られるのであれば、白妙らの子孫は相当強い血筋だった可能性がある。

ミサエは手を伸ばしてそっとマロの背中を撫でた。柔らかくて、温かい。喉のゴロゴロ鳴る音が大きくなったのが少し嬉しかった。

「お公家さんみたいだから、マロ？」

「いえ、マシュマロのマロです。住職が甘党なので」

「あはは、納得」

　そのまましばらく、二人で一匹の猫を撫で続けていた。独りの身だけれど、もう一度だけ、猫を飼ってみるのもいいかもしれない。そんな気がしていた。

「ミサエさん」

「ん？」

「気をつけて。あなた、自分で思っているほど、哀れでも可哀相でもないんですよ」

「え……」

　ユリの目は猫を撫でながら伏せられていて、発言の意図を見つけられない。発音も穏やかで、責める意図も感じられない。

　真意を摑めないままで、ミサエは庭へと視線を逸らした。庭木や石の配置は幼い頃に使いで来た時とほとんど変わりないが、さすがに木が成長したりと細部は記憶と入れ替わっている。

「あれ」

　ふと思い出して、気の抜けた声が漏れた。

「ここから山門の方に、カラマツの樹がなかったっけ、二本」

　確か、大きな松がくろぐろと庭の一角を占めていたはずだが、そこがぽっかりと空いてしまっている。ユリは「ああ」と頷いた。

「先月ね、切ってしまったんですよ。もうかなり大きくなってきたから、庭師さんに相談したら、切った方がいいって言われて」

「そうなの、なんかもったいないね」

「私も住職もそう思ったんですけど、実際切ってみたら、幹の中心が結構腐食していて。強風とかで倒れたら危ないので、切って正解でした。カラマツって、もともと寿命がそんなに長くはないのですって」

「へえ、そうなの」

「木で寿命が長いのは、屋久杉（やくすぎ）みたいに何千年ってことになるのかな。うちの仕事の考え方でいうと、木も人間も虫も死んだら輪廻（りんね）の輪に入るから、寿命の長い短いってあんまり大事なことではないのだけれど、まあそれはそれとして」

輪廻？　寿命？　話の飛び方がミサエには分からない。何か信仰を持って、それに沿った生き方をしていたなら、少しは心安らぐということもあったのだろうか、とずれた方向に思考が逃げる。

ユリは膝からずり落ちそうになったマロを抱え上げると、自分の胸にもたれさせるようにした。その背を撫でながら、ゆっくりとした声で続ける。

「最近、いえ、ここにお嫁に来て、根室じゅうの色んな人のお弔いの場に立ち会って、思うようになったんです。どんな木だって、いつかは枯れるって。寿命が十年ぐらいの木も、何千年も生きる木も、必ず、いつかは」

「枯れる」

「うん。枯れる」

中空に猫の毛が飛ぶのにも構わず、ユリは猫を撫で続ける。ふと、ミサエの中で、ひとつの疑問がぼんやり浮き上がってきた。他の誰でもない、わたしの人生の責任とはまるで違う場所に立つこの人に、答えを尋ねてみたい気になった。

「坊守さん」

「はい」

昔の、ユリちゃんと名を呼んだ日々から離れ、寺での立場を示す言葉を使い改まって呼んだ。ユリも何の躊躇もなく言葉を返す。

「わたし、ちゃんと生きてきたのかな」

「ええ」

ユリは躊躇いなく頷くと、マロを抱いたまま立ち上がってミサエに近づいた。そのまま、ミサエの膝に猫の巨体を乗せる。

見た目よりも筋肉質なのか、ずっしりとした白猫はミサエの膝の上でもすぐにとぐろを巻いた。ずっしりとして、温かくて、眠って力が抜けた赤ん坊に少し似ていた。

ユリが傍らでその背を撫でるのに倣って、ミサエも猫の頭や背を撫でる。ゴロゴロと、振動が手に伝わった。

「ミサエさんは、ちゃんと生きていらっしゃいましたよ。誰しもそうあるように、働いて、眠って、働いて、眠って。立派に生きていらっしゃいましたよ」

あなたこそが特別ではない。あなただけが苦労したのではない。

でもきちんと生きてきた。

その言葉を受け入れることが、こんなにも抵抗なく、こんなにも心穏やかになれるとは思わず、ミサエは戸惑いさえした。いつの間にか猫を撫でているのはミサエだけだった。ただ、傍らに座っているユリに、なかば懺悔(ざんげ)のような思いで口を開く。

「最近ね、思うことがあってね。いつか、わたしが死ぬ時は、その瞬間を誰も見ないで欲しいな、って」

「お医者さんにも？」

「ご縁のある人にも？」

「なおさら」

ミサエは顔を上げてユリを見た。窓からゆるやかに入る陽の光がユリの上半身を照らして、ちょうどミサエからは逆光のようになって見える。ユリの表情は見えない。

「左様なら」

ユリはぽつりと零した。さようなら、唐突な別れの挨拶に聞こえて、ミサエは思わずうろたえる。

「え？　あの？」

「別れの言葉として使われているさようなら、って言葉はね。あなたが、そう、あるならば、って意味なんですよ」

ユリはミサエとの距離を詰めると、顔を覗き込むようにして見上げてきた。膝の猫が近づいた飼い主に気づいて、その頬に頭をすりつける。構わずに、ユリは続けた。

「ミサエさんが、そう、望むのであれば。他の誰にも、あなたの生き方に異を差し挟ませたくないのであれば。左様で、あるならば。私は、さようならと、言う他はありません」

ユリは猫を撫でていたミサエの右手を両手で挟むと、拝むようにして目を閉じた。

「左様、なら」

ユリの言葉を繰り返し、ミサエもユリの手を挟んで目を閉じる。膝の上の猫が、そんなことより自分を撫でろと、四本の腕の間をぐるぐる回り始めて、二人は思わず噴き出した。

ユリは突然、いいことを思いついた、と言わんばかりに手を叩いた。マロが軽く耳を立てる。

「そうだ、ミサエさん。気晴らしに、寺の裏の山にでも登ってみてはいかがですか？」

本堂の裏手にある山を指して、ユリは言った。「今日は風が少し冷たいですが、見晴らしはいいと思いますよ」

「ええ、そうね……」

提案に頷きながらも、ミサエは心の中で少し億劫さを感じた。大きめの丘ぐらいのものだが、それなりに傾斜があり、登るには骨が折れそうだ。

「うちの住職もね、独りになりたい時とか、散歩と称して登るんです。内緒ですけど、私も時々ね」

「ユリちゃんが？」

ユリが少し苦笑いをしながら頷いているのが、ミサエには意外だった。

決して恵まれてはいない林家から、食うに困らないであろう規模の寺へと嫁に入った彼女だ。坊守さんとして相応の苦労もあったことだろうとは思うが、普段穏やかに微笑んでいるユリは独りになりたい時があるとは感じさせないほど、明るく凪いで見える人なのに。ミサエの考えを読んだのか、ユリはふふっと軽く笑う。

「私も、住職も、ミサエさんも、誰も彼も。みんな、独りになりたい時があっておかしくない筈ですよ。そして、そのことを恥じる理由もないんです」

道子も？

思わず訊ねそうになって、ミサエは慌てて口を噤む。あの子は、独りになって林に入り、何を思ったのだろうか。林の中で独りでの死を選んで、一度失敗してもまた試みた娘の葛藤の内容は、想像するだけでミサエには刃のように突き刺さってくる。

十一年が経っても傷は生々しいままだ。むしろ、年月を経るごとに傷は深く、広くなっていく。あともう十年経ったなら、わたしの身を真っ二つにしてくれるのだろうか。

「西から重い雲が来そうです。本格的に雪が降る前に、ささっと登って帰ってくるといいですよ」

ユリからなかば無理に背中を押されて、ミサエは立ち上がった。正直、気乗りはしなかったが、数少ない知人の厚意を断るこれといった理由も見つけられなかった。ミサエは促されるままに、手荷物をユリに預けて裏山への道を進んだ。

「ニャウ」

手を振って見送るユリの足下で、こちらを向いて鳴くマロの間延びした声が、泣きたくなるほど呑気に響いた。

寺の裏山は墓地を過ぎたところから登りの石段が始まっていた。宗派の本山を意識したものなのか、石段の脇、灌木のそこかしこに小さな仏像が安置されている。ミサエは仏像に詳しくはないが、その柔らかい造形と穏やかな表情から、水子供養のためのものかもしれない、と直感した。寺の起源は江戸時代末期、根室に幕府の会所が設けられた頃だと聞いているから、おそらく、その時代から現代に至るまで、弔いの理由は変わりがないのだろう。

山の中腹から石段は途切れた。代わりに、灌木の隙間を縫うようにして獣道のような踏み分け道がある。住職やユリが時折登るというのなら、彼らの足跡が重なってできたものだろうか。その足跡が道となるに至るまでの、それぞれの孤独が沁み込んでいる気がした。いわれのない親近感に背中を押され、ミサエはその道をなぞった。

靴の裏から硬く凍った土の刺々しい感触がする。根室の地は強い風に吹かれて雪さえ積もることもままならず、冬の間、表面から二十センチ以上も凍り付くのだ。ミサエは幼い日、暦の上では春が訪れ、陽光が柔らかく降り注いでいても鍬を立てられなかったことを思い出した。びくともしない硬さと、皮が剥けて血が滲んだ、あの手の痛みが心にぶり返す。

凍った傾斜を登るのは思った以上に骨が折れた。膝が痛み、太ももが張る。上空はまだ晴れてはいるが、ユリが言った通り、西側の空は黒い雲で厚く覆われている。急いで頂上を拝んで下りてこなければならない。

青い空の下、風に乗って雪が一片二片と運ばれてくる。風花、とミサエは思った。

風花。空には雲がないのに、風に乗って運ばれてきた雪。

『おかあさん。はれてるのに、雪、ふってる。なんで？』

いつの日だったか、道子がこの現象を自分に訊いてきたことを思い出す。

道子が小学校に上がる前ぐらいのことだったか。丁度あの時分は、あの子は自分を取り巻く世界全てのことに興味津々で、一日に十回から十五回は『なんで？』『どうして？』を繰り返していた。

最初のうちこそ可愛らしい問いにひとつひとつ丁寧に答えていたミサエだったが、さすがに際限なく繰り返されれば疲れもする。質問の内容が鋭ければ鋭いほど、答えにも窮する。

『お母さんにも分からないからお父さんに訊いてちょうだい』

『ごめんね、今忙しいから、あとでゆっくりね』

少しの罪悪感を抱きながら、稚い質問をのらりくらりと躱していく。風花についての質問もそうだった。

『たぶん、風に乗って雪が運ばれてくるから晴れてるのに雪が降るんだと思うな、お母さんは。こういう雪のことをね、かざはな、っていうのよ』

『そうなんだー。ねえ、なんで、かざはなっていうの？』

『そこまではお母さんも知らないから、大きくなったら道子が自分で調べてお母さんに教えてちょうだい』

『はあーい』

突き詰められるほどに面倒に感じてしまった質問の山を思い出す。仕事や家事で忙しいのだと道子にも自分にも言い訳せずに、もっとあの子に対して真摯に丁寧に対話をしてあげればよかった。風花の意味を、一緒に辞典でも引いて調べてあげればよかった。

結局、あの子は自分で風花の意味を調べることもないまま、独りあの林ですべてを終わらせて、わたしのもとから去ってしまった。

登り坂の途中、ミサエは自分にまとわりつく風花をひとつひとつ握りつぶして水に返してやりたい衝動にかられた。同じようにして、苦いままの自分の記憶も、後悔も、掌の中で水に戻ってしまえばいい。後悔は幾ら繰り返しても減ることはなく、むしろミサエの皮の内側に老廃物として溜まっていくようにも思えた。そうして足から重くなり、いつか自分は身動きひとつとれなくなってしまうのだ。

それでも、下を向きながら一歩、また一歩と進んでいくと、ようやく頂上といえるところまでたどり着いた。

ミサエは大きく息を吐き、顔を上げた。眼下には農地や市街地が模型のように広がっていた。みな、風に嬲(なぶ)られ、凍(い)てついた寒さにさらされながら、地面にしがみついているのだ。そのうち流氷が海を埋めたら、さらに根室の気温は低くなる。考えるだけで憂鬱になりそうだ。

それでも、初めて見る景色にミサエは足の痛みも息が上がるほどの疲労も忘れ去った。少しだけ、ほんの少しだけ、別れた夫が登山に魅了されていた理由が分かった気がした。

根室半島には、この程度の丘のような小山ばかりで大きな山はない。浩司は地元にはない標高の山に、何を思って固執し続けていたのか。それこそ、娘の喪中にさえ優先するほど、彼なりに十分な理由があったということか。ミサエは苦々しく思いながらも、目の前の景色を眺め、少しだけ理解が追い付いたような気がしていた。

幼い頃を過ごし、新潟からまたここにたどり着き、さらに保健婦になってから舞い戻ってきた場所。人生のうち、もっとも多くの時間を過ごした古郷（ふるさと）。この地で生活をするたびに、多くの苦しみと光が波のように交互に押し寄せてきた。人々のためにと幾度もわたしの身は削られて、もう何もこの手には残っていない。からっぽだ。心身のあちこちを齧（かじ）り取られ、気力を吸い上げられて、もう、立っていることも億劫になってしまった。

「わたし、もうつかれた」

口から言葉が勝手に零れ出た。心よりも、体から漏れ出した声は取り戻すこともできず、言霊のようにミサエの体を支配する。

「つかれた……」

大きな溜息と共にもう一度呟くと、それを合図にしたようにミサエの膝から力が抜けた。凍って硬い地面に倒れ伏して、もういいやと体の力を抜く。瞼を閉じる。耳朶を切るように強く吹き始めた風の音に意識を向ける。

ほんの少し。今だけは。死に近いところにいることを赦して欲しい。ミサエは誰に対してでもなく、もう少しだけ、と希った。瞼の先に風で飛ばされた雪が積もっていくのが分かる。目をうっすらと開けるとぼやけた視界は白い。ああ、白妙みたいだ、と思う。あの、湯たんぽのように温かい体を思い出した。吉岡家の大婆様に可愛がられていた白妙を起点とした、優しく柔らかい白い猫たち。そして道子が飼っていたノリ。いつも、どんな時でも彼らは温かかった。そして、わたしが産んだ二人の子もまた。

気がついた時にはミサエは体を起こしていた。指先がかじかんでいる。凍った地べたに直につけていた耳はもう感覚がない。服の袖を顔にこすりつけるようにして、眉毛や瞼に積もった雪を払い落とす。なかば無意識に全身から雪を払って、ミサエは諦めたように溜息を吐いた。

ああ、やはりわたしはまだ死ねない。

『あなた、自分で思っているほど、哀れでも可哀相でもないんですよ』

頭の奥でさっきのユリの声がこだまする。その通りなのかもしれない。言われた時は、自分よりももっと大変な思いをしている人は沢山いるのだ、とか、自分一人が不幸だと思うな、とか、上っ面の意味かと捉えていた。しかし違う。わたしは、自分の悲しみに、依存していたのかもしれない。この身の不幸に寄りかかることによって、存在を規定していたのかもしれない。

自分の不幸に寄りかかり、そこから養分を得て生きていたのは、自分自身だ。

「わたし、まだ、死ねない」

まだ死ぬべき時ではない。自分は不幸なのだからと楽になっていい時ではない筈だ。少なくとも、道子と雄介は、わたしにそれを赦すまい。

腹の中はもうとうにからっぽで、かつて育んだ温もりのひとつは消えて、ひとつは手の届かない場所に譲り渡してしまった。人に苛まれた人生を呪いながら、自分の子ども達を取り返しのつかない形で苛みきったこの身に、今から何ができるのかは分からない。けれど、今、安直に楽な道を選んではいけないことだけはミサエにも分かっていた。

立てる限りは立つ。死ぬ時までは生きねばならない。

枯れかけたこの身でも、いつか完全に枯れるその日までは、理不尽に何もかもを吸いつくされようが、生きねば。でなければ、あの子らに申し開きができない。

耳の奥でユリが言った言葉が再生される。『どんな木だって、いつかは枯れる』。そうだ。本当にその通りだ。わたしも枯れる。わたしが知るどんな人も、どんな家も、いつの日にか、必ず。誰もが別れを告げていく。

そしていつか自分の生が終わった時、地獄に猫はいないだろう。それでいい。温もりひとつないその場所に堕ちるその時まで、わたしは、枯れながら生きる。

ミサエは雪に覆われつつある大地を見ながら泣いていた。涙に濡れた睫毛(まつげ)が最初に凍り始める。その重さで瞬きを繰り返しながら、ミサエはいつか自分が骨を埋める大地を睨み続けていた。

「さようなら」

いつか告げるべき言葉を、前払いのように唇に乗せる。けっして誰にも届かないのだとしても、未来に死にゆく自分のために、別れの言葉を口にした。

第二部

第一章　無花果

一

雄介はあの奇妙な夜明けのことを覚えている。昭和五十五年。寒い春の朝だった。その日はいつも通りに庭のコンテナハウスで眠っていた。ビール箱をひっくり返して並べ、その上にコンクリートパネルを置いて布団を敷いただけの寝床だ。高校生の身長では足先が出そうになるが、窓が凍る寒さで胎児のように体を丸めているから問題はない。夢さえ見ずにいた深い眠りは、母屋から聞こえてくる足音と声によって破られた。

掛け布団から頭を出すと外はまだ暗かった。牛舎仕事の始まる時間にはあと一時間ある。普段なら母屋の家族はまだ皆寝ているはずなのに、父や母の大声が聞こえてくる。この気配は尋常ではない。

まさか、火事。それとも爺ちゃん婆ちゃんに何かあったのか。

起きようと意識するより先に、雄介の体は布団から飛び出していた。椅子に掛けてあったどてらも纏わずに、ビーチサンダルをつっかけて母屋へと急ぐ。嫌な予感に心臓が跳ねた。雄介がただならぬ雰囲気でコンテナから出てきたのを聞きつけたのか、玄関脇で雑種犬のチロがギャンギャンと吠えた。

玄関の中に入っても火事の気配はない。ではまさか、爺ちゃんか婆ちゃんが倒れたのか。そう思って居間に足を踏み入れると、寝間着のままの祖父母と両親がいた。四人とも、険しい顔をしている。雄介の姿を見て、皆あからさまに『見つかってしまった』という顔をした。

「あんたはまだ寝てなさい！」

母が鋭い声で言った。よく分からないが、そう言われると雄介は従うよりほかない。ひとまず自分に危害が及ぶような火急の用件ではないようだし、ならば少しでも長く寝ていたい。雄介は不審に思いつつも、「はい」と頷き、コンテナ部屋に戻った。布団はまだ温かく、潜り込むと意識はすぐにまどろむ。薄れていく意識の中で、さっき感じた嫌な予感の正体を思った。

一時間後、浅い眠りは目覚まし時計にたたき起こされ、牛舎に出るために母屋に行った時には、祖父母も両親も何事もなかったように過ごしていた。奇妙な夜明け前と、確かに身に感じた強い不安と、不自然なまでにいつも通りの朝。だからこそ、却ってこの奇妙な出来事のことは、雄介の記憶の中に長く残り続けることになった。

この異変の正体は、自分の実母が死んだ知らせを受けてのことだったのだと雄介が知るのは、大分後になってからのことだ。

雄介は吉岡家の養子だ。赤ん坊の時に貰われてきたと聞いている。そして物心がついた頃から、雄介にとって家庭は安全地帯を意味しなかった。

苛烈な家族だ。大柄で、豪放と粗野を勘違いし、身内の言動は全て自分の支配下にないと我慢がならない父親の一郎。そして、事あるごとに「お前は養われ子なんだから、養われた後はうちを継いでみんなに楽をさせるんだ」と呪文のように言い続けてきた祖母のタカ乃。気の強い祖母に押し負けつつも、頑固を形にしたような祖父の光太郎。

そして、母のハナだ。母は気が弱く、血の繋がらない息子に感情だけで怒鳴り散らすようなことはなかったが、ちくちくと刺すような小言は多かった。それに、雄介が父や祖父母から理不尽なもの言いをされても、庇ってくれることはまれだ。それどころか、せかせかと働いては家族との会話をわざと減らすようなきらいがあった。子どもの頃に抱いた、母はまるでこの家の幽霊のようだ、という印象は成長した後も変わっていない。

他に、ひとまわり歳の離れた姉が一人いるが、彼女は中学卒業と同時に東京に出ていった。雄介には遊んでもらった記憶がほとんどない。上京してからは一度も帰省してこないため、日常で姉の存在を思い出すようなこともなかった。彼女が地元を離れた理由は穏当ではないのか、両親が姉のことを話題に出すこともまれだった。

そうして、雄介はこの暗い家で、主に祖父母と父の三人に常に頭を押さえ付けられながら育ってきた。

雄介は養子であることに悲しみは感じなかった。あまりに早いうちから知らされていたせいかもしれない。それどころか、実の親の記憶がないせいか、実子と貰われ子との間に生じるであろう違いが分からない。心の隅には溶けない氷の塊がひとつ転がり、それを冷たいと知覚することさえなく、痺れて何も感じられなかった。

雄介が来年には高校を卒業するという年齢になり、自分の境遇を振り返って幸いだったと思うのは、学校の同級生や周囲の大人がみな割と温かく接してくれたことだった。集落の中でも気が強い一家として知られている、あの吉岡家の養子。それは同情の対象となるに十分だったのだろう。

雄介本人の我がそれほど強くなく、家でがみがみ言われるままに外でも挨拶や礼儀を徹底してきたこともあって、特に教師からは家に招かれたり本を貸してもらったりと、何かと親切にされた。

そうして、ある程度物事の分別がつく年齢になって、ようやく吉岡の家族こそが変わっているのだと気付けるようになってきた。ただ、その程度に普通の感性を養えたことは、雄介にとっては安堵であり恐怖でもあった。疑問も持たずに家に染まることができていたならば、自分の育った環境がおかしいことに悩まずにも済んだのに、と幾度も思った。

血の繋がった実の両親については、吉岡の家族はほとんど何も語ってはくれなかった。雄介がごく幼い時、父に尋ねたことはあったが、無言のまま横面を張られて以来、聞こうとも思わなくなった。母も父に遠慮してか、口を噤んであからさまにその話題を避けていた。

その代わりに、雄介が中学生になった頃ぐらいから、近隣の人が折に触れて実の母のことを教えてくれるようになった。同情なのかお節介なのか、その判別はつかなかったが、雄介は受け身のままでその話を聞いた。

雄介の産みの母は、昔吉岡家で奉公をしていて、その後この地域一帯を担当していた保健婦だそうだ。一人娘が自殺してしまい、それが原因で離婚し、心身消耗して生まれたばかりの雄介を吉岡家に預け、今も保健婦を続けているという。父親の方はというと、どうやら他の女と根室市内で新たな所帯を構えているらしい。

「真面目な、いいひとだったよ」

「子どもの頃から苦労してたてねえ。かわいそうな子だよ」

雄介に実母のことを教えてくれた人達は、皆一様にそのような同情的な言葉を重ねた。その際、ちらりと顔を上げてこちらの様子を確認するのだ。しかし残念ながら、雄介は彼らが期待するようなしんみりとした表情は作れない。自分でも奇妙なほどに顔の筋肉が硬直し、感情は冷えたままだった。

人から聞いた話を総合すると、雄介が小学生の頃、うちに来ていた保健婦がその実母にあたる人らしい。確かに自分も玄関で応対した記憶はあるが、ただの『おばちゃん』だったとしか覚えていない。当時、家での居心地の悪さから来客には不貞腐れた対応をしてしまった覚えがある。いいひとで、かわいそうな人で。近所からのそういった感想が先走って、余計に顔は思い出せなかった。

あの頃、実母が実の息子である自分に対して何らかの言葉や行動を残していればまた違ったのだろうが、雄介の中に温かな記憶はない。つまりは、実子を目の前にしても特に何かをしようという気は起こらなかったのだろうと雄介は考える。

そしてまた、周囲からの実母の評判の真偽も知ることはない。正直、それがどうした。子どもの頃に顔を合わせても何も言われなかったし、あっちが俺に会いたがったという話も聞いていない。それが全てだ。実母のことを考えても、雄介の心は荒立ちもしない。冷めた人間だと雄介も自覚はしている。しかし、いくら考えてもそうとしか思えないのだ。俺と実子として接することがなかった実親に、幻想を抱く余地も愛を願う気持ちも抱けない。

雄介自身、他の人間から見れば自分は『かわいそうな子』なのだろうとは思っていた。友人や教師などによる憐憫(れんびん)を消しきれない接し方を見れば尚更(なおさら)だ。吉岡家以外の温かく接してくれる周囲に感謝しつつも、雄介は自分だけは自分を『かわいそうな子』と思うことを止(や)めていた。それは、きっと、自分のためにならない。とてもかっこわるくて、すべきではないこと。子どもの頃から、そう感じていた。

特に、育ての母、ハナの様子を見ている時にその意識は強くなった。自分より弱い者を見ることで自分を客観視できるようになる冷たさは、自分が実の息子ではないせいか。そんな風にも思った。

母は父や祖父母ほど厳しい気性ではない。むしろ極端に大人しく、小言はあっても雄介に理不尽な怒りや憤りをぶつけることはない。その代わりに、異なる意味で雄介の心を縛る存在でもあった。ある意味で、血を分けた実母よりも雄介の人生を左右する存在に違いない。

　母は時折、他の家族の目をかいくぐるようにして、雄介が私室としている庭のコンテナにやって来る。そして遠慮がちに、「雄介。ねえ、お願いがあって」と切り出すのだ。

「去年の、修学旅行の写真、ある？」

「ああ、あるよ、ほら」

　昨年、二年生の時に行った修学旅行の写真を見たいと何度もねだるのだ。写真といっても、雄介はカメラを持っていなかったため、友人が撮って焼き増ししてくれた五枚のスナップ写真と一枚の集合写真だけ。それを、母は寝台に座って一枚一枚、食い入るようにして見る。

　雄介は勉強机に向かい、写真を見つめる母を意識から追い出す。しかし、背後からの母の声は絶え間なく耳に入ってきてしまう。

「ああ……内地はすごいね、大きい建物があって。いいなあ、母さん中学出てこの家に嫁いでから、根室の街より遠いとこ行ったことないわ。ああ、一度だけ法事で釧路行ったかな。でもそれだけだわ。敏子もさっさと東京出ちゃって、今なにしてるんだか。滅多に連絡もくれない……一度ぐらい、東京に呼んでくれたっていいのに……」

　母は雄介に相槌を求めない。語る内容はどんどん呪詛めいていくが、その声音はあくまで憧れを口にしているだけのように弾んでいて、自分の独白にさえ気づいていないのではないか。

「母さん残りの人生で、飛行機とか青函連絡船なんて乗れることないんだろうね。仕事あるし、お爺ちゃんお婆ちゃんお父さん、そしてあんたのご飯作らねばなんないべし、ねえ……」

最後は決まってこう言って、写真をきちんと揃えてから部屋を出ていくのだ。ドアを閉める合間には必ず大きな溜息が混ざる。雄介が中学校の修学旅行で札幌に行った時も、しばらくの間はこうだった。高校になり、より遠くへの旅行写真になって、母の独白は長く、そして溜息は重くなった。

雄介は、母の気持ちは痛いほど分かる。

もともとこの家に嫁いだいきさつも、少女時代に父から一方的に関係を持たされた挙句、姉の敏子を孕んだのだと聞いている。そこからずっと、苛烈な義両親のもとでこき使われながら暮らしてきたのだ。苦労したことだろう。辛かったことだろう。

そのうえで、母は『かわいそうな私』になかば自ら望んで沈んでいるのではないか。

雄介はそう疑っている。足下を縛り付けられ、行きたい場所は沢山あるのに、外へと歩みださず家に縛られるままになっている。死に物狂いで縄に噛みついたり、縄を切る道具を持っている者に助けを求めたならば、少ないながらも逃げ出せる可能性はあるだろうに、それをしない。

どうしようもねえな。

非道を自覚しながら、雄介はそう母を評する。傲岸で粗野な父や祖父母とはまた違った方向で、母は愚かだ。そして弱い。

そう冷たく断じる自分は、やはりこの家の者と血を分けた子ではないのだ。

家の状況を冷静に見据え、心の中で突き放すたびに、雄介の心は少しずつ削られていく。削(そ)がれるだけ、まだ心に柔らかみが残っているのだと雄介は自分に言い訳をした。

吉岡の家で雄介に与えられた役割は、将来的に家を継ぐこと、それが唯一絶対だった。

本来なら実の息子が生まれるのが望ましかったのだろうが、生憎(あいにく)姉一人しか授からなかった。女に家を、ましてや牛飼いの仕事を継がせることなど不可能だ。それがこの辺りの農家では普通の考えだった。

そのため、長子の敏子が産まれてから、雄介が養子として家に来るまで、母の立場は今より更に弱いものだったらしい。雄介は姉の敏子とは歳が離れていることもあってあまり話したこともなかったが、中学卒業と同時に家を離れて戻らないあたり、姉自身も祖父母や父から色々な目に遭わされたのかもしれなかった。

敏子の代わりに後を継ぐ前提で養子に入った雄介は、幼い頃から散々、仕事を叩(たた)きこまれた。しかも、祖父と父の一郎は、教えることが壊滅的に下手だったのだ。ろくすっぽ説明もなく作業を命令し、雄介が失敗すれば怒鳴りつける。逃げる選択肢を持たない雄介はそれでも懸命に失敗から学んで、大人と変わらない体格になる頃にはなんとか人並みに仕事をこなせるようになっていった。

　しかし、その途端に、今度は父が何かにつけて雄介のやり方に文句をつけるようになった。

　牛に丁寧に接すれば、やれ「そんなんだら牛が人ばなめておだるべよ！」と叱りつけ、逆に人をどつく癖のある牛の鼻先を叩いてたしなめれば、「おめえのじゃねえ、俺の牛だ！　俺の牛に食わしてもらってんの忘れんな！」と青筋を立てる。

　結局、父は息子が失敗しようが成功しようが、どちらであろうと面白くないのだ。作業効率や成果よりも、自分が小さな猿山の頂上に居続けること。父にとってはそれこそが大事なのだ。

　そのうち雄介は、将来家業を継ぐにせよ、この父のもとでは到底無理だと思うようになった。現状のような大雑把（おおざっぱ）な営農でこれからの時代を生き抜いていけるとはとても思えない。今後のために規模を拡大し、人を雇っていくにしても、父の価値観では到底無理だ。

　それに、雄介も高校に入る頃には帳簿を見て少しは経営状態を判断できるようになった。今のままの丼勘定めいた資金繰りでは、早晩行き詰まってしまう。今の世の中、もとは屯田兵だ、この地に最初に鍬を入れた一族なのだから、となあなあで金を貸してくれた農協が、このまま変わらないでいてくれる保証などないのだ。

根室の市内も、ここ十年ほどで随分と様相が変わった。昭和五十年代初頭の二百海里水域制限により、遠洋漁業が軒並み大打撃を受けたのだ。街は有形無形に明るさを失い、雄介の身近でも転校という形である日突然姿を消した同級生がいた。後から人づてに聞いた話だと、夜逃げだったという。土曜日にまた来週と言って別れ、月曜日にはもういない。切れた縁の寂しさよりも、他の人々が淡々と不在を受け入れる様子に雄介は不況の怖さを知った。

二百海里で農業はそれほど直接の影響を受けなかったとはいえ、世の中の在り方ひとつで人の生活が街ごと歪んでいく有様を、雄介は目にしながら成長してきた。

先の見えない農業、しかも陰鬱な家。それでも雄介は家業を継ぐ以外の選択肢を知らなかった。同級生が将来の夢を語る作文で『三冠王』『宇宙飛行士になって月面着陸』などと明るい未来を描いても、雄介は黙々と『家を継いで牛飼いになる』と書き続けた。他の選択肢が存在するなんて、考えもしなかった。貰われた子どもである自分は、そういうものだと思っていた。

そんな生活の中、雄介は一度、父に土下座したことがある。

中学二年生の時、父がどこかからただで貰って来た中古のコンテナを、「自分の部屋として使いたい」と床に額を擦りつけて頼んだのだ。

それまでずっと、雄介は築四十年以上が経ってもさほど手入れされていない住宅の二階で生活し続けていた。個室の四畳半ではあるが、うち一畳分はこの家にそぐわない高級な衝立などが積まれて邪魔だし、階下からは父や祖母が気まぐれに怒鳴る声や、母が食器を割らんばかりの勢いで荒々しく家事をする音が筒抜けだった。気にしないように。いつものことだ。そう念じてはいても、家族の生活音を耳にするたびに体のどこかが緊張し、汗が浮かぶ。自分に限界が来ている、そう悟った。

「物置にでもすればいいべ」と、父の思い付きによってコンテナが庭に運び込まれたのは、丁度そんな頃だった。

家の中以外に生活空間が欲しい。あのコンテナを使わせてほしい。今まで以上に手伝いも頑張るから。

そう言葉を尽くして願い出たが、父は床に押し付けられている雄介の頭を、横から思いきり蹴りあげた。無様に床に転がり、片耳がしばらく音を拾わなくなった。

無謀だったか。雄介はそう思って諦めようとしたが、それまで黙っていた母がふいに口を開いた。

「いいじゃないですか、それぐらい」

それまで雄介が聞いたことのないような強い言葉だった。

実はこの頃、一時的にではあったが、父が母に頭が上がらなくなる事件があった。

ことの始まりは、雄介が中学の入学式を終えて少しした頃だ。その夜は、学校から帰宅後、農作業を手伝い終えていつものように遅い夕食を食べていた。白米とアキアジの挟み漬けとカレイの煮つけ。いつもと別段変わりない献立なのに、雄介はなぜかあの夕飯をひどく鮮明に覚えている。

祖父母や父が交互に交わす噂話や小言、愚痴。いつものようにそれらを耳にしながら半分ほど食事を胃に収めた頃、外で車の音がした。随分と荒いエンジン音だった。同じような時間に仕事を終えて個人の時間を確保する農家なら、この時間帯に家を行き来することもたまにあるが、こんなにもけたたましい車の音はただ事ではない。何だ、と家族皆が怪訝な顔をするのと同時に、玄関の引き戸が荒々しく開かれた。

「ごめんください、小山田です。ご主人は御在宅でしょうか」

言葉は丁寧、しかし怒りを含んだ声が、家じゅうに響き渡った。

雄介にとって小山田家は近隣の農家のひとつであり、特別な付き合いはない。父らは「あとから就農したよそもん、新参もん」と人にまで言って憚らなかったが、効率的な営農で利益を出し、きれいな住宅を建てて住んでいる様子に、雄介は密かに一目置いていた。

その小山田が、ほとんど付き合いのないわが家になぜいきなり。祖父母と母が驚いた顔をしている中、父一人だけが極端に眉間に皺を寄せ、顔を赤くしていた。

「はい、ただいま……」

「俺が出る！」

いつものように応対に出ようとした母の腕を、父が強引に引っ張った。たまらず転げた母を雄介が助け起こそうとしているうちに、客はどすどすという足音とともに茶の間まで上がり込んできた。

「勝手にお邪魔しますよ。大事な話がありまして」

仁王立ちしている小山田は、農家の主人らしくないスラックスとポロシャツを着こなし、若々しく見えたが、顔は父よりも真っ赤だった。憎悪を隠そうともせずに、一家を明らかに見下している。

小山田の背後に、野良着を纏った夫婦と、その背に隠れるようにしてセーラー服の娘が続いていた。夫婦はどこか戸惑ったような様子だ。娘は下を向いていて表情は見えない。おかっぱ頭は乱れ、セーラー服は皺が寄って泥がつき、スカートの裾に至っては小さくほつれていた。雄介と同じ中学校のセーラー服だった。面識がないが、おそらく三年生の女子だ。そして、親の方は隣の集落の外れの方に住んでいる農家のようだった。

どういう繋がりなのかは分からないが、先頭に立っている小山田の剣幕はどう見ても尋常ではない。一体何が、と雄介が口を開く前に、父が小山田を睨（にら）みながら「雄介え！」とがなった。

「おめえ、二階、上がってれや」

「ああそうですね、お子さんにはとても聞かせられる話じゃない」

なぜか小山田がすぐに同意して、その言葉にセーラー服の娘が一層顔を下に向ける。

雄介には訳が分からない。父は一体、何をしたというのだ。

雄介が助け起こした母の顔を覗（のぞ）き込むと、真っ青になって小さく歯を鳴らしている。それでも、母は震えた手で雄介の背を押し、二階に上がるよう促してきた。父と小山田は無言で睨み合っていた。自分がこの場から去らないと話が進まないらしい。そう察した雄介は、なるべく足音を立てないように階段へと向かった。

登る前に一度振り返ると、小山田の背に隠れるようにしていた娘と目が合った。小山田のような憎しみを湛（たた）えた眼差（まなざ）しに、睨まれているのだと気づいて急いで階段を駆け上がる。ああ、晩飯を食いきれなかった。明日の朝、腹が減るのに。そんなことを考えて混乱から心を逸（そ）らした。

雄介は二階の自室にこもって、もちろんそのまま眠りはしなかった。ドアに耳をつけるようにして、下の様子を窺う。怒鳴り声の応酬を聞き取るのは容易かった。

断片的な情報をもとに、結論はすぐに像を結ぶ。どうやら今日の夕方、資材の買い物に出かけていた父が帰る際、下校中のあの少女を自分の車に引き込み、暴行したらしい。

「嘘だ、俺はやっていない」

「うちの息子がそんなことをする筈がない」

「狂言だ」

『話し合い』の最初のうちは、祖父母と父による否定の言葉が連なっていた。

その主張に対し、小山田は案外冷静な声で反論を重ねていたのが雄介には印象的だった。娘の両親の声は、時々ぼそぼそと聞こえてくるだけだ。その場を支配していたのは、間違いなく小山田だった。

母と、暴行された娘の声は聞こえてこない。二人ともそれぞれの思いの中で俯き、異なった怒りに震えているのだろう。

やがて話の方向が変わっていったようだった。不自然に停車していた車と倒れたまま放置されていた自転車の目撃者の存在から、暴行を否定できなくなってきた父親の、「この娘が誘って来たんだ」という声が裏返って聞こえた。続く自己弁護の言葉の合間に、「まさか、そんな」「ろくでもない、本当にろくでもない……」という祖母の甲高い嘆きが混ざり始める。

　小山田の方が弁が立つのか、父が暴行を認めた途端、言い訳には耳を貸さずに、警察、起訴、訴訟、賠償、伝手を頼って道議の先生に相談、という言葉を静かに重ね始めた。ここに来て、雄介はやっと合点がいった。あの夫婦は、娘の訴えに悩んだ挙句、地域でも聡いとされる小山田を代理に立てたのだろう。父のように理屈など構わず自分の意見をごり押しすることに慣れきった人間ほど、公権力とインテリゲンツィアを正面に置けば何も言えなくなる。もし我慢がきかずに手を上げたならそれこそ父には不利だ。

　厳しい言葉が続くうち、小山田の「村八分も辞さない」という言葉に、とうとう祖母が折れたようだった。

「屯田兵の血筋であるうちが、この土地に一番初めに鍬入れたこの吉岡家が、余されるなんて、ありえねえ。絶対あってはなんねえ」

　階下から響いたあの祖母の声を、雄介は忘れられずにいる。悲鳴だ。この家で唯一しがみついていた誇りを汚された故の悲鳴は、年の瀬に締める鶏の断末魔に似ていた。

　結局、落とし前は単純な形で決定されたようだった。金だ。そこだけ声を潜められたために雄介はその額を知らないままだったが、後日、腹に子が入っている若牛が二頭、市場に出された。

子出しのいい血統だったのにどうして、と雄介が父に理由を尋ねると、「うるせえ黙れ」とことさら機嫌悪く返されて、その用途を知ったのだった。

孕みの若牛が二頭。その金額が少女を傷物にした値段として相応しいのか雄介は知らない。ただただ、父に対する嫌悪感は腹の中で黒くわだかまっていった。血が繋がっていないという関係はこの時から、雄介の中でこの上なく喜ばしい事実となった。

少女の両親はほどなくして農家をやめ、一家でどこかへと引っ越していった。娘のひどい経験のせいか、と雄介は思ったが、他方で近所の農家が「どうももともと離農を考えてたらしいよ」と噂を話すのも聞いた。真実を知りえない中、離農跡地は全て小山田が購入したという話も聞いた。離農した家から買い叩いたとか、農業委員会を強引に言いくるめたとか、色々な噂が生じたが、当の小山田は涼しい顔で跡地を採草地として利用していると聞いた。

このことがあってしばらくの間、さすがに父も自分の過ちのためか、雄介以外の家族には腰が低くなった。めずらしく、母に対しても強い物言いが和らいでいたほどだ。そうして、雄介のコンテナ利用には母の後押しが有効に働いたのだった。

母の思惑は、息子のためというよりも、恥ずべき事件を起こした父を間接的に責めるためだったのではと雄介は思っている。理由はともあれ、雄介にとって中古コンテナに自分の生活スペースを確保できた歓びは、養父母の心の動きとは関係のないものだ。

この小さな自由が、父の愚行と、その陰で取り返しのつかない傷を負ったであろう女の子の存在がなければ得られなかったことを思うと、多少複雑な心境ではあった。しかし、家から数メートル離れただけのこの居場所が自分の精神を救ってくれたのだと雄介は感じている。

もともと人が住むためのものではないから、当然、夏は暑く冬は寒い。後からつけた窓やドアは簡易的なもので、蚊もアブも隙間から入り放題だ。しかし、なんといっても誰に怯えることもなく過ごすことができる。勉強にも集中できる。もしもコンテナがなかったなら、自分は中学を卒業するまでにノイローゼに罹っていたのではないかとさえ思う。

雄介にとってはさらに幸いなことに、コンテナを与えられた直後から、父と祖母から「絶対に北大の農学部に行ってから家の後を継げ」としつこく言われるようになった。

祖母が忌々しそうに説明した内容によると、暴行事件の際に乗り込んできた小山田家の主人が、北大農学部の出身だからだというのである。ようは見栄と対抗心で、自分達の後継ぎを同じ土俵に立たせたいのだ。雄介は呆れ果てた。

とはいえ、雄介は基本的に勉強が嫌いではない。それに、必要な手伝いをし、あとの時間は勉強をしていると言えば、コンテナに籠もっていても文句を言われることはなくなった。

高校を卒業したらすぐさま家を継ぐように言われていたのが、この事件によって札幌の大学に行けと言われるようになったのは何よりも喜ばしいことだった。雄介にとっては格好の執行猶予だ。受験勉強程度で数年間家を離れられるのならば、挑まない手はない。

そんなわけで、雄介は中学生のうちから北大に合格することを課せられて生活することになった。もちろん、牛舎の仕事を手伝いながらだ。

さらに、勉強は運動しながらだと効率がいいらしいし、なにより内申書にも好材料だ、とうまく家族を説き伏せて野球部に入ったため、練習を口実に家に帰る時間を遅らせることに成功した。

自転車で根室市街地の学校まで通学し、授業を受けて体育の授業をこなして、さらに野球部の練習を終わらせてから自転車で帰宅する。そこから農作業を手伝い、夕食のあとは疲れた体を叱咤して勉強。それが雄介の日常となった。体はきついが、すべては少しでも良い将来のために。そう思えば、なんとか頭も体も若さに任せて動かすことができた。

そうして高校三年生の夏。野球部からも引退し、雄介はひたすらに受験勉強に励んでいた。

母校から北大に進学できるのは毎年二、三人程度だ。自分の成績は悪くはないとはいえ、学校の授業だけでは試験範囲をカバーできないし、レベルも足りない。使える時間は全て勉強に使うつもりでいなければ合格はできない。

本来は中学卒業時に、札幌か釧路の偏差値が高い高校に進学できればよかったのだが、働き手が欲しい吉岡家では「学校がどこだって一生懸命勉強すればいいべや」の一言で、地元高校しか受験させてもらえなかったのだ。

おそらくこの家では受験浪人など頭にない。もし一発で合格できなければ、たぶん不出来な後継ぎとして家に縛り付けられ、「馬鹿」だの「出来損ない」だのと罵られながら一生を過ごすことになるだろう。参考書の類は買ってもらえそうにないし、予備校や家庭教師など夢のまた夢だったため、雄介は休み時間や放課後には足繁く職員室に通って質問をした。熱心に勉強している姿勢を見せれば時間を割いたり、参考書を貸してくれる教師もいた。

その反面、勉強すればするほどに同級生からは「がり勉野郎」「牛飼いの貰われ子がそんなに勉強してどうすんだ」などと揶揄われた。特に、進学を志望しない農家の子や漁師の子からは、随分ときつい言葉を投げかけられた。

それでも、雄介に暴力で挑める者はいなかった。日々の農作業で鍛えた体は、単純な相手にこそ威圧を感じさせる。だから言われたことは聞き流し、無視を決め込めばそれでよかった。豊かな友情や人間関係は、やるべきことを全て終えてから築けばい い。雄介は自分の孤独を把握しつつ、なおそれを選び続けた。

受験まであと一年、あと十一か月。そうやって数えてきて、あと約半年となった秋の日。八十歳という節目で、祖父の光太郎が亡くなった。

兆候がないわけではなかった。もともと十年以上前から体は肝硬変やら関節炎やらで農作業に出ることもできなくなり、ここ最近は医者から入院を勧められても頑として首を縦に振らなかった。そのくせ、家の中では気の強い祖母、タカ乃に言い負けることが多く、その分母や雄介にきつく当たる傾向にあったのだ。

「うちは屯田兵の家だ。よそとは違う」

口が回るうちはしょっちゅうそう言い続けてきた祖父の死に顔は、安らかとはとても言えない。顔は皺と黄疸にまみれ、今にも文句を言い始めそうに歪められた口元から、痩せて黄色い歯が疎らに見えた。

祖母は平素から口喧嘩が絶えなかった割に、伴侶を失ったという事実は随分と応えたようだった。けっして仲が良いようには見えない老夫婦だったが、死人の枕もとで怒ったように顰められた顔は、どうやら悲しみの表現だったらしい。故人の手をさすり、「お疲れさん、本当にお疲れさん……」と幾度も呟(つぶや)くその声は、雄介がそれまで聞いたことがないほどか細いものだった。

一方で、母はまったくのっぺりと能面のように無表情だった。病院に入りたがらなかった祖父のために、家でもっとも手を煩わされたこの母は、笑ってこそいないが、その能面の向こうに何の感情が蠢(うごめ)いているのか想像もつかず、雄介の体の芯は少しだけ冷えた。

通夜と葬式は近くの町内会館で行われた。この地域では大抵、寺や斎場ではなく会館に近所の人間が集い、皆で手伝って全てを終わらせる。僧侶は街から呼ばれて経を読みにくるのだ。

人の集まりは多かった。なにせ、屯田兵として入植の最初期から農家を構えていた吉岡家だ。その分、つきあいは薄いが広かった。亡くなった祖父は自分優先で身勝手、そんな性格から近所では疎(うと)む人が多かったようだが、それでも葬儀となると多くの人が集まるあたり、いかにもこの地域らしいなと雄介は思った。

通夜が始まる一時間前に、会館の前にタクシーが停(と)まった。駐車場の誘導に駆り出されていた雄介は、たまたまその場に居合わせた。降りてきたのは、東京で働いている姉の敏子だった。

久しぶりの再会だった。姉が中学卒業と同時に家を出て以来だ。自分と一回り以上も歳（とし）が離れていることもあり、一応は姉弟（きょうだい）という身の上であっても、雄介としては敏子に知り合い以上の感覚を持ちづらい。

「……あの、もしかして、雄介？」

もっとも、それは敏子も同じなのか、こちらの頭の天辺から足先まで確認してから、ぎこちなく問いかけてくる。

「……おかえりなさい。姉ちゃん」

「ただいま。久しぶり、大きくなったね」

よそ行きの笑顔で微笑（ほほえ）む姉は、喪服を着ていてもさっぱりと美しかった。洗剤なのか石鹸（せっけん）なのか、控えめないいにおいがする。母が若い頃、労働も心労も抱えることなく垢（あか）ぬけたなら、このような感じだったのではないかと雄介は思った。

敏子は会館の中に入ると、両親や祖母に簡単な挨拶をした。雄介に対するのと同様、どこかよそよそしい様子だったのに対して、会場に来ていた林家の面々に挨拶する様子は、妙にくだけて明るいように見えた。地域の農家の一つである林家は、母の実家である。つまり姉にとって母方の祖父母や従姉妹（いとこ）もおり、「久しぶり」「綺麗になって」などと葬儀の場に合わない明るい声が響いていた。実家のその輪に入れず、祖母の隣で目を伏せている母とは対照的だった。

もしかしたら、姉は東京にいても母方の実家である林家と連絡を取っていたのかもしれない、という思いがよぎった。居丈高な祖父母は嫁の実家であるはずの林家を見下したような態度をとっていたため、母は実家と近所だというのにあまり交流を持たずにいる。その反動で、家から飛び出した姉は母の実家と距離を隔てていても親密な付き合いをしていたのかもしれない。母は険しい表情の祖母の隣で、強いて実家の人達に背を向けているように雄介には見えた。

　型通りに通夜は進行し、古い会館の中はすし詰めに近い状態で人がひしめき合っていた。親族の並んだ背後で、参列者による「あれ娘かい？」「戻ってきたのか」「あれ娘なんていたのか」「そう息子の方が貰われで」、などという無遠慮な声が聞こえる。雄介も姉も、聞こえないふりをしていた。誰の発言なのか辿(たど)ることにも意味はない。両親の耳にはそもそも届いていないようだ。事を荒立てる必要は何もなかった。

　父と祖母はただ前を向いて僧侶の背を見ていた。母がしきりにハンカチを眼(め)もとにやっているのが雄介には意外だった。祖父が亡くなった直後はのっぺりと無表情だったというのに。舅(しゅうと)にはそれなりに苦労させられ、晩年は世話をしなければならなかった母がその死で泣くとは信じられない。場に相応しく感情を切り替える質(たち)なのかもしれないな、と思う自分を意地悪く感じた。

　雄介は脳裏に残らない経の響きを聞き流しながら、自分は家族でありながら肉親ではないことに、実は拘りすぎているのかもしれない、とぼんやり思った。現実しか見ていないつもりで、根っこの部分では妙なロマンや幻想に足を取られているのではないだろうか。線香と人混みでくすんだ空気のために思考がぼやける。あと何分で終わるだろうかとこっそり腕時計に目をやった。

「いやいや、寒かった寒かった。でも今日の葬式だら座れてよかったわ。吉岡の婆さん、それでも今回はちゃんとやってくれてよかったじゃ」

通夜が終わり、参列者は湿っぽい雰囲気もどこへやら、知人を見つけては捕まえてその場で賑やかに世間話を始める。お蔭で見送りの遺族はいつまでも役割を終えられない。

「大婆さん死んだ時ぁ、そらあもう、酷かったもんだよな」

「タカ乃さんがいきなり寺も坊さんも変えるって言いだしてねえ。仏さんと住職ば目の前にして、葬儀委員長と大喧嘩したっけな」

知り合いのほかに親戚やら遠縁やら入り交じった年寄りたちが、喪服に身を包んでやかましい。本人たちは昔話を小さな声で語っているだけなのかもしれないが、歳で耳が遠いせいなのか、それとも遺族に聞こえても構わないと思っているのか、声が大きく丸聞こえだ。

雄介が養子に入った時には、もう大婆様と呼ばれる人は亡くなっていた。戸籍上だと高祖母にあたる。仏壇もなく墓参りに行った覚えもないうえ、祖母が時々故人に口汚いもの言いをしていたことから、随分と憎まれていた人物だとは思っていた。それにしたって、葬儀の場でそんな騒ぎを起こしたほどだとは、初耳だ。大人の大人げない怨恨話が線香臭い中で蒸し返されて、学生服の襟元がふいにきつい。

「場所も会館でやったら人がいっぱい入って精進落としに金かかるからって、自宅でやるって言いだしてな」

「なんだ、あん時のあれ、そんな理由だったのかい」

「そうさ、その割に地区のみんな入れ代わり立ち代わり線香上げにくるもんだから、葬式代けちって香典で儲けたって話さ」

「まさか香典返しも無いとは思わんかったわ」

「あそこの大婆さん、屯田兵だっつって大威張りだった割には戒名やけに短いと思ったら、孫の嫁が出し渋ってのことだったのか。嫁の立場で苦労したのか知らんけど、戒名で仕返しとは、結構なもんだな」

祖母は蒸し返された話が耳に入っていない様子で、見つけた知り合いを捕まえては、大きな声で祖父の愚痴めいた思い出話をしているようだった。もしかしたら、聞こえていても気にしていない振りをしているのかもしれない。そしてその上で、陰口を叩いた者をきっちり覚えておくしたたかさが祖母にはある。

雄介の隣に立つ両親は二人とも表情がなかった。母はともかく父は性格上、癪に障ったらこの場でも怒鳴りつけることだろう。それがないということは、父も祖母の横暴さに多少なりとも思うところがあるということか。雄介は少し後ろに立っていた敏子を振り返った。表情はなく、顔が白い。化粧なのか疲れなのか、それとも吉岡家の一員としてここに立っている居心地の悪さなのか。雄介には判断がつかなかった。

会館の玄関先での世間話をひとしきり楽しんだ一団が、一人、また一人と帰っていく。やっと人数が減ってきたことに雄介は安堵の息をついた。

「俺らだって、もうあと順番順番で死んでくだけだじゃ」

遠ざかっていく喪服の一団の、小柄な一人がそう言った。順番順番。ふと、雄介は集落の外れにある墓地を思い出した。毎日、自転車で高校に通う道沿いに、草に紛れてひっそりと佇んでいる、地域の墓地だ。

吉岡家の墓は根室の寺にあるが、それ以外の、集落の人々が眠る場所だった。屯田兵として移り住んだ代の人。この根室で生まれて死んだ人。こまめに手入れされている様子の古い墓から、新しいのに草ぼうぼうの墓まで、様々だった。

家の菩提寺にある墓も、今回祖父の名が刻まれ、やがて歳月を経たら、祖母や両親のものも加えられるのだろうか。そしていずれは自分も。その道理は分かっているはずなのに、雄介はうまく想像することができなかった。

「あら、敏子、帰ってきてたのねえ」

後ろから、雄介と敏子の肩が強く叩かれた。振り返ると、喪服に合わない厚塗りをした中年女性が、商売気の漂う微笑みを顔に張り付かせて立っていた。

叔母の保子。父の妹だった。根室の漁師の家に嫁いだ後、すぐに離婚して繁華街の飲み屋で雇われ女将をしているという。通夜に遅刻してきて親族席の隅に座った人の気配があったが、この人らしい。

「敏子ぉ。あんた内地行ったらほとんどそれっきりで。薄情なもんねえ。なんもない根室と比べたらうまい酒あるしいい男いるし、若いから仕方ないかねえ？　それにしても、もっと早くに帰ってこないとさあ。爺さんの死に目に間に合わなかったじゃないのさ」

にやけた時の表情は父そっくりだ。根室市街に住んでいるというのに、実父がいよいよ危なくなっても顔を見せなかった人間が何を言うのか。雄介は子どもの頃から、妙に馴れ馴れしい態度で近づき棘のある言葉を吐く叔母が苦手だった。その棘はどうやら血の繋がった姪にも等しく向けられるらしい。

「工場の事務やってるって言ったっけ？　まあまあ、女の子がそんな頑張って仕事してもさあ。それよりもう結構な歳なんだから、根室に帰って早くいいひと見つけて、父さん母さん安心させてやんないと。吉岡の血がちゃんと繋がった孫産めるのは、あんたしかいないんだから」

叔母はねっとりと姉の背中を撫でながら、ちらりと雄介を見る。叔母に子はいないから、吉岡の血を継いでいるのは叔母の言う通りに敏子しかいない。その意味で、養子である雄介の立場は低いまま変わりがないらしい。

「いえ、その」

姉は下を向いたまま、叔母に言われるままになっている。雄介も何か言い返してやりたいが、叔母に揚げ足をとられないような無難な話題が思いつかない。そのうち、残っていた参列者の目が、叔母に絡まれて縮こまる敏子へと注がれはじめる。その少し離れたところから、母が冷たい目で叔母を見ていた。娘の助けには入れないらしい。

「あら、『ふじ木』の女将さんでないですか。この度はねえ、お父さん、誠にご愁傷様でございます」

「ああ、坊守さん、ご無沙汰しております。この間はご住職が檀家さんと店来てくれてねえ」

一人の女性が参列者の中から進み出て、叔母の肩を叩いた。そのまま、明るい声で世間話が始まる。叔母がそちらを向いた隙に、雄介はそっと姉の背を押し、会館の奥に入るよう促したのだった。

祭壇の近くに座布団を敷いて、姉に座るよう促す。

「ありがとう」

なかば崩れるように座った姉は、猫背になり溜息を吐いた。叔母のことで疲弊しただけでなく、肉体的にも疲れているようだった。電報をもらってすぐ、遠方のところ急いで帰郷したのだ。喪服に包まれた細い肩が頼りない。

「お茶かなんか、貰ってくるよ」

「うん、ごめんね」

雄介は台所で立ち話をしている手伝いの女性から茶碗(ちゃわん)を受け取り、待っているであろう姉のもとへと急いだ。廊下から覗くと、玄関付近でまだ立ち話をしている叔母の姿が見える。話しているのは先ほどの女性だ。細身で、どこか見覚えがある。誰だったか思い出せないまま、祭壇へと戻った。

姉は棺桶(かんおけ)に向き合って、窓から中を覗き込んでいた。疲れた顔そのままで、死んだ祖父の顔をじっと見ている。

「お爺ちゃん、亡くなる前、どんな感じだったの」

「どんなって……うーん」

茶碗を渡しながら、雄介は姉の質問の意図を考えた。深くても浅くても、結局同じ答えにしかならない。

「あんまり変わらないままだったな。口煩くて、母さんを困らせたまま弱ってって。

言い方は悪いかもしれないけど、最後ぎりぎりまでちゃんと煩かった」

「そう」

姉は棺桶の窓を閉めると、茶を一口飲んだ。今度の溜息は長かったが、そこに安心の気配を雄介は感じる。彼女にとって枷の一つが外れたのだ。

吉岡家唯一の実子とはいえ、女であったことで姉が祖父母から受けたであろう冷たい仕打ちを想像する。葬式に帰ってきただけ、まだ、偉いじゃないか。保子叔母にそう言ってやりたい気がした。

「なんだか駄目ね。お通夜とかお葬式とか、どうにも私、苦手で」

実際に姉の顔はまだ少し青い。歳が離れていたうえ、後継ぎになれない実子と後継ぎのためだけに貰われて来た養子ということで、お互いに距離を置いてきたところもある。雄介は姉が本音を吐露するところを初めて見た。

「通夜や葬式が好きな人なんて、そんないないしょや」

「そうなんだけど、違うの。そうじゃなくて」

軽く返した雄介の方を、姉はなぜか見ない。その声は重かった。

「子どもの頃に、私ね。近所の上級生の子に交じって、みんなして女の子を責めたてたことがあるの。……今思うと、いじめってことになっちゃうのかな」

いじめ。その単語と、細い身体を喪服で包んでいる姉の姿が、どうしても結びつかなかった。雄介の口からは思わず「なんで」と率直な疑問が飛び出す。

「近所に住む女の子をね、上級生が、お前の親は悪い人間だって言って。みんなで仲間外れ、ううん、一方的に責めて疎外したの。私は細かいことも分からずに他の子と一緒になって責める側に加わってたんだけど、そのうちにその子、自殺しちゃって」

雄介の中で、一瞬、心臓がおかしな跳ね方をした。自殺。普段は馴染みのないその言葉が、記憶のどこかで一致する。いつか伝え聞いた、産みの母親の事情。自分が産まれた時には既にいなかった、血の繋がった実の姉の死因。

「……まだ、私も小さかったから、因果関係については分からないままだったけど、近所だし歳が近いから、私もその子の葬儀に出てね。その時、ひたすら怖かった。誰かに、お前のせいだと言われるんじゃないかって」

姉は膝の上に組んだ自分の指先に視線を落とし、雄介を見ようとしない。

「その子の名字、木田って言った？」

雄介の声は平坦だった。木田、の名を聞いた途端に、姉の肩がびくりと跳ねる。雄介は確信した。この人は、俺の血の繋がった方の、今はもうない家族の断片を知っている。そのうえで、俺にその子のことを話している。

「ごめん」

消え入りそうな姉の声は、同じ言葉を繰り返すごとに涙声になっていった。

「ごめん。本当にごめん、ごめんなさい。まさか、あんなことになるなんて思わなかったの。本当にごめんなさい」

葬式の最中には見せなかった涙を零(こぼ)しながら、姉はごめん、ごめんなさいと繰り返した。

「それが、俺の実の姉なわけだ」

ハンカチで顔を覆ったまま、敏子は頷いた。小学生で自ら命を絶った少女。事実と想像と憶測が全てかみ合わず、雄介は泣く姉を見つめることしかできない。

「まさか、あの子の弟がうちに来るなんて、思わなかったの」

涙声で絞り出された言葉に、雄介ははっとした。雄介にとってはよく知らない実姉の悲劇だが、義姉にとっては、自分が追い詰めた子の弟が義弟になったということになる。つまり、姉にとっては、俺が家の中にいること自体、過去の罪を目の前に突き付けられるようなものだったのだ。

「ごめん」

「なんであんたが謝るの。悪いのは、私だもの」

思わず漏れた謝罪の言葉を、姉は顔を上げて否定した。涙でぐしゃぐしゃになり、化粧が落ちて目の下にそばかすが見える。

「姉さんが家を出たのは、俺がいたから?」

「それも、少しだけ、ある。でも、それだけじゃない。だから、あんたはぜんぜん、なんも、気にすることない。全部私。私のせい」

敏子は鼻を啜りながら下を向いた。自分の存在が敏子にとって辛いものであったのは間違いないが、居辛い思いをした他の理由も想像がつく。きつい大人に囲まれたままならない生家から抜け出したのは、姉にとってやはり唯一の選択だったのだろう。

雄介は実姉の件を責める気持ちが湧かないことが悲しかった。育ってきた吉岡家で成長することだけで精一杯で、生みの親や血の繋がった姉の死にまで想いを及ぼすことが自分はできない。そして、ここで小さく萎びている姉のことも、どう受け止めるべきか分からない。

「姉ちゃん」

呼びかけに、姉はさらに猫背になり頭を垂れる。

「俺は吉岡の家の子だよ。結局、それは変わらないし、昔のことももう変えられない」

装おうと思った以上に優しい声を出せた。姉はあからさまにほっとした表情で雄介を見上げ、弱々しく笑いかけてきた。

姉が茶をゆっくり飲み終えるまで、雄介はそこで付き添っていた。傍目には、歳の離れた姉弟が久々に再会し、落涙しながら故人を悼んでいるように見えたろう。雄介としては、悼むのは祖父一人だけではなく、顔写真も見たことのない、小学生で自ら命を絶った実姉のことも想っていた。

顔は自分に似ている部分があったのだろうか。近所の小学生を考えると、身長は同じかそのぐらいだったのだろうか。小さな体で、自分を苛めた者を、義姉を含めた近所の子たちを、心底恨みながら死んでいったのだろうか。

ふと、実母は姉が告白した事実を知っているのだろうかと疑問が湧いた。根室で保健婦として暮らしていると聞くが、向こうから特別に会いに来る気配はなく、雄介も会いに行く気はない、血の繋がりだけの実母。娘を失った実母は、俺の義姉を人知れず恨んでいたりするのだろうか。

ぼんやりと考えているうちに、参列者もほぼ帰り、片づけに入る時間となった。遺族は線香番で会館に残るが、会場は整え直しておかねばならない。

雄介は座布団を片付けながら、ふと思い出したことを姉に尋ねた。

「そういえば、さっき保子叔母さんに話しかけた女の人、誰だったっけ」

「ああ、お寺さんのユリ叔母さんじゃないかな」

「お寺さんの叔母さん？」

少し呆れたように、姉はちょうど手にしていた僧侶用の分厚い座布団を指した。

「お母さんの妹よ。今日お経上げてくれた住職さんではなくて、違うお寺さんのとこにお嫁に行った」

「ああ、そうか」

雄介にとっても、血は繋がっていないとはいえ親戚ではあるわけだ。母方の親戚と会ったことはほとんどないので、全く思い出せていなかった。

会館の片づけついでにあちこちに目をやったが、ユリ叔母の姿はなかった。ついでに故人の実子であるはずの保子叔母も、さっさと姿を消していた。


通夜の後、続く儀式の流れは滞りなく済んでいった。その間、姉は久々に戻った実家で廊下に布団をしいて眠るように言われた。かつて使っていた自室は物置としてがらくたが詰め込まれていたのだ。母や祖母が姉に食べたいものがあるかどうかも聞かなかったのは、葬儀でばたついていたからだけではないのではないか。雄介の中で答えのない疑念が膨らんだ。

姉は仕事の都合で、すぐに東京に戻らなければならないという。祖母は「なんて不孝者だ」と、手土産の人形焼きを齧(かじ)りながら責めたが、長く滞在したからといって歓待などしないだろうに。姉も同じように感じているのか、荷造りは早かった。

姉は、駅までの荷物持ちを雄介に頼んできた。休む訳にはいかない牛舎の仕事に加え、一連の儀式で疲れてはいたが、雄介に断る理由はなかった。

姉のボストンバッグはそれほど大きくない。元野球部員の肩には心許(こころもと)ないほど軽いそれを担いで、雄介は姉と並んで駅まで歩いた。一般的にはまだ夏なのに、秋の気配を運ぶ冷涼な風がススキの若穂を揺らしていく。思えば姉と連れ立って屋外で遊んだり、歩いたりした記憶はない。二人ともほぼ大人になってから、しかも無言で道ゆきを共にすることに、妙な巡り合わせを思った。

最寄りの駅は根室市街にある根室駅ではなく、集落のはずれにある小さな駅だ。木造の小さな駅舎にも、涼やかな風が吹きつけていた。待合室の二、三ある椅子は人でいっぱいで、雄介と姉は風の中、ホームのベンチで待つことにした。雄介としては、列車がくるのを待たずに帰っても問題はないのだが、自分を荷物持ちに指名してきたあたり、姉の側に話す用事があるのだろうと無言で付き合うことにした。

しかし姉も何かを喋(しゃべ)る気配はない。それならそれでいい。何も話せないままで、ただ見送るのも、関係の薄い姉弟には相応しいようにも思えた。

雄介は腕時計を見た。あと五分も待てば、根室駅から釧路方面へ向かう列車が到着するだろう。姉はそれに乗り込んで、釧路駅へと揺られていくのだ。そこからさらに釧路の空港に向かって、飛行機に乗る。雄介が修学旅行で本州に行った時、列車と青函連絡船を乗り継がねばならなかったことを思えば、飛行機に乗れるのが少し羨ましくはあった。

姉は列車が姿を見せるであろう根室の方をじっと見ている。何かを考えるには頭の中が細かな波で揺られすぎて、雄介は静かに目を閉じた。

ふと風の音の中に、小さく「ひゃあ」と気の抜けた声が聞こえた。思わず目を開けて声のした左側を見る。

そこにはかなり高齢に見える老人が足を滑らせ、かろうじて駅員に支えられている姿が見えた。転びそうになったところを助けられたらしい。老人は駅員に誘導されて、雄介が座っているベンチの近くまで来たため、雄介が「どうぞ」と席を譲った。

「いやーいやー申し訳ない。昔の知り合いの葬式で来たんだけど、俺も歳だもんだから、正座してたら膝ぁ痛くてな」

「葬式っちゅうと吉岡さんの爺さんか。知り合いかい？」

仕事中にしては気易い声で駅員が応じる。この狭い地域では、伝手を辿れば知り合い同士が繋がっている。雄介は老人と面識はない。通夜に出ていた顔かどうかも覚えていないし、向こうも声をかけてくるでもないので、知らないふりを続ける。

「そう、吉岡の爺さんさ。昔、俺、あそこんちの近所に住んでてさ。戦後に島から引き揚げてきた本家が農家やるっちゅうから、俺らはしぶしぶ牛と畑譲って釧路へ出て、それから会ってなかったけど。新聞のお悔み欄見て、泡食って来たのさ」

近所と言われても雄介に覚えはない。島、つまり戦後に北方領土から引き揚げて農家を始めた近所といえば、母の実家である林家がそうだ。そうなれば我々姉弟にとっては遠縁ということになるが、会った覚えはない。それ以上あの家について聞いたことはないので、雄介に確かめようはない。姉のほうを見たが、小さく首を傾げている様子を見るに、やはり面識はなさそうだ。二人はこのまま聞き流そうと、目の前の線路を眺めた。

「昔さあ、あそこでまだ小さい女の子が使われててなあ。可哀相なもんだったよ。まともにメシも食ってねえみたいで。腹鳴らしながら頑張ってた。いつもぼろぼろの服着て」

この老人がまだ若い頃に吉岡の家で使われていた女の子。

実母だ。雄介は直感した。実母のことを、この人は言っている。話しかけようかと一瞬だけ思った。でも、何と言えばいい？　どんな子でしたか？　実は俺はその子の息子です、とでも？

雄介の戸惑いをよそに、老人の回顧は寂し気な口調で続いた。駅員と話しているというよりも、懺悔の言葉を連ねているようだった。

「よく働く子で、うちに手伝い来てくれてなあ。婆さんがおにぎり出したら、最初遠慮してたけど、いくらでも食えっちゅうたら本当に何個も食ってた。いい食いっぷりでなあ。うちの娘が嫁に行った後だったから、うちで引き取りたいと思ったんだけど吉岡の爺さん婆さんにひどく突っぱねられたっけなあ。もしかしたら、今回の葬式で会えるべかと思ったんだ。けど、いなかったなあ。もとの知り合いも探したけど、もうみんな死んでしまってて、誰も知らんべし。どうしてるべか。あの子……」

老人の呟きは、どうしてるべか、どうしてるべかと幾度も繰り返されてようやく止まった。傍らで耳を傾けていた駅員は、列車が近づいているのか手旗を持って歩いていった。

雄介の視界の端で、姉は俯いていた。バッグの持ち手を握る指に力が入っているのが分かる。老人に声を掛けられないのは自分だけではない。姉も同じなのだと分かった。

最初にファンと警笛が聞こえた。ホームの向こう、線路の先に小さく列車が見える。警笛を聞いた鹿が三頭ほど、ぴょんぴょん跳ねては線路わきの藪(やぶ)に逃げ込んでいくのが見えた。老人は立ち上がってホームの乗降口を示す線へと向かった。姉も立ち上がったが、雄介の前に立つ。立ちふさがるような格好で、口をへの字に結んでいた。

「雄介」

強張(こわば)った声と表情は、今にも泣きそうなものに見えた。

「さっさと家を出た私が言えたことじゃないかもしれないけど。あんた、もし大学受かって根室を出たら、卒業しても戻んないでうちと縁を切りなさい」

何を。どうして。突然のことに雄介が口を開けずにいると、堰(せき)を切ったように姉は続ける。

「あんたは優しいから、うちでの役割とか、育ててくれた恩とか、色々考えちゃうかもしれないけど、そんなのいいから。全部放り出していいから、吉岡の家と縁を切りなさい」

「でも、それは」

雄介は真剣な姉の眼差しに面食らった。吉岡の家に養子でも後継ぎが必要だということを痛感させられてきたのは、他でもないこの人だったろうに。

「ここにいたら、ここで残りの人生を生きなきゃならないってなったら、きっとあんた、腐ってしまう。腐らされてしまうわ。そんなのだめだ。どこ行ったっていいから、ここ以外のとこで、生きてけばいいしょ」

雄介は右肩を摑(つか)まれて、ね？　と念押しをされた。正直、返答に困る。家の責任を完全に放棄した姉に何を言われたとしても、頷き難い思いもある。視線を外して、小さく首を振った。

「そう簡単にはいかないと思う」

「そりゃあのお父さんお母さん相手なら説得とかは無理だろうけど、いっそ関わりを切ってしまうならさすがに……」

「それに」

姉の、必死めいてきた説得を切り捨てるためだけに、無理に言葉を差し挟んだ。

「俺は別に優しくないよ」

後ろめたさから、雄介は足下を見ながらそう言った。それを年齢特有の照れ隠しと勘違いしたのか、姉は見当違いにふふっと笑う。

「ごめん。姉らしいことなんもしてこなかったのに、偉そうに」

「そんなことない。ありがとう」

形ばかりの礼の言葉は、ホームに滑り込んできた列車のブレーキ音にかき消された。金属音が耳に少し痛い。

「気を付けて」

「元気でね」

時間だ。最後に、ありきたりな、短いやりとりだけを交わして、姉はボストンバッグを片手に列車に乗り込んだ。

「あとね」

そのまま車内に入っていくのかと思いきや、姉はドアぎりぎりのところで振り返った。そのまま眉間に皺を寄せると、雄介を手招きする。一瞬だけ迷ったように止まってから、他の乗客に聞かれないようになのか、耳元で囁(ささや)いた。

「もし、これからも根室で生きていくんなら、小山田さんには気をつけなさい。雄介のお姉さんを一番責めて、追い詰めていた人だから」

想像もしなかったことを言われて、雄介は思わず「なんで」と上ずった声を上げる。その瞬間、ブシュウと油圧ドアが閉まり、姉の姿は他の乗客にまぎれて見えなくなった。老人の姿もいつの間にか車内に消えていた。

雄介は列車が発車し、その姿が小さくなるまで呆然（ぼうぜん）と見つめていた。自分の記憶の中にある小山田の姿と、姉から聞かされて知った事実がぐるぐると渦を巻いて収まらない。近所に住むやり手の農家。父の過ちを敢然と責め立てた男。そして俺の姉を、自死した姉を、責めていた人物。それらが全て、同じ人間とは。

何もかもがかみ合わなかった。そもそも、顔も知らない実姉の死に関して、自分がどういう感情を抱けばいいのかさえ分からないのに。その姉を追い詰めていた人物が近所に住んでいるとしても、どう感じればいいのか。怒るべきなのか？　憎むべきなのか？　そもそも、正解など果たしてあるのだろうか。

持て余した感情をどうしたらいいか分からないまま、雄介は駅舎を抜け、姉弟で歩いて来た道を独りで帰る。

俺は。俺の人生の予定は、このまま勉強して、北大入って。四年間だけ息抜きしたら実家に戻って、農家を継ぐんだ。何も変わりはしない。

その筈なのに、首の後ろに今までなかった部品を一つ捻じ込まれたように、居心地が悪かった。平坦な道なのに息が勝手に上がる。何かが今までと違う。実母。後悔していた義姉。死んだ実姉。その実姉を死に追いやったという男。

過去の、もう自分とは関わりのないはずの人間が、自分の未来に立ちふさがり始めたような。彼らを押しのけ切らなければ前に進めないような、そんな予感がした。

雄介の脳裏にひとつのイメージが湧く。森や原野の、枯れて強度を増した長い草に似ているような気がする。ああそうだ、茶色く、もうただ朽ちていくだけのはずなのに、遊ぶ子の足に絡んではその体を転ばせる厄介な存在。ただ定められた道を、少しでもより良い歩き方で進めればいいだけなのに。俺の足には、今、何が絡んでいるというのか。得体の知れなさに不快感を覚えて、雄介は道端の草を蹴った。

二

祖父の四十九日が終わった。身内が死んだという空白が、吉岡家を未だすっぽりと包んでいた。例えば、生前は食事の際に金と近所の愚痴を欠かさなかった祖父の不在は、食卓を少しだけ静かにさせた。雄介としては、祖父からいつも何かにつけ怒鳴りつけられたことを思うと、正直ほっとした気持ちがあることも否めない。一方で、やはり今までいた家族が一人死んでしまったことを、少しは悲しめた自分にほっとした。四十九日が明けて以降も、家はばたばたと落ち着きがなかった。顔も知らない親戚や知り合いが、昼前でも夕刻でも予告なく線香を上げに来るのだ。

客が来れば雄介はコンテナで勉強に集中していようが容赦なく母屋に呼び付けられ、挨拶と弔問の礼を言わなければならない。それだけにとどまらず、祖母や父の「実は養子で」「出来が悪いなりに北大受けるつもりで」「血は繋がっていないが勉強好きに育ててあげたのは私らで」などと、けなしと半端な自慢を横で聞かされる羽目になるのだ。

養子ではあるが優秀な後継ぎがうちにはいるのだ、という面子（メンツ）を立たせることが大事なのは雄介にも分かるが、挨拶を重ねるその都度、体に巻き付いた見えない紐（ひも）の本数が増えていくような気がする。

うんざりとする中、母はより大変だろうとも思う。祖母と父は家を過剰に散らかして母に片付けさせることで自分たちの方が立場が上だと確認する悪癖がある。いつ来るか分からない来客に備えて常に家の中を片付け、来訪に応じて茶と菓子を出す。時間帯によっては長居する客に食事まで用意する。母のことを思えばこそ、雄介も客の応対に嫌な顔を見せないよう気を付けることができた。

ようやく弔問が減ってきたある日曜、雄介はいつものように勉強していた。今日、父は農機具の展示会を見に車で中標津まで出かけているし、祖母は保子叔母のアパートを訪ねて根室の街中に行っているという。きっと、保子叔母さんに喪中の間に溜まった愚痴を吐き出しに行くんだよ、というのは母の弁だ。来客があっても長居はしないだろうから、夕方の仕事までは受験勉強に没頭できる。

学校の教師がくれた北大の過去問は数年分をもう何度も解いてしまったが、さらに何周目かの挑戦をする。三次関数の設問に手をつけたところで、コンテナに近づく足音が聞こえ、ドアがノックされた。開けたドアの向こうには、いつものように、疲れた顔の母が立っていた。

「何」

思わず返答の声が低くなってしまったので、慌てて声を明るくして「どうかした?」と付け加える。

「今ね、ユリ叔母さんが来てるの。お母さんの、妹ね。雄介の顔も見たいって言うから、ちょっと来なさい」

「うん、わかった」

他の客であれば、面倒くさいと正直思うところだった。しかし、ユリ叔母さんと聞いて雄介は少し考え、「すぐ行く」と付け加える。

通夜の夜、姉と自分に絡んでいた保子叔母のことを、さりげなく引きはがしてくれた姿が思い出された。

雄介は呼び出しの意図を疑問に思いつつ、ビーチサンダルを履いた。玄関脇の来客用駐車スペースに、派手ではないが高価そうなセダンが停まっている。うちの埃と傷だらけの車と違い、新車と思えるほどぴかぴかだ。玄関の引き戸を開くと、踵の低い女性用の革靴が黒い光を放っていた。車と同じく、くもり一つない。

入り口近くで番犬のチロがめずらしく体を丸めて大人しくしていた。客が来ている間はいつも苛々と歩き回って鎖を鳴らしているはずなのに。いつも散歩に連れ出す雄介にも吠えかかる犬が、何とも珍しいこともあったものだ。雄介は思わず普段は脱いだまま放っておくサンダルをきちんと揃えると、茶の間に向かった。

「ああ、あなたが雄介くんね」

穏やかな声と共に気づいたのは、家のものではない線香の匂いだった。落ち着いたグレーのワンピースと、浅い笑い皺を見て、ああ、お寺さんの奥さんだったっけ、と合点がいく。それを思い出すと、叔母さんからうちのものではない線香の香りが漂ってくる気がした。

「この間、お通夜の時は挨拶もせずに、ごめんなさいね」

「いえ、自分も気付かなくて、失礼しました」

お互いによそよそしく頭を下げる。雄介は次に交わす話題に困った。人を勝手に話のネタにする祖母と父はいないし、この人は親戚筋のため通夜にいただけで、故人の祖父に関わる共通の話題もない。とりあえずちゃぶ台を挟んで向かいに座ると、母が雄介の茶を用意しに席を立った。

「よっこいしょ」

いつも体を動かし始める時にそう口にしていることを、母はおそらく自覚はしていないであろうと雄介は思う。母だってそれなりに歳だ。ユリ叔母さんとどれだけ離れているかは分からないが、野良着とよそ行きのワンピース、着るものひとつとっても随分と年齢差を感じさせる。

「雄介くん、高校三年生だっけ。北大受けるって姉さんから聞いたわ、すごいねえ」

「いえ、別に、受かるかどうかもまだ分かんないですし」

ありきたりの言葉をかけられて、いつものように返事をする。こういったやりとりの時、雄介はかつて一度、「親に受けろって言われたから受けるだけです」と馬鹿正直に口にして、客の目の前で父に肩を叩かれたことがある。父は冗談めかしてその場を取り繕ったが、服の下に残った拳の痕は、一週間消えなかった。

雄介の中で苦い記憶がひと筋蘇（よみがえ）ったが、表情には出さなかった。叔母は明るい声で問う。

「何学部？」

「理系としてまず入って、一般教養受けてから学部決まるんで、その後です。農学部と思ってるんですが。牛飼いやるにはそれが一番いいんで」

「そう、すごいのねえ、まだ若いのにしっかりしてる。立派だわ」

「いえ、そんなでも」

　おや、と雄介は気づいた。これまで何度も、何人もの大人を前に同じようなやりとりを繰り返してきたが、叔母の感嘆は大袈裟（おおげさ）さも揶揄（やゆ）する響きもない。そこでようやく、叔母の顔を正面から見た。感じの良い微笑みを湛えているが、どうしてか、それだけではない感じがする。

　ああ年齢か、とようやく気付いた。母と違い、小ぎれいな格好をしているから最初は若い印象を受けたが、実はこの人の顔は母と同じか、それ以上に年齢を重ねているように見える。

　生活し、勉強することにばかり注力してきた雄介に女性の顔について云々（うんぬん）言えるほどの視点はないが、それにしても、この叔母はひどく苦労を重ねてきた人に見えた。

　多分、見た目をきちんと整えているのは、人と接することが生活の一部だからだ。母とはまた違う辛さを肌に刻んで、それでも微笑んでいる。それが叔母と相対して生じる小さな違和感の正体らしかった。

「何言ってるの。ユリだって、一杯勉強してたでないの。子どもの頃」

台所から戻ってきた母が、雄介の前に麦茶がなみなみと注がれたコップを置いた。お盆を手にしたまま、また「どっこいしょ」と小さく言ってちゃぶ台を囲む。

「まあねえ、キクや留雄の世話しながら、合間に勉強してたわね。あの頃は、林の家は余裕なくて、進学とかそういうの考えられなかったけど」

キクと留雄は母の弟妹にあたる。叔母にあたるキクに雄介は会ったことがない。現在は釧路で、両親、つまり雄介の母方の祖父母と共に暮らしていると聞いたことがある。祖父の葬儀の際に母方の祖父母は来ていたが、キク叔母さんという人は見なかった。

留雄のほうは現在林家を継いでいる。近隣の農家だが、嫁を貰わず一人で営農しているため、地域の集まりにもあまり来ず、雄介も顔ぐらいしか分からない。親戚筋でありながら、うちの葬儀には来なかった。その日の牛舎の作業が終わらずに出席できなかったそうだ。本当かどうかは確かめようがない。

雄介は、母が近所であるにもかかわらず実家と繋がりが薄いのは、吉岡の家に遠慮せざるを得ないからだけではないような気がし始めていた。家庭というものが内と外で違って見えることは、雄介にもよく分かっている。

「それでも、時々、あの人が手助けしてくれたから、なんとかなったのよ。保健婦の、

「あぁ、橋宮さん、ね」

母が一瞬だけ自分を見たのを雄介は感じ取る。橋宮という保健婦が自分を産んだ女性だということを雄介は知っているし、母もそのことを把握している。それでも神経質になるあたり、それなりに思うところはあるのだろう。杞憂だ、と雄介は思う。自分はその橋宮さんとやらに対し、愛情や憎らしさを感じられるほどの情報さえ持っていないというのに。

むしろ、帰省した姉から聞かされた、自死した実姉の話の方が思い出された。小山田をはじめとした、この地域の子どもたちによって追い詰められた子。

「もう、どのぐらいになるっけ」

母の叔母への問いかけに、雄介はびくりと顔を上げてしまう。その様子に気付いていないのか、叔母がええと、と考え込んだ。

「一年半かな。一周忌はうちでひっそり済まさせてもらったわ。癌の発見から亡くなるまで、若いからなのか、早くてね」

「そう」

小さく頷いて、母は茶を啜った。雄介は自分の前に置かれたコップの水滴が垂れていくのから目を離せない。頭の中は、必死で時間を巻き戻していた。

実母が死んでいた。一年半前。とすれば、自分が高校二年に上がって間もない春ごろか。あの時期、未明になぜか母屋が騒がしくて、まさか火事かと思い駆け込んだことがあった。

結局何もなかったが、あの時の母の「まだ寝てなさい」と言いつけた時の剣幕。それを思い出して、雄介の頭の中で断片がぴたりと符合した気がした。

あれは、実母が死んだ連絡だったのだ。

「ねえ、そうだ、雄介くん。学校は西高(にし)だったたっけ」

「あ、はい」

ふいに声がかけられて、返事が遅れる。こちらの様子に構わず、叔母はにこにこ笑っていた。

「うちの寺、西高からそんなに離れてないのよ。学校帰りにでも、たまに寄っていくといいわ」

「いえ、でも」

「うちの息子は修行で本山のお山に入っちゃってるし、近所の子はもう大きくなったりみんな習い事に行っちゃったりで、お供え物のお菓子、最近余りがちなのよね。少し取りにきてくれたら、おばさん、ありがたいわあ」

「はあ……」

　思わぬ申し出に雄介は戸惑い、ちらりと母を見た。余り菓子を貰いにいくなんてお婆ちゃんにどやされるよ、と言われるかと思ったが、予想外に頷いている。

「いいんじゃない。ありがたいわ。勉強ばっかりだと疲れるでしょうから、息抜きがてら、ご馳走になりに行きなさい」

「え、うん」

　実母が死んでいたという情報と、もたらされた軽薄な誘いの落差に心が馴染めず、気の利いた返答ができない。自分は実母のことを聞くべきなのか、母の前でやはりそれはまずいのではないか、逡巡しているうちに叔母が「さてと」と腰を上げた。

「それじゃそろそろ失礼するわ。旦那さんとお婆ちゃん帰ってきたら、姉さん忙しいでしょ？　時間潰させたら悪いわ」

「なんもよ。ああ、車乗る前に裏の畑回って。もうとるにいいカボチャあるから、持ってくといいわ」

「ああ助かるわあ、門徒さんでカボチャ作るの上手なお婆ちゃんいたんだけど、冬に亡くなっちゃったから。今年は買わなきゃと思ってたの」

　母と叔母は野菜作りの話などしながら、賑やかに玄関を出ていく。うちのものではない線香の匂いはもう消えていた。

　残された雄介はぬるくなった麦茶を呷った。急に飲み込みすぎて喉と食道が痛む。

大きく息を吐くと、だらしなくその場に横になった。手足と、体の芯の力が入らない。

「なんだったんだ」

小さく声に出す。頭は混乱している。実母は死んでいた。家族は、母は、それを自分に知らせなかった。しかし今、叔母と母はそれを教えてきた。寺へのわけの分からない招待と共に。

誘導されている？

証拠はないが、そうとしか思えない。厳しい祖父がいなくなったことと関係しているのか。今この場に祖母と父がいなかったことも招かれた理由になるのか。

分からないが、ひとまず保留にして、移動しなければ。雄介は身を起こした。煩い祖母と父が帰ってくる前に母屋を出ておいた方がいい。

雄介は自分の領域である狭いコンテナに戻っても、もう一度過去問に向き合おうという気持ちは起こらなかった。頭がもやもやして、問題を解くどころではない。簡素な寝台に寝ころんで、目を閉じた。淀んだ空気に汗がにじむ。そのまま無理矢理仮眠してしまおうと目を閉じた。そういえば、叔母が外に出ても、今日のチロは吠えなかった。

一週間後、雄介は高校に行く前に母に大根二本を預けられた。

「これ、帰りにユリ叔母さんのとこに持ってってあげて」

「鞄に入んないよ。高校に生の大根二本持っていくって、なにごとだよ」

「しょうがないね、じゃあ、もったいないけど葉っぱ落としてあげるから。ビニール袋に入れたら大丈夫でしょ。なんなら、行きがけに寄っていってくれてもいいけど」

そう言われて、雄介は言葉に詰まった。家から高校までは自転車で三十分かかる。寺を経由すると遠回りになり、四十分にはなるだろう。朝、牛舎の仕事を終えてから登校する雄介に十分の差は大きい。

「分かった。帰りに持っていく」

「頼むね」

雄介は仕方なく背負い鞄の教科書を寄せ、隙間に大根の入った袋を詰め込んだ。蓋の隙間から一本が少しはみ出てひどく不格好だった。

自転車にまたがって二、三度ペダルを踏みこむと、背後から人の大声が聞こえる。動かす足を止めないまま振り返ると、祖母と父が母に何か詰め寄っていた。

「置いたはずの通帳がない」

「婆さんが自分でどっかやるわけねえ」

断片的に耳に入ってくる話だけでも、ただ因縁をつけているだけのように聞こえる。祖父が亡くなってから、祖母は以前にも増しておかしい。もともと道理を外れてでも自分の意見をごり押しする傾向があったが、近頃は特に、雄介が見ていても言った言わないなどの過去の認識が危うくなってきている。呆けたのだろうか、という仮定をするたびに背筋に冷たいものがよぎる。

父は父で、昔から祖母の威を借る勢いで横暴に振る舞うものだから、従順な母はひたすら黙って二人の理不尽を受け入れざるを得なくなる。

雄介はあのコンテナを自分の部屋にしたことを後悔していない。しかし、本当にコンテナを必要としていたのは母ではないのか、という気がしていた。癌で死んだ実母と、生きてはいても踏みつけられ続ける育ての母親。どちらも自分とは確かに地続きの存在であるはずなのに、どうしようもなく手出しができない。

まだ続く父と祖母のなじり声を背に、雄介は目を逸らしながらペダルを踏みこんだ。

始業時と昼休みと下校時、雄介が鞄から教科書や握り飯を出し入れする際、大根入りの袋がガサガサ音を立てた。

「吉岡、何入ってんの、その袋」

帰り際、隣の席の女子、鈴木亮子が目ざとく鞄を覗き込んできたので、「大根」と正直に答える。鈴木は近くにいた他の生徒まで巻き込んで爆笑した。

「なんで生の大根持ってきてんのお、食べんの？」

「いや、帰りに知り合いに届けるよう親に頼まれた」

家族関係の話題について、雄介はなるべく普通に話すように心がけている。自分が養子だということは子どもの頃から同級生には知られた話だし、高校生にもなってそれを揶揄う者はさすがにいない。

大根、まさかの大根、とひとしきり笑った鈴木が、目の端に浮いた涙を拭きながら、「さすが吉岡」と頷いた。

「なにがさすがだよ、うるさい鈴木」

確かに大根を持ってくるのは雄介としても恥ずかしいものがあったが、人からここまで笑われるとも思っていなかった。

いつの間にか他の生徒はそれぞれ下校の準備をして、鈴木だけがまだしつこく笑っている。鈴木が笑いながら撫でつけている髪型は聖子ちゃんカットとかいう流行らしいのだが、芸能に興味のない雄介には、顔の横で膨らませた特徴的な髪が、よく太った肉牛の尻にしか見えない。

「いや〜、でも、すごいよね。偉いよ吉岡は」

「何がだよ」

あまり親しく話したことなどないのに、鈴木は今日は妙に絡んでくる。よっぽど大根を抱えて学校に来たのが可笑しかったのだろう。雄介はさっさとこの場を去りたかった。

「勉強頑張ってるし、大学行ってから家の後継ぐつもりなんでしょ？」

「別に。家の後継ぐのは普通だろ？　みんな牛飼いとか漁師とか商店とか、継ぐ奴はたくさんいるわけだし」

鈴木は腕を組んでいやいやと首を振った。

「そうなんだけどさ、そのうえさらに、ちゃんと大根持って届けるあたりが偉いっていうのさ」

「なんだそりゃ。訳がわからん」

雄介が鞄の蓋を閉めて背負うと、鈴木は自分の髪を指先で弄りながら呟いた。

「普通のことが普通にできて、普通に優しいって、なかなかないもんだよ」

「なおさら訳わからん」

確か鈴木の親は漁協の職員だったか、と雄介は思い返す。僻むつもりは毛頭ないが、血の繋がった普通の両親の家で、朝に夕に手伝う必要も特になく過ごせるという『普通』は、雄介にとっては別世界のような環境だ。当然、価値観も大きく違い、話しかけられても何かを共有できているとは思えない。

もしも自分が鈴木のように産みの両親のもとで普通に育てられていたら、どうなっていたのか。どう考えても微塵も像を結ぶことができない。積分の過去問の方がまだ解きやすい。

雄介は退屈そうに髪を弄る鈴木に特に言い添えることはなく、大根入りの鞄を背負って教室を出た。背後で、鈴木が誰かと「いやすごいよ、大根だよ」と話す声が聞こえた。

母から教えられた仁春寺は、学校から市街地中央へと少し走ったところにあった。小さな山を背負った傾斜地に建てられていて、遠くには市街の端に広がる港が見える。

雄介は門の外に自転車を停めると、鞄を手に中へと進んだ。雑草一本生えていない玉砂利が音を立てる。本堂と庫裏、どちらに行けばいいかと歩いていると、足音が二重になっているのに気づいた。自分が立てる砂利の音以外に、しゃりしゃりしゃりと小さな音が重なっている。雄介は思わず後ろを向いた。

「なうん」

視線が合った瞬間に、白い猫が甘えた声を上げた。どうやら雄介の後をついて歩いてきていたらしい。金色の目をした、大きな白猫だった。

「なんだおまえ、ここの奴か」

思わず鞄を置いてしゃがむと、白猫は「にゃあ」と鳴いて雄介の足下まで走り寄ってきた。首に巻かれた赤い首輪がよく似合っている。頭を一度撫でてやると、両脛（りょうずね）に頭や体をすりつけてきた。

「なに、人なつっこいな。どうしたどうした」

白猫はゴロゴロと喉を鳴らし、全身で甘えを表現している。雄介はもともと猫が好きだ。家でもネズミが出ることだし、飼ってはどうかと祖父母や父に言ったことがあったが、どうやら家族は猫にあまりいい印象がないらしく、雄介の願望が叶ったことはない。

父が幾度か、番犬になるから、と近隣で生まれた犬を引き取っていたが、いずれも人に慣れることがなく、雄介が散歩に連れ出してもただ引っ張られるだけだった。

それでも雄介なりに愛着を持っていた犬もいたが、家の残飯ばかりを与えられていたうえ、病気になった途端、家から消えているのが常だった。雄介が学校に行っている間に消えていることが多かったから、おおかた父か祖父がどこかに連れて行って捨てていたのだろう。

そんな陰惨な記憶が重なり、雄介はどうにも犬より猫の方が可愛く見えるのだ。今いるチロも雄介が世話をしているが、どんなに慣らそうとしても懐かないこともあり、正直あまり愛着が持てないでいる。

「あらあら、だんご、可愛がってもらって」

背後から声がして、振り返ると叔母がくすくすと笑っていた。白猫は「よかったねえ、だんご」と声をかけられて「にゃう」と鳴く。だんごというのは名前らしい。

雄介は猫を構っているところを見られたと気恥ずかしくなり、慌てて立ち上がる。

「こんにちは。すみません勝手にお邪魔して。母から、大根預かってきました」

鞄から大根を出そうとすると、叔母はくるりと背を向けた。

「わざわざありがとうね。お茶用意するわ。こっち来て」

そう言うと叔母は雄介の返事を待たずに歩き始めてしまった。だんごがそのすぐ後を歩く。仕方なく、雄介もついていった。

庫裏の勝手口に入ると、大きなダイニングテーブルのある台所に上がった。

「そこ座ってちょうだい。温かいお茶と冷たい麦茶、どっちがいい？」

「あ、じゃ、麦茶お願いします」

雄介は勧められてテーブル備え付けの椅子に座った。飼い主と客に付き従っていただんごが、一瞬上体を伏せたかと思うと、雄介の膝に飛び乗ってくる。

「わっ」

「こら。お客さんに。ごめんね雄介くん。学生服も、毛だらけにしちゃって」

「いえ、いいんです。猫、好きなんで」

雄介のぎこちない指の動きに、自分から顎を擦りつけるようにしてだんごは甘えた。

脇に置いた鞄から大根を出す間も、器用に重心をとりながら学生服の膝の上でとぐろを巻いている。

麦茶の入った大ぶりのグラスと、いっぱいに詰め込まれた菓子鉢が雄介の目の前に置かれた。叔母も自分用に淹れたらしい温かい茶が入った碗を手に、向かいの椅子に座る。長い話になりそうだ、という予感がした。

「受験勉強、大変じゃない？」

「ええ、まあ。でも、決めたことなんで」

「大学、卒業したら、こっちに戻って後継ぐの？　それとも一度どこかに就職するの？」

「すぐ戻って後を継ぐことになると思います。親も、もう歳なんで」

これまで散々、多くの人とやりとりしてきた会話だ。無難な愛想笑いにも慣れさえしている。

「頑張ってるのねえ。すごいわ」

「そんなこと、ないです」

叔母は手に持っていた茶碗を茶托に置くと、膝に手を乗せた。

「偉いわ。やっぱり、ミサエさんの子ね」

雄介は息を継ぐのを忘れた。不自然な咳が出る。叔母は目を細めると、手元の茶碗へと視線を落とした。息が落ち着いて、待たれているであろう問いを口にする。

「俺の、実の母を、ご存じなんですか」

「ええ。お世話になったの。うちの兄弟の一番下の、ほら、留雄っているでしょう?」

「はあ、母の実家の、林さんですよね」

「うん。ミサエさん、吉岡さんちで働いてから、札幌で勉強してね。保健婦として根室に戻って来たの。そして、母が留雄を産んだ時、難産で危ないところを助けてくれたのよ」

「そうでしたか」

正直、雄介は話の内容それ自体は目新しく感じなかった。吉岡家の家族に代わって雄介に母のことを教えてくれた近所の人達は、大抵は実母が過去に担当し、何らかの形で病気や生き死にに関わった人ばかりだったからだ。

特に、良い話はよく聞いた。雄介としては、優秀な人なのだろう、と思う一方で、悪評をわざわざ子どもである自分に吹き込む人もいないだろうから、公正な判断はできかねていた。

「実は、俺、よく知らなくて。母子として会ったこともなかったし、率直に言って、あまり興味はないです」

「なぜ?」

「自分を助けてくれない人に興味を持つ必要、ないんで」

口に出してから、しまった、と雄介は後悔する。どうしてか、自分さえ意識してこなかった本音がするりと流れ出てしまった。こんなこと、戸籍上は叔母とはいえ、ほとんど知らない人に言うべきではないというのに。

叔母は驚くでもなく、ましてや叱るでもなく、静かに一口、茶を飲んだ。それから小さく息を吸う気配がある。雄介はただ語られる言葉を待つしかできない。

「たとえるなら、の話ですけれどね」

叔母は、雄介を見ないまま続けた。飼い主の声に反応したのか、膝の上で猫がぴくりと耳を動かした。

「強い木が一本、あるとしましょうか。強靭で真っすぐで、何もかもを受け入れる、そんな強い木にはね、安心して蔦が絡み付くの。……当たり前よね。蔦は自立できないんだから。縋るのなら、揺るぎなく強い木じゃないとね」

ふふ、と自嘲のように笑う叔母を、雄介はじっと見る。木？　蔦？　何を伝えようというのか、それとも彼女自身の中にある何かを振り返っているのか、その意図を酌めない。ただじっと見守るしかなかった。

「人は、木みたいにね、すごく優しくて強い人がね、奇跡的にいたりするの。ごくたまにね。でも実際には、そういう人ほど他の人によりかかられ、重荷を背負わされ、泣くことも歩みを止めることもできなくなる。あなたのお母さんも、そんな子だった」

自分よりも年上だったであろう故人に、子、という呼び方をして、叔母は急に雄介へと向き直った。

「あなた、仏教についてはご存じ？」

「え、ええとまあ、少しだけ」

いきなり宗教のことを聞かれ、雄介は小さく身を引いた。

「あまり信心深くはないですが、小学校の頃は一応お寺さんの日曜学校に通っていたんで」

自分の意思ではなく、祖母によって通わされていた、というのが事実だ。この仁春寺ではなく、高祖母が亡くなった後に門徒になったという西本願寺の寺だ。

小学生だった当時はあまり気が進まず、坊さんの話を聞かされる事より日曜学校の後で友達と遊べるのだけが楽しみだったが、言われるまま律儀に六年通い続けた。それで信仰心が培われた自覚はないものの、亡くなった祖父に毎日線香を上げるのが苦ではないのは、あの頃の日曜学校のお蔭であるのかもしれない。

叔母は菓子鉢のビスケットに手を伸ばし、小さな一枚をぱりぱりと時間をかけて飲み下すと、再び口を開いた。

「そちらのお寺さんでも教えられたかな。お釈迦(しゃか)様が悟りを開いた時にね、一本の大きな木の根元に座っていらしたの。それが、菩提樹」

「なんとなく覚えてます。日曜学校の寺の庭にも、ありました」

「ここにもあるわ。あれ」

そう言って、叔母が細い指で示した台所の窓の向こうには、豊かに葉を繁らせた木があった。庭の真ん中に位置し、明らかに特別な意味を持たされていると分かる。雄介は記憶の中にある菩提樹と照らし合わせ、同じ種と認めた。

「でもね、あれ、本物じゃないの」

「本物じゃない？」

「お釈迦様が悟りを開いた時の木はね、あの木ではないの。この辺でボダイジュとして植えられているのは、シナノキ。本当の菩提樹はね、インド菩提樹といって違う木なの。暖かい場所でしか育たないから、日本では別の木をなぞらえたのね」

「そうなんですか」

世間話じみてきた語り口に雄介が頷いていると、叔母の目がふと細められた。

「本当の菩提樹はね、無花果の仲間でね。蔓性の植物。分かる？　山葡萄みたいに、ツルウメモドキみたいに、他の木に絡み付くの」

「他の木に」

ツルウメモドキはよく分からないが、山葡萄は雄介にも分かる。根室の森に入れば、大樹に絡み付いた山葡萄の蔓が、木の全てを覆い隠しそうなほど繁茂している様子をよく見かけた。

「絡み付いてね。栄養を奪いながら、芯にある木を締め付けていく。最後には締め付けて締め付けて、元の木を殺してしまう。その頃には、芯となる木がなくても蔓が自立するほどに太くなっているから、芯が枯れて朽ち果てて、中心に空洞ができるの。それが菩提樹。別名をシメゴロシノキ」

「シメゴロシノキ」

雄介が口に出して反復すると同時に、心が勝手に字を当てる。絞め殺しの木。仏教の開祖が悟りを得た木の別名にしては、なんと禍々（まがまが）しいことだろう。叔母は雄介の当惑を読んだかのようにふっと笑った。

「私はね、お釈迦様がそんな木の下で悟りを開いた理由が、なんとなく分かる気がするのよ。そして考えるの。その菩提樹は、いったいどんな木を絞め殺したのかな、って」

叔母は笑顔だった。ほのかに、口角の動きだけでそれと分かるような穏やかな微笑みだった。地蔵に似ている、と雄介は思い至る。かつて子ども同士で夏の夕暮れ、肝試しに出掛けた地域の墓地で、薄闇に佇んでいた地蔵の笑顔だ。

雄介の頬はどうしても強張って笑いを返せない。背筋にうっすら鳥肌が湧いた。

「でもどんな木でも、いつかは枯れる。芯の木がそうであるように、絞め殺しの木もね、いつかは枯れるの」

地蔵のような表情が弛んだ。叔母はごく普通の、人当たりのいい微笑みを湛えて雄介に向き直った。

「ミサエさんのように。私も。そのだんごも」

そう言いながら叔母は雄介の膝の上で丸まっている白猫を指した。

死んだ実母。絞め殺しの木。絞め殺された木。雄介の頭の中では整理が追い付かず、示された手元の猫に話題を逃がす。

「……この猫は、ここで長いこと飼ってるんですか？」

「うん、よく考えたらけっこう長いわ。若々しいけど、もう立派なおじいちゃんかな。もとはこの猫のきょうだいがたくさんいたんだけど、悪い病気が流行ったのか、みんな先に死んでしまってね。残ったのはこの猫だけ」

叔母は目を細めて雄介の膝の上にいる白猫を見た。雄介はその白い背中を体の形に沿って撫でる。見ただけでは分からなかったが、毛皮の下に、ごつごつした背骨を感じた。年寄りの体だ。それでも猫は撫でられて気持ちがいいのか、喉を鳴らして目を閉じている。

「もう歳だから、たぶん内臓とか関節とか、色々と痛いんだと思う。でも健気にゴロゴロいうの」

「えらいですね」

「ええ。たぶんもう長く一緒にはいられないけど、最後まで可愛がってあげたい」

慈愛に満ちた声に雄介は頷く。

白猫は機嫌がいいのか、喉を鳴らしながら雄介の学生服の生地に爪を立てて揉み始めた。老いを見せ始めた体のくせに、そのしぐさはまるで子猫そのものだった。

「ねえ、お母さんとお姉さんのお墓、手を合わせていく?」

「はい」

乾いた声が出た。雄介としては、同意というよりも、ほぼ反射の返事に過ぎない。

この寺に実母と実姉の墓があるということを、これまで明確に教えられた訳ではなかった。ただ、母や叔母が回りくどいことをして雄介をここに誘導してきたのは、そのためだろうという気はしていた。きっと形に沿って動いておく必要がある。気持ちが追い付くのはその後でいい。

「こちらに」

乾いた玉砂利を踏んで、叔母に先導されるままに墓の間を抜けた。膝から降ろした白猫は律儀に叔母の後ろを歩いている。

墓地の一角を示されて、小さい墓石に『橋宮家』の文字を認めた。横に回ると、

『道子』『ミサエ』の名前と、それぞれの没年月日が刻まれている。

雄介は石の正面で砂利に膝をつき、両手を合わせた。

「手を合わせてくれてよかった」

「別に、恨んでいる訳ではないですから。母という実感はないですけど」

「うん」

責められるかと雄介は思っていたが、叔母にそんな雰囲気はない。きっと、あらゆる人の感情を受け止めるのに慣れている人なのだろう。急に、花も供え物も用意してこなかったことが後ろめたくなった。

「掃除とか、手入れは、叔母さんがしてくれたんですか」

「ええ」

「ありがとうございます」

「よして。私は、道子ちゃんにも、ミサエさんにも、何もしてあげられなかったの」

叔母はそう言ったきり、下を向いた。体の前で重ねられた手に力が入っているのが見てとれる。

この墓に眠る姉は、小さな体で、未熟な心で、それでも自分で決めて自らの命を絶った。母はその自死がきっかけで、赤ん坊の自分を養子に出したと雄介は聞いている。

自分とは血が繋がっているだけの縁にすぎず、互いに人生が交差することのなかった鬼籍の肉親。ただ、後付けの親和でも思うことはある。

どこかでブレーキは利かなかったのか。誰かが助けてやりはしなかったのか。もしも道子という実姉が自死することがなかったら。両親が離婚せず、俺も吉岡の家に養子に出されず、親子四人で生きたなら。条件を羅列しても、雄介の頭の中で像を結ぶことはない。結んだ途端に、空(むな)しい虚像になるのは分かりきっていた。それだけに、死んだ肉親二人を悼む言葉も簡単には吐けない。そもそも、自分は誰のことも糾(ただ)しようも恨みようもないのだ。

「なんで、死んだんですか。母は。癌とはこの間、聞きましたが、どこの癌だったんですか」

今まで疑問にも思わなかったことが、端的に口をついた。聞いてもどうしようもないことなのに、知りたいという欲が泡のように浮かんでしまった。

「乳癌だったの。発見が遅くて、切除しても間に合わなくてね。ミサエさん、ぎりぎりまで保健婦として仕事して、ぎりぎりまで、普段通りの生活を送りながらあれこれ片付けて、病院に入ってからはすぐ。あの人らしかった」

「そうですか」

あの人らしく。肝心なその人となりを知らないけれど、叔母の柔らかい言い方からは憐れみのようなものさえ感じた。きっとそうなのだ。きっとそうなのだ。死んだ時に微(かす)かに憐れまれるような人だから、俺に執着するのではなく、子を望んだ吉岡家のもとへと手放した。それが実母なりの最良の選択だった。そんな気がした。

雄介の足下にいた白猫が離れ、橋宮の墓石に体をすりつけた。叔母が「こら、だんご」と窘(たしな)めたが、だんごは全身くまなく墓に寄り添ってから、「ニャウ」と鳴いた。

帰り際、門の前で、雄介は叔母からビニール袋を押し付けられた。中にはお茶の時に食べそびれた菓子がいっぱいに入っている。ゼリー菓子や糖衣のかかったビスケット、黒糖つきの麩菓子(ふがし)など、懐かしいものが多い。図体はでかくなっても、自分は年かさの人間にとっては根室にいる限りはまだまだ子ども扱いなのだと、念押しされたような気がした。

「あと、これ」

「何ですか？」

手渡されたのは和紙の塊だった。奥の方に固い手触りがある。紙を開いていくと、中から朱塗りの椀(わん)がひとつ出てきた。見た目よりも重い。古いが良い品であることは雄介にも何となくわかった。

「ミサエさんの持ち物は、亡くなった後に処分するよう本人から頼まれてたから、その通りにしたのだけれど。このお椀だけは、『吉岡家に返す』ってメモが貼ってあったのよ」

「ということは、これは、もともと吉岡の家が、実母に？」

「この間亡くなったお爺様の、そのさらにお婆様から頂いたって聞いてる」

「そうなんですか」

吉岡の家で暮らしていて、雄介は主に祖父母からその『大婆様』の話を時々聞いていた。屯田兵として入植した最初の世代で、侍の矜持（きょうじ）を捨てきれず、厳しい人だったという話だ。祖父母と父はよく悪（あ）しざまに語っていた。

実母とのいきさつは分からないが、母が特別に持っていたということは、幼い頃に住み込みをしていた時、『大婆様』と相応の関係が存在したのかもしれない。

「このお椀のこと、前にハナ姉さんにも相談したことがあるんだけど、たぶん、吉岡の家は引き取っても見つけ次第捨ててしまうだろうって。だから、私としては、雄介くんに持っていて欲しいのだけれど」

「分かりました」

雄介には別段、断る理由は見つからなかった。かといってこの椀一つに精神的に寄りかかるほどの愛情も実母には持っていない。受け取って、保存しておく。それだけだし、それだけで、叔母としては安心してくれるのだろう。雄介は大根が入っていた隙間に菓子の袋と椀を入れた。

「それと、迷ったのだけれど」

叔母は少し気まずそうにポケットから封筒を取り出した。

「手紙ですか」

「いいえ。多くはないけれど、現金」

予想外の答えに雄介は戸惑うしかない。多くはないと言いつつ、封筒の厚みは一センチはある。なぜ、こんな大金がいきなり出てくるのか。

「ミサエさん、あなたのお母さんはね。物だけじゃなくて金銭の後始末も私に頼んでいたの。預貯金や現金化できるものは、全て自分と娘さんの墓の永代供養に、って」

「はあ」

実母が身寄りのない人だったのなら、この仁春寺に預けたのは妥当な選択だったのだろうと雄介も思う。養子に出した息子に遺産を残して悶着になりうると思えば、最善の選択肢だったとも。

「もちろん、寺として通常に頂戴するお線香代とかはお預かりしました。それでも、少し多くてね。ミサエさんの性格からしたら、社会に役立てて欲しいとか言うのでしょうけど、私としては雄介くんが持っておくのが一番だと思う。帳簿で記録されたようなお金ではないし、一度お寺に寄進したお金だから、派手に使うことのできない性質のものだけど」

「それは……」

雄介としては、家では最低限の小遣いしか貰っていないことを思えば、まとまった額の現金が手に入るのはありがたい。自分が受け取ることが筋の金であることも分かる。しかし、それでも手を伸ばすことを躊躇(ためら)った。その額に相応しいような愛や執着を、自分は実母に抱けていない。

「ミサエさんは、吉岡さんの手前、あなたに何もしてあげられなかったのだし」

「しかし、ですね」

「こういうのもね、供養なのよ、雄介くん」

最後の一言が効いて、結局、雄介は封筒を受け取ることになった。気を付けて鞄の一番奥にあるポケットに納める。高校生には過分な額の金を得て、浮かれる気持ちは全くない。むしろ、えぐみの強いグミの実を食べた後のような、ざらりとした気持ちが心の底に溜まった。

「それじゃ、ハナ姉さんに、大根ありがとうって伝えてちょうだい。受験勉強、頑張ってね」

「はい、ありがとうございます」

雄介は頭を深く下げ、重い気分で礼を言った。元気でね、という叔母の言葉に小さくはいと答えて、もう一度腰を折った。

門を背にしながら、十八年の人生の、根の部分をすこんと抜かれたような脱力感を自覚する。当たり前だ、と雄介は思う。自分を産んだ実母の姿が、思わぬ形で上書きされ、しかももう絶対に手が届かないと思い知らされたのだから。さっき叔母から聞いた、呟きに似た声が頭の中で反射する。

「その菩提樹は、いったいどんな木を絞め殺したのかな、って」

雄介の皮膚が粟立った。母子の名が刻まれた墓。そして、古い椀と厚い封筒。背負った鞄は、大根二本が入っていた時の方が重かったはずなのに、自転車のペダルを一周踏むごとに肩に紐が食い込んでくる気がした。

三

十月になって、雄介は焦りながら受験勉強に励んでいた。共通一次試験まであと三か月。順調に合格できて卒業したとして、家を離れるまであと五か月。

祖母と父は北大に入れと頑なで、私立を併願することは許さなかったから、もし不合格だったら、このまま家で後継ぎとは名ばかりの使用人状態で働くことになる。

「入試まであとちょっとか。高校の授業料払って勉強させてやってるんだから、合格してもらわないと困るんだ。入試の成績だって、首席か？　首席とかいうやつ、頑張ればとれるんだろ」

朝食を摂りながら、父が米粒を飛ばして雄介に言った。三年生になってから、三日に一回はこうしたはっぱをかけてくる。

「そんなの、本当に頭良くて、札幌の偏差値高い高校で、レベルの高い家庭教師つけて勉強してる人しかとれないよ。それか天才か。俺は頑張ってるつもりだし、先生も大きなミスをしなければ大丈夫だって言ってくれてるけど、首席は無理だって」

「ならもっともっと、寝ねえで勉強しろよ。いい成績で入学すりゃ奨学金も借り放題なんだろ？　それに、折角大学にまで行かせてやるんだから、勉強してなんぼだろうが。俺は大学こそ行かなかったが、よその牧場で一日中働いて、必死こいて苦労したもんだ。俺がお前ぐらいの頃はもっともっと汗水垂らしてしんどい思いしてたんだぞ」

二日に一回は披露される父の苦労話だ。雄介は曖昧に相槌を打ちながら味噌汁を飲み下した。

「ごちそうさま。着替えて、学校行ってきます」

「おう。気をつけろよ。自転車でコケて受験失敗なんてねえようにな」

余計に過ぎる父の軽口は、それでも機嫌は悪くないことを窺わせた。雄介は内心ほっとする。

雄介は、仁春寺で叔母から実母の椀と遺産を預かってから、密かに自室コンテナに鍵を取り付けた。防犯と、何より父や祖母に見つからないようにするためだ。

あの金の中から、どうしても必要な辞書や参考書などを、数冊だけ買わせてもらった。しかし残りはまだまだある。もしこの金が見つかれば、由来にかかわらず父と祖母に取りあげられてしまうだろう。雄介としては、自分のものになった金を取られるというより、実母の金が父たちの手に渡ることだけは避けねばならないと思っていた。あれはそれが許される種類の金ではない。使い道は決めていないまでも、それだけは確かだった。

幸い、雄介の部屋になど興味のない父は、ドアの隅に小さな錠がついたことに気付いていない。作業着から学生服に着替えるために中に入ろうとした雄介は、錠を開けようとポケットの鍵に手を伸ばした。

「おい」

背後から父の声が聞こえて、雄介はびくりと体を震わせた。見つかったか。殴られた上で金を取りあげられるかもしれない。そう思いながら振り返ると、父は予想外ににこにこと破顔していた。

「言い忘れてた、今晩、集落の会合にお前連れてくからな。いつもより早く帰ってきて牛舎手伝えよ」

「わかった」

なぜ俺が会合に、とか、質問をする間もなく父は母屋に戻っていった。どうやら鍵の存在はばれなかったらしい。雄介は朝からどっと疲れを感じて、息を吐いた。

大学に落ちたら卒業後すぐに。合格しても卒業して根室に戻ったら、ずっと自分は父から認められないままで過ごさなければならないのだと心が冷えた。耐える覚悟を今から養わなければいけない。

しんどい人生になりそうだ。そこに楽しみは欠片でもあるだろうか。

雄介は寺で叔母から話を聞いて以来、子どもの頃にこの家で働いていた実母もこんな気持ちを抱いて生きたのかもしれない、と折にふれ思うようになった。そして同時に、優しく強くあろうとした木が菩提樹に絞め殺されるのだという喩えを思い出す。

俺もそうなるのだろうか。血の因縁ではなく、環境の因縁として、結局は同じ場所へと誘われて絞め殺されていくような、そんな痛みを生々しく想像してみる。

そして、そのたびに姉の敏子が言っていたことを思い出す。どこかに逃げろと。しかし何度考えても、そんな無責任なことを自分に許せそうにない。仮にも後継ぎとして養子に入り、育てられてきたからには、曲げてはいけない筋がある。たとえ居心地の良くない家だとしても、だ。かかる不便や苦痛に対する我慢をし通すのが大人というものなのだろう。耐え抜かなければ、俺は真っ当な大人になれない。

ならば俺は、我慢を続ける。それしかない。

幾度考えても行き着く答えは同じなのに、雄介の体と頭は重かった。引きずりながら、今日も自転車をこいで学校へと向かう。

父の言っていた会合に連れていくとは、ようは運転手の扱いだった。雄介は中学に上がる前から牧場敷地内でトラクターに乗ってきたので、マニュアルの乗用車を動かすことはできる。父からさらに牧草畑で乗用車の運転練習をさせられたため、無免許ではあるがぶつけずに運転できるようになった。

父は会合の後の飲み会では酔っぱらいながら運転して帰ってくるのが常だったが、雄介が運転できるようになったので、連れて行きさえすれば前後不覚になるまで酔っぱらえると思ったのだろう。受験生には甚だ迷惑な話だ。

雄介としてははてっきり、運転手の役割以外に、将来の後継者として他の農家に改めて面通しでもするのかと思っていた。しかし実際は、車で連れていかれた集落の会館で、ただ広間の隅で待つよう言われただけだ。父の考えなしは今に始まったことではない。とはいえ、今更失望を深めたことに雄介自身も驚いていた。

町内会の予算配分とか、決まりきった退屈な話し合いは短い時間で切り上げられ、あとはすぐに酒が出てどんちゃん騒ぎになる。雄介は近隣の農家の旦那衆が面白半分でビールを勧めてくるのを断り、オレンジジュースをちびちび舐めていた。

こんな集まりなら、来ないでコンテナで勉強していた方がよかった。そうは思っても、おそらくは日本酒のコップを手放さずにいる父が潰れ、会がお開きになるまで帰ることはできないだろう。せめて参考書の一冊でも持ってくるべきだったか。

一人で時間を持て余している雄介の横に、男が座った。雄介には覚えがある。小山田だった。緊張で喉が小さく唾を呑んだ。

他の農家の男たちと違って、野良着の延長のようなくたびれた服ではなく、きちんとスラックスと長袖のシャツを着ている。牛や牛舎の臭いもしない。石鹸だろうか。馴染んだ臭いの中に紛れ込んだ清潔な香りは、却って雄介の鼻を刺激した。牛飼いではなく、教師だと言われた方が信じられそうな風貌だった。

「吉岡さんとこの雄介君か。久しぶりだね」

「どうも。お久しぶりです」

小山田の声は澄んでいて、変に抑揚のきいた発声に、雄介は連続テレビ小説の俳優の声に少し似ていると思った。演技過剰で何を演じても同じ役に見える役者だ。その、装いが過ぎた声に似ている。本心を微塵も見せない声のままで、小山田は続けた。

「さっきお父さんが話しているの聞いたよ。北大目指してるんだって？」

「ええ。まあ、一応」

目を逸らして雄介は応えた。そもそも、父たちが北大北大と煩くなったのは、この男が父の不祥事に介入してきたからだった。雄介個人はその件について小山田を責めたい気持ちはないが、父のやらかしたことを知っている男相手に、どこまでも居心地は悪い。小山田から見れば自分は少女に暴行した男の息子なのだ。波風を立てないことを第一に、無難に会話するのが筋というものだろう。

「小山田さんは北大を卒業なさったと聞きました。どんなところですか」

当たり障りのない問いに、小山田は顎に手をやってひどく長く考え始めた。やがて、胸ポケットから煙草(たばこ)を出すと、ライターを雄介に手渡す。

「目上の人間の煙草に火を点(つ)けることを覚えておいた方がいいところだよ」

ああ俺、この人のこと苦手だ。直感で雄介はそう思ったが、かろうじて眉間に皺を寄せるのは我慢できた。何も言わずにライターで小山田が咥えた煙草に火を点ける。わざとらしく吐き出された煙が顔にかかって、無表情を装うのに苦労した。地域では牧場を大きくして立派な経営をしているという評判だが、吉岡の父とはまた違う意味で、自分はこの男と相容(あいい)れない気がした。

「少なくとも、根室よりはたくさん人がいるところだね。ああ、人数だけじゃなくて、いろんな考えや、価値観を持った人がってことだ。いい人も、あまり良くない人も、接触するに値しない屑(くず)もいる」

屑、という強い言葉に合わせて、小山田は煙草を灰皿に押し付けた。まだ半分も吸っていないものを、容赦なく。

姉の敏子が言っていた、自死した実姉を責めた中心人物、という話は本当なのかもしれない。しかしそれを知ったところで、雄介にはこの男を責める気持ちが湧かないし、そもそも責めるべき立場でもない。ただの近所の農家同士だ。

それは間違いのないことなのに、この居心地の悪さは何だろう。可能ならば、父親の首根っこを捕まえて車に詰め込み、さっさと家に帰りたかった。できるだけ、この男とは関わり合いになりたくない。それが偽らざる本心だった。

そういえば、小山田牧場は現場仕事に何人かの従業員を雇って回しているらしい。地元の新聞でしょっちゅう求人広告を見かけるが、それは業務拡大を続けているからではなく、従業員がすぐ辞めていくからだという噂を聞いた。真偽のほどは分からないが、祖父母と父がいつか鬼の首をとったように話していたのを覚えている。

「君はどうしてわざわざ大学まで行くの？　後継ぐだけなら別に、高校出てすぐ継げばいいだろう？」

新しい煙草を咥えながら小山田が言う。雄介はすぐに火を点けたが、嫌な顔にならないよう苦労した。まさか「あんたに対抗して親が行けって言うからです」と事実を告げられる訳がない。

「……これからの牛飼いは、色々なこと勉強しないと生き残れないからって、親父(おやじ)が」

結局、父親が得意げに口にしていた建前をそのままなぞって誤魔化す。小山田は「ふうん」と言っただけで煙を深く吸った。

自分は大学で学んだことを活かし、地域で孤立してまで経営を大きくしておきながら、同じ道を歩もうとする後継者になぜ進学の理由を尋ねたのか。雄介は少し考えて、思い至る。

ああ、この男はうちと俺のことを馬鹿にしているのだ。お前など合格できるはずがない。もし北大に入ったとしても、お前の家など、拡げていく価値はない。もしくは、学んだからといって拡げられる訳はない、と。

客観的に言って、その通りだ。合格できる自信はない。父はお世辞にも良い牛飼いとはいえないし、営農状態についても農協の融資課から度々嫌味を言われている。一代で牧場を広げた人間から見たら、お粗末この上ないだろう。

分かっていても、雄介の心の底には怒りが燻(くすぶ)り始める。祖父母らと違って屯田兵云々という誇りは自分の中にない。今の牧場を自慢できるわけでもない。怒れる理由を探すとすれば、俺がこれから築く予定のものを侮られたからだ。

雄介は湧(わ)いてきた怒りに自分でも驚いていた。置かれた立場のまま、流されるように後継ぎとして勉強してきたこれまでに、初めて自分から理由を持てた気がした。持て余した感情に戸惑い、ただ拳を握りしめていると、小山田がふふっと鼻で笑う音がした。

「実の子でもないのに、よく頑張れるねえ」

間延びした声だった。まるで今日は冷える、ぐらいに軽妙で軽薄な。

雄介は思わずコップの底に残っていたオレンジジュースを飲み干した。やはり、この男が近くにいるだけで、気管や食道や胃がむかむかとする。

自分の汚い性根を隠そうとか、相手が傷つかないようにとか、そういう心づもりがまったく感じられない。雄介にとっては祖父母や父も自分の感情をむき出し、人のことなど顧みない質だが、小山田はまた少し違う。他人を傷つけるのを楽しんでいるのとも異なる。

遂行しているのだ。傷つける人間を定めて、淡々と、良心の呵責（かしゃく）も楽しみもなく、ただ傷つけ続けている。

怖い。気持ち悪い。嫌だ。離れたい。

端的な嫌悪の感情が雄介を支配した。一刻も早く、この男から離れなければ。その一心で、「ちょっと便所行ってきます」と席を立った。

数歩歩いて離れても、なお小山田がくゆらす煙草の煙が茨（いばら）のように巻き付き、毒を放出しているような気がする。やっと広間を出るあたりで、背後にぽつりと「駄目な奴の子はやっぱり駄目だな」という声が聞こえた。わざと聞かせられたのだと思った。

便所で用を足した後も、雄介は広間に帰る気にはなれなかった。小山田がいる場所に戻りたくなかったのと、単純に、体に力が入らなかった。交わした会話は少なかったが、ひどく疲弊していた。

雄介は父親をはじめとする飲んべえ共が馬鹿騒ぎしている声を遠くに聞きながら、会館の廊下にしゃがみこんだ。壁に上体を預けてそのまま座る。冷たい床が尻と脚を冷やしたが、構わなかった。むしろ冷たさが気持ちいい。そのまま、重い瞼(まぶた)を閉じた。考えてみれば、ずっと学校に家の仕事に勉強にと自分の心身を使いすぎていた気がする。目を閉じてもさっきの小山田の嘲笑が耳に蘇って不快だった。

あの男なら、あり得る話だ。

一方的に人を責め、傷つけて自死に追いやるぐらいは、あり得ることだ。

疲れと消耗の中で、雄介は脈絡なく過去の話を思い出していた。いつか、寺でユリ叔母さんから聞かされた木の話だ。

芯となる木を絞め殺して伸びゆく絞め殺しの樹。想像の中で、絡みつく木の枝の執(しっ)拗(よう)さと、良心を一切削ぎ落とした残酷さを想った。その下で悟りを開く者は、それは確かに稀(き)代(だい)の聖人か、あるいは人の心がない奴だろう。

そのまま雄介は浅い眠りに引き込まれ、乱暴な手で揺すられて目覚めた。広間にいる人数は半分ほどに減っていた。

「おう雄介、起きろや。そろそろ家、帰んぞ。ちゃんと運転しろよ」

「雄介君、免許まだだっけ？　大丈夫大丈夫、警察なんてこんなとこいないから」

「鹿とか狐（きつね）とかだけ轢（ひ）かないように気ぃつけれよ～」

「お父ちゃんを送迎するようになったなんて、孝行息子だねぇー」

酔っぱらい親父どもの軽口を聞き流しながら、雄介はふらつく父の体を支える。酒太りで重い身体と、安酒の酸っぱい臭いが憎らしい。それでもなんとか父を支えながら、会館の駐車場に置いてある車へとたどり着いた。

父を助手席に押し込んで振り返ると、夜の中で会館の窓だけが光を放ち、酔っぱらいの笑い声が漏れ聞こえてきた。

脳裏はもうはっきりとしていた。小山田の煙草臭さと父の酒、両方の臭いが体に染みついた気がして、雄介は車に乗る前に服を叩いた。

翌年、昭和五十七年三月。雄介は念願だった大学合格を果たした。

合格を表すのに「サクラサク」という表現をするのは何故だろうと不思議に思う。

北海道では合格発表の時期はまだ雪が残っている。桜など道南でも年度が明けてから、根室に至っては五月の半ばも過ぎた頃だ。

合格発表を札幌まで見に行くことはしなかったので、結果は通知書で知ることになった。雄介は手にした紙に『合格通知書』と間違いなく書かれていることを確認し、大きく息を吐いた。サクラサクよりもよっぽど明確で分かりやすい。合格。努力が報われた。

雄介が封筒を開いた時、傍らでは祖母と父と母が固唾を呑んでいた。祖母に至っては、数珠まで持ち出して「なんまんだぶなんまんまんだぶ」と言っていた。普段信心深くもないくせに、と雄介は心の中でだけ苦笑いする。もちろん、合格と分かった時も、祖母は神仏やご先祖に感謝するでもなく「ほうら、あれだけ勉強させてやったんだ、合格しなきゃ嘘ってもんだ。それもこれも、うちの教育が正しかったからだ」と高笑いした。

父の喜びも大きかった。「よしっ！」と大きな声を上げた後、息子に声もかけないままで電話へと向かった。そこから知り合いや親戚、のべつまくなしに息子の合格を知らせ始めた。自慢気な声がしばらく家じゅうに響き渡った。

雄介としては恥ずかしいので止めてほしいところだが、言ったところで聞き入れてくれるわけでもない。父が自慢したいのは、合格した息子ではなく、息子を合格させた父自身なのだから。

「いやあ、俺も内心ハラハラしてたんだけどよ、まあ、学校の先生は大丈夫っちゅうたから、うん、うんうん、いや、これからの農家の倅（せがれ）もほら、勉強せんと、生き残れんから」

どこかで誰かが言っていたことをまた受け売りで喋る父をよそに、母は台所に向かっていた。雄介が足を踏み入れると、流しに向かっている母の背中が見える。小さな体の向こうから、じゃっ、じゃっ、という音が聞こえた。

「何してるの」

「小豆、といでるのさ。赤飯炊かんと」

特に浮かれた様子でもない声が返ってきた。

「合格したら甘納豆でない、小豆の赤飯炊いちゃらんとと思って。前からね、母さん、小豆選（え）り分けておいたんだわ。すぐ赤飯炊くにいいように」

「そっか、ありがとう」

「あんたももうこれで、札幌行っちゃうしねえ。赤飯ぐらい、ちゃんと食べさせておかないとねえ」

母は雄介の合格を確信していたのだろうか。それとも、いつか息子が遠くに行くことを覚悟していたのか。もしも不合格だったなら、母が選り分けた小豆はいつどんな形で使われることになっていたのだろう。意味のない想像が脳裏をよぎった。

「母さん、お腹に敏子いたから、中学卒業してすぐこの家に入ったから、高校も行けなくてさ……あんたは、札幌行ったら死に物狂いで勉強しなさいよ」

夜、雄介がコンテナで勉強に励む間、母は傷んだ小豆をひとつひとつ弾き(はじ)ながら、祈っていたのか。呪っていたのか。雄介には知る術(すべ)がない。

ただ、小豆をとぐ背中は大きく成長した雄介からみるとひどく小さく、頼りなかった。四年。留年など決して許されないだろうから、きっちり四年間札幌で学んで、また自分はここに戻ってくることになる。その時、この背中は更にどれだけ縮んでいるだろうかと想像した。

四

大学の合格発表の直後から、雄介は受験勉強とはまた違う忙しさに巻き込まれることになった。荷造りや各種手続きに加え、父がしょっちゅう雄介を連れて知り合いの家を回るのだ。

表向きは、息子が大学に合格したという挨拶。実際は、祝い金を集めるのと、自慢話をするのとが目的だったらしい。父にとって因縁のある小山田家には決して行かないが、それ以外の近隣農家はほぼ全てだ。先々で父は酒を振る舞われ、同じ話を何度も繰り返しては長居をする。

「いやあ、知っての通りこいつ貰い子なんだけどよ、赤ん坊の頃からうちで育ってんだから、まあ普通にうちの子なわけで」

「そうよな、さすが吉岡さん家だもの。ここに最初に鍬入れた屯田兵のお家はやっぱり違うわ、しっかりしてるもんだ」

他の農家も慣れたもので、どう言えば吉岡の家の人間が喜ぶかを熟知している。本来話の主役であるはずの雄介は、人の茶の間の片隅で居心地悪く茶を舐めるばかりだった。さらに、父の長話が続くと、その家のおかみさんがちらちらと時計に目をやりながら客二人の食事まで用意するものだから、雄介としては居たたまれない。

酔いつぶれた父を車に乗せ、こっそりと家までの短い距離を車で走る。こんな田舎の道で警察の取り締まりなど行われていないと分かってはいても、無免許運転がばれたら合格がご破算になると思うと、速度は自然とゆっくりになった。助手席の父は誰にともなく「ざまあみろ」「吉岡の子だ」と脈絡もないだみ声を上げている。明朝の農作業は俺一人でやることになりそうだ、と雄介が覚悟した時、父は「ミサエぇ」とひと際大きな声を出した。

「おめえの子だからじゃねえ、俺が育てたからだ、おめえが産んだからじゃねえ……」

へへへ、と得意げな笑い声はいびきに変わり、雄介は声をかける機会を逃す。実母はうちで働いていた頃、大層苦労していたと聞いていた。父が当時もこの性格だったなら、実母をどう扱っていたのかは年若い雄介でもうっすらと想像はつく。もうこの世にいない産みの母に、どうしてか詫びを入れたくなった。

　卒業式の練習として久しぶりに学生服に袖を通して登校した日、窮屈な学生服にもかかわらず、雄介はほっと心が緩んだ。まだ高校生でいられるという甘えを、残り一日という折に自覚したところでどうしようもないのは明らかなのだが。

　通学路や校庭にまだ根雪は固くこびりついているが、教室に差し込む陽光はもう春のそれに近かった。同級生はみなそれぞれ進学や就職先を決め、教室内の空気は浮足立っている。

「雄介おめえー、春から北大生かよ、ずりいー」

「なんだそのずりーって。俺なまら勉強頑張ったもん」

　雄介は同級生たちが飾らない言葉で祝福してくれることを素直に嬉しく思った。なんだかんだで子どもの頃からの付き合いがほとんどだ。クラスメイトだけではない、家族からも近所の人からも離れ、誰も自分のことを知らない土地で暮らしていくのがどういうことか、雄介はうまく想像ができない。ふうと小さく息を吐いたところで、背中を軽く叩かれた。振り返ると鈴木が悪戯っぽく笑っている。

「吉岡おめでとー。札幌遊びに行ったら宿代浮かすのに泊めてー」

「おう鈴木も卒業おめでとう。下宿だから女子泊めんのは無理だなー」

「けちー」

鈴木は以前のような聖子ちゃんカットをやめ、おかっぱ頭にしていた。雄介としては今の方が似合うと思う。鈴木は漁連の窓口に就職が決まったと人づてに聞いたことを思い出した。地元漁師のもとに嫁に行くことが多い勤め先だということも。

新しい場所に出る自分が想像できないのと同じぐらい、産まれた場所を出ることなく、そのまま家族を持って生活していく同級生の人生もまた像を結ぶことができない。息子の修学旅行の写真を羨ましそうに見る母の姿を思いだした。深く地中に根を張り、先の見えない海霧に覆われ生きる木のようなものだ。見通しがきかないのが人生ならば、明るい気持ちでいられる時を享受しておくのは最適解であるのかもしれない。ふと、息子自慢をしながら美味そうに酒を飲む父親の顔を思い出して、雄介は苦笑いした。

予定された午前の日程を済ませ、解散になる。みんな一斉に上着を着込んでいる中、担任の男性教師が真っすぐ雄介のもとへ歩いて来た。

「吉岡、これからちょっと職員室に来てくれるか」

「はい」

早く帰って牛舎やらないといけないのにな、と密かに唇を突き出しながら担任の後をついていく。望む大学に合格しても、牛の世話がなくなる訳ではないのだ。

雄介には今更教師に怒られるようなことをした覚えはない。何かありましたか、と聞こうとした時に、担任が歩きながら「実は」と口を開いた。

「本当はこういうの、教師の本分からは外れたことだし、お前の家にも悪いから黙ってて欲しいんだけど」

「先生？」

「頼まれちゃうと嫌ともいえなくてな。いや、実は同級生だったたって縁もあって。お前もちゃんと大学受かったから一目、って言われると断れんだろう」

何を言っているのだ。担任は普段から穏やかというか気弱で、強い物言いを避ける人だが、言わんとすることを今日は特に理解できない。担任は背中越しにもごもごと言い訳がましいことを繰り返しながら、職員室手前で『談話室』のドアをノックした。

「失礼します。こちらが、吉岡雄介君です」

「ああ、この子が」

談話室の窓際に、男が立っているのが見えた。逆光で一瞬顔が見えなかったが、光に慣れてその顔が見えるようになる。ひとまず挨拶をしようと思った雄介の顔の筋肉が強張った。

この人に似た顔を知っている。今朝、いや、さっき、便所で手を洗った時も、鏡の中にその顔を見た。

男は雄介とよく似ていた。鏡の中に見る顔を、ざっと二十年老けさせたらこうなるだろう、という容姿だ。強いて言うなら、自分の虹彩(こうさい)の色は薄めなのに対し、この男は色が濃い。そこが決定的に違うといえば違うが、それ以外の顔も、背も、骨格も、かなりよく似ていた。

どちら様でしょうか。そう問おうとして、分かりきったことを聞いては嫌味だろうかとさえ思う。

「悪かったなあ、同期のよしみで無理きいてもらって」

「いや、まあ、せっかくの親子の対面なんだから。手伝えたなら僕も嬉しいよ。しかしよく似てるなあ」

「なあ。俺もびっくりしたよ」

大人同士の朗らかな会話が耳に障る。雄介は声を遮るためだけに頭を下げた。

「はじめまして。吉岡雄介です。僕にどういう用事でしょうか」

動揺は、固い声の下にかろうじて隠せた。男性はいきなり距離をつめると、雄介の肩をばんばん叩きはじめる。

「はは、緊張しなくていいよ。こんだけ似てるんなら説明はいらんよな。俺は君の実の父親、木田浩司といいます。同じ根室に住んでるのに、初めて会うなんて、なんか変な感じだよなあ」

男性はそう言うと、仕立ての良さそうなスーツの内ポケットから名刺を差し出してきた。受け取ると、地元銀行での肩書と共に、雄介とは一文字もかぶらない名前が印字してある。

「ごめんな、びっくりしたよなあ。まあ、座って話そうか」

実父は明るい声で着席を促した。雄介も黙って座る。担任は少し離れたところで立っていて、退室する様子はない。興味深そうな様子を見るに、実は物見高い性格だったのかもしれない、と想像した。卒業間際に分かるのもおかしな話だ。心が妙に冷えていることを雄介は自覚した。

「まあ、君も聞いてるかもしれないけど、君のお母さんと俺の間には、色々とやむを得ない夫婦の事情があってね。別々の人生を歩むことに決めたんだ。別れてから産まれた君が養子に出されたって聞いて、僕もずっと気にはしていたんだ」

朗らかな声で、滔々(とうとう)と事情が説明されていく。言い訳めいた声音はない。それだけに、喋りの上手さが雄介を緊張させた。自分が口下手なせいもあるが、口がよく回る大人はそれだけで警戒してしまう癖がある。

それに、雄介なりの言い分もあった。実両親のやむを得ない事情とやらは今更どうしようもないにせよ、自分のことを知っていて今ようやく会いに来たというのなら、もっと早くに探し出して顔を見に来るという選択肢はなかったのか。

「俺も新しい家族を持った手前、なかなか会いに行く訳にもいかなくてね。申し訳なく思っている。この通りだ」

下げられた頭は深すぎて、今実父がどれだけ悔恨の念を持っているというのか、表情から量ることができない。雄介は「気にしないでください」と固い声で告げるのがやっとだった。

それを許しの言葉と捉えたのか、頭を上げた実父の顔は明るい。「それでな、」とさらに早口でまくしたて始めた。

「俺の両親、君にはお爺ちゃんとお婆ちゃんだな。それが偶然、新聞の合格発表のところで君の名前を見つけてね。同級生が西高で教員やってるのを思い出してふと聞いてみたら、なんと担任だっていうじゃないか。これはご縁に間違いないと思ってさ」

「はあ」

合格発表の一覧を見て肉親だと分かったということは、養子に入った家の名字が吉岡だと知っていたということでもある。銀行勤めならば特に、根室で大学受験をする歳の子がいる吉岡家はすぐ探し出せるはずだ。本当に会ってみたいと思っていたのなら、もっと早くに実行に移せただろう。

「なあ、一度、うちに遊びに来てくれないか。お爺ちゃんお婆ちゃんも会いたがっているよ。立派に成長して、大学に受かったお祝いもしてやりたいし」

「それは、はあ、ありがとうございます」

「今の連れ合いとの間にできたのは女の子でね。ああ、君の妹ってことになるね。良かったら会ってみるといい。俺の弟には息子がいたんだが、昨年、運悪く事故で亡くなってしまってね。それからお爺ちゃんお婆ちゃんの悲しみといったらなかったよ。孫息子、しかも北大に合格できるような立派な子に会えたら、どんなに喜ぶか」

なるほど。雄介は心の中で静かに合点がいった。今の家庭に息子がなく、一族唯一の男の子も死んでしまった。そんな中、養子に出した子が国立大に現役で入ったことが分かる。それは、抱き込みたくもなることだろう。

雄介は最初にその顔を見た時、実母のことを聞こうかと一瞬だけ考えた。しかしそんな思いは実父の話を聞いているうちにすっかり吹き飛んでしまっていた。この人の口から、きっと実母の事実や本質に触れる言葉は出てこない。虚飾と自己弁護にまみれた説明で、自分が蓄えた実母の情報を上塗りされたくはなかった。

うちは根室のこの場所で、部屋ばっかり余っている家だから泊まってくれても、などと喋り続ける実父を目を細めて眺めてみる。顔そのものは、最初の印象通り、自分とよく似ている。でも、表情と語り口が決定的に違うのだ。俺は、この人に比べれば社会経験もないただの若造だが、口も心もこんなに軽薄ではない。

「すみませんが、吉岡の家の両親に聞いてみないと、僕からはなんとも言えません」

話を遮られて、実父の顔が強張る。目の奥に小さな苛立ちが宿ったのが見えた。

「僕にご用でしたら、吉岡の両親を通してもらえますか」

思っていたよりも固い声になった。しかしそれで構わない。

「どうした。でかい体して、もう大学生になろうってのに、家の許可がいるってかい？」

「育ててもらった恩があるので」

小さく歯ぎしりをする音が部屋に響いた。同時に、実父の顔がこれ以上ないほどに歪む。自分の意図になびかない息子相手に、感情を装う見栄も義理もないということか。もしかすると会いたがっていたのは、実は祖父母だけだったのかもしれない。沈黙の一秒ごとに雄介の感情は冷えていった。

「あっ、気が利かなくて申し訳ない、お茶を……」

担任教師がいそいそと部屋を出ようとする。父子の感動の対面を期待されていたなら申し訳なかったな、と雄介がずれた思考をした時、実父が椅子を立った。

「いや、お構いなく。もうお暇するよ」

明らかに苛々とした仕草で上着を着込んでいても、ぎこちなく微笑みを貼り付けているあたりは、最後のプライドなのだろう。

「まあ、血が繋がっているって言っても、育ってきた環境がぜんぜん違うんだから、親子という実感もないよな。悪かった。ああ、訪ねて来てくれてもいいけど、事前に連絡は入れるようにしてくれるかな。必ずだよ」

こちらを振り返らずにドアを開けた実父に、雄介は一瞬迷って「あの」と声をかけた。

「お会いできてよかったです」

本心だった。お蔭でこれからの人生で、いついかなる時でも実父の現在を気にかける必要はなくなりそうだ。そして血の繋がりという言葉にもはや欠片ほどの期待も抱かず生きていける。

その言葉を実父がどう捉えるのかは雄介の知るところではない。ただ、実父は一度だけ雄介を振り返り、そのまま去った。表情はコートの襟に遮られてよく見えなかった。

廊下を歩く足音が小さくなって消えた頃、雄介も談話室を出ようとした。

「おい吉岡、これ」

雄介が振り返ると、担任がばつの悪そうな顔をして紙を差し出していた。テーブルの上に置きっぱなしだった名刺だ。「どうも」と礼を言ってそれを学生服のポケットに突っ込んだ。滅多に開かれることのないであろう卒業アルバムの栞に丁度いい。リュックを背負って自転車置き場に向かった。帰って、やるべき仕事があるのだ。たとえ居心地が良くなくとも、きつく当たる家族が居ても、自分にとっては帰るべき家は一つなのだ。

第二章　菩提樹

一

雄介が根室から札幌の大学に進学し、いざ父と祖父母の念願だった北大での学生生活を始めてみると、最初から困難に立ち向かうことになった。金だ。

奨学金をとれるほど入学成績は良くなかったため、実家は渋々、学費だけ出してくれた。その他の衣食住にかかる金は、学校に通いながら全て自分で稼がなければならない。雄介も家の台所事情は理解していたから、学費だけでも出してもらえることに感謝して、アルバイトと学業の日々を送ろうと腹を括(くく)った。

教科書代や実習費などがどうしても足りない時だけ、ユリ叔母から預かった実母の遺産を少しずつ使わせてもらった。人となりを知らない実母が、どういう使い道ならば許してくれるか、無意識に考えている自分に苦笑いもした。

入居した安下宿に少ない荷物を運びこみ、授業が始まった頃、雄介に二通の現金書留が届いた。一通目は、仁春寺のユリ叔母。進学祝いと、本人に直接届けたかったのでこんな無粋な送り方となりました、という短い手紙が入っていた。実家を通せば父の手に渡る可能性がある。その気遣いに感謝した。

もう一通の差出人は、吉岡敏子。住所を見ると姉は現在東京の国立市に住んでいるということだった。中身は多くはない金額の進学祝いと、体に気をつけて頑張るように、そう簡素なメモ書きが入っていた。雄介はそれぞれに慣れない礼の手紙を書いた。

「吉岡くん、いるか？」

雄介が折り畳みテーブルに向かって二通の礼状の封をしていると、ノックもなしに四畳半のドアが開けられた。下宿の隣の部屋に住む先輩の富士掛だった。毛玉の浮いた高校のジャージに裸足。散髪代をけちってぼさぼさの頭に、ひげはいつ剃ったのか分からないほど顎を覆っている。三年生だが、二浪で入ったうえ、一年生と二年生をそれぞれ二留したと聞いている。雄介からみると大分年上だ。

「森谷のやつバイトで抜けるっつうんだよ。面子足んねえから、入ってくんねえかな」

これから書き上げた礼状を投函しに行こうと思っていたのだが、先輩に誘われたなら断ることはできない。雄介はいいですよ、と応じて腰を上げた。

富士掛は年齢のこともあり、管理人の小母さん以上にこの下宿を取り仕切っている立場だ。雄介が入居したその日の夜には、『歓迎会』と称した麻雀大会に半強制的に誘われた。以来、一週間のうち五日は雀卓と煎餅布団しかない富士掛の部屋に連れて行かれる。

雄介も最初はルールを知らないから、迷惑になります、と断ろうとしたのだが、「教えてやるから大丈夫」「覚えが早い」「賭けるのは少額だけどあるのとないのとでは緊張感が違う」と言われ、ずるずる引き込まれてしまった。

彼らが賭けている金額は実際少額で、勝ったところで学食で食べる飯が日替わり定食からカツカレーになる程度だ。それでも、幾度か勝てるようになってくると楽しいし、安酒を呷りわかばをくゆらせ馬鹿話や猥談をしながら打つ麻雀に混ざるのは、大学生の仲間に入れてもらえたように感じる愉しみもあった。

信用度はともかくとして単位を取りやすい授業を教えてもらったり、下宿に代々受け継がれた授業ノートの汚い字を解読するのも新鮮ではあった。北大の公的な寮はかなり上下関係が厳しく、向き不向きが分かれるという話を聞いていたが、民間の下宿では良くも悪くも生活態度が緩い。今まで、学校と勉強と家の仕事、というがんじがらめの生活を送っていた雄介にとって、あらゆる戸惑いさえ新鮮で楽しく感じられた。かつて、小山田が色々な価値観の人間がいる、と言った点についてはどうやら本当だったようで、善人も嘘つきも、偽善者も悪人も、あらゆる種類の人間が校内と下宿にはいた。さらに、学校近くの居酒屋でアルバイトを始めてからは、さらに様々な人間模様に揉まれることになった。

入学して半年も経つと、雄介も麻雀の点の数え方と駆け引きの方法はすっかり覚え、先輩からの情報でサボりやすい授業も分かってきた。下宿は平日の朝と晩に管理人の小母さんが用意した白米と味噌汁と塩辛い漬物が出る。雄介はその日も明け方近くまで麻雀に付き合わされ、ろくに寝ないまま食堂で味噌汁を啜っていた。具がほとんどない薄い味噌汁が少しだけ頭をはっきりさせてくれる。

今日は一限目から英語の授業がある。先輩方は「単位はギリギリで取ってあとはバイトと人付き合いに時間使うのが学生には一番」と言うが、さすがに代返がきかず、しかも落とすと即留年が決定する授業は遅れる訳にはいかない。眠気と胃の重さから思わず溜息が出た。

「気をつけろよ。富士掛の賭け麻雀、入れ込み過ぎたら危ないぞ」

いきなり声をかけられて顔を上げる。自分以外に誰もいないと思っていた食堂で、一人の先輩が席についたところだった。よれよれの短パンTシャツに綿のはみ出たどてらを羽織った、柳田という法学部四年生の先輩だった。

雄介もこうして食堂などで何度か顔を合わせたことはある。しかし富士掛先輩の麻雀に参加した様子がないので、挨拶ぐらいしかしたことはない。

「あ、おはようございます。すみません、ボーッとしてました」

「まあ、地元を出たてで、麻雀と学校生活楽しいのは、よく分かるけどな」

柳田はそう言うと几帳面に両手を合わせてから味噌汁を啜った。直接責められた訳ではないのに、自分の不真面目さを突かれたようで居心地が悪い。半年間、楽しくはあったが望ましい学生生活でないことは雄介自身も焦りを感じていた。

「あの、危ないって、どういうことですか」

気を取り直して聞くと、柳田は誰も近くにいないのを確認するように廊下の方をちらりと見た。

「あいつら新入生にルール教えながらわざと勝たせて、慣れたら寄ってたかって毟り取って、借金でズブズブんなって抜けられなくするのが手だから。吉岡くん、今、借りは?」

「ないです。貸しなら少し」

「ならその辺で本当はやめとけばいいんだけど。まあ、一回仲間になると、逃げづらいよな。バイト多めに入れるか何かして、深入りしない程度に付き合っておきなよ。レートが低いからって軽く考えて、結局留年繰り返して退学した奴もいる」

「そうなんですか」

確かに、生活環境と切っても切り離せない人間関係では逃げたくても逃げられない。そんな中でうまくバランスをとっていかないと、せっかく猛勉強して進学したのがすっかり無駄になってしまう。留年など実家の祖母と父は絶対に許してくれないだろうし、何より自分が後悔したくはない。

「そうですね、気を付けます。学校、辞めたくはないんで」

「なんだ、案外素直だな」

柳田は驚いたように雄介を見ていた。すんなり受け入れてもらえる確証もないのに、助言をくれたということか。あまり話したことのない先輩だが、短いやり取りの間で信用に足る人なのではないかと思い始めていた。

柳田のアドバイスで雄介は少し目が覚めた。麻雀と人間関係を完全に絶つのは難しかったが、居酒屋のアルバイト時間を増やし、バイトがない曜日も深夜勤務だからと言って夜に下宿を抜け出した。

金に余裕はないから、飲み屋で時間を潰す訳にもいかない。そんな時は、雄介は夜の街をひたすら自転車で走り、札幌市街の東側を南北に貫く豊平川に出た。橋を渡って河川敷沿いの道を南下すると、対岸に中心部やすすきのの煌びやかな灯りが見えてくる。

折しも日本全体は好景気の波に乗り始めていた。首都圏だけではなく、札幌の地価や不動産が高騰し、大通り周辺の商業地や歓楽地すすきのは浮かれた大人たちの金とモノで溢れていた。

最近では、北大でも学内に堂々とスポーツカーを乗り入れる金持ち学生を目にすることもある。私立の学生たちほど派手ではないというが、新車の助手席に膝の出る短いスカート姿の女子学生を乗せた姿は同じ学生とは思えない。仕送りのない雄介は貧乏学生として粛々とアルバイトに励むのみだ。

豊平川の滔々とした流れの向こうで、パチンコなのか飲み屋なのか、色とりどりの光が明滅している。途中の自動販売機で買ったワンカップの安っぽい味が喉にやけに馴染む。

先輩方と馬鹿話をして麻雀に興じるのも楽しいが、こうして独り、夜の繁華街を端から眺めるのが雄介は好きだ。今まで自分が生きてきた根室の世界とはかけ離れた華やかな人の営みを眺めていると、適度な心情に身を浸せる。

「三年と四か月、いや、三か月として、残り三十九か月」

留年はしないと仮定して、あと三十九か月したら、自分は卒業して根室の家に帰る。今のところ、好景気とはいっても恩恵を受けるのは二次三次産業ばかりで、根室で酪農を営んでいる実家は相変わらずの貧乏経営だ。むしろ、対米貿易摩擦から牛肉・オレンジの自由化交渉が持ち上がり、営農の先行きに不安が広がり始めている。

「帰りたくねえなあ」

弱気の虫は言葉になって口から滑り出た。壁の薄いボロ下宿では出せない本音だ。何でもある街で、全て自分の意思で動き、文句を言われずに好きなことをする。その自由を味わった今、何もかもがんじがらめに縛られて生きなくてはならない根室に帰るのは、ただただ苦痛だ。

札幌に来る前は、誰に何と言われようが根室で牛飼いを継ぐのが自分の存在意義だと思っていたというのに、今はそう思えない。高校生の頃の自分の方がよほど高潔で真面目で立派だ。

「……帰りたくねえ」

でもいつかは帰らねばならない。だからこそ零れる愚痴だ。雄介は河川敷のブロックに腰かけて膝の間に顔を埋めた。ふいに、祖父の葬儀で久々に会った姉の言葉が思い出される。家を出なさい。役割とかそういうのはどうでもいいから縁を切りなさい。そうでないと、腐ってしまう。

腐る、という言葉は端的な表現でいて、かつ正鵠を射ていたのかもしれない。根室の寺で叔母さんが言っていた、絞め殺しの木。周囲に縋られ縛られ栄養を吸いつくされて枯れた木は、枯れるだけにとどまらず腐って朽ちた。だからこその不在、だからこその空洞。

腐る前に、いっそ何もかも捨てて根無し草のように自分の願望のままに生きたらどうなるだろう。しかし自分の願望とやらさえ持ち得ていないことに気付いて、雄介の空想は短いままで終わった。

食堂での会話以降、雄介は柳田と食堂や談話室で居合わせた時などに話をするようになった。雄介ほか麻雀で集まる下宿生は理系なのに対し、柳田は文系であることから、富士掛のグループには入らなかったらしい。それもあってなのか、どてらのポケットにいつも岩波文庫を入れている柳田の落ち着きは、雄介には新鮮だった。

「柳田さん、ご出身、東京ですか」

ある時、談話室で本を読んでいる柳田に雄介は聞いた。北大は道内の他の大学と比べ、ずばぬけて道外出身者の比率が高い。この下宿だけでも、千葉、九州、奈良、山形、愛媛出身の先輩方がいる。柳田は北海道らしい訛りの抜けた標準語、いっそテレビの俳優のような喋り方から、東京の人だと雄介は判断したのだ。

柳田は読んでいたページに栞を挟むと、腹を抱えて笑いだした。

「違う違う。標準語だったらなんでもかんでも東京だと思うんだよな、道産子は。俺は神奈川だ」

「すみません、よく知らなくて」

北海道の東の端で育った雄介からみれば、東京も神奈川も同じようなものだ。釧路と根室のようなものだろうか、とも思う。他所から見れば同じ道東の港町だろうが、住人にとってはまったく別の街だ。

「吉岡くんは道内の、どこ?」

「根室です。北海道の東の端っこの」

「根室か。大学入った年の夏休みに、友達から二輪借りて根室や羅臼まで行ったよ。いいところだよな、涼しくて」

「ええまあ、涼しいのは涼しいですね、札幌よりかは」

雄介は曖昧に頷いた。確かに根室の夏は札幌よりもだいぶ涼しい。けれど、神奈川出身の北大生が根室に行って感じる『いいところ』がその涼しさだけということに、ほんの少し失望した。同時に、落ち込む程度には自分が地元に愛着というものを持っていたのだと気付いて驚きもした。気を取り直して、本州からの学生に聞きやすい質問を用意する。

「柳田さんは、どうして北海道の大学に？」

「なんかイメージいいじゃん。自然と広大な大地ーって感じでさ。最近だと、北の国からとか、池中玄太（いけなかげんた）みたいな」

「なるほど」

雄介は大学に入るまで柳田が挙げたドラマを見たことがなかった。世間や友達の間で話題になっていることは知っていたが、受験勉強でそれどころではなかったのだ。北大に入ってから下宿の談話室にあるテレビで再放送を見たが、先輩達が食い入るように見守る一方で、雄介には面白さがよく分からなかった。人が絶賛する自然環境や田舎の人間関係は、憧れる対象ではなく日々戦う対象にしか思えなかったのだ。

柳田は閉じた本を両手で弄び（もてあそび）ながら、「まあそれだけでもなくて」と続けた。

「うちの実家、小さいけど工場やっててな」

「すごいですね、社長令息じゃないですか」

「何もすごくない。従業員十人の小さいとこだ。兄貴が後継がないって我儘（わがまま）言って家出たから、仕方なく、俺が代わりに継いでもいいけど、大学は好きなとこに行かせて欲しいって言って、北海道に来た」

柳田はそれ以上何も言わなかったが、言葉の間に『だから、できるだけ遠くに』という意図が見え隠れした。

「吉岡くんは、どうして北大に？」

親父が北大出身の同業者に対抗心を燃やして、という本当の理由を言えるはずもない。雄介は言葉を選んでから口に出した。

「俺の家、牛飼いで。継ぐにしても今の農家は色々勉強した方がいいってことで、ここ来ました」

同じ家業の後継ぎであっても、柳田と自分の心境は多分かなり異なる。繋げる話題に困っているうちに、柳田は真っすぐ雄介を見た。

「じゃあ君は、学校出たら家帰ってすぐ後継ぐの？」

「そのつもりです。というか、それしか許してもらえません」

「なんで？」

「俺、養子なんですよ。歳の離れた姉はいるんですけど、女じゃ牛飼い継げないからって、両親が赤ん坊の俺を引き取って。だから、継ぐのが俺の役割っていうか、その為に貰われてきたんだから、そうしなきゃ、って」

札幌に来てから、養子云々の話は誰にもしたことがなかった。言う理由も隠す理由も別段自分の中で大きくないからそうしてきた訳だが、いざ話をしてみると柳田はどう感じるだろう。やはり言うべきじゃなかったか、と雄介は後悔した。

「なんかさ」

柳田は顎に手を当てて、言葉を選んでいるようだった。これまで自分の家の事情を話したことのなかった雄介としては居心地が悪い。バイトだとか口実をつけて部屋に戻ろうか、そう考えたあたりで柳田はようやく口を開いた。

「悪い意味で聞こえたらごめん。でもさ、なんか、吉岡くん、疲れてない？」

「それは、まあ、ええ。疲れてます」

意外にするりと肯定の言葉が滑り落ちた。そうだ、言われてみると、俺は疲れている。

心落ち着かない家庭で育って、ずっと家業の手伝いと勉強をして、卒業すればまた根室に戻る。そしてまたあの家の為に残りの人生を捧げるのだ。それが、当然のことだと思っていた。そして、その当たり前のことに、言われてみれば俺は確かに疲れていた。

「疲れました。でも」

考えるより先に言葉を出した。深く考えると、体が動かなくなりそうだ。その前に、言葉に出して、心身を縛らなければ。

「でも俺は、やらなきゃいけないんで。頑張んなきゃいけないいんです。死んだ実母も、せっかく、せっかくまとまった額を遺してくれたのだし」

実際は、あの金は実母が自分と娘の供養のために仁春寺に遺したものだ。雄介は叔母の判断で余った分を受け取ったにすぎない。それでも、自分はあの金を経済的な意味以上に心の拠り所にしていたことに、言葉に出してから気がついた。

「えらいなあ」

感嘆も、感心も、柳田の言葉には含まれていない。雄介はむしろ、嘲りの気配をこそ感じ取った。

「あの」

「いや、ごめん。本当にごめん。俺の勝手な八つ当たりだ。君はきっと正しい」

柳田は焦ったように取り繕うと、ごめんな、と雄介の肩を叩いて談話室を出て行った。彼が座っていた座布団の上には本が残されたままだった。雄介は手に取ると表紙を確かめる。マルクス、資本論の第六巻。追いかければすぐに本人に渡せるだろうが、雄介は談話室の隅にある『忘れ物』入れの段ボールに本を突っ込んだ。

柳田の目から見ると、俺は、正しくないとでもいうのだろうか。

答えのない命題に迷い込みそうになった時、廊下からどたどたと足音が近づいてくる。柳田が戻ってきたのかと振り返ると、今日はいっそう無精髭を深めた富士掛が顔を出した。

「おう吉岡、さっき九州の実家から段ボール届いたから、食い物あったら分けてやる。辛子明太子好きだったろ。来いよ」

「すみません、ご相伴に与りますあずか」

食料のお裾分けはありがたいが、この分だと断り切れないまま、麻雀の徹夜コースになだれ込むことだろう。雄介はふうと息を吐いてから、富士掛のあとをついて行った。正しいか正しくないか、時間が経ってから判断すべきこともある。そう信じていないと、ゆるやかな学生生活では窒息を来しそうな予感がした。

根室の鈴木からハガキをもらったのは、帰省の予定もない一年生の冬休みだった。案外と綺麗な文字で、『三月に休暇を利用して札幌に行くので、吉岡君のご都合が合えば会って懐かしい話のひとつもしませんか』などと、殊勝なことが綴られている。

雄介はその内容を素直に受け取った。もともと在学中から仲が良かったわけではないが、札幌に遊びに行くから案内してくれ、ぐらいのものだろう。ハガキに指定された日時に、下宿から少し離れた場所にある公衆電話から電話した。十円玉を機械の上に十枚積んで懐かしい根室の市外局番を回す。呼び出し音が一回鳴り終わらないうちに相手が出た。

『はいもしもし鈴木です、吉岡？』

「おう、久しぶり。ハガキ見たぞ、どうした」

『あのね、あたし、三月下旬にあるユーミンのコンサートチケット、当たってさあ。

それに合わせて休みとって、札幌行こうと思うの。吉岡その頃、ひま？』

「ひまではなく、特別忙しくもなく、普通にバイトだな。学校は休みの時期だけど」

『よかったー、じゃあちょっとさ、札幌案内して欲しいんだよ。あたし街中わかんないし、会場にたどり着けなかったら笑えないじゃない？』

「案内ぐらいならまあ、バイト空いてる時間でいいんなら。あ、うち、狭くて古い下宿だから泊めてやれねえぞ」

『分かってるよ。宿とったもん』

受話器の向こうの声は高校時代と変わらず明るい。なるほど、本当に便利に使われるだけらしい。さほど深く考えることなく、雄介は「分かった、じゃあその日はバイト休み取っておく」と気楽に応じた。下宿に戻ると目ざとい下宿生が「誰に電話してきたんだ？」と冷やかしてきたが、高校の同期だとだけ答えておいた。女であることは言わなかった。

三月の下旬、根室より少し早い春を迎えつつある札幌に、鈴木はやって来た。国鉄の改札出口で出迎えた鈴木は、濃い化粧と残雪が残る歩道には向かなそうなハイヒールを履いていた。

高校時代の、皆同じ制服を着ていた頃と雰囲気がまるで違う。女子が根室から札幌に遊びに出かけるというのは、あるいはコンサートに行くということは、こういう装いが必要なのだろうか。無理に背伸びをしたようなおしゃれよりも、正直、あの野暮ったい制服の方が鈴木に似合っていたなと雄介は思う。もちろん、口には出せないが。

「会場、どこだって？」

「厚生年金会館。駅から近い？」

「歩いても行けるけど、その靴なら地下鉄使った方がいいな。大通駅行って、地下使えば東西線には乗らなくて大丈夫か。何時開始？」

「五時開演、だったかな。……ってもうあと三十分ないじゃん！」

「急ぐぞ！　それ貸せ！」

慌てて鈴木の重いボストンバッグを受け取り、地下鉄駅へと階段を駆け下りる。時折、後ろからカツカツとハイヒールの音がついてくるのを確認した。

「ちょ、札幌、人、多すぎ！」

「根室と比べりゃそりゃそうだ。無駄口叩いてないで急ぐぞ」

通行人が驚いて雄介と鈴木の方を見ている。こんなに焦って札幌の街の中を走るのは初めてのことだった。

結局、開演の五分前に目的の建物に到着することができた。

「ごめん！　コインロッカー入れる時間もないから、コンサート終わるまでどっかで時間潰して待っってて！　三時間後にここで！　ご飯おごるから！」

「おい、鈴木！」

鈴木は雄介に荷物を預けたまま、汗で化粧が浮くのも構わずに中に入っていった。仕方なく、大通公園に面したビルの適当な喫茶店に入る。ブラックコーヒー一杯で何時間も粘るのは学生の特権だ。

「何やってるんだろうな、俺は」

人がコンサートを楽しんでいる三時間もの間、その荷物持ちだ。バイトに行ってたら時給五百円で千五百円、あと賄いもつくのに。麻雀なら半荘一ゲーム、調子が良ければ二千円は取れたというのに。

残雪が残る札幌では、夕方五時はもう暗い。窓の外の歩道を肩をいからせたスーツを着た男や、パーマでやたら大きく髪を膨らませた女が足早に闊歩（かっぽ）している。対して、自分は薄汚れたスニーカーとGパンに、先輩から貰った古いブルゾンだ。貧乏学生なんだから仕方がない、という開き直りと、世の中に置いていかれつつあるような寂しさが腹の中で同居した。

三時間後、コンサート会場の建物からは頬を上気させた観客がぞろぞろと吐き出されていく。約束の場所で立っていると、ぽんぽんと肩を叩かれた。

「おう、どうだった鈴……」

振り返ると、肩を叩いた手から指が突き出されていたらしく、頬がむにりと突かれる。

「やーい、引っかかったー」

「小学生かお前は」

鈴木はその場で飛び跳ねながら、全身で喜びを表現した。よほどコンサートが楽しかったのか、気持ちが昂っているらしい。

「やー、良かった。ユーミンの声も、衣装も、ほんと凄くてさ。音楽もこう、ラジカセで聞くのとは全然違うの。おっきなスピーカーで、ビリビリして、バーンって。本当に凄かった。来てよかった」

「はいはい。遅くなるから飯食いに行くならさっさと行くぞ。どこ行くんだ」

「あたしラーメン横丁行きたい！」

もし高い店に連れて行かれたらどうしよう、そう思っていた雄介は少々力が抜けた。鈴木は札幌に来ると必ずラーメン横丁で味噌バターコーンラーメンを注文するのだと、気に入りの店にずんずん歩いて行ってしまった。まあいいか、と思った雄介は結局鈴木お勧めの店に行き、二人分の勘定を支払った。実は初めて食べる札幌名物の味は、雄介には少々塩っ辛く思えた。

「根室は最近どうだ？」

一通り麺を啜り終えて、雄介は特に考えることもなく聞いた。まだ食べている途中だった鈴木は焦って口の中のものを飲み込むと、「うん、別に」と頷いた。いい意味でなのか悪い意味でなのかさえ分からない。

「俺がいた頃と、何か変わったりしたか？　ほら、街の様子とか」

「うーん、別に、特にないかな。漁師は儲かってるとこは儲かってるし、しけた所はしけたままだし。あ、ほら西高の同級生に田中さんっていたじゃん。あの子のお父さんが乗った船、ソ連にだ捕されて、半年ぶりに帰ってきたらしいよ。毎日しょっぱい魚の切り身少ししか食べさせてもらえなくて、げっそり痩せちゃったって」

「そりゃ大変だったな」

北方四島がすぐ近くという立地上、だ捕のニュースも、その中に知人が入っていることも、根室ではしばしばあることだった。

「でも帰って来られて良かった」

「そうだよね。ね、今度、お盆あたりで同窓会やろうよ。根室にみんな集まってさ。吉岡も、帰省したら一緒に行こうよ」

「うん、そうだな」

気のない意図が声に出たのか、鈴木はあからさまに眉間に皺を寄せた。

「吉岡はさ、帰省、しないの？」

「生活費自分でバイトして稼がないといけないから、そんな余裕ないよ」

正直に説明すると、さすがに他人の懐事情に口は出し辛いのか、鈴木は「そっか」と言ったきり黙った。

「それに、どうせいつか帰らなきゃいけないんだから」

自分に言い聞かせるようにして、余計な一言を付け加えられたくないがために丼を傾けスープを飲み干す。噴き出た汗が目に入って、やたらとしみた。

店を出るともう結構な時間だった。これから鈴木を荷物ごと宿に送り届け、下宿に戻るとかなり遅くなる。

「鈴木、予約してあるホテルどこだ」

「ええと、確かこっち」

コンサートの高揚が残っているのか、それとも疲れか、ふらふらと足取りが覚束ない鈴木のあとをついて行くと、大きめの通りから少し裏手へと入っていった。最近はすすきのにもビジネスホテルが増えたらしいからな、と思いながらついて行く。いつしか鈴木は何も喋らず、人気の少ない通りにハイヒールの固い靴音だけが響いていた。

やがてその音が止まる。鈴木は安っぽい中世の城のような建物の前に立っていた。

「ここ、宿」

「確かに、宿ではあるけど」

しらばっくれていれば、この場はひとまず振り切れる。おやすみ、明日気を付けて根室に帰れよと言って踵（きびす）を返せば、俺も鈴木も何も変わらない。そうすべきだと分かっているのに、下宿の先輩方が酒を片手にしていた下世話な話の内容ばかりが頭の中で思い出される。

焦（じ）れたのか、鈴木が手を出してきた。持っていたバッグの持ち手を渡そうとすると、バッグではなく雄介の袖が摑（つか）まれる。

「いいしょや、別に。ガールフレンドとか、いないんでしょ」

「そりゃ、いないけど」

「ならいいしょや」

もうすっかり汗で溶けた化粧で、似合わない服で、それでその強引さは雄介には鬼門だった。退路を断たれて雄介は頷く。女を知ることで自分の中で何かが変わってしまうかもしれない。その恐れはホテルの入り口を照らす青やピンクの光に紛れて、自分がただの男にすぎないことに妙に安心もしていた。

それから、鈴木は二、三か月に一度、コンサートだ買い物だと理由をつけて札幌へとやって来た。雄介を連れ回して用事を済ませ、ラーメン横丁で味噌バターコーンラーメンを平らげてはラブホテルで時間を過ごす。

好きだとか、好きなのかとか、そういった会話はお互い特にしない。明確に付き合っているという意識はないが、数か月に一度、古い下宿から離れて気兼ねなく体の欲を吐き出せる相手がいることは、思ったよりも自分の心身に塩梅(あんばい)が良かった。

一度、寝入りばなに鈴木に鼻をつままれたことがある。

「なにふんだ」

「雄介はさあ。学校卒業したら、根室に帰ってくんの」

「はたりまへ」

「ふうん」

鈴木はそのまま、身体(からだ)を丸くして眠る姿勢をとった。猫みたいだ、と雄介はその背を撫(な)でる。根室に帰って、親父から自分に経営権を移したなら、猫を飼いたい。牛舎に何匹もだ。その時にお前もそこにいて欲しいと、今口にするのは早すぎて不実だ。

「亮子はずっと根室にいるんだろ?」

何かを求める代わりに、確認として放った言葉に鈴木は頭を上げる。そのまま、親指の根元に強く齧(かじ)りつかれた。猫の牙(きば)ほど鋭くはないが、その歯跡はその後三日間消えなかった。

二

雄介はアルバイトと講義に忙しく過ごし、時折根室から遊びに来た鈴木と眠って、気付けば三年生の春になっていた。志望通り無事に農学部に進み、農業経営を専攻している。

居酒屋のアルバイトは週に六日、五時から夜遅くまで。時給は安いし、体力も消耗するが、賄いがつくので雄介は一年以上この居酒屋で働いている。入れ替わりの激しいバイト仲間の中で、気付けば古株になっていた。

「吉岡さん、なんか、お客さんで吉岡さんの知り合いって人が」

「知り合い？」

「なんかー、根室の、って」

ある日、狭い居酒屋の中で、後輩が声をかけてきた。学生達の大声の間を縫っての会話なので詳細までは分からない。後輩は雄介が持っていた空の器が満載の盆を奪い取ると、入り口の方に視線をやった。

二人席の片方に、スーツの男が座っていた。別に誰が客として来ようが店としては文句はないが、学生街の安居酒屋にいかにも地方から出張で来たらしき人間の姿はずいぶん浮いて見えた。複数の裸電球で灯りが乏しいうえ、ビールを飲むよりも煙草(たばこ)をずっと咥(くわ)えているせいで煙が顔を隠している。雄介は仕方なく、「吉岡ですが」と自分から近づいた。

「やあ、ご無沙汰だね」

「……お久しぶりです」

煙の向こうにある色素の薄い虹彩(こうさい)と目が合った。小山田だった。なぜ自分のところに、どうしてわざわざ。いきなり自分の生活圏に踏み込まれ、戸惑いが言葉を奪っていく。

「所用でこっちに来たもんでねえ、せっかくだから近所出身の後輩の顔を見ていこうかと思って」

小山田は大きく煙を吐きながら楽しそうに笑った。いくら喫煙可のこの安居酒屋でも煙が濃すぎる。ふと見ると、テーブルの上の灰皿には小さな山ができていた。

「それは、わざわざありがとうございます。でも今俺、仕事中で」

「何時だ」

「え？」

「何時にこのバイトは終わるんだ？　すすきので待ち合わせをしよう。後輩に美味(うま)いものを食べさせてあげるよ」

正直なところ、返事よりも先に胃が動いた。一食分、しかも奢(おご)りとあらばそれなりのものだろう。返事を迷っている間に、背後にいた店長が「おう、そういうことなら早上がりしていいぞ！　今日混んでねえしな！」と口を出してきてしまった。

「なら九時に、ニッカの看板の下でな」

「え、あ、はいあの」

雄介が口を挟む間もなく、小山田はさっさと札をテーブルに置いてすらりと店を出て行ってしまった。行くと答えた訳でもないのに。自分のペースでしか話を進められない人間は注意しておいた方がいい。対話が成立しない。一方的な約束の行く末を考えて頭が重いが、すぐに客に呼ばれて踵を返した。

目的の薄野(すすきの)交差点に到着したのは九時五分だった。小山田が腕を組んであからさまに苛々(いらいら)とした様子で立っているのが遠目からも分かる。雄介は正直、このまま下宿に帰りたいと思ったがそうもいかない。息を切らせながら、目的の場所へと駆け寄った。

「遅いな。北十二条からは地下鉄ですぐだろうに。こういうのは約束の十分前に到着して、相手を待っておくのが社会人のマナーというものだ」

「すみません、近いので、自転車で来ても、間に合うかと」

たかが地下鉄初乗り料金程度でも出し惜しむ気持ちを、仕立ての良いスーツに身を包んだ小山田は想像もできないだろう。睨みつけなかっただけ雄介の理性は正常にはたらいた。荒い息で腹の音が隠せてほっとする。

「まあいい、行こう」

小山田は店を決めてあるようだった。大きな通りから二つ三つ曲がり、ビルの裏手にある小さな建物の前に出る。和風の設えに、『つかさ』とだけ暖簾が出ていた。寿司なのか割烹なのか分からず、ただ高そうな店だということだけは分かった。

「いらっしゃいませ」

「二人だ、奥の部屋は空いてるかい」

「ええ、どうぞお進みください」

品のよさそうな和服の女将に促されて、雄介は小山田の後ろをついていった。照明が絞ってあるのか、二組ほどいた他の客の料理はよく見えない。小鉢がいくつかと徳利が見えた。

座敷に上がり、雄介は小山田の背後に回ってコートを受け取り、ハンガーで衣桁に掛ける。「ほお」と小山田のわざとらしい声が耳に障った。

「成人したら、少しは世の中の理屈が分かるようになったかな」

「先輩に色々と揉まれましたもんで」

雄介は部活やサークルには所属していないが、下宿の先輩を通してそれなりに叩きこまれている。

小山田は「結構、結構」と頷くと、真っすぐ上座で胡坐をかく。雄介は座って頭を下げた。すりきれたGパンの膝が場違いで居たたまれない。

「今日はわざわざバイト先までお運び下さったうえ、お誘い頂きありがとうございます」

「アルバイトの日だったのに済まないな。しかも呼び出したのがこんなおっさんで。女の子の方が良かったかな」

「まあ、正直そうですね」

軽口に乗れるくらいの経験値はバイトで揉まれて培ってきた。ふん、と馬鹿にしたように鼻で笑われることも織り込み済みだ。

「それにしても、どうして俺の働いている場所が分かったんですか？」

「この間の寄り合いで、君の親父さんが大声で話していたよ。俺の息子は北大生で、何某という居酒屋でバイトとしても重要な仕事をしていて、将来根室に戻って俺らに楽させてくれるのが今から楽しみだ、ってね」

確かにバイトしている店の名前は実家に伝えたことがあったが、そこからそんな形で近所に知れ渡ったとは。想像すると赤ら顔の親父に怒りよりも呆れが先に立つ。

「まあまあ、ようこそおいでになりました。今日は随分とお若い方をお連れになって」

小さな足音と共にあらわれたかと思うと、女将が入り口で畳に手をついていた。

「大学の後輩にあたるんですよ」

「あらあ、では北大の学生さんですか。それでは一層よいものを召し上がって頂かないとねえ。若いうちから美味しいものとお酒を知っておくのも、勉強ですよ」

「ああ、料理はお任せします」

「学生さん、お嫌いなものは？　お酒はたくさん飲まれる？」

「あ、いえ、嫌いなものは特にないです。お酒は、今日はやめときます」

確か小山田は地元の会合でも一切酒を飲んでいなかったことを思い出して、雄介は酒を辞退する。女将が一礼して去っていくと、小山田は懐からハイライトを取り出した。雄介はすかさず火を点ける。少しく屈辱を感じるが、確かに自分は後輩であり、若年であり、馳走になる以上は仕方がない。

「この店には、よく、いらっしゃるんですか」

「ああ。札幌に来た時はいつも寄るようにしている」

女将の態度を見るに、常連と言っても差し支えないようだと雄介は察した。とはいえ、いち酪農家である小山田が、頻繁に札幌に来る用事とは何なのか、雄介には想像がつかない。こちらに奥さんの実家でもあるのだろうか、と勝手な想像をした。

「まだ内緒にしておいて欲しいんだが、実をいうと、市議に立候補を予定していてね。その関係で、政党の札幌支部参りだ。いずれ、道議となって農政を変えていくことも考えている」

小山田は長く煙を吐いた。実に満足げだ。ああそうか、と雄介は思い至る。この男は、俺を見下したくてわざわざ姿を見せたのだ。気取ったスーツを着て貧乏学生を場違いな場所に引っ張り出し、理想を語ってみせる。要するに、威張りたいのだ。

「牛飼いが牛飼ってるだけの時代はもうすぐ終わりが来るよ。牛肉オレンジの自由化交渉を見てみろよ。農政に頼ってちゃふがいないばかりだ。鉢巻き巻いて国会の周りで声上げても何も変わらんよ。これからは自治体でも個人でさえも国際競争力をつけて、どことでも渡り合っていけるようにしなきゃ。そのためには、現場を知っている農家が声を上げて、今のホクレン主体の枠組みも変えていく必要がある。君も家の後継ぐんなら、きちんと勉強して、農家を搾取する既得権益を打破していかないと……」

滔々と、頬を紅潮させて語る小山田は、二本目の煙草をふかしながら今後の展望を語り続けた。雄介は出された茶に酒でも混じっていたのではと疑いさえする。それほどに、若い雄介の耳を以て(もって)しても、小山田の語る内容は形骸でしかない理想論にすぎないように思われた。

料理が運ばれた後も、小山田は食べながら語りを止めることはなかった。献立は蕎麦割烹ともいえるもので、濃い味付けに慣れた雄介の舌には蕎麦とかえしの風味は繊細に過ぎてあまり美味いとは思えなかったが、出汁餡のきいた白身魚の蒸し物と、からりと揚がった天ぷらの盛り合わせが絶品だった。この、でかいだけで中身のない萎びたホコリタケのような話がなければ、もっと美味かったろうに。馳走になった分際でありながら雄介はそう思わずにはいられなかった。

「だからさ、変革が必要なんだよ。そのためには旗印が必要なんだ。根室の、低学歴の農家連中を、我々が率先して啓蒙してやらなければいけないんだよ」

「我々って誰ですか」

「決まっているだろう、俺や君のような、最高学府で農業を学んだ人間だ」

なにを分かりきったことを、と小山田はまた鼻で笑い、嚙み切ったエビの尻尾を皿に吐き出した。

「なあ雄介君。君はお父さんと違って、物の道理が分かる子だと俺は思っているよ。大学出たら、根室に戻ってくるんだろう？　俺の手伝いをしないか？　なんなら吉岡の土地と牛はうちで全部買ってやるから、俺の秘書をすればいい」

吸い物を啜っている最中で助かったな、と雄介は思った。ありえない、と率直な感想を口に出さずに済んだ。口内にある汁を全て飲み下してから、椀（わん）を下ろして箸を置く。座布団から降りて、畳に手をついた。

「ありがとうございます。ですが、俺は吉岡家に後継ぎとなることを定められて養子に入り、育てられてきました。確かに家や親父に思うところはありますが、そこは曲げちゃいけない道理だと思います。お誘いは、どうぞ勘弁して下さい」

頭を上げる前に、チッとあからさまな舌打ちが耳に届いた。不興を買うのは予定通りだ。この男には、他の人間は優秀な自分の思い通りになって当然、と思い込んでいるふしがある。下宿の先輩や教授たちの一部に得た不快感と同じそれを、今も感じる。家を継ぐことに雄介自身迷いがないわけではないが、それをわざわざ小山田に言う必要もなかった。

「君も結局は錆（さ）びついた屯田兵の誇りを縮小再生産するだけの小物か」

「どうでしょうね。そうありたくはないですが、今後どう転んでも、小山田さんの高潔な理想と俺の歩む道は重ならない気がします」

かわし方が気に食わなかったのか、小山田は煙草に火を点けると、そのまま黙り込んでしまった。雄介も口を開く理由がないまま、室内に煙だけが充満した。

嫌がらせのようにゆっくりと煙草をくゆらす小山田に、雄介はようやくひとつ話題を見つけた。

「そういえば小山田さん、エビの尻尾、食べないんですね」

「食べる訳がない。知らないのか、エビの殻は虫の殻と成分がほとんど同じなんだぞ」

残しては勿体ないと尻尾の先まで食べた自分の前で、それを言うのか。そういう人なのだ、と腹の底で妙な可笑しさを感じた。決して理解し合えない人間というものは存在する。そして自分にとってその最たるものは、きっとこの男だ。

誘いを断っておいて本当に良かった。雄介は沈黙の煙に紛れてほっと息を吐く。安堵の一方で、卒業後、地元に戻って家を継ぎ、近所の同業者となった時、この男はどんな攻撃を仕掛けてくるだろうかと想像をした。

短くなった煙草を灰皿に押し付けて、小山田が息を吐いた。

「所詮あの人の血か」

血、という言葉から、吉岡の両親を指している訳でないのは明らかだった。母か。死んだ実母を、自死した実姉を、この男はどういう形で認識しているのか。問いを発しようとしたのと同時に、小山田は席を立った。掛けたコートを乱暴に着る。

「割り勘だよ」

誘いを断った代償に、自分の飯代は自分で出せということか。雄介に文句はない。万一のことを考えて、小山田との待ち合わせ場所に向かう前に下宿に寄り、実母の遺産から少し持ち出してきたのだ。分不相応な飯という用途に使うべきものかは分からないが、小山田の小さな肝っ玉のせいで恥をかかされずに済んだのは幸いだった。

雄介が財布から一万円札を出して支払いをする様子を、小山田は面白くなさそうな目で見ていた。金がないので堪忍してください、と泣きつくことを期待されていたのだろうか。インテリゲンツィアぶって吉岡の父の無教養を責める割には料簡が狭い。しかもこの男はそれを絶対に認めようとはしないだろう。根室に帰ってから、どう距離をとるべきか。想像するだけで溜息が出そうになるのを雄介は強いて押しとどめた。

「損したたな。俺を手伝うと言ったなら、女の一人二人、奢ってやったのに」

店を出た小山田はそう鼻で笑うと、南側の路地へと足を進めていった。結構だ、と啖呵を切って同じ土俵に上がる義理はない。小さくなっていく背中に「ご馳走様でした。残りの日程、お気をつけて」と声をかけた。

華やかなネオンサインと酔っぱらいの声が充満する路地に、ふいに強いビル風が吹く。排ガスとスパイクタイヤの粉塵が舞い上がった。札幌の春の風物詩だ。

ふと、同じ時期の根室の記憶が雄介の脳裏に蘇った。控えめに膨らむネコヤナギと、溶け始めた堆肥の山の臭い。

いずれ俺はそこに帰らなければならないのだ。あらゆるしがらみが俺に巻き付き、寄りかかってくるであろう大地だ。その時までに、俺は、耐えられるだけの力をつけられるのだろうか。数年後、自分が背負うであろう重荷を想像して自然と歯を食いしばる。締め上げられる。腐る。そして、跡形もなく消えていく。その空洞の昏(くら)さを想像する。雄介は両拳を握り込んで、自転車を繋いである歩道へと歩き始めた。

下宿に戻ると、玄関の戸を開けた瞬間から何かがおかしかった。下宿生が全員談話室に集まり、真剣な顔を突き合わせているのだ。

「あ、吉岡先輩、おかえりなさい」

一番玄関側にいた後輩が雄介に気付いて振り返る。その向こうに、顔を真っ赤にした管理人の小母さんの顔が見えた。何人かの学生が慌てて宥(なだ)めている様子だ。

「何かあったのか？」

「それが、朝から柳田さんの姿が見えなくて。管理人さんが部屋ノックしても電気もついてないから、もし熱でも出して倒れてたら大変だって」

「あたしは、心配して部屋開けたのよ！　ご飯も食べれなくてぶっ倒れてたら可哀相だって思って、なのに！」

後輩の説明に、還暦すぎの小母さんは歳に似合わない大声で叫び始める。どうやらかなり腹に据えかねているらしい。

「だのに、ああ、あん畜生！　留年重ねるような阿呆(あほ)は本当ろくたらもんでない！

糞ったれが！」

柳田はなかなか必修の単位が取れず、現在四年生だが在籍期間がもう六年目になってしまっていた。今度卒業できなかったら家から勘当されちまう、と以前へらりと笑っていた。その、目だけが虚ろな表情を思い出すと、雄介の背筋にぞわりと嫌なものが這い上がってくる。

「柳田さん、部屋のもの全て持ってドロンしちゃったみたいなんですよ。家賃二か月分滞納していたっていうのに。で、管理人室のマスターキー持ち出して、他の下宿生の部屋まで荒らしてったみたいで。まあ、どうせみんな金ないから、現金は大した被害ないですけど、中には入学祝いの万年筆がないなんて人もいるみたいで……」

後輩の説明を全て聞き終える前に、雄介は自室へと駆けだしていた。急いで階段を上がり、穴に鍵を突っ込んでいつものように左に回す。しかし、聞きなれたカシャンという開錠の音が聞こえない。鍵を抜いてノブを回すとあっけなく開いた。既に開けられていたのだ。

柳田は先月の新入生歓迎会で、したたかに酔っぱらって絡んできた覚えがある。本人にとっては周囲の同級生が卒業し、自分は三回目の四年生が始まった春だ。

「いやあ、今年こそ俺もね、ちゃんと卒業しないとね。獣医や医学部でもないのに六年生七年生とか言ってらんないからね」

酩酊(めいてい)した柳田が珍しく、雄介は様子を見守りつつ話し相手をしていた。彼にとって反りが合わない富士掛らが卒業した今、少し気が楽になったのだろうと雄介は勝手に判断していた。

「なあ吉岡くん。大事なもんって、いっつもどこに隠す？　エロ本とかさあ。持ってないって答えはなしで」

にやにやとした軽口に、一瞬だけ言葉に詰まる。雄介は、ユリ叔母から託された実母の遺産を、銀行には預けず手元に置いていた。札に区別があるでもなし、預貯金したところで遺産の意味が変わるわけでもないが、それでも手渡されたあの札そのままにしておきたいという、妙な拘(こだわ)りがあったのだ。

柳田から大事なもの、と言われてまず思い出したのはその金が入った茶封筒だ。思わず視線を逸(そ)らしてビールのコップを呷(あお)る。

「別に、普通に、布団の下っすよ」

「普通すぎだなあ、すぐ見つかっちゃうよ、そんなん」

ゲラゲラと声を上げて笑った柳田は、実はあの時酔ってはいなかったのではないか。部屋のドアを開けながら、そんな疑いで手が震えた。

まず目に飛び込んできたのは、ひっくり返されてぐしゃぐしゃになった布団だった。そして、押し入れの中身やカラーボックスに突っ込んであった小物も、全て引きずり出されている。

引っ張り出された物の中に、新聞紙に包まれた古い椀が転がっていた。吉岡の高祖母が母に託し、母が遺した品だ。漆塗りだが古いものなので捨て置かれたのだろう。雄介は少しだけ安堵の息を吐いた。

　棚類が荒らされた一方で、本棚は不自然なほどに手がつけられていなかった。

　それが却って嫌な予感をもたらして、雄介は辞書が並ぶ一角に手を伸ばした。古語辞典のカバーの内側に入れてあった封筒がない。さっき、小山田に誘われた後に二万円だけ引き出し、すぐ元に戻したから場所に間違いはない。その金が、封筒ごとごっそり消えていた。

「何やってんだ、俺は」

　雄介は膝から崩れ落ちた。もしかしたら、金を引き出した時に辞典のカバーが不自然にはみ出たままだったろうか。そうだった気もするし、ちゃんと戻した覚えもある。しかし確証はない。ずれていたとしたら、見つかって盗まれたのは自分のせいか。以前、実母の遺産があると柳田の前でうっかり口を滑らせたのは自分の落ち度だ。いや、そもそも今日、小山田に呼び出されなければ……。

　後悔と疑念が出口のないまま渦を巻き、雄介はそこから立ち上がることができなかった。しばらくしてから片付けついでに確認したところ、引き出しに入れてあった預金通帳と印鑑は無事だった。これだけ家探しをされて見つからなかったはずはないから、足がつくとして手をつけなかったのだろう。他に、千円分ほどの小銭が入っていたはずの貯金箱が消えていた。

階下では管理人の小母さんや被害に遭った下宿生たちが怒りの声を上げている。柳田は人の怒りを知りながら、今は笑って逃げているのだろうか。生家との蟠りを消せず、鬱屈を抱えていたかもしれないことには同情する。しかし、だからといって泥棒を赦す理由にはならない。

実家に帰らないであろう柳田は、盗った金を何に使うのだろう。願わくば、あの金で飲み食いをする度に、俺の呪いが奴の体内に蓄積していきますように。今後あの男がどれだけ立派になり、たとえ人の役に立つ行いをしたとしても、その呪いが消えませんように。雄介には負け惜しみのように呪うことしかできない。己の身が恥ずかしくてならなかった。

封筒の中身はまだ百万円近く残っていた。それを全て奪われたのだ。今思えば、歓迎会の時の柳田は、これが目的でエロ本云々という質問をしてきたのだろう。そもそも変な意地を張らずに、銀行口座に入れておけば良かった、いや、もし口座に入れていたら通帳と印鑑を盗まれ引き出されたのだろうかとか、あらゆる考えが胃をギリギリと締め上げる。目の前の些末な人間関係と些事に追われ、自分に甘さを許した結果がこれか、と思えば、一番に憎むべきは柳田ではなく自分自身だ。

「本当に、何をやっているんだ、俺は」

雄介はぐしゃぐしゃになった布団に全身を預けた。ごめんなさい、という謝罪の相手は鬼籍に入っている実母で間違いはないはずなのに、許して欲しいとまでは言えない浅い繋がりがもどかしかった。

三

夏の西日が差し込む中、それでも冷房の効いた部屋で汗ひとつかくことなく、雄介はなるべくゆっくりとした発声を心掛けた。

「図形のここにこう補助線を引くだろう、そしたら線分の比率が二対一になって、定理が使えるようになる」

「あーそっかー！　忘れてた、補助線ね！　分かった！」

綺麗に整頓された広い子ども部屋で、少年が多少大袈裟に頭を抱える。中三にしては少し幼いところがあるが、自分の間違いを素直に認めて知識を吸収するあたりは間違いなく美点だ。勉強すれば勉強するほど伸びる子だな、と雄介は頷いた。

「なんかさ、俺、問題用紙とかの図に線とか数字とか書き込んだらいけないんじゃないかって思って、遠慮しちゃうんだよ」

「そんな遠慮、なんの役にも立たないぞ。むしろ書き込んでなんぼだ。書き込みながら考えた方が正解にたどり着きやすいんだから、特に問題用紙は積極的に真っ黒にしなさい」

「真っ黒って。そこまではしないけど、分かりましたー」

少年は大きく頷き、机の角に置いてあった濃い目のカルピスを飲み干した。

大学三年の夏休み、雄介は慣れ親しんだ下宿を出て、安アパートで完全な独り暮らしを始めた。必要な家賃と食費が上がったことから、居酒屋のアルバイトの他に、友人の紹介で中学生の家庭教師を始めていた。月、水、金の週三日、五教科を日替わりで三時間。時給は一時間千二百円という、雄介にとっては破格の金額だ。

教えている生徒は私立中学校に通う受験生で道内で一番偏差値の高い高校を第一志望にしている。正直今のままでは心許ないが、集中力と好奇心があるのでこれから十分に挽回できそうだった。

階段を上がってくる控えめな足音の後、小さなノック音が聞こえてくる。

「お勉強中にごめんなさいね。飲み物と、少しつまめるものを持ってきたから、休憩の時にでも食べてちょうだいね」

紅茶のカップとサンドイッチの載った盆を運んできた生徒の母親は、若くて美しかった。長い髪をソバージュにして、仕立てのいいワンピースに身をつつみ、化粧までしている。雄介は最初に挨拶した時、これからそごうにでも買い物に出かけるのではないかと思ったが、どうやらこれが普段の状態らしい。

「ありがとうございます、きりのいい所でご馳走になりますね」

「先生、今日の授業終わったらさ、ファミコンしようよ。友達に貸してたカセット、戻ってきたんだ」

「とーおーるー、遊びの相談は、勉強終わってからにしなさい。すみませんね先生、落ち着きのない子で」

「いいえ、亨(とおる)君、勉強を楽しめるタイプだから、集中すればまだまだ伸びますよ」

「どーだママ。先生もこう言ってるし」

ふんぞり返った亨の様子がおかしくて、つい雄介も吹きだしてしまう。母親もにこにこと頭を下げて、部屋を出ていった。

「よし、集中して、まずはこのページ終わらせるぞ。次のは前の問いの応用だから、まず自分で解いてみて」

「えーと、円錐(えんすい)の体積をまず出して……」

亨が問題に向かい合っている間、雄介は手元の問題集を繰りながら密(ひそ)かに部屋を見回す。亨一人が使っているこの部屋は八畳ほどだろうか。壁一面の棚にはみっちりとマンガと高そうな百科事典が並び、子ども部屋なのにテレビとゲーム機まで置いてある。

学校ではサッカー部に所属しているという亨が着ているのは、有名スポーツメーカーの真新しいジャージだ。穴も擦り切れもない。さっき母親がサイドボードの上に置いていったトレイの上には、高そうなカップとソーサーに香りの良い紅茶が注がれ、大きな絵皿の上には色とりどりのサンドイッチとミニトマトと鶏(とり)の唐揚げが並んでいる。

階下からは、亨の妹が弾くピアノの音が漏れ聞こえてくる。防音室でも音が少しだけ漏れてしまうのだそうだが、耳障りどころかその音色は大層達者で、むしろBGMとしてもっと聞いていたいぐらいだ。

全てが、別世界だ。勉強に集中する亨に溜息が聞こえないよう、雄介は細く長く息を吐いた。

「それでは、お邪魔しました。亨君、宿題、分かんないところは飛ばして明後日(あさって)また先生に質問するようにね」

「わかった。先生、ありがとうございました」

にこやかな母子に見送られ、黒く重厚な玄関扉が閉まる。雄介はごく小さく肩を落とした。亭の要望に応えて少し一緒にゲームをしたため、太陽は沈んで空はもう暗くなりかけていた。最寄りの地下鉄駅に向かう道すがら、並んでいるのは高い塀と門に囲まれた豪邸ばかりだ。

雄介は先ほどまで自分が身を置いていた亭の家を思い返し、金持ちは凄いなあ、と改めて思う。およそ望むものは何でもあり、住まいは綺麗で清潔で、しかも人品人柄も穏やかで優しい。帰りがけにはいつも食べきれなかったサンドイッチと総菜までパックに入れて持たせてくれる。しかも恩着せがましいところなどまるでなく。

あの家に家庭教師に行くまで、雄介はどこか金持ちというのは卑しくて高慢だという偏見を持っていた。それが、仕事とはいえ実際に相対してみると印象はひっくり返った。もちろん世の中には鼻持ちならない金持ちというのも沢山いるのかもしれないが、亭ら家族を見、そして自分が育った根室の吉岡家を思い出すと、金で担保できる心の豊かさや優しさというものもあると実感してしまう。貧すれば鈍する、という言葉の対極だ。少なくとも、人の金を盗んで姿を晦ますような真似は考えられない。

雄介が慣れ親しんだ下宿を出たのは、柳田に金を盗られたことがきっかけだった。下宿仲間から金を盗み、夜逃げに等しい身の消し方をした柳田は当然学校も退学扱いとなった。誰も行方を知らない。金ももちろん返ってこなかった。

雄介は自分の甘さを恥じた。麻雀やぬるい人付き合いに半身を浸し、必要な単位だけ取ればそれでいいという考えを捨て、真面目に授業に打ち込むことにした。下宿を出たのは生活の方式を変えようと考えたからだ。節約のために少しずつだが自炊も始めた。つましいが家具や家電などを一通り揃える出費の中で、柳田に盗まれた金の重みが身にしみた。自分が同じ額をアルバイトで貯めようと思えばかなりの年月がかかる。

　実母は保健婦、つまり公務員だったわけだが、雄介の中で安定した職であっても高給取りのイメージはない。まとまった金を遺すまでに、女一人でどれだけ働いたのだろう。雄介の勝手な想像の中で、実母は独り爪に火を灯すような生活をしていた。

　正直、環境を変えたところで吉岡の家を継ぐことにまだ迷いはあった。苦労が多いと分かっている道にそのまま進むのは馬鹿のすることだというのはよく分かっている。しかし、まずは生活を整え、心を整え、学生生活を全うしなければならない。決定はそれからだと考えた。

　そんな折に、家庭教師という新しいバイトは良い刺激になった。子どもに十分な教育資金を掛けることができる家族を垣間見て、まともとはお世辞にも言えない家で育った雄介にとっては、希望溢れる理想像ともなった。

　いつか。自分の人生の形を努力で変えられるようになったなら、ああいう穏やかな家族を持つこともできるのだろうか。雄介はここ半年ほど、亮子と連絡を取っていなかった。固定電話を引く金がないからこちらから先方に電話するしかないが、他の家族が出ることがあるため、つい先延ばしにしている。それに、卒業して自分が根室に戻ればいつでも会える。その時は、体だけではなくきちんと二人の関係を固めることも考えよう。

その前に、元気にしているか、今度いつ来るのかという手紙でもたまには認めようか。そんな薄ぼんやりとしたことを考えながら、地下鉄駅までの慣れた道を歩いた。

夏休みが終わり、通常通りに大学の授業が始まると、雄介は教授に呼び出された。所属している農業政策ゼミの綿貫教授だ。ゼミを選ぶ時、先輩からはあまり勧められなかったゼミだった。単位は取りやすいし、教授が偏屈なわけでもないが、とにかく面白味がない。雄介は人気のゼミを第一志望にして叶わず、第二志望も満員で落ち、第三志望で適当に記入しておいたこのゼミに当たってしまったのだった。そして、実際に参加して評判の通りだったと確認する羽目になった。

面白味のないゼミの教授でも、呼び出されればすぐに行かなくてはならない。晩夏でも薄暗く、ひんやりとしたコンクリートの教授棟を進み、目当てのドアの前に立つ。ゼミの担当教授といってもさほど親しくした覚えのない雄介は、ノックひとつにも緊張した。

「すみません、吉岡雄介です」

「ああ、来たか。入んなさい」

失礼します、と挨拶して入った綿貫教授の研究室は、壁という壁が本で埋め尽くされている。窓側の椅子に座っていた教授が立ち上がって、手前にある簡素な応接セットに座るよう勧めてきた。

「ブラック？」

「あ、はい、自分が淹れます」

「いやいいよ大層なもんじゃなし。座ってなさい」

ポットの湯で入れたインスタントコーヒーを出され、応接セットで教授と向かい合う。綿貫教授は大教室で講義する時は猫背だし声は聞き取りづらいほど小さいしで、常に小柄に見える。それが、ゼミ室やこの部屋で対面した時は、どうしてか威圧を感じるのだ。けっして強面ではない、地方役場の部長さんという風情の穏やかな物腰なのに、何か逆らえない雰囲気を感じる。率直に言って、雄介はこの人が苦手だった。今日もどんな用事で自分だけ呼び出されたのか覚えがなく、思わず教授ではなく手元のコーヒーカップに視線がいく。

「そう緊張しないで。成績とか就職とか関係ないことで呼び出させてもらっただけだから」

「はあ」

成績にも就職にも関係ないこと。ならば研究のことだろうか。尚更覚えがない。内心焦る雄介の前で、教授は両手に持ったコーヒーをふうふうと冷ましていた。

「吉岡君、出身は根室だもんね」

「はい、そうです」

本題の前の無難な話題だ。そう少し安心していると、出し抜けに「小山田俊之君を知ってるね？」と聞かれた。

「は」

は？　とも、はい、とも言えずに固まった雄介の顔を、教授はじっと見ていた。すぐに居住まいを正して「はい」と言い直す。

「近所の知人です。実家と同業の酪農家で、僕から見れば先輩にあたります」

雄介は事実だけを淡々と述べた。親との確執とか、実姉のことなど、余計な情報は髪の毛一本分ほども交ぜてはいない。

「あの子、実は僕のゼミにいた学生でね。なかなか優秀だった。かなりよく手伝ってもらったよ」

「そうなんですか」

雄介は同じゼミという縁に心の中で舌打ちする一方で、少し安堵もしながら頷いた。

愛弟子と同じ地域出身の学生がいるので、少し話をしてみようと思った、そんなところだろう。少なくとも何らかの非を咎められるとか、そういうことではないようだ。

「僕としては、彼には国家一種でも受けて農政を内部から変えていって欲しかったんだけどね。どうしても実家の酪農を継いで広げるんだって、決意は固かったよ」

「そうでしょうね」

小山田が優秀だというのは事実らしいから、教授の期待も無理からぬものだろう。だが雄介はその一方で、あの独善さが行政の内部で官僚として振るえる鉈を得たならどうなるのか、想像するだに怖いものもあった。

「たまたまこの間会った時、営農しながら政治の世界に進出してみると聞いた時は嬉しくてね。それで、昨日から来札していて、これからこの研究室に遊びに来てくれるというから、同郷の君を呼んだんだよ」

口の中に含んだコーヒーから味が消える。雄介はなんとか飲み下して、自分の表情が歪んでいないことを確かめた。

「小山田さんは、僕が同席することは」

「僕が呼んでおこうと言ったら、彼、大層喜んでいたよ。せっかく実家が近所で、大学もゼミも農業者としても先輩という縁なんだから、よく話を聞いておくといい」

教授はにこにこと邪気の一つもなく微笑んでいる。若い学生の縁を繋いで、さも自分は良いことをしたと言いたげだ。実際は、雄介が北大にいる理由は父が小山田に敵愾心を燃やした結果だし、雄介にとっては実の血縁絡みでの因縁がある。

「教授と小山田さんで積もるお話もあるでしょうし、僕はお邪魔では」

「いやいやむしろ君と小山田君を会わせるために今日呼んだ訳だからね！　気を遣わないでくれたまえ」

　雄介には先方に会わないという選択肢は与えられないようだ。家庭教師のバイトの時間までは移動を含めてもあと三時間もある。中座する言い訳を今から考えていると、ドアのノック音が響いた。

「どうぞどうぞ、入りなさい」

「失礼します。教授、お忙しいところありがとうございます」

　室内に体を滑り込ませた小山田は、半袖のワイシャツにネクタイをきっちり締め、汗ひとつかいていなかった。くたびれたTシャツとよれよれのジーンズという、典型的な学生の服装をしている雄介としてはそれだけで引け目を感じてしまう。立ち上がり、小山田をなるべく視界に入れたくない一心で深く頭を下げた。

「ご無沙汰しております。暑い中、根室からお疲れ様です」

「ああ、久しぶりだね雄介くん。元気そうで何よりだ。そうかしこまらなくていいよ、何せ僕らは綿貫教授の教え子同士なんだから」

上げた視線の先にいた小山田はさも愉しそうに微笑んでいた。教授は同郷の兄弟子と弟弟子を眺めて愉快気に笑った。

「まあまあ、二人とも座んなさい。小山田君、鉄道は何時？」

「今日は夜行で帰る予定なので、夜に札幌駅発です」

「じゃあゆっくり話ができるな。コーヒーはブラックでいいかい？」

「いえ、カフェインは体に悪いので、遠慮します」

コーヒーを淹れようとした教授の手が一瞬止まった後、「じゃあ悪いけど白湯で」と紙コップに湯を注いだ。ああ、相手が誰だとかは関係なく、小山田は小山田なのだな、と雄介は呆れた。それはそれで個性だし、誰に迷惑をかけるでもないが、やはりあまり付き合いたくはない。雄介は長椅子の隣に腰かけた小山田を見ないように、手元のコーヒーを一口飲んだ。

話は主にはしゃいだ様子の教授に小山田が相槌を打つ形で続いた。授業やゼミの時と同じく、話はあちこちに飛んで脈絡がない。雄介は合間に「へえ」「なるほど」と話に聞き入った振りを続けていた。喫煙者の小山田もさすがに恩師の前で煙草を吸うことがないのが唯一の救いだ。話は行きつ戻りつしながら、徐々に小山田の選挙の話になっていく。

「小山田君と一緒になった女子学生、同級生だったっけ。彼女も理想に燃える子だったから、選挙に出るにしても心強いだろうな。まずは市議選かい？」

「ええ、よく手伝ってもらってます。今、党の支部が動いて地元に後援会の立ち上げ準備をしている最中でして。自分で言うのもなんですが、凝り固まった地方行政に風を入れられるいい機会なので、協力してくれる人は多いです」

滔々と小山田は曇りのない足下固めと自信を語る。弁が立つのは相変わらずで、その淀みのなさは話術にさらに磨きがかかっているようだ。政治の道を進むなら、必須の技術でもあるだろう。

しかし、雄介はその話しぶりに違和感を覚えた。上っ面は非がなく、内容も組み立てられ、なおかつ如何様にもとれる内容の薄さは健在だが、小山田がそれらを語る声が妙に高く震えている。喋り方も少し速いように思われた。胃の疾患で苦しんでいる牛のうめき声に似ている、と雄介は感じた。

綿貫教授は小さな異変に気付いていないのか、小山田の自信ありげな話を聞き、うんうんと満足そうに頷いた。

「順調そうでなによりだよ。僕のような爺さんでは何も助けにならないが、教え子に農水と道庁で頑張っている子がいるから、今度紹介しよう。しかし、なかなか一筋縄でいかない道であることも確かだ。どうだい、吉岡君、卒業したら彼を手伝ってはみないかね。小山田君は一度断られたと言っていたが、農業の今後を考えて、もう一度、よく考えてみないか」

綿貫教授の目は射抜くように雄介の方を見ていた。まるで蛇に睨まれた蛙だ。来ることが予期できる蛇ならまだ対処のしようがあるが、突いた覚えのない藪から出てきた蛇には一体どうしたらいい。

小山田もこちらを感情の入らない目でじっと見ている。にやにやと笑っていないのが却って腹立たしい。雄介はひとまずコーヒーカップをテーブルに置いて、顔を上げた。

「すみませんが、自分は、実家の牛飼いを継ぐためにこの大学で勉強していますので。小山田さんの理想は素晴らしいし、お助けできるのなら惜しまないのが道理なのでしょうが、何せ実家の家族が関わることですので、ご提案を受ける訳には参りません。教授と小山田さんのご期待に応えられず、申し訳ありませんが」

言葉を選びつつ、なるべく反論を許さない形で、雄介は言い切った。この上さらに小山田への協力を強いられるというのなら、学部事務局にかけあって専攻とゼミを変えてもいい。それぐらいの腹積もりだった。

教授はそうか、と一言溜息を吐くと、手の中のコーヒーを一息で飲み干した。小山田はわざとらしく頷いた。

「そうなんです。残念ながら、誰に似たのやら、結構頑固で。甥っ子にはふられ続きです」

「は？」

喉が勝手に低い声を出した。顔の筋肉が歪む。今、この男は、何と言った？

「今、何と？　甥？」

「あれ、まさか知らなかったのか？」

小山田は大袈裟に大きな声で驚いてみせた。教授も唖然としてこちらを見ている。

自分が甥。小山田が、伯父、それとも叔父か？　思わず吉岡家の家系を頭の中で開くが、かすりもしない。混乱する雄介の前で、小山田はふむ、と顎に手を当てた。

「なあ。君の実のお母さんは、橋宮ミサエさんだよな」

「ええ」

急に切り込まれて、頷くだけしかできない。一体、この男はこんな時、こんな場所で何を言い出すのか。視界の端で綿貫教授があんぐりと口を開けているのが見えるが、
雄介も開いた口がふさがらない。

「俺はほとんど面識もないし、母という実感はありませんが、保健婦だったことは聞いてます」

「ああそう。吉岡さん家の誰かが知ってて君に教えてたかもと思ったが、もしかしたらみんな知らなかったのかね。君に言っても仕方ないが、あの人のせいで、うちは

色々と大変でねえ」

恩師の手前、淡々と語ってはいるが、心底忌々しそうな言い方だった。雄介としては腹を立てるべきところだが、甥、という言葉で思考が麻痺(まひ)し、返事さえ覚束ない。

「あの。は、母は。小さな頃からうちの下働きをして、小山田のお父さんの口添えで札幌に出て勉強したと聞いていますが」

「まあ、そういうことになってるんだけどねえ」

勿体つけた言い方は、挑発なのか、それともこういう言い方しかできない人間なのか。雄介の肩に、小山田はぽんと手を置いた。親しげな動作だが、細い指先が肩にぎりぎりと食い込んでくる。

「すみませんね教授、お邪魔したうえにこんな話になって。でもいい機会だから教えておこうか」

変に芝居がかった言い方で、ゆっくりと小山田は口を開いた。肩に食い込む手の力が強い。

「雄介くん。君の母親はね、うちの親父の隠し子だったんだよ」

驚いたろう、と言わんばかりの小山田の表情に、却って雄介の心はすうっと冷えていく。

「つまり、俺は君にとっては血縁上の叔父ということだ」

　小山田の微笑みと、語られた内容に、寒気が雄介の心と体、全てを包んだ。自分の何もかもが今告げられた事実を拒否している。変えようもない現実ならば、全て捨ててしまいたいと、感じたことはそれだけだった。小山田は得意げに続けていく。

「正確には、うちの両親が結婚する前に、親父が仕込んだらしくてね。うちの一家が根室に移った頃にバレて、お袋は君の母親のことは本人も知らないことだからと優しくしていたが、当の親父のことは腹の底で最後まで憎みながら病死したよ。君のお母さんは知らないまま死んだろうね。よかったね。おめでたいことだ」

「そう、ですか」

　雄介はかろうじてそれだけ搾り出して返事した。小山田の父親が橋宮ミサエの口添えをしたのは、自分の隠し子だったから、ということだろう。小山田の言う通り、実母本人は事実を知らなかったとしたら、それは確かに『おめでたい』のかもしれない。これまで事実を知らないままで他人として小山田を毛嫌いしていた自分も滑稽だ。しかし。

　事実以上に、雄介にとっては目の前の男の口調、物言い、すべてが改めて不快でならなかった。血縁に関わる話を、しかも当事者さえ知らなかった話を、こんな、第三者の前でするものではないだろう。それを恩師の前でわざわざ告げたのは、体面と言う外枠を作ってお互い醜くならずに俺を傷つけるためか。そもそも教えてやろうという親切心は欠片も見えず、言動全てに棘しか感じられない。

雄介は密かに腹を決めた。今、ここで得意げにしている小山田の芝居に乗ってやる。血の繋がりを今初めて知った愚かな甥として、今は望む役割を演じてやる。

「……知りませんでした、そんな……」

雄介は体を縮め、額を膝につけた。目を固く瞑り、思考を止める。肩は怒りと憤りで勝手に震えた。

「知らなかったことに罪はないよ。そう、君も、僕も、親世代の被害者なんだ」

背中に添えられた傲慢な掌を払いのけたかった。我慢ができたのは、今顔を上げれば小山田の喉笛に摑みかかり、悪意を垂れ流すその声ごと、老鶏の頸のように握り潰してしまいそうだったからだ。

「小山田君、君も色々あったろうが、今日はもう、帰りたまえ」

上体を伏せたままの雄介の頭上で教授の声が響いた。どうやら、雄介と小山田の間に体をねじ込んでいるらしい。

「そうですね、身内の恥を晒してしまい、大変失礼致しました」

小山田がブリーフケースを持ち上げ、「それじゃ、またな、雄介君」と大げさに手を振る気配がする。ドアを開閉する音の後に、わざとらしい笑い声が聞こえた。

足音が聞こえなくなってから、雄介はようやく上体を起こした。

「大丈夫かね、吉岡君」

顔を上げると、顔色の悪い綿貫教授がこちらを窺(うかが)っていた。呼ぶべきではなかった人物が、言うべきではない事実を、現教え子に告げてしまった。その後悔がありありと見てとれるが、今の雄介はそこに心を寄せてやることはできない。頭の芯がぼうっとしている。案外、小山田の思惑通り、人前で事実を暴露されて良かったのかもしれないな、と思った。一対一で対面して告げられていたなら、自分が怒り狂っていたか、泣き叫んでいたか、見当もつかない。

「吉岡君、顔色が悪いよ。もう戻るといい。君の了解も取らずに彼を呼んで申し訳なかった。僕も全て忘れるから、君も、あまり考えないようにしなさい」

「……はい。色々、すみませんでした」

綿貫教授は自分も余程ひどい顔色でありながら、遠慮がちに雄介の背に手を当てて長椅子から立たせる。雄介としても、ここに残って教授と話すことは何もなかった。

部屋を出るのに礼一つなく、ひんやりとした廊下へと出る。研究室のドアが閉まる音が大きく反響した。何も変わらない、事実を知ったところで、何も変わるはずはない。それでも、あの狭い集落の中で密かに繋がっていた糸について、そして全てが死に絶えてしまうまで切れないその糸について、雄介は思考を巡らせずにいられなかった。

四

久しぶりに訪れた故郷は、深い海霧に覆われていた。駅舎を一歩出ても、馴染みの商店は霧にくすんでもとの記憶と答え合わせができない。ただ、札幌では嗅ぐことのない潮の香りと、どこかの家の石炭ストーブの煙の気配は変わらなかった。生まれた町の匂いだ、と雄介は感じた。それを好むと好まざるとにかかわらず。

大学四年生になった雄介が祖母死去の知らせを受け取ったのは、一昨日の夜だった。ただでさえ忙しい学業とバイトの都合を急遽つけて、こうして列車に揺られて帰ってきた、というわけだ。

大学に入ってから初めての帰郷だった。祖母が胃癌で余命宣告を受けた時に知らせはもらっていたし、覚悟もしていたが、残り半年程度と言われていたのが、三か月に短縮してしまったのには正直驚いた。あの気の強い、暴君のような祖母なら、癌さえ無理矢理に従えて三年ぐらいは生きそうな気がしていた。

祖母が死んだと電報で簡潔に知らされても、雄介の感情は大きく動かなかった。そんなに自分は冷淡な人間なのかという絶望の方が勝ったぐらいだ。葬儀にはやはり戻らなければいけないだろうか。続けてきた居酒屋のアルバイトを何日も休むとなれば、クビになるかもしれない。火曜のゼミも欠席になってしまう。しかし、そんな理由で身内の葬儀に帰りたくない、などと言ったら、それこそ何を言われるか分からない。内心渋りながら、友人から喪服を借り、札幌駅で土産用の和菓子を一箱買って、列車に乗り込んだ。

列車は日高山脈を越え、十勝平野を抜けて、太平洋岸へと出る。雄介は車窓の外をぼうっと眺めていた。灰色の空と海の境界線は曖昧で、群れるカモメの存在が却って侘しい。この景色を眺めながら帰郷するとしたら、卒業して家に戻る時だと思っていた。家族が死ぬ可能性など、考えていなかったのだ。悲しみがない代わりに、扱い方の分からない空白がぽっかりと口を開けていることを自覚して、雄介は戸惑っていた。感情の誤魔化し方が分からない。ひとまず、周囲の客のように腕を組んで目を閉じると、幸い眠気がやってきた。このまま夢も見ずにしばらく眠っていたい、とうとうとしたあたりで無情にも釧路駅での乗り換えとなった。

一両編成のディーゼル車両に乗り、さらに二時間強揺られて、ようやく根室に到着した。

駅前の小さなロータリーには、くすんだ茶色のサニーがエンジンをかけたまま停まっていた。自分が高校を出て札幌に向かう時も、この車で駅まで送ってもらった。車体のそこかしこに小さな傷やへこみがあり、そこから錆が浮いている。雄介は後部座席のドアを開け、ボストンバッグと自分の体を突っ込んだ。車内には煙草の煙が充満している。

「ただいま」

「列車、ずいぶん遅れたな」

帰省した息子の顔を一度も振り返ることなく、父は車を出した。雄介の体ががくんと座席に押し付けられる。斜め後ろから運転席にいる父を見る限り、三年ぶりでも特に歳をとっているようには見えない。あるいは、もともとが老け込んでいたのだろうか。思考は車が赤信号で急に停まったことで遮られた。運転の荒さは変わっていないようだった。

「お婆ちゃん、最期はだいぶ、しんどかったの？」

停車中の静寂が嫌で、雄介は口を開いた。

「最後のひと月ぐらい、家で死ぬって聞かなかったから退院させたら、やっぱり痛みやら何やら酷くなってな。死ぬ一時間前まで、誰にか分からない恨みごと言ってたよ」

「そう」

他人事のような父の口ぶりに、その最後の一か月間は母が全て看ていたのだろうと予想がついた。恨みごとを叩きつけられながら、老婆の死を看取った母の安堵を思う。

自分も姉もとうに家を離れた現在、母の鬱屈はどこに出口を見つけていたのだろう。

「そういえば」

雄介はふと思い出して声を出した。

「近所の小山田さん、根室市議選に出馬するって聞いたけど、議員になったの」

「なんだそりゃ、何でお前がそんなこと知ってんだ」

札幌で小山田に政治関係の誘いを受けたことは勿論父には言っていない。慌てて、

「根室出身の北大卒業生の会に呼ばれた時、噂に聞いて」と言いつくろった。さほど遠い嘘でもない。

「なんか本人は出る気満々で、農家とか、漁師とか、元島民連合に色々コネつけに回ってたってのは聞いたけど、あっさり落ちたぞ。しかも最下位、得票はぎりぎり三ケタだったそうだ。すかした面で中身ないことばっかりべらべら喋ってるからだ。ざまあみろ。性懲りもなく次期にまた出馬する気らしいが、まあ無理だわな」

父はひどく嬉しげに言い放った。小山田は最後に会った綿貫教授の研究室でも淀みなく理想を語り、自信満々の様子だったが、想定通りに行かなかったのか。

これ以上父とこの会話を掘り下げる理由も思い当たらず、雄介も「ふうん」と言っただけで会話は終わった。

お互いに無言のままで車は市街地を抜け、晩秋の茅原の間に敷かれたひび割れたア

スファルトの道を通り、見慣れた集落と農家の間を走っていった。変わらない建物、変わった畑、雄介はそれぞれを記憶の中のものと答え合わせしていく。三年の変化は大きいのか小さいのか、根室に着いて一時間ではまだ判別がつかない。

あれ、と雄介は目を瞠る。小山田の牧場が少し様相を変えていた。立派だった住宅の周りは草ぼうぼうで、半分開いたカーテンの隙間からは積み重なった段ボールが見える。あえて駒形屋根を残してしゃれた外観に建て替えられていた牛舎は、屋根のトタンが半分飛んだままだった。放牧地の隅には処理されない糞尿が山と積まれ、乏しい牧草を食む牛たちは腰骨と肋骨が浮き出ている。

「小山田さんち、随分なんていうか、すすけたね」

「ああ、今、従業員誰もいないらしい。選挙落ちたせいで嫁さんと子どもに逃げられてっから、小山田の野郎一人でやってるって話だ」

実に楽しそうな父の語りように、雄介は気付かれないように眉を顰める。身なりも、経営もきちんとしていた小山田が、一体どうしたのか。地方選挙に一度落ちたぐらいで、こうも落ちぶれてしまうのか。考えているうちに、車は古ぼけた実家の前で停まった。

大学進学で家を出た時にはチロというるさい番犬がいたはずだが、車を降りても静かだった。玄関の横に、空の犬小屋と放り出されたままの鎖が見える。

「チロ、死んだの？」

「二年ぐらい前、急にぽっくりとな」

雄介も特に可愛がっていた訳ではないが、死んだとなると少し可哀相には思う。犬小屋も鎖も片付けずそのままなのは、感傷ではなく無精からくるものだろう。

「犬の方が婆さんよりよっぽど死に際綺麗だったわ」と冗談めかして笑う父の声が癪に障った。これが自分と血の繋がった父親ではないことに安堵し、また同時に、実の父でもないのに切ることのできない縁に絶望を繰り返す。砂を嚙みしめるようにして耐えた高校生の頃の自分よりも、札幌の生活を知った今の自分の方がよほど酷薄になっているような気がして、雄介は思わず顔を顰めた。

立て付けが悪くギシギシと音を立てる引き戸を開くと、暗い屋内に「ただいま」と声をかけた。いつもこの家の中を覆っていた埃と黴の臭いは、今日は強い線香の臭いに塗り替えられていた。

台所を覗くと洗い場に向かっている母の背中が見える。雄介が二度目の「ただいま」を言って、ようやく振り返った。

「おかえり。あら、あんた、ちょっと太ったんでないの？　好きなもんだけ食べてないで、ちゃんと野菜とか食べてんの？」

「ちゃんとやってるよ。高校の頃から比べると、野球やってないんだからそりゃ少し太くもなるし」

「それに、なんか汚い格好して。もう少しちゃんとしなさいよ」

「ちゃんと洗ったGパンとトレーナーだって」

人を上から下まで眺めまわして文句を言う。数年ぶりに会った息子にこれだ。その変わらなさにほっとし、苦笑いさえ浮かぶ。しかしよく見れば、最後に見た母の面影よりも皺は増え、髪の生え際がうっすら白い。母は自分に太ったと言ったが、本人は明らかに以前より痩せていた。

屋内にうっすら漂う煙をぬって奥の間へと足を進めた。畳の布団上に、白い着物と白い面布を纏(まと)った祖母が横たえられていた。

やはり心は動かない。線香を立て、手を合わせても、心は凪(な)いでいた。

「ただいま」

『人に挨拶する時はもっと丁寧に言うもんだよ。はあ、ばかったれめ』

生前ならば飛んできたであろうきつい小言も、もう聞くことはない。それは自分に対してだけではなく、母に対してもそうだったのだと思えば、祖母の死にほっとする自分に言い訳ができるような気がした。


葬儀と通夜は祖父の時と同じ、地元の会館で行われた。

東京で結婚し、息子を産んだばかりの姉、敏子は産後の肥立ちが悪く、来られないということだった。相変わらず根室に帰省してくることはほとんどないが、祖母の葬儀に来られないことを電話越しに幾度も母に詫びている様子を傍から見ていると、昔ほど実家への忌避感はないように見えた。良いことだと雄介も思う。年に一度ほど、雄介に雷おこしを送ってくれるので、お礼に白い恋人を送り返すようにしている。

「喪が明けて、敏子の体調も良くなったら、孫を見に飛行機でこっちまで遊びにおいで、だって。そんなこと言われても困ったねえ、どうしようかねえ」

姉との電話を終えた母は、困った困ったという言葉とは裏腹に浮かれていた。それを父に見とがめられ、「爺さん婆さんの世話がようやく終わったからって、行かれる訳ねえだろ。家のことや俺の飯の支度はどうすんだ」と怒鳴られ、小さく縮こまる母が不憫だった。

声を潜めない噂話や故人の評価が飛び交うなか、通夜も葬儀も滞りなく終了した。久しぶりに帰省した雄介は、近所の面々からひっきりなしに声をかけられ続ける羽目になった。

「いやあ、雄介君、立派になったでないの」

「北大生だもんねえ、卒業したら帰ってくるんでしょ？」

「札幌にいるうちにいい子見つけてさあ、ちゃんと嫁さん連れて来ないば。農家でない嫁さんだって、こっち住まわせて一年もびっちり働かせりゃあ、大丈夫、ちゃんと牛飼いの嫁さんになっから」

善意と嫉妬とからかいが混ざり合った年寄り達の声を、雄介は笑顔で受け流し続けた。ここに戻ってくる予定なら、関係を荒らすことに全く意味はない。

言われた通りに、来年卒業式を終えたら、ここに帰ってくるつもりではいる。当初の予定通りではある。変更はない。だというのに、雄介の心は重かった。口煩い祖母が亡くなったとはいえ、あの父親のもとで後を継ぐのだと思うと想定される辛苦に心のどこかが竦み上がる。

それに何より、かつて小山田から告げられた血縁の件があった。実は叔父と甥であるといっても、法的になにがあるでもなし、本来なら気にする必要もないことだが、あの小山田のことだ、そうもいくまい。何かと雄介、いや吉岡家に因縁をつけて、正義面を振りかざしてくることだろう。いっそ牧場をよその土地に移動させられればいいのに、と無為な想像に救いを求める。実際は、何代にも亘って張ってしまった根をそう簡単に動かすことはできないのだ。自分も、そして小山田も。

「あら、雄介くん、大きくなって！」

ひと際大きな声に聞き覚えがあった。振り返ると予想通り、ぴしりと身に沿った喪服に身を包んだ細身の女性が立っていた。

「ユリ叔母さん、お久しぶりです」

「立派になってえ。札幌で元気にしてる？」

「ええ、お蔭様でなんとかかんとか」

高校卒業の頃に会った時より幾らか歳をとったようには見えるが、相変わらず、いや以前にもまして元気な様子だった。柳田に盗まれてしまった金のことを思い出して、雄介の記憶の底がちくりと痛む。言うべき言葉に詰まっていると、叔母は雄介の腕のあたりをぽんぽんと叩いた。

「大丈夫そうで、安心した」

そう言う叔母の目もとは潤んでいた。元気そうで、というありきたりの表現でないところに心配の深さを感じて、雄介の心が少し緩む。親身になってくれる人間のありがたさを、高校生の頃の自分に教えに行ってやりたい気分になった。

叔母はひとしきり話をすると、他の知人に呼ばれてその場を去っていった。変わらないものに安心できたことにほっとする。

「雄介。そういえば、あんたの同級生に、鈴木って子がいたでしょう」

「え、いたけど」

母から出し抜けに言われた言葉にびくりと固まる。札幌での鈴木との関係は学校と下宿の友人数名にしか言っていなかった。どこかから流れた話でかまを掛けられているのではないかと構えたが、母は普段通りに笑っていた。

「先月の根室広報の結婚欄にね、名前が出てたよ。花咲の大きな網元の息子さんと結婚したんだって」

「そうなんだ」

声も、表情も、感情を消すことだけに集中する。幸い母は何も気づくことなく、参列者に話しかけられてそちらへ向かった。雄介は大きく息を吸う。別に、自分は文句を言う立場じゃない。約束を欲しがらなかったのはお互い様、そして早く行動しなかったことについては全面的に自分が悪い。

頭はそう理解している。実のところ、予感が全くなかった訳でもない。半年連絡がないことに焦り、しかも自分から動くことができなかったのは、雄介の心の二割ほどで、彼女が自分にあまり重きを置いていないのではないか、という恐れがあったからだ。

くだらない恐れだ。だが、その恐れも愉しみも引っくるめて抱え込み、彼女と対峙できていなかったのは、他ならぬ自分自身だ。そして、その結果がこのざまだ。

「そうなのか」

波打つ感情を抑えるためだけに、独り言ちる。何か大きな病気をしたとか、死んだとか。そんな不幸な別れではない。だがもう二度と撫でることのない、猫に似た背中の感触を掌に思い出して、雄介はもう一度息を吐いた。

その反動で、ふと、自分を取り囲む喪服の群れの中から、濃い煙草の臭いを嗅いだ。会場に染みついていた線香よりも強烈なそれと、記憶の中でぴたりと合致する面影がある。年寄りに下げていた頭を上げると、小山田の茶色い瞳と目が合った。

「どうも、ご無沙汰しております。この度は祖母の為においで頂きまして」

雄介は慇懃無礼(いんぎんぶれい)ともとれる程に頭を下げた。小山田の眉間に皺が寄る。おや、と思ってよく見ると、その顔は昨年会った時よりも痩せこけ、眼窩(がんか)も窪(くぼ)んでいるようだった。

「ちょっといいかな」

返事を待たずに、小山田は雄介の背を強引に押した。会館の玄関脇、植え込みと建物の間にある人気(ひとけ)のない空間で向かい合う。

「どういうご用件でしょう」

心の余裕が雄介にはあった。何かを言われてもまともに応対する義理はないし、場合によっては言い返すことなく強引にこの場から去るつもりだ。甥として叔父に対する義理などそもそも感じない。

改めて向かい合うと、小山田は研究室で最後に会った時と印象が随分と変わっていた。喪服こそぴっちりと着こんではいるが、明らかに服の方が大きい。いや、ぴったりだったものが中身が痩せてしまっているのだ。建物の陰で薄暗いにもかかわらず、顔色の悪さがはっきりと分かる。落選、妻子が出て行った、従業員がいないなど、憔悴(しょうすい)の理由に想像はついた。

だがその一方で、その色素の薄い目はやたらぎらぎらと力を増していた。ふと、以前に友人から聞いた闘犬の話を思い出す。栄養十分で筋骨隆々の犬であっても、飢えて闘争本能がむき出しになった痩せ犬に易々(やすやす)と敗北することがある。だとしたら、何もかも失って一見憔悴している小山田は、本来の獰猛(どうもう)さを見せているということか。

雄介の足が半歩後ずさった。

「ずいぶん元気そうだね。大学は楽しいかい？」

「ええ、お蔭様で。来年、卒業です」

雄介が表情を変えずに答えると、何を思ったか、小山田は突然笑いだした。そしてすぐに、笑い声がひどい空咳(からぜき)へと変わる。雄介は思わず「大丈夫ですか」と曲がった背中をさすった。手がごりごりとした背骨の感触をなぞる。病を得ているのだろうか。ひとすじ憐(あわ)れむ気持ちも湧いたが、飢えた闘犬の話を思い出して、手が止まった。

小山田は雄介の手を振り払うと、ふたたび歪んだ笑いを発し始めた。

「優しいことだね、素晴らしいことだ。あんなどうしようもない女から産まれて、おまけにあれだけ碌でもない爺さん婆さんと親父に育てられて、それでも君は立派な青年に育った。君は頑張った。実に偉い」

　これまで沈殿していたあらゆる憎悪を、毒素を、周囲にぶちまけておかずにはいられないというのか。小山田はぎらぎらとした目を雄介から逸らすことなく、大袈裟に拍手まで寄越してきた。この様子なら、身近な人も、選挙票も、さぞや離れていくだろう。

　雄介は大きく息を吸った。この男に対して同情の気持ちはある。父親が他所に隠し子を作り、家庭が荒れたのなら誰かを憎まずにはいられまい。その歪みが己の人格にまで影響し、挙句、多くのものを失ったのなら、ただ詰られてやることが優しさだとも分かる。

　だが、だからといって雄介にはこの男に優しさを発揮してやる義理もないのだ。

「俺は吉岡の家を好んで継ぐ訳じゃないが、それが心底嫌だったらとっくの昔にとんずらしてます。その折り合いは、俺がつけるもので、あんたが関与すべきことじゃない。それに、あんたが考えているほど、俺は実の母に思うところはないんですよ、本当に。なにせ、俺が実の息子だってのに、何かしてもらったこともないんだから」

　言葉にしてから、これが自分の本心だと雄介は気づく。たしかに、ある程度まとまった額の金は受け取ることになったが、別にあれは俺の為に残されていたものではない。結局、直接の繋がりは何もなかったのだ。これから何某かの感情を母に抱いたとしても、それはただ生きている自分が気楽になる為だけのものにすぎない。

「血が繋がっていようが、なかろうが、関係ない。あんたは俺の人生に一切関係がない。あんたは苦しんだかもしれないが、あんたの両親も、橋宮ミサエも、俺の姉も、もうみんな死んだんだ。それでいいじゃないですか」

只でさえ、今日の自分は身内の死、そして亮子のことで心が波立っている。これ以上、余計なことを言うつもりなら、もう無視を決め込んでこの場を去ろう。そう決めた雄介に、小山田はふん、と馬鹿にしたように笑った。

「そうだよ。橋宮ミサエも、その娘も、あっさり死んだ。ただの弱い人だった。娘も弱っちい子だった。脆弱と言った方がいいかな。何を言われても言い返すこともなく、あいつ、ははっ、俺に当てつけたみたいに、首を括ったんだ」

「……は？」

今、この男は、何を言った。いや、その前に、笑っただと？

独り死んだ橋宮ミサエを。小学生の時に自ら死を選んだ俺の実姉を。そこまで考えて、雄介はある一点の結論に行き着く。小山田が、姉の敏子や近所の子を従えて、実姉を責めていたという理由。

血縁だったから。隠された姉である橋宮ミサエへの憎しみを、本人ではなく、彼女の血を分けた娘にぶつけたのだ。

「ひとつ聞いていいか？　あんた、あの人の娘が自殺した時、嬉しかったか？」

雄介の問いに、一瞬、沈黙ができた。ぷふ、と空気のもれる音に続き、小山田が盛大に吹きだす。

「ああ、嬉しかった。とても嬉しかったよ。自分が正しいと証明できた、人生最初の知らせだった」

「あんた。あんた、おかしいよ」

真偽は分からない。もしかしたら病に侵されているだけで、小山田なりの真意はまた別のところにあるのかもしれない。しかし今の雄介はそれに付き合う理由など塵ひとつ分ほどもなかった。

「君も牛飼いの家の子なら分かるだろう。生き物なら、牛だって人間だって、生まれつきどうしても弱い奴はいる。体だけでなく、心まで弱くて苛められて食い負けて生き残れないようなのが。そういう手合いだったんだよ、橋宮ミサエの娘は。だから、仕方ないことだ！」

「なんなんだ、あんた」

雄介から、礼儀と遠慮が消し飛んだ。摑みかからないでいるのが精いっぱいだ。

この男が、母を悪しざまに言い、実姉を追い込んだ理由は分かった。自分では分かりえない地獄があり、当事者全員がこの世からいなくなったとしても、消し去ることのできない痛みはある。

しかし、人を憎むやり方にしたって良し悪しはあるのだ。吉岡の家も相当歪んではいるが、この男は、違う方向にねじ曲がりすぎている。そして、自ら正す気も更々なさそうだ。

「弱いのが誰だって？」

一歩、小山田の方に足を進めた。雄介は一瞬目を閉じ、開く。目の前では小山田が何か笑いをこらえるようにして雄介を見ていた。

観察している。面白がっていやがる。こいつと血が繋がっている、その事実が忌まわしくてならない。怒りが却って雄介を冷静にした。

「小山田さん。弱いのはあんただろうに」

「俺は弱くなんかない。弱いのは、あいつらと、あいつらに関わる全ての奴らだ。お前もだ」

荒野だ。雄介は小山田のありように、死んでいった実母や実姉や、それから吉岡家の人々の生きざまに、からからに乾いた荒野を想像する。そこにかろうじて根を張り、風に耐えながら育ってきた木に彼らを重ねる。

俺や、家族や、死んだ肉親の住んだこの地は荒野で、俺たちの生きざまは哀れな木のようなものに過ぎない。だからこそ、そこに何かの疵をつけたり、毒を撒こうとする者を、許してはならない。

初めて、雄介は身内のために怒っていた。実母や実姉のためだけでなく、しかしここで生きていた全ての人々のために憤怒していた。こいつは、俺の住む地までもいつか歪める。

「なあ、叔父さん、よく聞いてほしい」

あえて肉親としての単語を出して、腹の底から声を絞り出す。両手でがっちりと細い肩を押さえて手に力を入れると、小山田は眉間に皺を寄せた。

「俺は。俺はな、ちゃんとここに帰ってくるよ。そして、予定通りにうちの牧場を継ぐ」

「へえ。果たしてできるのかなあ」

「やる。絶対にだ。そして、あんたより立派な農家になってみせる」

小山田のへらへらとした表情が、雄介の断言によって歪む。ぎらぎらと悪意に漲っていたその目がぐらりと怯える。躊躇してやる優しさは雄介にはなかった。

「ねえ、戦いましょうや。あんたが憎くて憎くてたまらない、死んでも許せない橋宮ミサエの、その代わりに俺は戦ってやるよ。あんたもうちを、吉岡の家を本気で潰すぐらいのつもりでいればいい」

前触れもなく手が伸びてきた。細い手で襟元と胸元を摑まれる。しかし、雄介の体はびくともしない。小山田は燃えるような目で雄介を睨んでいた。犬が逆上した時の目に似ていた。落ち窪んだ眼窩の底で、怒りと悲しみが渦巻いている。雄介はそれを真っすぐに見返した。

「ケツの青い糞餓鬼（くそがき）が」

「馬鹿でも未熟でも、あんたみたいな奴に負けるものかよ。だから、このまんま惨めに落ちぶれず、首洗って待っとけ。血縁だ過去が何だって、もう関係あるか。俺はあんたのこと、心底嫌いだ」

摑み合う形のまま、ふいに小山田は目を見開いた。それから、顔の筋肉を全て使ったかのようににたりと笑う。

「俺も、俺も、お前らのことが、大嫌いだ」

雄介は息を吸い、小山田の茶色い瞳を見つめると、ゆっくりと口を開いた。

「大丈夫、心配するな。俺は、あんたにちゃんと嫌われてやるから」

小山田は一瞬目を見開くと、そのまま声を上げて笑いだした。雄介に摑みかかった手から力が抜け、その場に座り込んだ。地べたに尻をつき、上体を建物の壁にもたせ、子どものようにひぃ、ひぃと馬鹿笑いをしている。死にかけの子牛の呼吸のような笑い声だった。産まれ落ちたはいいものの、どうにもできない欠落を抱えて死を定められ、母牛にも見捨てられてカラスに狙われているような。

雄介は笑い続ける小山田に背を向け、もとの玄関先へと歩き出した。瞼を閉じると、自分に摑みかかってきた小山田の目が思い出される。

シメゴロシノキ。菩提樹。

いつか寺で叔母から聞いた話が痺れた頭に蘇る。菩提樹と、菩提樹に絞め殺された芯の木。

雄介は足を止めてしばし目を閉じ、朽ち果てた芯の木を想った。母木と娘木。きっと二本、支え合うようにして立っていたはずだ。

いずれ全てが枯れ果てる時が来るのだとしても、俺は、絞め殺しの樹だけが残された場所で、生きる。その理由を、ようやく固められた気がした。

雄介には初七日まで根室に留まれる余裕はなかった。葬儀も終えたことだし、明日には札幌に戻らねばならない。それでも一日だけ余裕ができたので、雄介は農作業の手伝いに時間を費やすことにした。卒業後にここに戻ることを考えると、手を動かしながら現状を把握しておくことが一番いい。

まだ日も昇らない早朝、雄介が自室のコンテナハウスから母屋に入ると、母はもう起きて台所の支度をしていた。

「あら、おはよう。早いね」

「変に遅寝の癖がつくと、札幌に帰った時がつらくなるからね」

「そう」

母はそう言って、米を研ぎ始めた。じゃっ、じゃっという音の合間に、小さな呟きが混じる。

「あんたは、札幌に戻る、じゃなくて、帰る、って言うのね」

母の声は震えていた。自分がこの家を出て三年。その間、老いていきながらも口はまだよく廻る祖母と、加齢でますます頑固になる父親と、三人で暮らしていたのだ。自分がいない状態でのこの家の暮らしを、その過酷さを、雄介は想像することしかできない。

雄介は台所の隅に置かれた一斗缶に腰をかけると、やけに長く米を研いでいる母の背中に声をかけた。

「母さんさ。昔、結婚とかまだ考えてもいなかった頃、何かやりたいことあったの？」

「何さいきなり。やりたいこと？　別になんも、なかったねえ。家は下に兄弟いっぱいで、中学出たら働きに出なきゃいけないのは分かってたから、せめて給料いいとこで働きたいと思ってたぐらいで。勉強は割と好きだったけど、頭の出来も悪かったし」

「そう」

「それを考えたら、雄介は凄いわ。よくやったわ。そこは母さんの子でないわ、やっぱり」

「そうだよ」

意図したよりも固い声が出た。ここで自分に怯んではいけない。雄介はその声のままで続ける。

「俺はあなたの子じゃないから、はっきり言う。母さんは、この家を出てった方がいい」

そこでようやく、米を研ぐ音が止まった。母が息を呑み、皺の浮いた細い頸が上下するさまが雄介には想像できた。

「何さ、それ」

母の声が震えている。ようやくこちらを振り向いた顔は、驚きと怒りが半々だった。

怯まずに、極力淡々と、伝えるべきことを伝えていく。

「昨日会ったユリ叔母さんに頼んでおいた。朝の牛舎時間中に車で迎えに来てくれるから、とにかく身の回りのもの纏めて、中標津か釧路の空港に送ってもらえばいい」

「なに言ってるの、そんなこと、できるわけないっしょや」

「なんでさ。じゃ、なんでこんな家に居続けてるのさ。爺ちゃんや婆ちゃんや父ちゃんにこき使われて、使い潰されて、惜しんでくれる人もいないまま死ぬぐらいなら、出ていきゃあいいべや」

「子どもが好き勝手言うんでないよ」

「子どもだから言ってるんだよ。今しか言えない」

雄介は台所の軋む床を大股で歩き、母に近寄った。ズボンのポケットに予め入れておいたものを、母の濡れた手に握らせる。

薄い封筒だ。実母が遺したものとは比べ物にならない。それでも、雄介が柳田に金を盗まれて以降、バイトで少しずつ貯めていたものだった。実母が残した額よりはかなり少ないが、国内のどこへでも行けるぐらいはある。

母は怪訝そうな顔をし、封筒の中身を覗き込んで息を呑んだ。

「おまえ、これ、こんな」

「そんな多くはないよ。家庭教師のバイトは割が良くてさ。忙しくしてたら使う暇なかったし」

「だって、なら、雄介のだべさ」

「俺だら使い方がわかんねえ。これが一番、いいと思う」

雄介は母の手を封筒ごと割烹着のポケットにねじ込んだ。割烹着から手を出した母の指先は震えていた。

「そんな、ここ出ていったって、母さん何もしたことがないし。中学しか出てないんだ」

「今まで牛飼いとして休みなく働いてきたんだろ。飯も作れる。食う分ぐらい、なんとしたってやってけるべ。まず何も考えねえで家出て、東京の姉ちゃんのとこに行けばいい。俺に吉岡の家を離れるよう最初に言ってくれたのは姉ちゃんだ。きっと母さんのことも受け入れてくれる」

頭ひとつ大きい息子を見上げる母の目は濡れていた。老けているのに、少女のような表情だった。そういえば、この人も実母も、少女時代から吉岡の家に搾取された人だったのだ。雄介は最後に言い切った。

「植木だって元気ない時、根っこ千切って違うとこやらねえと、腐るべや。このままじゃ、母さん、腐るぞ」

「親を植木扱いとか、あんたそんな」

母は両手を胸に当てると、大きく長い溜息を吐いた。どんな雄弁な愚痴よりも、多くの苦しみが込められた一息だった。

それから流しの方へ向き直ると、母はゆっくりと米を釜(かま)に移した。

「握り飯、作って置いてく。何個がいい」

「二個、いや、三個」

「中身は」

「いつもの海苔の佃煮がいい。米はしょっぱめで」

「わかった」

そう言ったところで、父が起き出すどたどたという音が聞こえてきた。先に牛舎に出て働き始めていないとまた煩い。台所を出る雄介は、背中で母のすすり泣きを聞いた。ごめんな、と心の中で詫びる。何かに抗い、何かを変えようとすればするほど、声に出せない謝罪ばかりが増えていく。いつか報いを受ける日が来るとしたら、その時は手ひどい罰を、自分だけが受けることにしたい。そう思った。


それから、雄介が朝の牛舎仕事を終え、母屋に足を踏み入れた時には、玄関の靴箱から母の一番まともな靴が消えていた。

家の中では先に帰っていた父が金切り声を上げていた。

「なんちゅうろくでもない嫁だ！ こんなの、近所にも言えたもんでねえ。男も産まねえのに、これまでうちがどれだけ養ってやったと思って。あの糞嫁！ 何も言わねえ、何も相談もしねえで突然！」

置手紙はなかったようだ。賢明な判断だと雄介は思う。あるいは書いたけれど、叔母が助言して無いものとしたのかもしれない。

父は、雄介の顔を見ると、顔を真っ赤にして心当たりを聞いてきた。首を横に振り、失踪に驚き、傷ついたふりに努めた。

雄介は台所で飯台に被せられたふきんをめくる。大きな握り飯が八個も並んでいた。

「でも、なんで母さん出てったんだろうな」

「ああ⁉」

握り飯に一口齧りついた雄介を、父が荒い声で咎めた。

「何言ってんだ。そんなの、あいつが我儘だからだ。うちはちゃんとしてるのに、何もかも自分の思った通りにいかないと気が済まないから、出ていきやがったんだ。ああ、まったくもう、外聞の悪い。俺の面子が立たねえじゃねえか！」

父はまるきり子どものように地団太を踏んだ。憤りに顔が赤い。人を詰るその言葉が、そのまま自分に当てはまることに気付けないのは幸運なのかもしれないな、と雄介はどこか呑気に考えた。そもそも体面を第一に考えたなら、家に後継ぎとなる男児が産まれなかった時点、つまり雄介が養子に入る前に母を家から追い出して他の嫁を取るのが一番手っ取り早かっただろう。

それをしなかったのは、扱いやすく虐げやすい性格の母を手放したくなかったからではないのか。それを執着とこそ言えるのかもしれないが、愛情というには道理を外れている。その一点のみでも母は愛想を尽かせる権利がある。

「父さんはそうは言うけどさ。母さんが出ていった理由、俺は少し分かる気がする」

雄介はそう言うと、立ったまま握り飯をもう一口食べた。海苔の佃煮は母が実家から受け継いだという得意の料理だ。美味い。母は叔母の車の中か、それとももう少し後に飛行機に乗りながら、同じ握り飯を食べるだろうか。

「おめえ、なんてこと言うんだ。そんな……」

父は怒りに震えている。構わずに雄介は続けた。

「むしろ今まで、よく耐えてたんだと思うよ、母さんは。偉いでないか。俺が来年卒業して戻ってくる見込みがついて、こうして握り飯まで作って、責任果たしてから出てったんだ」

「おめえ、なんちゅう生意気な。ここまで育てた恩も忘れて、おめえ、ばかったれが、この……」

雄介が御馳走さん、とふきんで手をぬぐった瞬間、拳が飛んできた。こめかみに少しかすりはしたが、よけられたせいで父は流しに上半身を突っ伏す形になる。また殴りかかってくるか、と雄介は身構えたが、父はそのままでうぅ、とうめき始めた。

「どうせ、どっか行っちまうんだろ。ハナもお前も、誰も彼も俺のこと馬鹿にして。そうやって離れたところで笑いものにすんだ」

「しねえよ」

きっぱりと、雄介は言い切った。

「父さんのこと笑いものにするなんて暇、誰もねえよ。それより自分の生活に手いっぱいだ。自惚(うぬぼ)れてんでねえ。間抜けなこと言ってる暇あったら、母ちゃん探しにでも行ったらどうだ」

雄介の言葉に、父は弾かれたように身を起こした。きつく雄介を睨むと、外の車に乗り込む気配がある。すぐに荒いエンジン音がして、タイヤの軋む音とともに遠ざかっていった。駅の方向だ。空港という選択肢は考えていないのだろう。母が飛行機に乗ってみたいと言っていたことを、果たして父は覚えているだろうか。母が十分な資金を持っていることを知っている身として、雄介はあまり心配をしていなかった。

誰もいない家の中は静かだった。雄介は、自分一人で家にいることなど極端に珍しいことだと思い至る。いつもこの古びた家の中には家族の誰かがいて、常に嘆いたり罵ったりしていた。人がいなければその声もない。当たり前のことなのに、静寂に包まれたわが家は少しだけ居心地が悪かった。

雄介はコンテナに向かうと、札幌から持ってきたボストンバッグの中をまさぐった。目当てのものを見つけると、紙に包まれたまま母屋へと持っていく。

奥の部屋の、祖父母の位牌(いはい)が置いてある仏壇の前で座る。包みを解くと、漆塗りの古い椀があらわれた。ゆっくり見るのは雄介も久しぶりのことだった。

祖母への新しい供え物を少しずらして、その椀を置く。実母はもしかしたらこの家の仏壇に置くことを喜ばないかもしれないと思いつつ、手を合わせて心の中で詫びた。そして、自分の決意を淡々と口にする。

「この家の後、継がすために俺は養子になったんだろ。俺はちゃんと帰ってきて、小山田に負けないぐらい、真っ当にでけえ牧場にする。父さんが反対するようなやり方を使ってでも、きっとやる」

雄介は一瞬だけ目を閉じる。古い家の、湿った気配と染みついた生活臭が感じられる。眼前には虚ろな目をした祖母の遺影があった。生きているうちに自分の決意を伝えられていたのなら、文句を挟みつつ、それでも少しは喜んでくれたのだろうか。

目を閉じたまま、祖父母、両親、地域の人々。そして俺と本当に血が繋がった人達。彼らが傷つけあった人、踏みつけあった人々のことを想った。

哀れだ。雄介はそう思う。絡み合い、枯らし合い、それでも生きる人たちを、自分も含めて初めて哀れだと思った。我々は哀れで正しい。根を下ろした場所で、定められたような生き方をして、枯れていく。それでいい。産まれたからには仕方ない。死にゆくからには仕方ない。

誰もいない静かな家で、雄介は家の音を聞いた。木造の柱や壁の奥で、ピシリ、パシリと材が軋む音がするのだ。そういえばこの家も随分と古びた。母が去った以上、残された父が片づけや家の手入れをするとは思えない。自分が戻ったあとはいずれ建て替えるとしても、それまでの間、できる補修はやっておかねばならない。

手始めに、雄介は物置から潤滑スプレーを持ち出した。立て付けの悪くなっていた玄関の戸を外してレールを掃除し、滑車のところにスプレーをかけて余計な油を拭き取る。戸を戻して動かすと、余計な力をかけなくても引き戸は丁度良く動いてくれた。

出来栄えに満足して玄関前に立っていると、車の近づいてくる音がした。父が乗っていったうちの車のものではない。すぐに、汚れ一つない黒いセダンが玄関前に停まった。ユリ叔母だった。

「空港まで、ちゃんと送り届けてきたから」

「ありがとうございます。俺は牛舎あるので、助かりました」

「ううん。本当は、私やうちの両親がもっと早くに何とかすべきだったの。姉さんにも、雄介くんにも、申し訳ないことだわ」

「いえ、手伝ってもらっただけで、十分です」

どこの空港なのか、どの便に乗ったのか。叔母は言わなかったし、雄介も聞かなかった。いずれ、何らかの形で母が元気でいることが知れればそれでいい。

車から降りた叔母は玄関先に置いてある工具と半開きの引き戸を見ると、あら、と声を上げた。

「引き戸に油差してくれたの？　私も前々から思ってたんだけど、まさかよそ様の家に口出しできなくてねえ」

「ええ、まあ、これから少しずつ、自分でなんでもやってかなきゃなんないんで」

「そう。やっぱり、卒業したらここに戻るの？」

声は柔らかい。しかし、雄介はその言葉の底に横たわる警告を感じた。この場所に生きること、背負い続けること。その覚悟を改めて問うてくれる人の存在を、ありがたく感じた。

「はい。結局、どうしたって、俺はここの子ですから」

雄介は静かに頷いた。新しい根を張らねばならない。屍を肥としてでも、何にも絡まれず、何にも絡まずに、ただ淡々と。二人の母にも、何らの過去にも捉われることなく、生き続ける。そう決めた。

「札幌に帰る前に、時間あったらうちの寺に寄って行ってちょうだい。前うちにいた猫、覚えてる？」

叔母の問いで、雄介は記憶を探る。確か、人なつっこい、真っ白な猫がいた。高齢だということで、おっとりした性格だったのを覚えている。

「あの猫ね、まだ元気なのよ。近所で生まれて放置された子猫たちを自分の子みたいに面倒見ててね。いっぱいいて賑やかなのなんのって。よかったら撫でに来てやって」

「はい、ぜひ」

雄介はかつて触れた柔らかい感触を思い出す。温かくて、傍にいるだけで心が緩んでくるような。

そうだ、卒業して家に戻ってきたら、叔母さんに頼んで猫を分けてもらうのもいいかもしれない。雄介はそう決意した。そしてこの家のどこかに、猫が安心して眠れるような場所を。何にも脅かされることがない、静かで、温かで、光差す場所を作るのだ。

解説

木内 昇

文章から、においが激しく立ち上る。一帯に舞う乾いた土埃（つちぼこり）や、畜舎の湿り気、雪のすがすがしさが、確かに漂ってくるのだ。登場する人物ひとりひとりの体臭までもが、すぐそこに在るように感じられる。対象に深く濃く入り込まなければかなわぬ描写である。景観や人物をいかに細密に描いたとて、それが目に見える範囲にとどまれば、悲しいかな、書割や紙人形へと転じてしまう。反して河﨑秋子が描く世界は、五感すべてに訴えかけてくる。だから文字を追ううちに、その土地に自分が佇（たたず）んでいるような錯覚に陥る。そこに生きるものたちの息づかいが、怖いほど真に迫ってくるのだ。

北海道、根室を舞台にした本作は、ミサエと雄介（ゆうすけ）という親子二代の物語である。とはいえ、二人の間に交流と呼べるものはない。家族として暮らしたことはおろか、言葉を交わしたこともごくわずかしかないのである。雄介を里子に出す際、『生みの親は一切この子に親として接してはならない』との約束が交わされたためだった。

ミサエ自身、実の親に触れずに育っている。母はミサエを産んで間もなくして亡くなり、父が誰なのかすら知らされていない。十歳で吉岡家に引き取られてのちは、養子としてではなく単なる人手として、畜舎での仕事から家事までを担い、学校へ行くことすらままならないほど働かされる。あたかも日々の鬱憤をぶつけるようにして、ミサエに辛く当たる吉岡家の人々。叱責と罵声が飛び交う環境。理不尽でしかないこの状況を、ミサエは意思に蓋をしてやり過ごす。けっして自らの正当性を唱えることなく、哀しい耐性を身に育んでいくのだ。

それだけに、吉岡家の人々に濡れ衣を着せられて女部屋に売られそうになった局面で、ミサエがはじめて自らの言葉で立ち向かったとき、安堵と高揚がいっぺんに押し寄せてきたような名状しがたい心持ちになった。

〈ただ、働いていただけです。毎日、このお家で働き続けて、勉強していただけです〉

耐えるしか選択肢がなかったそれまでの人生が、大きく拓けた瞬間である。同時に、この訴えは、その後の彼女の人生を貫く支柱となっていく。

常よりミサエを気に掛け、助けてくれていた薬売り・小山田武臣の口添えもあって、彼女は長じて看護の知識を身につけ、保健婦として自立する。お仕着せの人生から脱し、溌剌と働き、人の役に立とうと勉強を続けるのである。ミサエは真面目に根気強く、ようやく摑んだ自分の人生を邁進していただけなのだ。

けれど禍福というものは、然るべきところに正しく配分されることはないのだろう。結婚を境に、彼女の日々は暗さをまとっていく。心通い合うことのない夫。自分に対する謂れない中傷。ひとり娘である道子へのいじめ。これを苦にした道子の自死。

姿を消した道子を必死で探す中、悪い予感に苛まれながらも、きっと娘は家に帰っていると希望で己を奮い立たせるミサエの、心の動きをつぶさに捉えた描写は、幾度も読み返してしまうほど凄まじい。が、白眉は、縊死した道子の凄惨な状態を描き切った点にあると、私は思う。

〈真下から道子を見上げる。項垂れた顔の、口の端と、鼻と、白目をむいた両目から、液体が流れてその顔を汚していた〉

死を、観念的な表層だけでまとめるような生ぬるいことを、河﨑秋子はしない。生物的側面からも、果敢に立ち向かうのだ。それは、単に刺激を求めたに過ぎないグロテスクな表現とは、天と地ほどの隔たりがある。命という荘厳で不可解なものと真摯に対峙してきた者でなければ手の届かない、生、そして死へのただならぬ畏れを宿している。

「南北海鳥異聞」（『土に贖う』所収）での、羽毛をとるためにアホウドリを撲殺して生計を立てている弥平が、置き去りにされた島で人肉を喰らう場面の妙に静かな感触。「狗命尽きず」（『肉弾』所収）での父の遺骸を掘り出すキミヤの恬とした視線。土着の者たちの至極身近な命のやり取りを描く一方で、『清浄島』で寄生虫エキノコックスを研究する土橋は、解剖する動物にも手を合わせる。環境や人物によって異なる、命への思いや認識を、見事に描き分けるのである。

動物との共生がきれいごとのみで語られ、飢餓に直面することもほとんどなくなった現代、私たち人間が「見なかったこと」にしがちな本能の部分を、河崎氏の筆はことごとく暴いていく。それは、大岡昇平の『野火』や中上健次の『枯木灘』を読んだときの衝撃と似ている。この時代に、そこまで踏み込んで生死を描けるという点で、河崎氏はほとんど唯一の存在ではないか、という気さえしている。

〈なによりも、もう絶対に母親になる気はなかった〉

これは、道子を失ったミサエが、夫と離婚後に子を宿していると知ったときの述懐である。彼女は、道子を追い詰めた小山田武臣の子、俊之に真相を問いただしながらも執拗に難詰することなく、周囲の口さがない噂話も受け流し、忌まわしい出来事のあった根室に留まり続ける。そうして、吉岡家からせがまれるままに、生まれた男児を里子に出すのだ。

母を知らぬまま吉岡家に引き取られた雄介は、家を継ぐよう命ぜられ、仕事を叩き込まれる。成績優秀な彼は北海道大学に進学を果たすのだが、卒業後は根室に戻って吉岡家を継ぐという道を違えようとはしない。ミサエへの執念とも言える憎悪を募らせてきた俊之が、雄介にも不穏な影を与え続けているにもかかわらず。

多くの読者は本書を読み進めるうち、自分がミサエだったら、もしくは雄介だったら、と想像するのではないか。こんな家から、閉塞感のあるこの土地から、とっとと逃げてしまえばいいのにと、もどかしく思う人も少なからずいるかもしれない。ミサエのように手に職があれば、よその土地でも仕事をして自立することがかなうだろう。雄介のように優秀であれば、いくらでも道を選べよう、と。実際、雄介の姉となった敏子は家を疎んじて、東京へ出たきり帰らずにいるのだ。

果たして、ひとつところに留まり続けるミサエや雄介は愚かなのだろうか。私はしかし、彼らの姿に、一所に根を張って生きていくことの崇高さを見るような気になったのだ。

たとえば一芸を掘り下げた人が、他の芸事の神髄をも深く解することができるように、一所に踏ん張って立ち続けた者は、各地を転々として広く世の中を見てきた者以上に、人間の営みの神髄を摑めるようにも思う。屯田兵として、この地に鍬を入れたことを誇りとして生きた吉岡家の大婆様が、厳しさの中にも広く公平に深くものを見る力を獲得していたように。

雄介はラストで、ある事実を知らされた上で、ひとつの力強い決断をする。それは、自分に課せられた宿命への諦念でも受動でもない。蓄えた胆力と知力に基づき、自分の意志で根を張るという道を選び取った、矜持に満ちた能動なのだ。

ただ耐え、受け容れていたかに見えたミサエもまた、強いからこそ根を張って立つことができたのではないか。蔦に絡みつかれて、絞め殺されたのかもしれぬが、その芯にあるものを彼女はしかと息子に受け継いだ──そう思えてならないのである。

（きうち・のぼり／作家）

〈参考文献〉
『北の開拓地で生命をむかえる
拓殖産婆と開拓保健婦たちの足跡
――北海道別海町のお産の歴史――』
別海町拓殖産婆研究会
『根室の公衆衛生の歴史』石井和子

小学館文庫
好評既刊

彼女が最後に見たものは

まさきとしか

ISBN978-4-09-407093-4

クリスマスイブの夜、新宿区の空きビルで女性の遺体が発見された。五十代と思われる女性の着衣は乱れ、身元は不明。警視庁捜査一課の三ツ矢と戸塚警察署の田所は再びコンビを組み、捜査に当たる。そして、女性の指紋が、千葉県で男性が刺殺された未解決事件の現場で採取された指紋と一致。名前は松波郁子、ホームレスだったことが判明する。二つの不可解な事件は予想外の接点でつながるが!?　彼女はなぜ殺されなければならなかったのか。真実が明かされる時、景色が一変する。家族の崩壊を圧倒的な筆致で描き、幸せの意味を問う三ツ矢＆田所刑事シリーズ第二弾。

小学館文庫
好評既刊

あなたが殺したのは誰

まさきとしか

ISBN978-4-09-407330-0

中野区のマンションで女性が殴打され、意識不明に。永澤美衣紗という名の彼女はシングルマザーで、生後十ヵ月の娘、しずくは連れ去られる。現場には「私は人殺しです。」と書かれた便箋が残されていた。時は遡り、一九九〇年代初頭。北海道の鐘尻島では巨大リゾート「リンリン村」の建設が頓挫し、老舗料亭の息子、小寺陽介は将来に不安を感じていた。多額の借金をして別邸を建てた父は大丈夫なのか。そんな折、リンリン村の鉄塔で首つり死体が発見される。バブルに翻弄される離島と現在の東京。二点を貫く事件の驚くべき真相とは。抗えぬ生と死を描く圧巻の長編。

小学館文庫
好評既刊

神様のカルテ

夏川草介

ISBN978-4-09-408618-8

栗原一止は信州にある「二十四時間、三百六十五日対応」の病院で働く、悲しむことが苦手な二十九歳の内科医である。職場は常に医師不足、四十時間連続勤務だって珍しくない。ぐるぐるぐるぐる回る毎日に、母校の信濃大学医局から誘いの声がかかる。大学に戻れば最先端の医療を学ぶことができる。だが大学病院では診てもらえない、死を前にした患者のために働く医者でありたい……。悩む一止の背中を押してくれたのは、高齢の癌患者・安曇さんからの思いがけない贈り物だった。二〇一〇年本屋大賞第二位、日本中を温かい涙に包み込んだベストセラー！　解説は上橋菜穂子さん。

小学館文庫
好評既刊

本を守ろうとする猫の話

夏川草介

ISBN978-4-09-406684-5

夏木林太郎は、一介の高校生である。幼い頃に両親が離婚し、小学校に上がる頃からずっと祖父との二人暮らしだ。祖父は町の片隅で「夏木書店」という小さな古書店を営んでいる。その祖父が、突然亡くなった。面識のなかった叔母に引き取られることになり本の整理をしていた林太郎は、店の奥で人間の言葉を話すトラネコと出会う。トラネコは本を守るために林太郎の力を借りたいのだという。林太郎は、書棚の奥から本をめぐる迷宮に入り込む——。イギリス、アメリカ、フランスなど世界40カ国以上で翻訳出版され、記録的ロングセラー！お金の話はやめて、今日読んだ本の話をしよう。

―本書のプロフィール―

本書は二〇二一年十二月に小学館より単行本として刊行された作品を加筆改稿し文庫化したものです。

小学館文庫

絞め殺しの樹

著者　河﨑秋子

二〇二四年四月十日　初版第一刷発行

発行人　庄野　樹

発行所　株式会社　小学館
〒一〇一-八〇〇一
東京都千代田区一ツ橋二-三-一
電話　編集〇三-三二三〇-五九五九
販売〇三-五二八一-三五五五
印刷所 ——— 図書印刷株式会社

ISBN978-4-09-407349-2